악역의 엔딩은 죽음뿐

〈외전〉

[외전]

권겨을 장편소설

악역의 엔딩은 죽음뿐

D&C BOOKS

외전 1

외전 1

제국은 연일 분주했다.

여전히 곳곳에 숨어 있는 레일라 잔당의 뒤를 쫓고, 숨죽이고 있는 역도의 무리들을 색출하는 동시에 망가진 황궁과 성도를 복구해 나갔다.

게다가 갑작스러운 황제의 죽음으로 인해 모든 전권을 맡게 된 칼리스토는 다친 몸을 채 회복하기도 전에 자리를 털고 일어나야 했다.

아이러니하게도, 게임이 종료된 후 곧바로 이어졌던 일러스트 속 성장한 그의 모습은 실제로 볼 수 없었다. 너무 바쁜 나머지 대관식조차 차일피일 미뤄졌기에.

녹초가 된 와중에도 매일 밤 내 방에 꼬박꼬박 들르는 그가 종종 낯설게 느껴졌다.

"차라리 전장에 있는 게 더 속 편할 거 같군."

"전하."

갑작스러운 인기척에 나는 퍼뜩 놀라 읽고 있던 책에서 고개를 들었다.

지친 걸음으로 터벅터벅 걸어온 칼리스토가 거의 드러눕다시피 소파에 앉았다. 나는 썩 좋지 않은 그의 안색에 자리에서 벌떡 일어났다.

"차를 내올까요? 약은요."

"됐어. 그보다 이리 좀 와 봐."

노인처럼 앓는 소리를 낸 칼리스토가 새빨간 눈동자를 스르륵 돌려 나를 흘겨보더니, 제 옆자리를 툭툭 쳤다. 시종을 부르러 가려던 나는 멈칫하다가, 이내 순순히 그쪽으로 걸어갔다.

소파에 앉기 무섭게 칼리스토가 내 어깨에 고개를 기댔다. 체취라도 맡듯 쇄골 가까이 얼굴을 묻은 그가 크게 숨을 들이마시며 중얼거렸다.

"하…… 이제 좀 살 것 같군."

죽다 살아난 후로 자주 하던 행동이라 더는 그런 남자가 어색하게 느껴지지 않았다. 그보단 여전히 까칠한 얼굴이 눈에 띄었다.

"……치료 잘 하고 있죠?"

안쓰러운 마음에 한 손을 들어 그의 뺨을 매만졌다. 황금룡의 이빨은 말 그대로 목숨만 붙여 놓았을 뿐, 칼리스토의 몸을 완벽하게 원상 복귀시켜 놓지는 않았다.

'최종 퀘스트 보상이 뭐 이따위야, 이 미친 게임아!'

덕분에 나는 마지막의 마지막까지 X같은 게임에 치를 떨 수밖에 없었다.

악독한 레일라의 저주가 담긴 상처는 쉽사리 재생되지 않았다. 먼 타국의 마법사까지 불러들여 상처를 정화했지만, 여전히 그의 옷 아래엔 채 낫지 않은 시커먼 상처가 붕대에 칭칭 감겨 있었다.

아직도 의식 없이 두 눈만 감고 있던 그를 떠올리면 가슴이 덜컥 내려앉는 기분이 들곤 했다. 나는 벌벌 떨리는 속을 내리누르며 말했다.

"바쁘다고 찾아간 의원 내치지 마세요, 전하. 붕대도 제때 가시고요."

많이 힘들면 쉬라는 말이 목 끝까지 차올랐지만, 차마 할 수 없었다. 황위를 앞두고, 조그마한 책 하나 잡히지 않기 위해 그가 얼마나 애를 쓰고 있는지 잘 알기에.

걱정스러운 내 목소리에 그가 부드럽게 웃으며 내리감고 있던 눈을 떴다.

"……그러고 싶은데, 그대의 아비 같은 악귀들이 날 가만두질 않는군."

여전한 그의 어투에 나는 반사적으로 눈살을 찌푸렸다.

"입, 입. 공작에게 악귀라뇨, 누가 들으면 어쩌려고요?"

"들으면 뭐 어때?"

갓 황위에 오른 새 황제가 공작을 비롯한 오랜 충신들을 '악귀'라 칭한다는 소문이 나돌아 봤자 좋을 것이 없었다.

그러나 칼리스토는 그런 것 따윈 신경 안 쓴다는 듯 신랄하게 지껄이기 시작했다.

"하는 일이라곤 주둥이만 나불거릴 줄 아는 귀족 놈들이 얼마나 불평불만을 떽떽거리는 줄 아나? 전장이었다면 그 주둥이들을 닥치게 만들 방법이 각양각색일 텐데 말이야."

"혹시나 실행에 옮기시더라도 제 귀엔 안 들리게 하세요."

"그건 당연하지."

충분히 실행 가능성 있는 칼리스토에게 염려를 담아 당부하자, 그가 호언장담했다. 나는 황당해서 그를 흘겨보았다.

"당연하긴요? 오늘 아침에도 세드릭이 전하의 검을 숨겨 달라고 얼마나 빌고 갔는데요."

"뭐? 언제? 씻고 있을 동안이었나?"

정말 모르는 일이었는지 내게 기대고 있던 그가 벌떡 몸을 바로 세웠다.

"세드릭 포터, 그 비열한 족제비 같은 자식! 어쩐지 아무리 찾아도 검이 없더군. 어디다 숨겼지?"

당장 달라는 듯 내게 재촉하는 그의 모습에 절로 기가 막혔다.

"대체 회의장에 검을 왜 차고 가세요?"

"역도의 무리가 황궁 어디에 숨어 있을지 알 게 뭐야."

칼리스토가 불퉁하게 대꾸했다.

'참나. 씨를 말릴 작정으로 쫓는 주제에 무슨.'

황비, 그리고 엘렌 후작과 조금이라도 엮여 있는 가문은 구족을 멸할지 모른다는 소문도 과언이 아니었다.

어이가 없어 받아치려던 나는 다시금 입을 다물었다. 살이 내려 날카로운 턱선을 보면, 싫은 소리를 할 마음이 좀처럼 들지 않았다.

'어휴, 물러 터져서는…….'

어쩌다 이렇게 되었나 한탄하던 나는 짧은 한숨을 내쉬며 읊조렸다.

"……얼굴이 많이 상했어요."

이러나저러나 아픈 연인이 일에도 치여 초췌한 몰골인 것은 좀 신경 쓰이는……. 아니, 솔직히 많이 짜증 나고 속상한 느낌이 드는 일이었다.

"자꾸 이쪽으로 오지 말고 방에 가서 주무시라니까요."

"안 돼."

핀잔에도 칼리스토는 강경하게 고개를 저었다.

"잠든 사이에 그대가 도망가 버리면 어떡해."

"제가 어딜 가요?"

"어디로든."

매번 하는 무의미한 설전이었다. 오랜 잠에서 깨어난 그는 기이할 정도로 내 부재에 집착했다. 그 증거로 이본이 죽고 난 후 나는 황태자궁에서 한 발짝도 나갈 수 없었다.

공작이 회의마다 그를 집요하게 괴롭히는 것도 어찌 보면 나를 집으로 돌려보내 달라는 시위일 수도 있을 것이다.

'너 때문에 암 걸린 몸뚱이고 뭐고 다 포기했는데 이제 와서 어딜 가, 이 새꺄!'

가끔은 답답한 마음에 버럭 외치고 싶었다. 하지만 그러지 않는 이유는, 강박적으로 내 존재를 확인하는 칼리스토의 손끝이 여전히 떨리고 있기에.

"갈 거면 전하가 정무 보고 있을 낮 시간에 벌써 갔겠죠. 왜 굳이 힘들게 깜깜한 밤에 도망을 갑니까?"

나는 그 손을 마주 잡으며, 다소 냉정하게 뇌까렸다.

"……그건 그렇군. 제기랄."

그렇게 나를 쥐 잡듯이 잡으면서도 그런 생각은 미처 못한 건지,

칼리스토가 나지막이 욕설을 내뱉었다. 작게 웃음을 터뜨리자, 그가 다급히 말했다.

"집무실을 아예 여기로 옮길까? 아니, 그냥 다 때려치우고 여행 가는 게 어때. 지난번에 외국을 돌아보고 싶다 하지 않았어? 잠깐 순행차 옆 나라라도……."

"전하."

나는 맞잡은 손을 천천히 끌어당겼다. 그리고 여전히 간헐적으로 떨리는 손가락 위에 살포시 입을 가져다 대었다.

"저 아무 데도 안 가요."

손가락 사이를 파고드는 따뜻한 입김에 그의 움직임이 우뚝 멈췄다.

"……그리고 어디로 사라지든 쫓아온다면서요? 그냥 해 본 소리였습니까?"

그 상태로 눈을 위로 치켜뜬 채 새침하게 흘겨보았다. 눈조차 깜빡이지 않은 채 나를 가만히 바라보던 칼리스토는, 꽤 오랜 시간이 흐른 후에야 참은 숨을 터뜨리듯 목소리를 틔웠다.

"……아니."

"……."

"지옥 끝까지 쫓아가야지."

창틈으로 들어오는 달빛에 반사된 그의 눈이 어둠 속에서 시뻘겋게 번뜩였다. 꼭 사냥감이라도 쫓는 듯한 눈빛이었다.

'그럴 거면서 무슨…….'

집요한 시선에 금방 짜게 식은 나는 잡고 있던 그의 손을 뿌리쳤다. 그러나 그런 내 손을 도리어 꽉 붙든 칼리스토가 다시금 막무가내로 내 어깨에 제 머리를 기댔다.

"무겁다고요!" 하고 불평해도 소용없었다. 그가 굳은살 박인 커다란 손으로 답지 않게 조심조심 내 손을 어루만지며 물었다.

"오늘은 뭘 했어?"

"음. 그냥……."

잠시 대답을 머뭇거리던 나는 이윽고 사실대로 털어놓았다. 어차피 세드릭을 통해 내 하루 일과를 뻔히 감시하고 있으면서 물어보는 것이다.

"황궁 마법사들 회의에 참석했어요."

"……아르키나 제도에서 유물을 옮겨 왔다지."

역시, 다 알고 있으면서 떠보는 것이었다. 나는 그런 칼리스토의 반응에 딱히 대꾸하지 않았다. 그가 못마땅해하는 이유를 이해하지 못하는 바가 아니었기에.

오늘 마법사들이 합심해서 가져온 유물은 바로, 부서진 '진실의 거울'의 잔해들이었다.

"약혼자가 뼈 빠지게 일하는 동안 누구는 온종일 다른 놈 구명할 생각만 하고 있었군."

예상대로 삐딱한 음성이 쏘아졌다. 나는 담담히 받아쳤다.

"사람 목숨 구하긴 해야 하잖아요."

"그러라고 내준 마법사들이야."

"멀쩡한 진실의 거울을 본 사람이 저밖에 없는 걸 어떡해요? 그리고 베르단디 후작님은 국정에 도움이 될 유능한 인재예요."

이본이 죽고, 게임이 종료된 세상. 나는 이제 이 이후의 일이 어떻게 흘러갈지 모른다.

뷘터에겐 미안한 말이었으나, 뛰어난 마법 능력을 지닌 그는 앞으로 황제가 된 칼리스토에게 든든한 지원군이 될 것이다. 물론 그가 살아 있다는 전제하에.

"유능한 인재가 다 뒈졌군."

이런 내 깊은 생각도 모르고, 칼리스토가 초딩처럼 터무니없이 유치한 말을 지껄여 댔다.

"쪼잔하게 굴지 말고 차기 황제로서 넓은 포용력을 좀 지니세요. 후작님 아니었으면 우리 나란히 구워져서 드래곤 밥으로 먹혔을지도 몰랐던 거, 벌써 잊으셨어요?"

"뭐? 쪼잔? 허."

내 말에 칼리스토가 크게 코웃음을 치더니 이내 와다다 말을 쏟아 냈다.

"그래, 그 장미. 그거 대체 언제 주고받은 거지? 그대가 공작저를 가출했을 때, 내가 가장 먼저 찾은 것 아니었나?"

"그, 그건……."

나는 순간 말문이 막혔다. 정체를 드러낸 이본을 피해 허겁지겁 공작가를 탈출했을 때, 가장 먼저 빈터를 찾아간 것을 칼리스토는 아직 모른다.

"수상해."

어느새 내 어깨에 기댔던 고개를 바짝 쳐든 칼리스토가 눈을 게슴츠레 뜨고 내 얼굴을 샅샅이 훑었다.

나는 뜨끔해서 그의 눈을 피했다. 매번 느꼈지만, 놈의 촉은 가히 귀신같았다. 빈터가 나를 좋아했다는 것을 알면 내가 그를 구하려는 것을 저지하는 것은 물론, 부서진 거울 잔해들마저 가루로 만들 것이다.

"수, 수상하긴요. 모두 말했잖아요, 후작님이 시간을 돌려서 세계가 멸망하지 않은 것이라고요……."

게임 시스템을 제외하고 칼리스토에게 대략적으로 설명한 것을 들먹였지만, 가늘어진 눈은 돌아올 기미를 보이지 않았다. 나는 먼 산을 보며 덧붙였다.

"……보은을 하는 거죠."

"동굴에서 그 악령 씐 맨발의 미친놈이 그놈이란 걸 둘이 합심해서 숨긴 것도 그렇고."

"그땐 다 사정이 있었다니까요."

"그러고 보니 그대의 성인식 날, 그 괴상한 마법 목걸이도 그 자식이 준 거였잖아. 그놈이 그대에게 왜 자꾸 그딴 조잡스러운 걸 주는……."

"그만, 그만! 전하, 저 피곤해요. 그만 자야겠어요."

자꾸만 파고드는 칼리스토의 입을 틀어막기 위해 나는 서둘러 자리에서 벌떡 일어났다.

"전하께서도 그만 돌아가서 씻고 주무세요. 너무 늦었어요. 내일 아침에도 조회가 있으시잖습니까."

다행히 그의 침실은 내가 묵고 있는 방에서 얼마 떨어지지 않은 곳에 있었다.

그러나 허둥지둥 내린 축객령에도, 칼리스토는 꿈쩍도 하지 않았다. 그런 그를 뒤로한 채 먼저 자리를 뜨려던 찰나였다.

"페넬로페 에카르트."

그가 불현듯 잠긴 목소리로 나를 불렀다. 나는 화들짝 놀라 다시 뒤를 돌아보았다. 칼리스토는 여전히 소파에 우두커니 앉아 나를 빤히 올려다보고 있었다.

"나 아파."

"……네? 어디가요? 상처가 또……."

벌어진 건가?

허둥지둥 그를 살피기 위해 손을 뻗던 찰나. 불쑥 뜨거운 손이 내 손목을 움켜쥐었다. 그는 그대로 그 손을 끌어다 제 뺨에 대었다.

"아파서 손 하나 까딱 못하겠군. 옷 벗을 힘조차 없는데."

"……."

"그러니 그대가 오늘도 씻는 걸 도와줘야겠어."

눈이 마주쳤다. 나는 그에게 손이 잡힌 채 천천히 입을 다물었다.

"입 다물고 빨리 씻고 자라며?"

그가 뻔뻔한 얼굴로 어깨를 으쓱거렸다. 촉이 좋고, 눈치도 빠른 남자는 영악했다. 이렇게 약게 굴면 내가 뿌리치지 못할 것을 꿰뚫고 있었기에.

새빨간 눈동자 탓인지, 그 위에 투명하게 비친 내 얼굴이 차차 붉게 물들어 갔다. 나는 이윽고 자그마한 목소리로 답했다.

"……알겠어요."

결국 칼리스토는 다음 날 아침에도 검을 차지 못하고 궁을 나섰다.

힘겹게 그를 배웅한 후 다시 죽은 듯 잠이 들었던 나는 느지막한 정오가 돼서야 유물 복원 현장으로 슬슬 걸어갔다.

칼리스토의 말처럼 내가 아니더라도 더 유능하고 뛰어난 인력들이 많았지만, 그렇다고 손 놓고 구경만 하기는 좀 그랬다.

공작저로 돌아가지도 못하게 하는 놈 때문에 황궁에서 딱히 할 일이 없기도 했지만…….

'뷘터가 죽었는지 살았는지는, 내 눈으로 꼭 확인해야 돼.'

그에겐 퍽 냉정한 말이었지만 솔직히 나는 아직도 불안했다. 죽은 줄 알았던 이본이 되살아나서, 시공간에 묶여 있는 뷘터가 또다시 시간을 돌릴까 봐. 그래서 그 끔찍했던 모든 일들이 다시 반복될까 봐.

엔딩 이후 단 한 번도 퀘스트 창이 뜬 적은 없지만 찾지 못한 이클리스의 시체도, 돌아오지 않는 뷘터도, 뭐 하나 명확한 게 없었다.

"……아, 그건 가운데 쪽이에요."

멍하니 생각을 잇던 나는 엉뚱한 데로 가고 있는 부서진 거울 장식을 발견하고 서둘러 입을 열었다.

"그쪽 말고, 좀 더 왼쪽이요. 접합면에 이물질이 많으니까 좀 더 제거해 주시고요."

"앗! 예, 옙!"

젊은 마법사가 어리숙한 표정으로 내팽개친 붓을 집어 들었다. 레일라로 인해 탄압을 받아서 그런지, 제국엔 의외로 고고학을 연구하는 사람들의 수가 무척이나 적었다.

'아오…… 그냥 제대로 잘돼 가는지 구경이나 하려 왔더니.'

잘못 집었다간 그대로 부스러질지도 모를 만큼 오래된 유물을 마구잡이로 다루는 모습에 멀뚱히 서서 지켜만 볼 수 없었다. 그래서 두 팔 걷어붙이고 몇 번 관여했더니, '진실의 거울' 복원 현장은 점점 내 관할이 되어 가고 있었다.

"그걸 다 기억하세요?"

그때 쾌활한 목소리가 작업 현장에 울려 퍼졌다.

"마리엔느!"

나는 반갑게 젊은 여자를 맞이했다. 마리엔느 테롯시는 왕립 아카데미에 있는 유일무이한 고고학 교수였다.

"공녀님 덕분에 일이 척척 진척되고 있어요. 안 그랬으면 한 달이 지나도 저 장식이 어디에 붙어 있었는지 회의나 하고 있었을 거예요."

동감이었다.

그녀는 다소 수다스럽긴 했지만, 잔해들을 뭉쳐 모아 접합 마법으로 대충 붙이자는 무식한 인간들 사이에서 그나마 말이 통했다.

마법사들은 정말이지 일원론적인 족속들이었다. 빈터가 갇힌 곳이 어딘지 알 수 없어 찾을 방도가 없다고 모두가 손 놓고 있을 때, 부서진 '진실의 거울'을 복원해 보자 제안한 것도 마리엔느였다. 그를 만났을 때 '멀쩡한 진실의 거울'을 보았다는 내 증언 때문이었다.

사실 나는 그 제안이 반쯤은 회의적이었지만, 지푸라기라도 잡는 심정으로 동의했다.

'영원히 불에 타 뒈지게 만들 순 없으니까…….'

복원 작업은 큼지막한 퍼즐 맞추기와 비슷했다. 나는 부서지기 전 거울의 모습을 애써 떠올리며 그것을 도왔다.

"3천 년은 더 된 것으로 추정되는데…… 상태가 굉장히 좋은 편이에요. 왜 부서진 건지 이해가 되지 않을 정도로요."

벌써 얼추 맞춰진 거울의 틀을 보고 마리엔느가 반색했다. 나는 오랫동안 쭈그리고 있어 찌뿌둥해진 몸을 일으키며 대충 답했다.

"바람이 안 드는 실내에 있어서 그런가 봐요."

"그런 것치곤 부식된 흔적이 거의 없는데요? 역시, 고대의 마법이라도 걸린 건가?"

마리엔느가 거울 틀을 이루는 청동을 매만지며 놀랍다는 듯 말했다. 산산이 부서지긴 했지만, 엄청난 세월을 견뎌 온 것치고 유물은 상태가 매우 좋은 편이었다.

'내 피 같은 돈으로 염병할 보수를 그렇게 해 댔으니 당연히 좋을 수밖에.'

뒤를 이어 튀어나오는 빈정거림을 애써 참았다.

"이대로라면 며칠 내로 끝낼 수 있겠어요."

마리엔느가 내 쪽으로 눈을 찡긋하며 말했다. 그녀가 주는 눈치를 알아차린 나는 놀란 음성으로 물었다.

"거울 조각들은 모두 찾았어요?"

"물론이죠."

깜짝 선물을 주듯 마리엔느가 숨기고 있던 상자 하나를 꺼냈다. 그것을 열자 일부가 거멓게 그을린 허름한 조각 여러 개가 가지런히 놓여 있었다. 추락하는 이본과 함께 조각 몇 개가 탑 아래로 떨어진 탓에 찾는 데 꽤 애를 먹었다.

그 옆에 익숙한 손거울과 길쭉한 봉이 보였다. 첨탑 위에서 이본과 치고받고 싸우는 동안 내가 다시 깨트린 거울 조각들과 부러진 내 거울 봉이었다.

난 그것을 본체만체한 채 재빨리 조각의 개수부터 세었다.

"하……."

그리고 열다섯 개가 맞음을 확인하고 안도의 숨을 내쉬었다. 내 손에 모조리 들어온 열다섯 개의 거울 조각들을 보자니 기분이 좀 이상했다.

'이 중 하나 숨기느라 그렇게 개고생을 했는데…….'

따지고 보면 뷘터가 그 꼴이 된 것도 다 이 조각 하나 때문이지 않은가.

착잡한 마음을 애써 내리누른 채 나는 재빨리 핀셋으로 그것들 중 하나를 집었다. 꼼꼼한 마리엔느가 이미 이물질들을 제거하고 깨끗하게 세척해 온 덕분에 더 손댈 것이 없었다.

나는 그것을 들고 곧장 거울 틀 앞에 쭈그려 앉았다. 그리고 묵묵히 그 빈자리 위에 조각을 맞췄다.

이본이 들고 있던 것을 보며 수없이 치를 떨어 그런지, 실수 한 번 하지 않고 열다섯 개의 조각을 모조리 이어 붙일 수 있었다.

쥐가 파먹은 것처럼 동그랗게 비어 있던 거울의 모서리가 점점 조각들로 채워졌다. 그러나 거울이 완성되길 그토록 두려워했던 과거와는 달리, 기이한 푸른빛은 새어 나오진 않았다.

"다 됐다……."

그제야 탁, 하고 긴장이 풀렸다. 나는 참았던 숨을 내쉬며 손바닥에 쑤셔 넣을 듯 붙들고 있던 핀셋을 내려놓았다.

"역시……! 공녀님께선 재능이 있으세요!"

내가 맞춰 놓은 거울의 일부를 보며 마리엔느가 작게 감탄했다. 간지러운 말이었다. 나는 힘없이 웃으며 대꾸했다.

"재능은요. 모양 대충 맞추는 건 누구나 할 수 있는 일인데요."

"여기 봐요! 다른 사람들이 대충 맞춰 놓은 거랑은 배열이 달라요. 틈 하나 없잖아요? 유물을 대하는 태도부터 다른 거라고요!"

내 말에 마리엔느가 흥분해서 소리쳤다.

"이왕 하는 거, 깔끔한 게 보기도 좋잖아요."

나는 어깨를 으쓱였다. 대수롭지 않은 내 어투에 마리엔느는 단호하게 대꾸했다.

"보통 집중력이 아니에요. 아무나 할 수 없는 일이기도 하죠."

생각지 못한 칭찬 세례에 나는 조금 민망해졌다. 장갑을 벗고 어색하게 손을 닦고 있자 마리엔느가 물었다.

"공녀님, 그런데 이 손거울과 봉은 어떻게 할까요?"

그제야 그녀가 이본의 조각들 외에 내 흑역사까지 챙겨 온 것을 깨달았다.

"그냥…… 근처 아무 데나 놔두세요."

나는 그것에서 애써 시선을 돌리며 답했다. 거울 봉의 손거울은 엄연히 다른 물건이어서 '진실의 거울'을 복원하는 것과는 관계가 없었다.

내 말에 마리엔느가 눈을 동그랗게 뜨고 물었다.

"그래도 되는 거예요? 하지만 이건 공녀님의 하나뿐인 무기……."

"아니요! 그거 이제 제 거 아니에요. 작동도 안 한다고요!"

나는 그녀가 애써 묻어 둔 수치스러운 기억을 들출까 두려워, 사색을 하고 소리쳤다.

'그만해! 간신히 잊었다고……!'

나는 아직도 종종 악몽을 꿨다. 저 망할 봉을 휘두르며 '파이어 피숀' 같은 말도 안 되는 마법 주문을 외치는 내 모습을.

굳건한 내 거부에 마리엔느가 반짝 눈을 빛냈다.

"그럼…… 복원 작업이 끝나면 제가 연구해도 될까요?"

"……그러세요."

나는 떨떠름하게 답했다. 영원히 불태워 버리고 싶었지만, 유물 처돌이의 마음을 이해 못 하는 건 아니었기에.

내 허락에 마리엔느는 콧노래를 부르며 신줏단지 모시듯 부러진 거울 봉이 담긴 상자를 '진실의 거울' 앞에 내려놓았다. 못마땅한 얼굴로 그것을 바라보고 있을 때였다.

"저, 공녀님. 말씀드릴 게 있는데요."

일을 마친 그녀가 어느덧 내 곁에 바짝 다가서며 넌지시 말을 건넸다.

"뭔데요?"

"우선, 그 전에 하나만 여쭤볼 게 있어요."

"뭐를……."

"저번에 관심 있으시다던 아카데미…… 고고학과 맞죠?"

나는 멈칫 놀란 눈으로 그녀를 돌아보았다. 이곳에도 대학 같은 고등교육 기관이 존재한다는 것을 안 지는 얼마 되지 않았다. 잉카 제국은 군사적으로 문화적으로 강대국이었다.

엄격한 시험을 거쳐 각 나라의 천재들만 입학 가능하다는 왕립 아카데미. 그곳의 교수직까지 오른 마리엔느가 신기해서 지나가듯 했던 말이었다.

'쯧…….'

나는 속으로 혀를 찼다. 과연 천재는 천재였다. 그 말을 아직까지 기억하는 것도 모자라, 한마디도 한 적 없는 관심사까지 꿰뚫어 본 그녀의 통찰력은 소름이 끼칠 정도였다.

"솔직하게 말할게요. 전 공녀님이 탐나요. 제 직속 제자로서요."

"……네?"

이렇게 갑자기요?

당황하는 나를 보던 마리엔느가 불현듯 덥석 내 양손을 붙들었다.

"공녀님. 우리 고고학과…… 사실 좀 힘들, 아니, 아주 거지 같아요."

"마, 마리엔느."

"입학시험 턱걸이로 붙은 놈들이 기어들어 와서 핑핑 처놀고만 있고, 성적은 매년 꼴찌의 꼴찌를 기록하고 있지, 연구비도 쥐꼬리만큼 주는 데다가 그놈의 조수는 언제쯤 배치해 주는 건지, 망할 게일 프로토스!"

"……."

"큼큼…… 게일 프로토스는 아카데미 총장님이세요."

뜬금없는 거친 욕설에 눈을 휘둥그레 뜬 내게 마리엔느가 헛기침을 하며 덧붙였다.

"그렇지만 공녀님께서 우리 학과로 진학하신다면, 이 모든 처우가 개선되리라 믿어 의심치 않아요."

"네? 저라고 딱히 그런 힘이 있지는……."

"공녀님, 저 지금 사표 쓰기 일보 직전이에요. 그러니 사람 한 명, 아니, 멀쩡한 학과 하나 살린다 치고 입학해 주시면 안 될까요? 제가 공녀님의 졸업까지 탄탄대로를 보장하겠습니다. 네? 제발요……."

마리엔느는 흡사 애원하듯 나를 붙들고 매달렸다. 나는 난처한 음성으로 답했다.

"하지만 마리엔느, 입학 시기는 이미 지났는걸요."

워낙 입학 희망자가 많아 경쟁률이 높은 왕립 아카데미는 3년에 한 번꼴로 졸업과 입학을 동시에 치른다.

애석하게도, 나는 그 시기에 칼리스토와 신나게 솔레일 바닥을 기고 있었기에 해당 사항이 없었다. 그러자 마리엔느가 희번덕 눈을 빛내며 소리쳤다.

"그래서! 제가 몇백 년 전 사례까지 뒤지고 뒤졌지 뭐예요?"

"……예?"

"학기 중 입학이 아예 불가능한 건 아니에요. 156년 전, 아카데미에 있는 타국의 왕자를 짝사랑한 황녀 하나 때문에 황제의 직인이 있는 황족들은 딱 한 번 중도 입학이 가능한 특례가 있더라고요!"

"전 황족 아닌데요?"

"무슨 소리세요? 곧 남편이 제국의 황제가 되시잖아요?"

"네?"

"예?"

마치 일상을 얘기하듯, 여상하게 흘러나오는 마리엔느의 목소리에 우뚝 사고가 멈췄다.

'남편……?'

해맑은 마리엔느의 얼굴에 못 박힌 두 눈동자가 하릴없이 흔들리는 게 느껴졌다.

'어떻게 알았지?'

나는 나름 우리 관계를 잘 숨겼다고 생각했다. 비록 칼리스토 그 미친놈이 예전에 제 부하들에게 '예비 황태자비'라느니 헛소리를 늘어놓고 다니긴 했지만…….

그 말을 꺼내는 인간이 나타날 때마다 개지랄을 떨어서 그런지, 다들 그딴 말은 입 밖에도 꺼내지 않았다.

이전에 황태자와 그 문제로 수없이 다퉜음에도 불구하고, 나는 정말로 그쪽으로 생각해 본 적이 없었다. 왜냐하면 망할 게임 때문에 그럴 정신이 없기도 했거니와, 솔직히 결혼까진 아니지 않은가.

'사귄다고 인정한 지 이제 며칠 지났는데 무슨 놈의 결혼?!'

예상치 못한 마리엔느의 말에 대답하지 못하고 버벅거리는 사이.

"세상에나! 그럼 전 미래의 황후 폐하와 대화하는 중인 거잖아요?"

그녀가 새로이 깨달았다는 듯 '짝' 하고 손뼉을 한번 치더니, 그대로 허리 숙여 내게 절을 했다.

"잘 부탁드리옵니다, 황후 폐하."

그녀의 뜬금없는 행동에 현장 내 호기심 어린 이목이 하나둘 쏠리기 시작했다.

"그, 그만해요, 다들 오해하잖아요!"

손을 뻗어 그녀를 마구 일으킨 나는 주변을 두리번거리며 벌게진 얼굴로 허둥지둥 물었다.

"누, 누가 말했어요? 혹시 세드릭? 아니면 그 망할 놈이 또……!"

"에이, 그걸 꼭 누가 말해야 아나요? 척 보면 척이죠."

은밀한 미소를 짓는 마리엔느의 얼굴에 나는 2차 충격을 먹었다.

'정식으로 사귄 지 이제 겨우 며칠짼데…… 그렇게 티가 났다고?'

그럴 리 없었다. 낮 동안 우리의 소통은 대부분 세드릭을 통해 이루어졌기 때문이다. 자리를 털고 일어난 후의 그는 너무나도 바빠서 사적으론 얼굴 마주할 틈도 별로 없었다.

합심하여 세계를 위협하는 주적을 물리치고, 황태자파에 선 부친의 정치색을 이어 황궁에서 수습을 돕는다. 누가 봐도 공적인 협력 관계이지 않은가!

"걱정 마세요, 공녀님. 저 말곤 아무도 그렇게 생각 안 할 테니까요."

내 당황스러운 심정을 고스란히 읽은 건지 다행히도 마리엔느가 얼른 덧붙였다.

"아무렴 전쟁터를 휩쓸고, 하루아침에 정적마저 쓸어버린 '그' 황태자 전하시잖아요."

"네? 그게 무슨……."

나는 갑작스럽게 변경된 대화의 맥락이 이해가 가지 않아 고개를 기울였다. 그러자 그녀는 우리가 연인 관계임을 들켰다는 말보다 더 어마어마한 소리를 내뱉었다.

"그런 분이 고분고분 대하는 유일한 사람인데 얼마나 대단한 능력의 소유자 같겠어요?"

"……예?"

"게다가 공녀님의 마법 공격을 목격했던 사람들이 말하기를, 사실상 공녀님이야말로 제국을 먹어 치울 마법 괴물이라는 소문이 파다하던데요? 그래서 황태자 전하께서 경계하기 위해 황궁에 두시는 거라고……."

"뭐, 뭐라고요?!"

나는 그야말로 대경실색했다. 에카르트의 미친개, 석궁 쏘는 침팬지도 모자라…… 이제는 하다못해 제국을 먹어 치울 마법 괴물이라니?

'미친, 그렇고 그런 사이란 소문보다 그게 더 기분 더러워!'

기가 막히다 못해 코까지 막힐 일이었다. 최대한 우리 관계를 숨기기에 급급한 나는 그딴 말도 안 되는 소문이 도는지 전혀 알지 못했다.

따지고 보면 숨긴 것도 아니었다. 다섯 남주 중 한 명이 중상을 입고 나머지 두 명이 죽었는지 살았는지도 모르는 상황에, 우리 사이를 티 내기가 그랬다.

결정적으로 그나마 멀쩡한 공포의 주둥이가 알면 골치 아파질 게 뻔했기에.

'그런데 지배하는 거면 그냥 지배하는 거지, 먹어 치우긴 뭘 먹어 치워? 내가 돼지냐!'

대체 어떤 할 짓 없는 놈들이 그딴 말을 떠들고 다니는 것일까. 날이 갈수록 강력해지는 내 헛소문에 부아가 확 치밀었다.

벌게졌다 퍼래지길 반복하는 내 안색에 마리엔느가 내 눈치를 보았다.

"제, 제가 괜한 말을 했나 봐요, 공녀님."

"……아니에요. 말해 줘서 고마워요. 안 그랬으면 까맣게 몰랐을 텐데."

"하하……."

"혹시, 어떤 새끼가 그딴 소릴 지껄였는지 기억나세요?"

이를 꽉 깨물고 서늘하게 웃으며 묻자, 마리엔느가 겁먹은 표정으로 고개를 저었다.

"저, 저도 풍문으로 접한 거라…… 호호호, 물론 전 당연히 안 믿었어요!"

그녀가 황급히 수습하려 들었지만, 나는 이미 마음을 먹었다. 그딴 망발을 지껄인 놈을 잡아 쳐 죽이리라고.

그러다 뒤늦게 의문이 들었다. 황태자와 내 사이의 소문이 그렇게 살벌하게 났는데.

'마리엔느는 대체 어떻게 알게 된 거지?'

의아하다는 듯 그녀를 바라보자, 그런 내 시선을 눈치챈 마리엔느가 어딘가를 바라보며 배시시 웃었다.

"소문처럼 황위를 두고 황태자 전하와 대치하는 관계라면, 보좌관님이 매일같이 마르고 닳도록 공녀님을 찾아 헤맬 이유가 뭐 있겠어요?"

"공녀님!"

그와 동시에 누군가가 우렁찬 소리로 나를 불렀다. 휙 고개를 돌리자, 막 현장에 들어선 세드릭이 나를 발견하고 허겁지겁 뛰어오는 것이 보였다.

"공녀님, 황태자 전하께서 유물 복원과 관련하여 급히 상의할 일이 있다고 하십니다."

한달음에 내 앞에 다가온 세드릭이 가쁜 호흡을 몰아쉬며 용건을 털어놓았다. 누가 봐도 사무적인 일로 온 사람 같았다.

"매우 중대한 사안이니, 가급적이면 빨리 방문하셨으면 좋겠다고 전하셨습니다."

'급히 상의할 일'이란 기껏해야 같이 차나 밥을 먹자는 것일 테고. '매우 중대한 사안'은 지가 급하니 곧장 튀어 오란 소리다.

'그러고 보니, 곧 점심때네.'

그 생각과 동시에 마리엔느가 감탄하듯 작게 중얼거렸다.

"……세상에, 호랑이도 제 말 하면 온다는 게 정말이었나 봐요."

그제야 시도 때도 없는 세드릭의 방문이 누군가의 눈엔 다르게 비칠지 모른다는 깨달음이 덜컥 찾아왔다.

"네? 뭐라 하셨습니까, 레이디 테롯……."

"어, 어서 가요!"

나는 허겁지겁 두 사람 사이를 가로막았다. 폭탄을 입에 품은 두 인간이 붙어 있어 봤자 별로 좋지 않은 일들만 벌어질 것이다.

세드릭의 팔을 마구 잡아끌자 다행히 그는 당황해하면서도 순순히 걸음을 옮겼다.

"그런데 공녀님, 혹시 어디 아프십니까? 얼굴이 너무 붉으신데……."

"급한 사안이라면서요? 잔소리 말고 얼른 가요!"

"좋은 시간 보내고 오세요, 공녀님!"

영문을 모른 채 내게 끌려오는 세드릭과는 다소 상반된 마리엔느의 배웅을 받으며 나는 성큼성큼 황태자 궁으로 향했다.

황궁 깊숙한 내부에 있는 황태자 궁과 작업 현장까지는 거리가 꽤 있었다. 칼리스토를 만나러 가는 동안 나는 깊은 생각에 잠겼다.

마지막 퀘스트가 끝나고, 황궁과 수도 내 나에 대한 인식이 좀 바뀌었다는 건 알았지만 실제로 체감하긴 드물었다. 황태자 궁에서 워낙 두문불출했던 탓이었다.

'난 조용히 있는 게 이상한 소문들 가라앉히는 데 도움되는 줄 알았지…….'

상식적으로 귀족 영애가 의식 잃은 황태자의 궁에 처박혀 있는데, 어떻게 황위를 건 새로운 대치 관계 따위의 소문이 돈단 말인가.

'공작은 알고 있을까?'

내 입으로 직접 인정한 칼리스토와의 관계를 들은 유일한 인물이었다. 에카르트의 명성에 먹칠하는 소문이라면 공작이 가만있지는 않았을 텐데…….

'아니야.'

그러다 불현듯 생각이 달라졌다. 어쩌면 공작은 이딴 괴소문을 반겼을지도 모른다. 황태자를 지지하면서도 썩 마음에 들지 않아 했으니.

'그럼 이제 어떻게 해야 하지?'

황태자의 새로운 정적이라는 소문을 가라앉히려면 연인 관계임을 대놓고 공표하는 수밖에 없었다.

그러나 아까의 마리엔느처럼 미래의 황후 어쩌구 소리를 들으며 대우받기는 싫었다.

그건 뷘터 생사 확인 작업이 마무리되면 손 놓은 공부를 다시 시작하여 조용히 학도의 길을 걸어 보려는 내 계획과는 전혀 다른 방향이었기 때문이다.

'아니, 그러고 보니 그냥 연애 좀 하는 것뿐인데 마리엔느는 왜 갑자기 결혼으로 논리 점프야?'

차분했던 생각들이 점점 머릿속에서 마구잡이로 뒤섞이던 그때.

"……녀님, 공녀님?"

나를 부르는 소리에 퍼뜩 상념에서 깨어났다. 옆을 돌아보자 세드릭이 의아한 얼굴로 나를 바라보고 있었다.

"네? 저 불렀어요?"

"갑자기 걸음을 멈추셔서 말입니다."

"아……."

나는 그제야 길 한복판에 우뚝 멈춰 섰다는 것을 깨닫고 민망해졌다. 다시 걸음을 옮기자 세드릭이 대수롭지 않게 따라 걸으며 입을 열었다.

"공녀님, 가는 길에 뭐 하나만 여쭤봐도 됩니까?"

"뭔데요?"

"다름이 아니라 혹시, 아르키나 제도와 가장 가까운 항구가 있는 트라탄이란 도시 기억하십니까? 얼마 전 솔레일이란 섬이 수장된

사건이 있었는데……."

"아."

물론 똑똑히 기억했다. 그 섬은 내가 수장했으니까.

"……거긴 왜요?"

안타깝게도 그곳에 관해선 별로 좋지 않은 기억뿐이었기에 되묻는 목소리가 퍽 시큰둥했다. 언짢은 내 반응에도 세드릭이 멋쩍게 웃으며 말을 이었다.

"겨울이 다가오면서 트라탄을 중심으로 아래 지방에 큰 기근이 들었다고 합니다. 각 지역의 영주들이 자금과 물자 지원을 해 달라고 아우성 중인데요."

"……."

"만약 공녀님께 해결할 수 있는 권한이 주어진다면 어떤 해결책을 쓰시겠습니까?"

'또 시작이네.'

나는 생각했다. 황궁에 머문 이후 세드릭은 종종 이렇게 내게 알쏭달쏭한 질문을 하곤 했다.

이유는 알 수 없었다. 그저 모시는 주군이 국정을 다스리기에 영 믿음직스럽지 못하니 여기저기 자문을 구하는 게 아닌가 여길 뿐.

"뭘 어떻게 해요? 국고를 풀겠죠."

나는 어깨를 으쓱이며 여상히 답했다. 누구나 생각할 법한 일차원적인 방법이었다.

"그게…… 시국이 시국인지라 다른 때보다 국세를 거둬들이기 어렵습니다. 지금 국고를 풀어 버리면, 정작 한겨울에 한파로 고난을 겪는 지역들을 지원하기 힘들어집니다."

그러나 세드릭이 난처한 얼굴로 오류를 지적했다.

'그럼 어쩌라는 거지?'

나는 의아해졌다. 국무와는 담쌓은 내게 방안을 강구해 봤자, 남의 나라 얘기처럼 들리기만 했다.

"……제게 기부를 권고하는 건가요?"

설마 에메랄드와 다이아몬드 광산으로 내가 부자가 된 걸 눈치챈 건가? 눈을 게슴츠레 뜨고 반문하자, 그가 당황하며 손사래를 쳤다.

"아니요. 제 말은…… 그러니까 다른 자금책이 있을까 해서 말입니다."

"다른 자금책?"

국고 조달에 국세 말고 다른 자금책이 뭐가 있……. 그렇게까지 생각했을 무렵 번뜩 머릿속을 스치고 지나가는 것이 있었다.

"……아, 혹시 이번에 몰수한 황비 가문 재산 말이에요?"

"그라췌!"

그러자 세드릭이 '딱!' 하고 손가락을 튕기며 외쳤다. 모두 다 알려 줬으니 이제 답을 말하라는 듯 세드릭이 초롱초롱한 눈으로 나를 압박했다.

'진작 그렇게 하면 되지, 왜 굳이 나한테서 대답을 유도하는 거야?'

나는 좀 떨떠름한 음성으로 대답했다.

"……그럼 그렇게 해요."

"알겠습니다. 당장 그렇게 시행하지요! 해결 방안을 내주셔서 진심으로 감사드립니다."

재차 감사 인사를 한 그는 품에서 주섬주섬 펜과 수첩을 꺼내어 뭔가를 적었다. 그것 또한 질문이 끝나면 곧잘 이어지곤 했던 행동이었다.

이 모든 일이 영 수상쩍기 그지없었지만, 나는 필사적으로 모른 체했다. 세드릭의 괴이쩍은 행동들을 깊이 파고들기 시작하면 큰 일 날 것 같다는 직감이 들었기 때문이다.

"아, 그리고 근래 바이엔 왕국의 여왕이 직접 황궁과의 수교를 요청했습니다. 이건 어떻게 하는 게 좋을까요?"

한참 동안 무언가를 끄적이던 세드릭이 이윽고 천천히 걸음을 옮기며 또 다른 질문을 던졌다.

"바이엔 왕국이요?"

"네, 바이엔 왕국은 자잘한 광산이 많아 도기 문화가 잘 발달되어 있습니다."

"아하."

"바이엔의 장인들이 만든 그릇들은 감탄을 자아낼 만큼 무척 아름답지만, 채굴되는 광석들 대부분이 하등품이라 현물로서의 가치는 썩 크지 않습니다."

"그렇군요."

"바이엔 측은 황궁에서 사용하는 식기 납품을 독점하고 싶다 합니다. 제국의 명성을 이용하여 가치를 올리려는 거지요."

영혼 없는 대꾸에도 세드릭은 굴하지 않고 꿋꿋이 대화를 이어갔다. 모시는 주인을 닮아 그런지 보통 뻔뻔한 낯짝이 아닐 수 없었다.

"하지만 썩 나쁜 제안은 아닙니다. 시국이 시국인지라 황궁에서 기존과는 완전히 다른 새 유행을 선도하는 것도 나쁘지 않은 일입니다."

대충 한 귀로 흘려들으려다 뒤이어 들려온 말에 멈칫했다. 그 말은 좀 일리가 있었다. 원래 정권이 바뀌면 가장 먼저 하는 일이 전 정권 지우기이지 않은가.

하지만 내가 왈가왈부할 일은 아니었다.

"황태자 전하께서 어련히 알아서 하시겠죠."

"하하, 전하를 잘 아시지 않습니까. 그깟 그릇 쪼가리들 사들여서 뭐에 쓰겠냐며 사신들 목을 쳐서 돌려보내란 소리나 하시겠죠."

끔찍한 말이었지만, 칼리스토 놈이라면 충분히 행할 법했다.

"돌아가신 선황제 폐하의 치세와 관련된 일이라 해도요?"

"그럼 조약을 보지도 않고 대충 옥새를 찍은 후 예산을 물 쓰듯이 사용하여 사들이라 명하실 겁니다. 어쩌면 써야 할 곳이 분명한 자금마저 위태로워질지도요."

세드릭은 정말로 뛰어난 보좌관이었다.

'이토록 제 주인을 완벽하게 파악하고 있다니…….'

나는 그런 망나니 같은 인간이 앞으로 제국을 이끌어갈 차기 황제라는 사실에 한탄하면서도, 천천히 머리를 굴렸다. 어쩔 수 없었다. 미친놈의 시스템 덕분에 돈에 관련해선 거의 반자동 계산기였다.

"……맨입으로 저품질을 사들이는 건 말이 안 되지."

곰곰이 생각하던 것도 잠시, 불쑥 좋은 방법이 떠올랐다.

"제국에서 채굴되는 적당한 품등의 원석으로 값을 치르면 되겠네요."

"예? 보석…… 말씀이십니까?"

"네. 그릇에 사용되는 광석들이 저렴해서 가치가 없다면서요?"

"아……."

내가 제안한 것의 의미를 알아들은 듯 세드릭이 나지막한 탄식을 내뱉었다.

마법이 상용화된 제국에선 대부분의 보석을 마법을 새기는 데 사용한다. 때문에 그렇지 못한 원석들은 크기가 크든 작든 그다지 취급받지 못했다.

"그런 방법까진 미처 생각지 못했습니다, 공녀님……. 정말 대단하신데요?"

감탄 어린 어조로 내게 금칠을 해 주던 것도 잠시. 세드릭은 이내 들고 있던 수첩에 미친 듯이 무언가를 휘갈겨 적기 시작했다.

광산의 소유주가 되면서 배운 곁 지식들이 이럴 때 도움이 될 줄은 몰랐다. 세드릭의 페이스에 말려들었단 자각이 뒤늦게 들었지만 뭐, 내게 썩 나쁜 일은 아니었다.

"제국에서는 그리 비싼 값에 거래되지 않으니, 예산이 크게 낭비될 일도 없겠군요. 당장 관련 부처에 연락해서 각지에 남는 원석들을 사들이라 해야겠습니다."

"네. 그래도 너무 저렴한 보석이면 안 되니까…… 이를테면, 에메랄드 같은 게 좋겠네요."

"에메랄드, 에메랄드……. 고견 정말 감사합니다, 공녀님."

"감사하긴요."

수첩에 '에메랄드'를 커다랗게 적는 세드릭을 바라보며 나는 흐뭇하게 웃었다.

'돌아가자마자 집사에게 연락해야겠어.'

황태자 궁 뒤편에 마련된 정원으로 막 들어섰을 때였다.

만찬이 차려진 테이블 앞에서 오만상을 찌푸린 채 서류를 보고 있던 칼리스토가 인기척에 벌떡 일어나 달려왔다.

"왜 이렇게 늦게 와?"

"많이 기다렸어요?"

"쯧, 음식 다 식었지 않아."

불퉁한 그의 얼굴에 좀 미안해졌다. 세드릭과 이런저런 이야기를 나누며 걷느라 꽤 늦어진 게 사실이었기 때문이다.

나는 얼른 그의 손을 꼭 맞잡으며 테이블로 이끌었다. 이제야 알게 된 사실이지만 황태자 놈은 삐지면 뒤끝이 꽤 오래가는 성격이었다. 가만 놔뒀다간 결국 나만 힘들어질 게 뻔했으므로, 나는 순순히 사과했다.

"미안해요. 여기까지 거리가 좀 있잖아요."

다행히 손부터 잡는 방법이 먹혔는지, 칼리스토가 한결 누그러진 얼굴로 다시 음식 앞에 앉았다.

"음식을 다시 내와라."

그가 시종들을 향해 명령했다. 나는 아무렇게나 내팽개쳐진 서류들을 주섬주섬 줍고 있는 세드릭을 안쓰럽게 곁눈질하며 말했다.

"바쁘면 간단하게 다과만 들고 갈까요?"

"누가 바쁘대? 그리고, 악귀 같은 놈들을 상대하려면 밥이라도 잘 챙겨 먹어야지."

거기서 뭘 얼마나 더 상대하려고 그러나 싶은 생각이 들었지만 딱히 입 밖에 내지 않았다. 때마침 세드릭이 바닥에 떨어진 서류를 다 줍고 일어선 순간이었다.

"그런데, 편하게 타고 오라고 내준 마차는 어디다 두고 온 거지?"

기다렸다는 듯 칼리스토가 제 보좌관을 공격했다. 세드릭의 어깨가 눈에 띄게 움찔거렸다.

"저는 급한 일이 있어서 먼저 가 보겠습니다."

잡을 새도 없이 쏜살같이 정원 밖으로 튀어 나가는 그의 뒷모습을 바라보며 칼리스토가 섬뜩하게 지껄였다.

"저 빌어 처먹을 놈이 또 상전 말을 개뻐다귀처럼 여겼군. 한번 손을 봐 줘야겠어."

"너무 그러지 마세요."

오늘은 얻은 수익이 꽤 짭짤했기에 나는 적당히 세드릭을 감쌌다.

"전 걸어오는 게 편해요. 그러니 자꾸 마차 보내지 마시라니까요?"

내 말에 칼리스토가 영문을 모르겠다는 듯 눈썹을 꿈틀거렸다.

"지난번에도 돌려보내더니, 대체 왜 그래? 걸어오기 힘들잖아."

그때는 사람들의 이목이 부담스럽고, 혹시라도 우리 관계가 일파만파 퍼져 나갈까 봐 그랬다.

하지만 그토록 우려하던 소문이라는 게 실상……. 이제 그가 보낸 마차를 탔다간 황태자가 빈틈없이 정적을 감시하고 있다는 소문이나 퍼질 판국이었다.

"지금 우리 사이에 무슨 헛소문이 도는지 알기는 하고 그러는……."

"소문?"

답답한 심정에 버럭 외치려던 나는, 되묻는 그의 음성에 가까스로 정신을 차리고 입을 다물었다.

세드릭과 마리엔느가 그냥 폭탄을 입에 품은 것이라면, 칼리스토는 이미 주둥이 자체가 핵폭탄급이었다. 괜히 잘못 말했다가 전국에 예비 황태자비니 어쩌니 대자보를 붙일지도 모를 노릇이다.

"말해 봐. 우리 사이에 무슨 소문이 도는데?"

단번에 호기심이 서린 눈으로 추궁하기 시작하는 그의 모습에 나는 황급히 고개를 내저었다.

"……아, 아무것도 아니에요."

천만다행히도 마침맞게 새로 데워진 음식들이 대화를 갈랐다. 시종이 가지런히 놓아준 김이 모락모락 나는 수프를 숟가락으로 뒤적이며 나는 대충 얼버무렸다.

"……아무튼, 이제 마차 보내지 마세요. 때 되면 알아서 올 테니까."

"배려를 해 줘도 난리군."

그가 퍽 심통 난 표정을 지으며 들고 있는 포크로 찻잔을 쳤다. '쨍, 챙!' 하고 듣기 싫은 쇳소리가 두어 번 울려 퍼졌다.

"마음에 안 들어."

"허."

나는 기가 막혀 헛웃음을 터뜨렸다.

"애도 아니고 이게 뭐 하는 짓이에요? 그리고, 곧 황위에 오를 분이 개뼈다귀가 뭡니까? 예쁜 말 고운 말만 쓰세요."

"누가 보면 그대가 내 모친인지, 부인인지 영 헷갈리겠어."

"전하야말로 자꾸 착각하시는데 우린 아직 약혼도 안 했어요."

"사람이 왜 그렇게 모질어? 어떻게 한마디를 그냥 넘어가는 법이 없군그래."

'네놈이 못 넘어가게 만들잖아!'

나는 목 끝까지 차오른 말을 고기 조각과 함께 간신히 씹어 삼키며 심호흡을 했다.

'……참자. 지성인인 내가 참아야 하느니.'

거리가 있다고 한들 시중을 드는 시종들이 분명 우리 대화를 모두 듣고 있을 터였다. 칼리스토 놈이야 원체 그런 인간이라지만, 나까지 똑같은 부류로 전락하면 그 얼마나 억울한 일인가.

찬물을 벌컥벌컥 마시며 열불을 식히는 내 모습이 웃긴지 칼리스토가 비식비식 웃음을 터뜨렸다.

"발은. 아픈 데는 없나?"

지나가듯 묻는 가벼운 어투였지만, 실상 그렇지 않았다. 처음 복원 현장에 갔을 때, 신발 선택을 잘못해서 발뒤꿈치가 까져 절뚝거리는 사건이 있은 후로 유난을 부리는 그였다.

하지만 그게 썩 나쁘게 느껴지진 않았다. 누군가 유난스럽게 나를 걱정하고 챙겨 준다는 건 퍽 낯설고 민망한 감정이었다.

그러나 나는 때때로 새어 나오는 웃음을 참을 수 없었다. 부아가 치밀다가도, 지금처럼.

"구두 신은 것도 아닌데요. 괜찮아요."

"쯧, 그러게 얌전히 궁에 박혀 있으라니까."

덩달아 빙긋 미소 짓자, 칼리스토가 콧잔등을 찌푸리며 투덜거렸다.

저 따뜻한 목소리가, 눈빛이, 이제는 내게 너무 간질거리고 소중해서.

나는 오늘도 이곳에 남기로 결정한 것을 후회하지 않았다.

"하여튼 말은 더럽게 안 듣지."

"이하동문입니다."

"아주 그냥 맞먹는군. 황족 모독이야."

물론 저 지옥의 주둥아리만 빼고.

칼리스토와 티격태격하다 보니 어느덧 식사가 대강 끝이 났다. 디저트로 내온 메론 셔벗까지 야무지게 먹고 있을 때였다.

"전하, 죄송합니다. 급히 드릴 말씀이 있어……."

"뭐야."

그의 부관 중 한 명이 만찬장 안에 난입했다. 상관의 성격을 알면서도 저러는 것이면 진짜 급한 일이란 소리다.

"제기랄."

예상이 맞았는지 보고를 들은 칼리스토가 살벌하게 얼굴을 구기며 욕설을 뇌까렸다.

"……미안한데 공녀, 그만 일어나야겠군. 급히 회의가 잡혔어."

그가 일어날 채비를 하며 사과했다. 마침 나도 막 그릇을 비운 참이라 들고 있던 티스푼을 고분고분 내려놓았다.

"괜찮아요. 저도 대충 다 먹었어요."

"왜, 더 먹고 가지. 누가 훔쳐 갈까 봐 그렇게 코 박고 먹던 거 아닌가?"

"그, 그 정돈 아니었거든요?"

오랜만에 먹는 디저트라 반가워서 그랬지, 그의 말처럼 그렇게까지 환장하고 먹지는 않았다.

획 쏘아보자 칼리스토가 자리에서 완전히 일어서며 유쾌하게 웃었다. 덩달아 일어선 나는 작별 인사차 회의보다 중요한 일정을 상기시켰다.

“식사 후에 의원이 방문하기로 한 거 잊지 않았죠? 진찰 꼭 받아요.”

“……음.”

역시나 잊고 있었는지 칼리스토가 미묘한 얼굴을 하며 눈을 피했다. 대체 유년 시절에 어떻게 자란 건지, 그는 의원에게 진찰을 받거나 약을 먹는 것을 매우 싫어했다.

‘애도 아니고…….’

그는 아직 엄연한 환자였다. 두 번, 세 번 말하지 않으면 바쁘다는 핑계로 진찰을 피할 게 뻔했다.

“약속하고 가요. 진찰받고 일하기로.”

“공녀, 잠깐 이리 와 봐.”

“싫습니다. 말 돌리지 말고 빨리 약속이나 하고 가세요. 기다리잖아요.”

“그래? 그럼 내가 가지.”

발을 동동 구르며 기다리는 부관을 향해 턱짓했지만, 역시나 요지부동이었다. 꿈쩍도 안 한 채 인상을 쓰고 있는 나 대신 칼리스토가 히죽 웃으며 성큼성큼 거리를 좁혀 왔다.

“여기, 묻었잖아.”

“뭐 하는…….”

단숨에 앞까지 당도한 남자가 손을 뻗었다. 주춤 뒤로 몸을 물리기 전에 따뜻한 온기가 입가에 닿았다.

그가 굳은살이 박인 엄지손가락으로 입술을 부드럽게 지분거렸다.

“애도 아니고 칠칠맞기는.”

깜짝 놀라 굳어 있던 나는, 곧바로 들려오는 웃음기 어린 목소리에 얼굴이 붉어졌다. 그의 말대로 맛있어서 정신없이 먹느라 묻히고 먹는지도 몰랐다.

'아니, 지는 약 먹기 싫어서 도망 다니는 주제에!'

민망함도 잠시, 다른 누구도 아닌 칼리스토에게 그런 취급을 받았다는 사실이 충격으로 다가왔다.

"지금 누가 할 소리를……!"

쪽.

그때였다. 입술에 거칠거칠한 굳은살 대신 몰랑한 감촉이 도장 찍듯 쏜살같이 닿았다 떨어진 것은.

나는 방금 전 무슨 일이 일어났는지 알지 못해 그저 멍하니 입을 벌리고 얼어붙었다.

"달군."

그런 나를 바라보며 칼리스토가 이를 드러내고 씨익 웃었다. 나는 그제야 정신을 차리고 주위를 휙휙 둘러보았다.

"……미쳤어요?"

다행히 그의 커다란 덩치에 가려 부관과 시종들의 모습은 보이지 않았다. 그러나 얼굴에 벌겋게 열이 올랐다. 대낮부터 이게 무슨 망측한 일이란 말인가.

"아니? 약혼녀에게 입 맞출 정도로 지극히 제정신이지."

"이, 이……."

부끄러움도 모르는 인간아!

그러나 벌컥 분노를 쏟기도 전에 칼리스토가 제 쪽으로 나를 와락 끌어당겼다.

"억!"

그 바람에 딱딱한 가슴에 이마를 정통으로 부딪쳤다.

"이봐요!"

막무가내로 나를 끌어안은 남자의 어깨를 퍽퍽 내리쳐 벗어나려고 발버둥 치던 순간이었다.

"후…… 가기 싫군."

칼리스토가 내 어깨에 이마를 비비며 어리광을 피우듯 중얼거렸다.

"진찰은 저녁으로 미뤄야 할 것 같아. 핑계가 아니라 정말이야."

진심인지, 꽤 지친 목소리였다. 쥐어뜯기 위해 결이 고운 금발을 한 움큼 움켜잡았던 손가락에서 스르륵 힘이 풀렸다.

나는 그의 뒤통수를 헤집은 손을 떼지도, 그렇다고 마주 안지도 않은 어정쩡한 자세로 그의 품에 안긴 채 물었다.

"……그렇게 바빠요?"

"대관식 때문에 골이 부서질 것 같군."

"대관식이 왜요?"

"입만 산 늙은이들이 사사건건 이건 이래서 안 된다, 저건 저래서 안 된다……."

목가에 얼굴을 묻은 칼리스토가 크게 숨을 들이마셨다가 농담처럼 속삭였다.

"이러다가 내가 황위에 오르는 것조차 반대하겠어."

지금 제국에 남은 유일한 황위 계승자는 칼리스토뿐이니 그럴 리 없었다. 장난이란 걸 알았지만 그럼에도 불쑥 화가 치밀었다.

"어떤 미친 인간이 그래요?"

제국이 당장 멸망해도 상관없다고 입버릇처럼 말했음에도, 그는 목숨 바쳐 광룡으로부터 황궁을 지켰다. 엘렌 후작 무리마저 깡그리 숙청된 마당에 감히 누가 그딴 망발을……!

"아, 이것 좀 놔 봐요!"

순식간에 심각해진 나는 그의 품에서 벗어나기 위해 다시 버둥거렸다. 그러나 칼리스토 놈은 나지막이 웃음을 터뜨릴 뿐 상체를 꽉 얽어맨 팔을 풀지 않았다.

"그냥 해 본 소리야."

"그냥 그런 소리를 해요?"

"감히 누가 날 반대하겠어? 세계를 멸망시킬 무시무시한 괴물을 죽이고 거머쥔 황위를 내게 양보한 영웅께서, 이렇게 두 눈 부릅뜨고 날 지지해 주는데 말이야."

능글맞게 킬킬거린 그가 고개를 들고 다시 내 뺨에 '쪽, 쪽' 하고 입을 맞췄다.

"내가 얼마나 든든한지 아나?"

"진짜!"

나는 필사적으로 놈의 입술 공격을 피하며 머리채를 잡고 있던 손에 힘을 줘서 달라붙어 있는 그를 뜯어냈다.

"장난이라도 그런 소리 하지 마세요. 지금 우리 사이에 무슨 헛소문이 도는지나 아세요?"

"아, 아!"

칼리스토의 근사한 미간에 주름이 잡혔다. 엄살 섞인 비명을 지르며 그가 외쳤다.

"이렇게 박대할 거면, 그냥 국서로 두지 뭐 하러 황제로 만들어?"

"누차 말했지만, 전 황위 같은 거 관심도 없다고 했어요."

"나도 딱히 관심 없어. 그대와 함께 희대의 악처로 기록돼도 괜찮다고 했지 않나?"

"됐거든요!"

마침내 그의 품에서 빠져나온 나는, 놈이 잡을세라 후다닥 몇 발짝 멀어진 채 소리쳤다.

"제 눈에 흙이 들어가도 전하가 대관식 치르는 꼴은 똑똑히 볼 겁니다."

단순히 그의 헛소리를 일축하기 위한 말은 아니었다. 나는 이 세계에서 새 시작을 하기에 앞서, 무조건 칼리스토가 황제가 되는 모습을 보리라 다짐했다.

이건 시스템으로부터 마지막 퀘스트를 받았을 때도 마찬가지였다.

이본은 물론이고 암살자도, 방해하는 세력도 하나 없는 안전한 세상에서, 그가 꿈꾸던 대로 온전하게 황위에 오르는 그를 보고 싶었다.

그때는 일러스트처럼 환히 웃는 그 모습을 봐야 현실 세계로 가도 마음이 놓일 것 같았고, 지금은 그래야 모든 게 끝이 났다는 걸 실감할 수 있을 것 같기 때문이다.

'비록 무결한 황제가 되겠다는 꿈은 이미 물 건너간 듯하지만…….'

본의 아니게 비장한 표정으로 그를 노려보고 있어서였을까. 칼리스토가 나를 달래듯 다정한 목소리로 말했다.

"너무 신경 쓰지 마."

"……."

나는 대답하지 않고 불만스러운 표정으로 그를 올려다보았다.

칼리스토가 성큼 한 발짝 다가왔다. 다시 끌어안으려나 싶어 피하려 했지만, 다행히 놈은 한쪽 팔을 뻗는데 그쳤다.

"또, 또. 뚱한 표정 짓지 말고."

커다란 손이 잔뜩 모여 있는 미간을 꾹꾹 문질렀다. '뭐 하는 짓이냐'는 뜻을 담은 까칠한 내 시선에 칼리스토가 어깨를 으쓱이며 답했다.

"그 헛소문들 말이야. 어차피 곧 결혼하면 들어갈 개소리들이니까."

"뭐야. 알고 있었어요?"

잘도 모르는 척을 하고 있었겠다 싶어 뭐라 한마디 하려던 찰나였다. 문득 이상한 단어가 머릿속을 스쳐 지나갔다.

"결혼……?"

"그래. 대관식과 결혼식을 동시에 거행하려니 이것저것 부딪치는 게 많더군."

그가 대수롭지 않게 늙은이들과의 트러블이 일어난 이유를 설명했다.

"아무래도 전례 없던 일이니까 늙은이들이 걱정하는 것도……."

"잠깐. 누구 결혼식인데요?"

"뭐?"

나는 더 이상 참을 수 없어 그의 말을 허겁지겁 가로막고 물었다. 칼리스토가 황당하다는 듯 대꾸했다.

"당연히 우리 결혼식이지."

"네?"

"황제의 대관식에 황제 말고 결혼할 미친 인간들이 어디 있겠어?"

입을 떡 벌린 내 반응에 황태자가 재미있다는 표정을 지었다. 나는 멍하니 눈을 깜빡이다 물었다.

"이거…… 혹시 프러포즙니까?"

"그런 거추장스러운 걸 꼭 해야 하나, 우리 사이에?"

"……허."

헛웃음밖에 나오지 않았다. 프러포즈면 차라리 거절을 하려 했다. 그런데 그런 것도 아니란다.

게다가.

'그런 거추장스러운 거……?'

세상에 이딴 식으로 결혼을 통보받는 사람이 대체 어디에 있단 말인가.

어이가 없다 못해 정신이 다 혼미해져서, 나는 한참 버벅거리다가 간신히 대꾸했다.

"누구 마음대로 결혼을 해요?"

"황태자가 황제가 되면 자연히 황태자비도 황후가 되는 거야."

황태자가 어린아이에게 설명하는 투로 차근차근 지껄였다. 나는 어금니를 꽉 깨물었다.

"제가 왜 황태자비예요?"

"그럼 안 할 건가?"

"네."

"뭐?"

"전 전하랑 결혼 안 할 건데요?"

내 말에 칼리스토의 얼굴에 걸려 있던 웃음이 사그라졌다. 방금 전에 결혼을 통보받은 나처럼 얼이 나간 꼴을 보자니 속이 좀 시원해졌다.

"무슨…… 네, 네가 나랑 결혼 안 하면 누구랑 해?"

꽤 한참 동안 지진이 일 듯 눈동자를 떨던 그가 이내 더듬거리며 말했다.

"말해, 어떤 새끼야."

"누구랑 하긴 누구랑 해요? 그냥 혼자 사는 거죠. 애석하게도 전 비혼주의잡니다, 전하."

나는 어깨를 으쓱이며 대수롭지 않게 받아쳤다. 그러기 무섭게 그가 곧바로 되물었다.

"그럼 난?"

"그걸 제가 어떻게 알아요? 알아서 잘 사셔야죠."

"하!"

이번에 헛웃음을 터뜨리는 건 칼리스토의 몫이었다. 마침내 장난기를 모두 거둔 그가 목소리를 내리깔고 읊조렸다.

"페넬로페 에카르트, 진심이야?"

"네."

칼리스토와 나는 아무 말 없이 서로를 노려보았다. 한 치의 물러섬 없이 이를 드러내고 으르렁거리는 모습이 꼭, 사냥 대회에서 재회했을 때로 돌아간 것 같았다.

허공에서 '파박' 하고 새파란 스파크가 튀는 환영이 보이는 듯했다.

"저, 전하. 송구합니다만, 시간이 많이 지체되고 있사옵……."

그때 그의 부관이 하얗게 질린 얼굴로 우리 사이에 끼어들었다. 휙, 하고 칼리스토의 살벌한 시선이 그쪽으로 돌아가자 그가 '히익!' 하고 기절초풍했다.

"……쯧, 장난은 이쯤 하는 게 좋겠군."

그제야 아랫사람들 앞에서 못 볼 꼴을 보였다는 사실을 자각한 건지, 칼리스토가 애써 표정 관리를 했다.

"이만 가지. 남은 대화는 밤에 마저 나누도록 해."

"장난 아닙니다. 그리고 묻지도 않으셨지만, 아무튼 전 말했어요."

장난이라고 뭉뚱그리며 대충 넘기려는 속셈임을 모를 리 없었다. 나는 황급히 자리를 피한 후 뒤에서 또 어떤 음흉한 작당을 할지 모를 놈에게 쐐기를 박듯 말했다.

"전하, 아니, 칼리스토 레굴루스."

풀 네임을 부른 것이 꽤 충격이었는지 칼리스토가 입을 떡 벌렸다.

"내 눈에 흙이 들어가도 당신이랑 결혼 안 해!"

충격을 받은 채 우두커니 굳어 서 있는 황태자를 내버려 둔 채 나는 혼자 거처로 돌아왔다. 적막한 방에 들어오자 다 토해 내지 못한 분노가 우다다 차올랐다.

"뭐? 그딴 거추장스러운 걸 왜 하냐고?"

아무리 생각해도 기분 나빴다. 대관식 날 내 결혼식을 진행한다는 것. 황궁에 몇 주간 있는 동안 나는 듣도 보도 못한 소식이었다. 게다가.

— 네가 나랑 결혼 안 하면 누구랑 해?

꼭 본인이 아니면 나랑 결혼해 줄 사람 따윈 없다는 것처럼 들리지 않는가.

"하! 누가 결혼해 준대? 난 너랑 결혼할 생각 같은 건 조금도 없었어, 미친 황금 대가리 자식!"

나는 마치 눈앞에 칼리스토가 서 있는 것처럼 삿대질하며 소리쳤다.

"무릎 꿇고 제발 결혼해 달라고 빌어도 모자랄 판에! 내가 원하는 건 다 들어줄 테니까 남아 달랄 땐 언제고, 이 망할 놈아!"

이게 바로 잡은 물고기에겐 밥을 주지 않는다는 것인가?

씩씩거리며 정신없이 방을 돌아다니던 나는 이내 금방 지치고 말았다. 오늘 오전부터 너무 많은 일이 있었다. 침대 위에 힘없이 드러누운 나는 착잡함에 한숨을 내쉬었다.

"하……."

어쩌다 이렇게 된 걸까.

칼리스토가 눈을 뜬 이후로 이렇게 격렬하게 부딪친 적이 없었다. 그래서인지 시종들이 보건 말건 있는 대로 내지르고 왔지만, 썩 마음이 편치 않았다.

"결국 마리엔느가 한 말이 사실이었네……."

쓸데없는 생각을 하며 멍하니 천장을 바라보았다.

기실, 나라고 칼리스토와의 미래를 그리지 않은 건 아니었다. 그를 사랑했기에 이곳에 남기를 선택했고, 연애도 결혼도 한다면 당연히 그와 할 것이라 여겼다.

'하지만 이런 식은 아니잖아.'

약혼이면 몰라도, 결혼은 막연히 먼 훗날의 얘기라 생각했다. 이제야 시스템에서 완전히 벗어나 온전한 내 삶을 가지게 되었는데…….

칼리스토에게도 '무결한 황제'라는 꿈이 있듯, 내게도 꿈이 있었다.

나는 솔직히 현생에 두고 온 내 성적과 전공이 아까웠다. 무사히 살아서 집으로 돌아가겠다는 목표가 사라진 이상, 여기서나마 원래 내 꿈을 이루고 싶었다.

천만다행히도 이젠 그때처럼 일주일 내내 알바 하고 돌아와 곰팡이 핀 반지하 방에서 밤새 시험공부를 하지 않아도 되었다.

그러나 눈코 뜰 새 없이 바쁜 나날들을 보내고 있는 황태자를 배려한답시고, 정작 공부를 시작하고 싶다는 말조차 꺼내지 못했다.

'난 아직도 이 세계가 뭐가 어떻게 돌아가는지 모른다고. 누가 귀족인지도 잘 모르는 마당에 무슨 결혼에, 황후야?'

억울하고 짜증이 났다. 그러나 동시에 새파랗게 질린 채 얼어붙었던 칼리스토의 마지막 얼굴이 떠올랐다.

'……좀 심했나?'

아직 몸도 성치 않은 사람이었다. 게다가 부관도 뒤에 서 있었는데, 좀 더 참을 걸 그랬나 싶은 후회가 뒤늦게 몰려왔다.

'아니, 그렇다고 프러포즈도 안 하는 놈한테 냉큼 알겠다고 하는 것도 이상하잖아!'

양립되는 감정들에 머리를 쥐어 싸매고 고민하던 나는 이내 생각하기를 포기했다.

"아, 몰라! 내가 왜 그 인간 걱정을 하고 있어야 해?"

어차피 지금 하는 고민 걱정은 모두 쓸데없는 감정 소모였다.

"그러게 그 미친놈은 왜 상의도 안 하고 멋대로 그런 걸 계획해서는……."

불만스럽게 중얼거리던 나는 차분히 결론을 내렸다. 이따 저녁에 칼리스토가 돌아오면 이성적으로 대화를 다시 나눠 봐야겠다고.

정신 나간 것처럼 구는 놈의 장단에 맞춰 같이 감정적으로 굴었다간 냉전만 지속될 뿐이었다.

'화내지 말고, 냉정하게. 내 입장과 계획을 얘기하고 잘 타이르면 돼.'

— 내가 다 이루게 해 줄게. 마법이든 고고학이든, 그대 하고 싶은 것 전부.

— 그러니까…… 돌아갈 생각 말고 여기 있으면 안 되나?

제 입으로 뱉은 말이 있으니, 나는 그가 충분히 그것을 지키리라 생각했다. 그러나.

"안타깝게도 오늘 일이 있어 늦어지실 것 같다고 전하셨습니다."

저녁 식사를 앞두고 내 방을 찾아온 것은 칼리스토가 아닌, 세드릭이었다. 나는 가만히 그를 바라보다 물었다.

"삐져서 그런 건 아니죠?"

"그, 그럴 리가 있겠습니까?"

세드릭이 흠칫 내 시선을 회피하며 마구 고개를 저었다.

"바쁘신 건 사실입니다. 회의가 길어져서 저녁 식사도 거르신걸요. 그나마 공녀님과의 약속을 지키기 위하여 진찰만 간신히 받으셨습니다."

"흥."

나는 코웃음을 치며 고개를 돌렸다.

'유치한 놈. 이렇게 나온다 이거지?'

난 딱히 아쉬울 거 없었다. '뷘터 베르단디 생사 확인하기 프로젝트'만 끝나면 황궁에 남아 있을 이유도 없으니까.

뭣하면 공작에게 당당히 지원을 요구할 계획까지 세우던 무렵이었다.

"공녀님, 그…… 이런 말씀 드리긴 좀 그렇지만…… 전하께서 충격을 많이 받으셨나 봅니다."

세드릭이 조심스럽게 입을 열었다. 나는 짐짓 모르는 척 되물었다.

"무슨 충격이요?"

"정찬 자리에서…… 거절당하신 것 말입니다."

"하, 그게 무슨 거절이에요?"

나는 꼴에 충격을 받았단 말에 어이없다는 듯 웃었다.

"거절은 무언가를 요구하거나 청했을 때 쓰이는 말이죠. 전 그런 말은 들은 적도 없는데요."

"하하…… 전하께서 좀 눈치가 없으시긴 하죠."

눈치가 없는 게 아니라 뒈졌다는 말이 목 끝까지 차올랐다. 그러나 그 대신 눈을 가느다랗게 뜨고 세드릭을 추궁했다.

"일부러 그랬던 거죠?"

"예? 무슨……."

"저한테 종종 정세나 외교 문제 물어보던 거. 황후가 될 만한지 시험하려고 그랬던 거 아니에요?"

"예? 아, 아닙니다!"

반쯤 확신을 담아 묻자, 세드릭이 그야말로 펄쩍 뛰며 손사래를 쳤다.

"제, 제가 감히 누구를 시험한다고……! 그런 소리 마십쇼, 공녀님! 저 오래 살고 싶습니다!"

"그럼 왜 그랬는데요?"

"그, 그게……."

우물쭈물하던 세드릭이 이윽고 눈을 질끈 감고 진실을 토로했다.

"황태자 전하께서, 그간 일부 안건들의 해결 방안을 공녀님의 고견인 것으로 못 박아 두셨습니다."

"뭐라고요!"

나도 모르게 체통도 잊고 버럭 소리를 질렀다. 그간 세드릭의 유도로 정해 둔 답을 맞힌 것과 별생각 없이 내뱉은 말들이 실제 내 이름 아래 집행되었단 소리다.

'어쩐지! 미친 듯이 받아 적는다 했다!'

나는 거의 세드릭의 멱살을 잡아 쥐고 싶은 심정으로 소리쳤다.

"아니, 미친…… 그게 말이 돼요? 그간 정치의 '정' 자도 모르는 공작가의 미친개가 해결한 거라 그러면 다들 퍽이나 믿겠냐고요!"

"하지만…… 미리미리 그런 작업을 해 둬야 별다른 반대 없이 공녀님과 국혼을 올리실 수 있으니까요."

내 입으로 내 악명까지 들먹거렸지만, 세드릭은 그저 멋쩍게 웃으며 황태자의 흑심을 털어놓았다. 그도 모자라 속 터지는 소리까지 덧붙였다.

"그…… 공녀님도 아시다시피, 공녀님의 지난 별칭들이 좀 무시무시하지 않습니까. 하하하……."

머리가 아팠다. 나는 한숨을 내쉬며 지금쯤 노발대발하고 있을 한 사람을 떠올렸다.

"아버진 뭐래요?"

"예? 아버지라면……."

"에카르트 공작님이요, 제 아버지! 그간 아무 말도 안 하셨어요?"

당장 달려왔어야 할 공작이 어쩐지 조용하기만 했다. 그게 오히려 더 불안했다.

"아, 에카르트 공작님께서는……."

내가 아직 그쪽에 적을 두고 있다는 걸 잊고 있었던 건지 잠시 생각하던 세드릭이 이내 술술 공작의 반응을 설명했다.

"전하께서 무슨 꿍꿍이를 품은 건지 모르겠다며 꺼림칙해하시는 듯했지만, 그래도 공녀님의 위상이 나날이 높아지니 만족해하시는 눈치였습니다."

그 말에 안도하는 것도 잠시. 나는 곧바로 다음 폭탄을 받아들일 준비를 했다.

"아버지도…… 대관식 진행에 관해서, 아세요?"

"아, 예…… 오늘 오전부로……."

세드릭이 면구하다는 얼굴로 답했다.

'그래서였구나.'

깨달음이 찾아왔다. 식사가 끝나지 않았음에도 불구하고 급히 찾아온 부관과.

— 대관식 때문에 골이 부서질 것 같군.

— 입만 산 늙은이들이 사사건건 이건 이래서 안 된다, 저건 저래서 안 된다…….

오만상을 찌푸리고 불평하던 황태자.

그제야 아귀가 딱딱 맞아떨어졌다.

"……아버지가 절 급히 찾으셨겠네요."

혼잣말하듯 중얼거리자 세드릭이 결연한 얼굴로 답했다.

"황태자 전하께서 미리 궁 내부에 외부인 출입을 금해 놓으셨습니다."

"그건 다행이네……."

기가 막힌 와중에도 일단 긴급 상황은 피했다는 안도감이 들었다.

"하……."

환장스럽게 돌아가는 상황에 나는 머리를 부여잡았다. 세드릭이 흘끔흘끔 내 눈치를 봤다.

"저…… 공녀님."

"나만 아무것도 몰랐네요."

"예……?"

"우리 사이에 헛소문이 도는 것도, 나 몰래 내 결혼식이 준비되고 있던 것도."

바보가 된 기분이었다. 허탈한 웃음을 연신 터뜨리자, 안절부절못하던 세드릭이 대뜸 우는 소리를 했다.

"공녀님께서 조금 봐주십시오."

"뭐요?"

'그게 지금 눈 뜨고 코 베이기 직전인 나한테 할 소리냐?'

눈을 부릅뜬 채 바라보자, 그가 흠칫 입을 다물었다. 그러나 이내 결심한 듯 진중한 음성으로 말했다.

"전하께서 많이 불안해하시는 것 같습니다."

"뭘요?"

"공녀님이…… 원하면 언제든지 미련 없이 이곳을 떠나실지도 모른다는 것을요."

"무슨……."

그야말로 어처구니없는 소리였다. 겨우 그런 이유로 내 의사는 배제하고 당사자도 모르는 비밀 결혼식을 강행했다고?

"하, 그럼 돌아갈 기회도 걷어차고 이 망할 곳에 제가 왜 남았는데요?"

잠재워 두었던 화가 불쑥 치솟았다. 난 진심으로 할 만큼 했다. 암으로 죽어 가는 내 원래 몸도 포기하고 칼리스토 놈을 살렸고, 눈뜰 때까지 전전긍긍하며 갖은 병수발을 들었다.

멀쩡히 걸어 다닐 수 있게 된 후에도 가지 말라 해서 군말 없이 황궁에 남았는데, 이 이상 뭘 더해야 한단 말인가.

"이 배은망덕한 자식! 내 몸, 내 집, 내 대학 다 포기하고 살려 놨더니 뭐가 어쩌고 저째……!"

세드릭이 앞에 있다는 것도 잊고 이를 빠득빠득 갈며 욕설을 내뱉던 그 순간이었다.

"온전히 전하만을 위해 남았다고 하실 수 있습니까?"

세드릭이 전과 달리 사무적인 어조로 물었다. 나는 번뜩 고개를 들어 그를 마주 보았다.

"……그게 무슨 소리예요?"

"공녀님께서는 황궁을, 아니, 어쩌면 수도를 떠날 생각을 하고 계시지요."

"……."

"그래서 말없이 아카데미 입학도 알아보셨을 테고요."

"그건……."

말문이 막혔다. 나는 그간 그런 내색을 칼리스토 앞에서 조금도 하지 않았기 때문이다.

"어떻게……."

"전하께서 눈치채실 것을 공녀님이 모르셨으리라 생각지는 않습니다."

아니, 정말 몰랐다. 심심풀이로 알아본 것들을 꿰뚫어 볼 정도로 칼리스토가 주도면밀하게 날 감시하고 있을 줄은.

"공녀님의 일이라면 전투 중에도 뛰쳐나가시는 분이신걸요."

흠칫하는 내 모습에 세드릭이 씁쓸하게 웃으며 덧붙였다.

"아직…… 확정 지은 건 아니에요."

나는 변명처럼 중얼거렸다.

"그냥…… 막연히 하고 싶은 걸 생각해 뒀을 뿐이라고요."

나름 항변했지만, 계략을 들킨 자의 음성은 이미 패색이 짙었다. 시무룩한 내 대꾸에 세드릭이 빙긋 웃었다.

"공녀님의 계획을 탓하는 건 아닙니다. 오히려 전, 전하께서 정신을 좀 차리실 수만 있다면 공녀님이 무엇을 하든 지지합니다."

"……."

"하지만 지위도, 명예도, 금전도, 그 어느 것 하나 미련 두지 않는 공녀님을……."

"……."

"전하께서 무슨 수로 잡으실 수 있겠습니까?"

세드릭의 대변에 칼리스토가 이해가 가면서도 동시에 정말로 이해가 가지 않았다.

"……그렇다고 그딴 식으로 결혼을 통보하는 인간이 어디 있어요?"

떠날까 봐 불안하다고 다 결혼하면 이 세상은 온통 커플 천지일 것이다.

'아, 맞다. 이 게임 연애하는 게임은 맞지.'

빈정거림과 동시에 내 말의 모순을 깨닫는 더러운 경험을 겪고 있을 때, 세드릭이 순순히 고개를 끄덕였다.

"그건 동감합니다."

"전 그런 식으론 결혼 안 해요."

"물론 전하께서 짧고 아둔한 생각과 우매하고 미욱하게 행동한 점을 바탕으로 공녀님께 거절당하신 건 저도 무척 유감입니다."

"……차라리 대놓고 욕을 하세요."

욕 하나 없이 돌려 까는 모습에 나는 혀를 내둘렀다. 그러자 세드릭이 다시 우는 소리를 내며 매달렸다.

"그래도 제발 예쁘게 봐주십시오, 공녀님. 공녀님이 아니면 누가 그 ……를 데리고 살겠습니까?"

아무도 없는 빈방임에도 세드릭이 사방을 훑어보며 내 귓가에 '인격파탄자'를 빠르게 속삭였다. 참 재밌게도 산다 싶어서, 나는 결국 웃으며 답했다.

"……하는 거 봐서요."

세드릭이 돌아가고, 밤이 깊어졌다. 칼리스토는 여전히 코빼기도 비칠 생각을 안 했다.

그를 기다리며 책을 읽었지만, 도통 집중이 되지 않았다.

탁―. 깔끔하게 표지를 덮은 나는 숄을 들고 방을 나섰다. 잠도 오지 않았기에 가볍게 밤 산책을 할 요량이었다.

궁 밖을 나오자 꽤 싸늘해진 바람이 전신을 휩쓸었다. 들고나온 숄을 여미며 나는 천천히 걸음을 옮겼다.

공작저도 만만치 않았지만, 황궁은 정말 어마어마한 부지였다. 자칫 잘못 돌아다니면 길을 잃어버릴 가능성이 농후했기에 아는 길만 따라 걷다 보니, 어느덧 유물 복원 작업을 하는 곳까지 도달했다.

"……언제 여기까지 온 거지?"

깜짝 놀라 주위를 둘러보니 어느새 길을 밝히던 전등이 사라지고, 불 꺼진 컴컴한 건물 하나만이 우두커니 솟아 있었다.

자주 드나들어 익숙한 곳임에도 밤에 보니 을씨년스럽기 그지없었다. 괜히 오싹해진 나는 돌아가기 위해 서둘러 몸을 돌렸다. 그때였다.

"어……?"

불현듯 컴컴했던 건물의 창문에서 희미한 빛이 흘러나왔다.

'이 시간까지 작업을 하는 사람이 있는 건가?'

문득 그런 생각이 들었지만 이내 단호하게 고개를 들었다. 황궁에는 고대 유물에 그렇게까지 관심이 있는 사람이 거의 없었다. 한 사람만 빼고.

"그럼…… 마리엔느인가?"

그녀라면 충분히 남아 있을 가능성이 컸다. '진실의 거울'이란 존재를 알고 가장 열광하던 사람이었으니.

나는 잠시 돌아갈까 고민하다가, 이내 입구 쪽으로 걸음을 옮겼다. 이왕 온 거 인사나 할까 해서였다. 겸사겸사 점심 이후의 작업 진행도 확인할 겸.

끼이익—.

안에 사람이 있긴 한 건지 역시나 커다란 문은 잠겨 있지 않았다.

"……마리엔느?"

나는 열린 문틈으로 살짝 들어서며 그녀를 불렀다. 그런데 돌아오는 답이 없었다. 샅샅이 훑어봤지만, 건물 안은 인기척 하나 없이 텅 비어 있었다.

'그럼 이 빛은 누가 밝힌 거야?'

어디선가 흘러나오는 빛 덕분에 사위를 구분하는 데 문제가 없었다.

자칫하면 바로 튈 수 있게 나는 문밖에 몸을 반쯤 걸친 채 광원을 찾았다. 그리고 얼마 안 가 쉽게 그것을 확인할 수 있었다.

"저게 왜……."

일순 머리가 멍해졌다. 빛의 출처는 다름 아닌, '진실의 거울'이었다.

부스러진 거울 조각들을 하나하나 끼워 맞췄을 뿐으로, 완전한 복원은 아직 먼 얘기였다.

그러나 겨우 틀을 갖춘 채 이곳저곳 듬성듬성 끼워 맞춰진 조그만 거울 면적에서, 일제히 흰빛이 쏟아져 나오고 있는 게 아닌가.

'저게…… 어떻게 가능하지? 게임이 종료된 거 아니었나? 고대 마법사들이 분명…….'

빌어먹을 '고마우이!'가 귓가에 맴돌았다. 복원도 안 했는데 어떻게 '진실의 거울'이 작동하는 건지, 머릿속이 온통 뒤죽박죽이었다.

나는 짧은 시간 고뇌했다. 지금 확인할지, 아니면 그냥 이대로 돌아간 후 내일 마법사들을 대동하고 확인할지.

'그런데 밤사이에 작동이 다시 멈추면?'

그 생각이 미치자 나는 곧장 행동으로 옮겼다. 하나 다행인 점은, 고대 마법사들이 내게 해를 끼칠 일은 없다는 점이었다.

'염병할 퀘스트를 줬으면 줬지…….'

나는 문 안으로 완전히 몸을 들이민 후 유물이 있는 곳까지 지체 없이 걸음을 옮겼다. 가까이 다가가자 틀에 붙어 있는 조막만 한 거울 면에서 일제히 쏟아지는 여러 갈래의 빛이 더욱 선명해졌다.

'진실의 거울'을 몇 발짝 앞두고 멈춰선 채 나는 신중히 그것을 살폈다. 그때였다.

탁, 타닥, 탁탁—.

어디선가 둔탁한 소음이 들렸다. 흠칫 놀라던 나는 곧바로 그 소리의 정체를 찾았다.

"저건……."

오전에 마리엔느가 거울 근처에 내려놓았던, 거울 봉을 담은 상자였다.

나는 사정없이 얼굴을 구겼다. 부러진 봉이 상자 속에서 왜 저렇게 소리를 내겠는가. 불길한 예감이 들었다.

하지만 여기까지 와서 재수 없다고 확인도 안 하고 돌아가는 것도 우스운 일이었다. 게다가, 언제까지 게임 시스템이 또 튀어나올지 모른다는 불안감에 떨며 살 순 없었다.

'그래. 차라리 새 퀘스트라면, 결판을 내 보자고!'

나는 망설임 없이 쭈그려 앉아 손을 뻗었다. 잠금을 풀고 상자의 뚜껑을 열자 그 안에서도 흰빛이 쏟아져 나왔다. 부러진 봉의 상단, 손거울이 빛을 뿜으며 덜덜 진동하고 있었다.

"넌 왜 부러져서도 이렇게 지랄 발광을 하냐, 응?"

예상하고 있었기 때문일까. 나는 반쯤 체념한 채 손을 뻗어 손거울 밑에 달린 부러진 봉을 쥐었다.

웅, 웅―.

마치 공명이라도 하듯 손안에서 거울 봉이 진동했다. 일어나자 손거울에서 뿜어져 나오는 빛과 진동이 커졌다. 그것이 '진실의 거울'과 가까워졌기 때문이라는 건 쉽게 알아차릴 수 있었다.

거울 봉을 손에 쥐고 '진실의 거울' 앞에 선 채, 나는 마지막으로 잠시 고개를 돌려 뒤를 바라보았다.

'칼리스토가 아직 돌아오진 않았겠지?'

부디 그러길 바랐다. 이왕이면 아예 오늘 밤새 일을 했으면. 돌아왔을 때 내가 방에 없는 걸 보고 얼마나 난리를 칠지, 상상도 가지 않았다.

우웅, 웅, 우웅, 웅―.

그 순간, 미적거리는 나를 재촉이라도 하듯 거울 봉이 미친 듯이 몸을 떨어 댔다.

"아, 알았어! 한다고!"

부디 새벽이 오기 전에 빨리 끝나길 간절히 바라며 나는 반토막 난 거울 봉을 '진실의 거울'에 가까이 가져다 댔다.

그 순간, 어디선가 '화악―!' 하고 강렬한 빛이 터져 나오더니 눈앞이 하얗게 물들었다.

다시 눈을 떴을 때, 나는 검은 공간 안에 서 있었다. 그리고 내 앞에 쭈그려 앉은 채 나를 빤히 올려다보고 있는 누군가를 발견했다.

"너, 너는……."

사랑스러운 분홍빛 머리칼, 바다처럼 새파란 눈과 마주치자 반사적으로 머리끝이 쭈뼛 섰다. 나는 가까스로 입을 열었다.

"……이본."

환영을 보는 걸까. 나는 눈을 부릅떴다.

이본은 분명 죽었다. 첨탑에서 치열한 몸싸움 끝에 내가 그녀를 탑 아래로 밀어뜨려 무찔렀다. 그런데.

"어, 어떻게……."

다른 이도 아닌 레일라가, '진실의 거울' 속에서 살아 있다고?

이해가 가지 않았다. 고대 마법사와 레일라는 상극 중의 상극이었다. 그런데 이게 어떻게 가능한 일이란 말인가.

혼란스러움과 의문은 자리에서 벌떡 일어나는 이본의 모습에 의해 바로 풀렸다.

"너……."

나는 내 허리춤에 겨우 닿는 키의 이본을 보고 눈을 의심했다. 고작 분홍 머리와 푸른 눈동자만으로도 머리가 하얘져서 바로 알아보지 못했다. '그' 이본이라기엔 퍽 앳된 얼굴과 자그마한 체구를.

"혹시…… 이본 에카르트?"

내 입을 통해 흘러나온 이름에 이본, 아니, 분홍 머리를 한 낯선 아이가 움찔 몸을 떨었다. 나는 그 모습에 확신했다.

'레일라가 아니야.'

정확히는 레일라에게 잠식되기 전의 '진짜 이본'이었다.

일고여덟 살쯤 먹었을까. 나는 생각보다 너무 어린 아이의 모습에 당황하다가, 이내 주춤주춤 다가서며 입을 열었다.

"너…… 살아 있었니? 대체 네가 여길 어떻게……."

머릿속이 혼란스러웠다. 원작 게임에서는 이런 이야기 따위는 전혀 없었다. 심지어 내가 빙의된 노멀 모드와 하드 모드의 히든 엔딩에서마저.

그때였다. 우우웅—.

이본에게 한 발짝 다가간 순간, 손에서 무언가가 강하게 진동했다. 나를 여기로 이끈, 부러진 거울 봉이 빛을 뿜어내며 제 존재를 드러내고 있었다.

나와 이본의 시선이 동시에 내 손에 들린 손거울을 향해 돌아갔다. 그 순간 아이가 왈칵 얼굴을 일그러뜨리더니, 나를 날카롭게 노려보았다.

"왜……."

쏟아지는 적나라한 적의에 주춤거릴 무렵.

타악—! 불현듯 이본이 내 손에서 손거울을 낚아챈 후 뒤돌아 달려가기 시작했다.

"어, 어! 야!"

눈 깜짝할 새 일어난 일에 우왕좌왕하던 나는, 덩달아 뛰기 시작했다.

'갑자기 저걸 왜 뺏어 가지? 혹시, 이본이 아니라 레일라? 그래서 먼저 선수 친 건가?'

검은 공간 너머로 사라지는 아이를 필사적으로 따라가는 동안 오만 생각이 뇌리를 스치고 지나갔다. 그런데 쪼그만 게 빠르긴 얼마나 빠른지 전속력을 다해 뒤쫓는데도 거리가 좀처럼 좁혀지지 않았다.

"헉, 헉…… 야! 왜 뛰는 건데! 싸울 거면 여기서 싸워!"

나는 금세 턱까지 차오르는 숨을 몰아쉬며 거세게 소리쳤다. 하지만 내 말이 들리지 않는지 작아진 이본은 뒤도 돌아보지 않았다.

'아오, 저 한주먹거리도 안 되는 게.'

유물을 잃고, 몸마저 어려진 이본은 마법 없이도 상대할 수 있었다. 그래서 저렇게 야비하게 도망치는 건가 싶을 때였다.

문득 끝없는 어둠만 펼쳐져 있던 공간 끝에 새하얀 빛을 뿜는 네모난 문이 생겼다. 이본은 마치 약이라도 올리듯 그 앞에 멈춰 서서 흘끔 나를 돌아보았다.

"이본! 잠깐, 말로 해! 왜 그러는 건데!"

그러나 내 간절한 외침에도 이본은 이내 훌쩍 환한 빛 너머로 사라졌다.

"안 돼! 갈 거면 내 거울 봉은 주고 가라고! 야—!"

동시에, 네모난 문 모양이 이지러지듯 없어지기 시작하는 게 아닌가.

'미친, 환장하겠네!'

최근 이토록 격렬하게 움직여 본 적 없는 몸이 삐걱거렸다. 그러나 좁혀지는 거리보다 문이 사라지는 속도가 더 빨랐다. 나는 이를 악물고 다리에 박차를 가했다.

빛이 완전히 사라지기 직전. 가까스로 그 안으로 몸을 날리며, 나는 어떻게 하면 아이가 된 이본에게 효과적으로 엿을 먹일 수 있을지 수없이 떠올렸다.

눈앞이 하얗게 물들었다.

다시 눈을 뜨자, 고요했던 검은 공간은 사라지고 낯선 장소가 눈앞에 펼쳐졌다.

'뭐야. 여기 어디…….'

당황하여 이리저리 두리번거리던 나는, 곧 이곳이 어딘지 알아차렸다. 바로, 공작저 근처의 번화가였다.

'축제?'

한 번 와 본 덕분에 어렵지 않게 어떤 상황인지 유추할 수 있었다. 해가 저문 깜깜한 밤. 평소에는 나다니는 사람이 드물어야 할 거리가 수많은 인파로 붐볐다. 줄지어 서 있는 음식점과 잡화상, 허공에 걸린 화려한 장식들.

마치 이클리스를 구하기 전, 망할 에카르트 형제 놈들과 왔을 때처럼 모든 것이 생생하게 느껴졌다.

'……진짜가 아니야.'

하지만 그것들이 오히려 이곳이 허상이라는 것을 자각하게 했다. 황제의 대관식을 앞두고 수도에 축제 같은 게 개최될 리 없었기 때문이다.

그것을 방증하듯, 거리 한가운데에 우두커니 서 있는 나를 사람들이 휙휙 통과했다.

'이본은 어디 있지?'

여기서 나가려면 우선 나를 여기까지 끌고 온 발칙한 아이부터 찾아야 했다. 사람들을 통과해 마구 걸으며 주변을 두리번거릴 무렵이었다.

"오라버니! 저기 봐!"

"이본! 뛰지 마!"

찾고 있던 이름이 번뜩 귓가를 파고들었다. 나는 그쪽으로 고개를 획 돌렸다.

"이거 봐, 예쁘지?"

그토록 찾아 헤매던 이본이 어느 잡화점 앞에서 손거울 하나를 들고 활짝 웃고 있었다. 원래의 휘황찬란했던 모습과는 달리 장식이 몇 개 사라져 허름했지만, 난 그것이 내 거울 봉이라는 것을 한 눈에 알아보았다.

'야, 너……!'

그쪽으로 한달음에 달려가며 소리치던 나는 문득 멈칫했다. 목소리가 나오지 않았다. 손거울을 낚아채기 위해 손을 뻗었지만, 투명 인간처럼 이본을 뚫고 넘어갈 뿐이었다.

'뭐야, 이거 왜 이래!'

나는 당황했다. 그때, 누군가 헐떡이며 이본에게 다가와 소리쳤다.

"뛰지 말라니까! 사람 많다고 위험하다고 했지!"

'레널드?'

나는 그를 돌아보고 입을 떡 벌렸다. 초등학생 정도 돼 보이는 어린 레널드가 짐짓 엄한 표정을 지은 채 말했다.

"이러면 집으로 다시 돌아가는 수가 있어."

"미안해, 오빠……."

몇 살 많은 오빠의 훈계를 들은 이본이 시무룩한 얼굴로 대답했다.

"……어디 봐."

금세 마음이 풀린 건지 레널드가 이본이 들고 있는 손거울을 빼앗아 살펴보았다. 사랑스러운 핑크빛 머리 두 명이 붙어 있자 꼭 쌍둥이 같아 보였다.

"칫, 이런 게 뭐가 예쁘다고. 널리고 널린 거잖아."

"조잡하군. 순도 낮은 청동으로 만들어진 듯한데."

레널드의 말에 뒤이어 누군가 딱딱한 음성으로 덧붙였다.

'데릭?!'

나는 그야말로 입을 떡 벌렸다. 어린 레널드를 보았을 때보다 더 경악한 이유는, 청소년쯤으로 보이는 데릭의 모습이 퍽 익숙했기 때문이다.

'미친…… 저거, 마법 팔찌로 변했을 때 내 모습이잖아?'

앳된 과거 데릭의 얼굴에 성인이 된 그를 겹쳐 보며 기막혀할 때였다.

"난 이게 마음에 드는걸……. 잘 봐 봐, 오라버니. 다른 거울에 비해 반짝거리고 예쁘잖아."

이본이 입을 귀엽게 삐죽대며 말했다. 잡화점 주인이 이때다 싶어 끼어들었다.

"아가씨의 보는 눈이 정확합니다! 이건 보통 거울이 아닙니다요! 저 먼 서방의 고대인들이 쓰던 거울로 신비한 힘이 깃든……."

"됐어. 여기서 기다려 봐, 이본. 이것보다 훨씬 예쁜 걸로 사다 줄 테니까."

줄줄 떠들어 대는 주인의 말을 잘라먹은 레널드 놈이 아차 할 새 없이 근처 액세서리 가게로 휙 뛰어갔다.

'성질머리 하고는……. 어릴 때도 똑같았네.'

한 발짝 떨어진 채 그런 그들을 물끄러미 구경하던 나는 멀어지는 분홍 머리를 시큰둥하게 바라보았다.

어렴풋이 이 허상이 뭘 나타내고 있는지 감이 잡혔다. 이건 '진짜' 이본을 잃어버린 날의 모습이었다.

"……그렇게 이게 갖고 싶어, 이본?"

문득 레널드가 놓고 간 손거울을 가리키며 데릭이 물었다. 이본이 눈을 반짝이며 고개를 끄덕였다.

"응!"

"이봐, 값이 어떻게 되지?"

"잘 생각하셨습니다요! 은화 3개만 주십쇼!"

터무니없는 가격에도 데릭은 군말 없이 값을 치렀다. 상인에게서 거울을 건네받은 데릭이 그것을 이본에게 쥐여 주며 당부했다.

"자, 레이나한테 들키지 않게 조심해. 아버지 귀에 들어가면 큰일 나니까."

"와아! 데릭 오빠 최고!"

이본이 기쁜 얼굴로 깡총 뛰며 맞잡은 데릭의 손등에 뺨을 비볐다. 그런 동생이 귀여운지 데릭이 미소 지으며 머리를 쓰다듬어 주었다.

나는 내심 놀라 눈을 크게 떴다. 로봇처럼 재수 없는 표정만 지을 줄 알던 놈에게, 저렇게 온화하게 웃을 줄 알던 시절이 있었다는 게 믿기지 않아서.

그 순간이었다. 뿌우우, 뿌우우—!

멀찍이서 시끄러운 소리가 들렸다. 그쪽을 바라보니 화려한 복장을 한 사람들 무리가 거리 한복판을 가득 메운 채 걸어오고 있었다.

"이본, 오빠 손 꼭 잡고 있어."

데릭이 이본의 손을 꽉 붙들며 말했다. 내게 내밀어졌던 것과는 달리 한참이나 작은 손이었다. 물론 이본의 손보다는 훨씬 컸지만, 십여 년 전이라는 세월은 숨길 수 없었다.

"레널드 오라버니는?"

"어린애도 아니고 알아서 오겠지."

남매 둘은 손을 꼭 부여잡은 채 두런두런 대화를 나누며 대로변으로 물러섰다. 그사이 퍼레이드 행렬이 그들과 가까워졌다.

나는 이다음에 일어날 일을 대충 짐작했다. 하지만 사람들을 숭숭 통과하는 이 상태로는, 지켜보는 것 말고는 할 수 있는 게 아무것도 없었다.

'이건 이미 지나간 과거야.'

그렇게 생각하는 사이, 역시나 짐작했던 대로 일이 벌어졌다.

어색해서 대충 붙든 옷자락이 하필 단추였던 나와는 달리, 손을 꼭 맞붙잡고 있었음에도 어린 이본은 인파에 쉽게 휩쓸렸다.

"오, 오라버니……!"

"이본—!"

멀어지는 이본을 보며, 데릭이 절박하게 외쳤다.

"비켜!"

밀려오는 사람들을 헤치며 그는 필사적으로 이본에게 손을 뻗었다. 그러나 역부족이었다.

내 앞을 스쳐 지나가는 작은 어깨에, 그저 관조하겠다는 생각도 집어치우고 나 또한 손을 뻗어 잡으려 들었다.

'안 돼.'

하지만 그대로 통과하고 말았다. 눈물이 그렁그렁 차오른 푸른 눈은 순식간에 시야에서 사라졌다.

'……어떡하지?'

사라진 이본을 쫓아 사람들을 숭숭 통과하며 빠르게 걸을 무렵.

툭, 투둑—. 문득 바닥에 굴러다니는 것이 눈에 띄었다. 놓친 건지 데릭이 사 준 손거울이자 내 거울 봉이 사람들의 발길에 차여 굴러다니고 있었다.

마치 지켜보고 있는 나를 알고 있다는 듯, 그 순간 거울에서 희미한 빛이 뿜어져 나오기 시작했다.

'망할 것.'

나는 이를 바득바득 갈며 그쪽으로 뛰어갔다. 그리고 누군가의 발이 거울을 짓밟기 직전, 가까스로 그것을 낚아채는 데 성공했다. 다른 것들과는 달리 거울은 통과되지 않고 내 손에 온전히 들렸다.

"제기랄, 이본! 이본……."

그때, 처절한 울부짖음이 울려 퍼졌다. 뒤를 돌아보니, 퍼레이드 행렬이 휩쓸고 지나간 자리에 데릭 혼자만이 망연자실하게 서 있었다.

부릅뜬 눈과 식은땀으로 절어 있는 얼굴. 그토록 절망스러운 데릭의 얼굴을 본 적이 없었다. 그래서 나는 기분이 좀 이상해졌다.

하긴, 아무리 싫은 놈이래도 가족과 생이별하는 장면을 보고 통쾌함을 느낄 사람은 없었다. 그와 동시에 축제 날, 멀어지는 나를 보고 왜 그토록 절박한 표정을 지었는지 조금쯤 이해가 됐다.

"형!"

그때, 어디선가 레널드가 튀어나왔다. 데릭의 말처럼 혼자 안전한 곳에 잘 피해 있었던 건지, 그의 손엔 여동생에게 줄 목걸이가 들려 있었다.

"이, 이본은?"

혼자 남은 데릭을 보고 의아한 표정을 짓던 그는, 곧 얼이 나간 형의 얼굴을 보고 상황을 파악한 건지 벌컥 화를 냈다.

"이 멍청아! 여기 가만 서서 뭐 하는 거야! 빨리 찾아야지!"

데릭의 팔을 끌고 레널드가 빠르게 걸음을 옮겼다. 그제야 정신을 차린 건지, 데릭도 덩달아 이본을 찾아다니기 시작했다.

"이본! 이본, 어디 있어!"

둘은 밤새도록 인근 골목들을 뒤지며 목이 터져라 이본을 찾아 헤맸다. 그러나 많았던 인파가 서서히 사라지고, 늘어서 있던 잡화상들마저 하나둘 문을 닫아도 여전히 이본의 머리카락 한 올 발견할 수 없었다.

"……형, 이제 어떡하지?"

불그스름하게 동이 터 오르는 것을 본 레널드가 기어이 울음을 터뜨렸다.

"흑…… 다 나 때문이야. 내가 아버지 몰래 나가자는 말만 안 했어도……."

나는 눈물을 뚝뚝 흘리며 우는 레널드를 묘한 눈으로 지켜보았다.

"울지 마, 레널드. 에카르트는 어떤 상황에서도 약한 모습 보이는 거 아니야."

저 또한 지친 것은 마찬가지면서도, 데릭은 애써 어른스럽게 동생을 달랬다.

"이만 돌아가자. 기사들을 데리고 오면 금방 찾을 수 있을 거다."

"우린 아버지한테 맞아 죽을 거야……."

징징거리면서도 레널드는 앞서 돌아가는 제 형을 좇아갔다.

'따라가야 하는 건가?'

멀어지는 그들을 멀뚱히 바라보고 있을 때였다.

우우웅—.

불현듯 손에 들고 있던 손거울이 진동하더니, 새하얀 빛이 쏟아져 나왔다. 허공을 향해 일직선으로 곧게 뻗은 빛무리는 마치 어딘가를 가리키는 듯했다.

'하…… 나한테 뭘 바라는 건데.'

나는 착잡함에 한숨을 내쉬었다. 안타까운 일이었지만, 과거를 보여 줘 봤자 내가 해결할 수 있는 일은 아무것도 없었다.

빈터 놈 생사나 확인하러 왔다가 이 무슨 봉변이란 말인가.

하지만 여기서 벗어나려면 일단 나를 끌고 온 이본을 찾는 수밖에 없었다. 나는 터덜터덜 빛이 가리키는 방향을 따라 걸었다.

얼마쯤 지났을까.

거울이 시키는 대로 걷다 보니 어느새 희뿌연 여명이 아직 닿지 않은 어두운 골목에 이르렀다. 그리고 그곳에서 형제들이 그토록 찾아 헤매던 분홍 머리칼을 발견했다.

우걱우걱, 쩝쩝쩝. 골목 구석에 쭈그려 앉은 채 아이는 무언가를 열심히 먹고 있었다.

'이본…….'

그녀에게 다가서던 나는 문득 드는 위화감에 우뚝 멈춰 섰다. 이본의 앞에 있는 것은 음식이 아닌, 사람이었다.

"맛있다, 맛있어! 이거야!"

이본은 이름 모를 남자의 목에 달라붙은 채 정신 나간 것처럼 중얼거렸다.

우걱우걱. 기괴한 씹는 소리가 울려 퍼질수록 그녀의 앞에 널브러져 있던 커다란 덩치의 사내가 조금씩 쪼그라들었다. 반면에 이본의 작은 몸뚱이 주변에 알 수 없는 푸른 기운이 넘실거리며 피어나기 시작했다.

'미친…….'

그게 무엇을 뜻하는지 안 나는, 소름이 쫙 끼쳤다. 형제들이 찾아 헤매는 사이 이본은 이미 레일라에게 몸을 빼앗긴 것이다.

'그만해!'

미친 사람처럼 인간을 먹어 치우는 레일라를 막기 위해 손을 뻗었지만, 그대로 쑥 통과해 버렸다. 내가 할 수 있는 일은 아무것도 없었다.

마침내 식사를 모두 끝낸 건지, 아이가 미라처럼 바싹 말라 버린 시체 곁에서 스르륵 일어났다.

"아…… 아악!"

그때였다. 방금 전 게걸스럽게 먹어 치운 게 거짓말인 것처럼 아이가 경기하듯 비명을 질렀다.

"이, 이게 뭐……! 흑, 오빠! 데릭 오빠!"

정신이 든 걸까. 이본이 엉엉 울며 제 오라비들을 찾기 시작했다.

"데릭 오빠! 레널드 오빠! 아무도 없어요?"

나는 깜짝 놀랐다. 레일라에게 몸을 빼앗긴 이본이 제정신으로 돌아오리라곤 생각지 못했기 때문이다. 그때였다.

"시끄러워! 아니야! 싫어!"

이본이 갑자기 풀썩 자리에 주저앉더니 제 귀를 마구 내리쳤다. 내겐 들리지 않지만, 필시 몸에 들어간 레일라가 무언가를 속삭이는 듯했다.

"아파! 싫어! 오라버니……! 아빠, 나 아파……."

몸을 있는 대로 구부린 채, 아이는 괴로워하며 훌쩍였다.

나는 우두커니 선 채 그것을 멍하니 바라보았다. 이미 벌어진 일이라는 것을 아는데도 마음이 좋지 않았다.

시야가 흐려지는 것 같아, 괜히 눈을 몇 번 깜빡였다. 그러자 장면이 반전됐다. 시간이 흐른 건지, 이본은 전보다 조금 자라나 있었다. 그러나 걸인처럼 형편없는 몰골이었다.

원래의 형태가 떠오르지 않을 만큼 너덜너덜해진 옷과 산발이 된 머리로 이본은 어두운 골목만 하염없이 거닐었다.

누가 봐도 정신을 놓은 것 같은 모습에, 종종 나쁜 마음을 먹고 그런 아이를 뒤쫓는 인간들이 있었다. 그러나 그때마다 그녀의 안에 숨어 있던 괴물이 튀어나와 인간들을 끔찍하게 잡아먹었다.

배가 부른 괴물은 깊은 잠에 들었다. 그러면 '진짜' 이본은 가까스로 정신을 되찾을 수 있었다.

기억 못 하는 사이 제가 저지른 일을 발견한 그녀는 하염없이 울며 경기했다.

"아빠! 오라버니! 레이나!"

필사적으로 가족을 찾는 아이의 모습에 나는 이를 꽉 깨물었다. '진실의 거울'이 왜 내게 이것을 보여 주는 건지 모르겠지만, 이본의 과거를 무력하게 지켜보기만 하는 것은 내게 너무나도 잔혹한 일이었다.

시간이 흐를수록 레일라의 힘은 점점 강해졌다. 이제 인간을 먹어 치워도 이본이 정신을 차리는 일은 드물었다. 그 모습을 지켜보다 눈에 힘이 들어가서 나는 다시 눈을 감았다 떴다.

깜빡, 장면이 전환됐다. 눈앞에 펼쳐진 것은 바닥에 엎어져 있는

지저분한 페넬로페와.

"페넬로페, 아가. 나와 함께 공작저로 가자꾸나."

그런 그녀에게 손을 내미는 공작의 모습이었다. 그리고 멀지 않은 골목에 붙어 선 이본이 그 모습을 지켜보고 있었다.

어미의 시체를 뒤에 두고 망설이던 어린 페넬로페는, 이내 구원 같은 그 손을 와락 붙들었다. 공작이 그런 페넬로페를 번쩍 안아들었다.

"……우리 아빠야."

그 모습을 바라보던 이본이 혼몽한 얼굴로 작게 중얼거렸다.

"우리 아빤데……."

그러던 그녀가 갑작스레 주저앉아 제 머리를 붙들었다.

"아니야! 아니라고!"

또 레일라가 삿된 소리를 지껄이는 듯했다. 나는 계속해 그랬듯 이본의 옆에 같이 주저앉았다. 그때였다.

「……진 거야.」

스스스스—. 바람결에 들리는 잡음처럼 섬찟한 소리가 내 귓가에도 스쳤다.

"흑, 아니야! 우리 아빠 맞아! 아빠! 데릭 오빠! 레널드 오빠!"

이본이 발작하며 마구 소리 쳤다. 나는 경직된 채 귀를 기울였다. 이본의 흐느낌과 맞물려 아주 작은 속삭임이 귓속으로 흘러들어왔다.

「……진 거야. 넌 버려진 거야. 넌 버려진 거야. 넌 버려진 거야. 넌 버려진 거야. 넌 버려진 거야. 넌 버려진 거야. 넌 버려진 거야.」

'아.'

머리끝이 쭈뼛 서는 음성이었다. 시도 때도 없이 이본에게 들리던 속삭임이 마침내 내게도 들렸다.

「넌 버려진 거야. 네 아비도 네 오라비들처럼 널 버린 거야.」

이본이 고개를 저으며 레일라의 저주 같은 속삭임에 저항했다.

"아니야, 아니야. 그럴 리 없어. 우리 아빠는 날 세상에서 가장 사랑한다고 했어."

「멍청한 년. 아직도 모르겠어? 그러면 왜 그간 기사 한 명 마주치지 못한 건데? 넌 계속 수도에 있었잖아. 널 찾지도 않았다는 소리야.」

"아니야, 아니……."

「저걸 보고도 모르겠어? 네가 멍청하고 쓸모없으니까 널 버리고 새 딸을 찾은 거라고. 더 예쁘고, 똑똑한 새 딸! 페넬로페 말이야!」

"흐, 흐으, 으윽……."

쉴 새 없이 귓가에 쏟아지는 폭력 같은 말에 흐느끼던 이본의 숨이 껄떡껄떡 넘어가기 시작했다. 그럼에도 레일라는 멈추지 않았다. 아이의 영혼과 정신을 완전히 말살하기 위해.

「이제 에카르트의 하나뿐인 공녀는 네가 아니라 페넬로페야! 페넬로페, 페넬로페 에카르트! 이름도 어여쁘라, 으하하! 하하하! 하하하하!」

"아, 아니…… 으으, 흐으."

가느다랗게 붙어 있던 이본의 생명이, 숨소리가 기어이 멎는 게 느껴졌다. 더는 참을 수 없었다. 어차피 소용없을 것을 알면서도 나는 이본에게 와락 팔을 뻗었다.

"듣지 마."

지금까지 수없이 만지려 했음에도 그대로 통과하던 내 손이, 이번에는 거짓말처럼 아이를 붙들었다.

그에 놀랄 새도 없이, 나는 두 손으로 이본의 귀를 힘껏 틀어막으며 말했다.

"다 거짓말이야. 네 아버지랑 오라버니들은 단 한 번도 널 잊은 적 없어."

바들바들 경련하며 숨소리가 잦아들어 가던 이본의 몸이 그 순간, 우뚝 멈췄다.

그와 동시에 파직, 파지직—! 주변 골목의 장면들이 유리 조각처럼 갈라지기 시작했다. 한번 겪어 본 일이라 나는 생각보다 담담하게 상황을 받아들였다.

파죽지세로 갈라지던 환영들이 얼마 안 가 '와장창' 부서져 내렸다. 마침내 이본과 나, 둘만이 검은 공간에 남겨졌다.

"……네가 모든 걸 다 뺏어 갔어."

쭈그려 앉은 채 내게 귀가 틀어막아진 그대로 이본이 원망스럽게 날 올려다보며 훌쩍였다.

"그리고…… 여기 갇혔어."

나는 이제야 알 것 같았다. 망할 '진실의 거울'이 왜 내게 이본의 과거를 보여 준 것인지.

나는 이본의 귀를 막고 있던 손을 내리며, 차분히 읊조렸다.

"……위로가 될지 모르겠지만."

"……."

"네 자리를 대신하면서 좋았던 적 단 한 번도 없어."

차마 아무것도 빼앗지 않았다는 소리는 할 수 없었다. 죽은 후에 이곳에 영혼이 갇혀 버린 이본과는 달리, 그래도 페넬로페는 리셋

되기 전까지 살아 있긴 했으니까.

"거짓말하지 마!"

하지만 내 말이 믿기지 않은 건지 이본이 바락 외쳤다.

"아빠랑 우리 오빠들 다 차지했잖아! 우리 집도! 공녀 자리도!"

나는 난처해졌다. 아무리 내가 나잇살 더 먹은 어른이라지만, 우는 아이를 달래는 덴 재주가 없었다. 잠시 고민하던 나는 이내 한숨과 함께 포기했다.

"……나를 잘 봐, 이본."

"……."

"너희 가족이 공작가로 날 데리고 온 이유가 뭘 것 같아?"

어린아이의 눈높이에 맞춰 설명하는 방법 따위 알지 못했다. 그저 생각나는 대로 입에 담을 뿐.

"……."

이본은 바로 답하지 않았다. 하지만 제법 궁금한 이유이긴 한지, 훌쩍이면서도 나를 빤히 노려보며 답을 찾았다. 한참이 지난 후 아이가 입을 벌렸다.

"……모르겠어."

"내가 너랑 닮아서야."

"……어?"

"나를 통해서 살아 있는 네 모습을 상상하려고. 그래서 널 잊지 않으려고."

나는 담담하게 사실을 말했다. 예상치 못한 대답이었는지, 물기 어린 푸른 눈이 동그랗게 떠졌다.

"네, 네가 나랑 어디가 비슷한데?"

이본은 나를 요리조리 살펴보며 덧붙였다.

"머리 색도, 눈 색도 이렇게 다 다른데……."

"맞아."

나는 짧게 웃으며 대꾸했다.

"내가 자랄수록 너랑 점점 달라지니까 네 가족들은 날 신경조차 쓰지 않았어. 그리고 아무렇게나 방치하고 학대했지."

"뭐……?"

"그래서 나는 매번 비참하게 죽었단다. 네가 여기서 매번 과거를 되풀이했던 것처럼, 수없이 반복해서 죽었어."

"……."

"이제 위로가 좀 돼?"

내 말에 이본이 충격받은 얼굴을 했다. 하지만 아이의 눈높이에 맞춘답시고 농담이라 치부할 생각은 없었다.

이본의 과거는 진심으로 안타깝기 그지없었지만, 그렇다고 해서 페넬로페의 죽음이, 아니…… 내 전생의 수없이 반복된 죽음들이 빈말이라도 없었던 일들이라고 할 수는 없지 않은가.

"거, 거짓말……. 우리 아빠랑 오빠들이 그럴 리, 그럴 리……."

이본은 내 말이 믿기지 않은지 울먹거렸다. 제게는 그토록 상냥하던 가족이 그렇게 잔인한 짓을 할 리 없다고 생각하는 듯했다.

믿든 말든 상관없었다. 나는 어깨를 으쓱이며 이본의 충격이 가라앉길 잠잠히 기다렸다. 한참이 지난 후, 혼란을 조금 추슬렀는지 이본이 물었다.

"……넌 여기 왜 왔어? 나처럼 너도 죽어서 갇혔어?"

"아니, 난 살아 있지."

"그럼……."

"뷘터 베르단디를 데리러 왔어. 그래야 너도, 나도 여기서 벗어날 수 있을 테니까."

"뷘터……?"

내 말에 푸른 동공이 일순 흔들렸다. 나는 그것을 놓치지 않고, 잽싸게 물었다.

"어디 있는지 알지?"

"……마, 말 안 할 거야!"

그러나 아이가 심통 난 표정으로 휙 고개를 돌렸다.

"네 말을 어떻게 믿어? 아저씨는 너 때문에 죽을 거라 그랬단 말이야!"

"……."

"저, 정확히는 네가 성공 못 하면 죽을 거라 하긴 했는데……."

대꾸 없이 빤히 바라보자, 이본은 먼저 알아서 슬그머니 사실대로 말했다. 그러더니 문득 고개를 갸웃거렸다.

"……근데 뭘 성공 못 해?"

나는 그 물음에 헛웃음이 튀어나올 뻔한 것을 간신히 눌러 삼켰다.

'좀 레널드 같은 기질이 있군.'

누가 남매 아니랄까 봐 좀 소름 끼쳤다. 나는 얄밉게 구는 이본에게서 고개를 팩 돌렸다.

"너도 말 안 해 주는 걸, 내가 왜 말해 줘야 돼?"

"그, 그건……."

"아, 몰라. 믿기지 않으면 너도 나처럼 내가 어떻게 죽었는지 보고 오든지."

생각해 보니 억울했다. 왜 나만 남의 죽음을 관전하는 정신적 고통을 겪고, 그도 모자라 애까지 달래야 하는 건가.

나는 자포자기한 상태로 벌러덩 드러누웠다. 대화가 끊기자, 자연히 걱정이 몰려왔다.

'……칼리스토는 돌아왔으려나?'

아마 돌아왔을 것이다. 이 안에선 시간이 어떻게 흐르는지 알 수 없었지만, 궁을 나설 때만 해도 이미 늦은 시각이었다.

내가 사라진 걸 알고 난리를 칠 칼리스토 생각에 벌써부터 피곤이 몰려왔다. 하지만 거울을 훔쳐 간 이본을 찾으면 모든 게 해결되리란 예상이 빗나간 지금, 내가 당장 할 수 있는 일은 없었다.

눈을 감은 채 가만히 생각을 정리하고 있을 때였다.

"……불공평해."

문득 방만하게 드러누운 내 옆에서 안절부절못하던 이본이 자그마한 목소리로 중얼거렸다.

"난 죽었는데, 왜 넌 살아 있어?"

나는 슬쩍 눈을 떠 옆을 바라보았다.

"나도, 우리 아빠 보고 싶어. 데릭 오빠도, 레널드 오빠도……."

아이는 아이인 건지, 이본이 입을 삐죽거리며 울음을 터뜨리려 했다.

"울지 마."

난 별로 안 보고 싶다는 말이 목 끝까지 차올랐다. 그러나.

"일단 여기서 나가야 볼 수 있는 기회도 주어지지 않겠니?"

"……어떻게 하면 나갈 수 있는데?"

"글쎄. 나도 잘 몰라. 우선 자꾸 시간을 돌리는 뷘터 놈을 멈추게 하는 수밖에."

"……."

아이를 자극해 봤자 좋을 것 없다는 생각이 통한 건지, 다행히 이본은 울음을 터뜨리지 않았다.

나는 다시 눈을 감았다. 생각을 정리할 시간이었다. 그때였다. 서늘한 감촉이 아무렇게나 놓여 있던 오른손을 감쌌다.

"……이리 와."

눈을 뜨고 고개를 돌리자 시무룩한 얼굴로 내 손을 슬며시 잡아끄는 아이가 보였다. 나는 아무 말 없이 자리에서 일어났다.

이본의 손에 이끌려 검은 공간을 얼마쯤 걷자, 아까 마주했던 것과 비슷한 하얀 문이 생겼다. 이본은 내 손을 놓고 망설임 없이 그 안으로 들어갔다.

나는 문을 앞에 두고 조금 주춤했다. 괜히 넘었다가 아까와 같이 무력한 상황이 반복될까 봐 겁이 났기 때문이다.

"뭐 해? 빨리 와!"

그러나 하얀빛 안쪽에서 들리는 말간 목소리에 용기를 냈다. 나는 눈을 감고 앞으로 전진했다.

그리고 다시 눈을 뜨자, 낯익은 곳이 나를 맞이했다. 해골이 잔뜩 쌓인 계단 아래 바닥, 거대한 기둥이 세워진 광활한 공간은 레일라의 무덤이었다.

나는 흠칫 고개를 돌려 뒤를 바라보았다. 멀쩡한 모습의 '진실의 거울'이 보였다. 이본을 따라 들어온 문이 그것과 연결되어 있는 듯했다.

"저기."

먼저 앞장섰던 이본이 쪼르르 달려와, 멍하니 뒤를 바라보고 있는 내 옷자락을 잡고 흔들었다.

나는 그제야 정신을 차리고 이본이 가리키는 방향을 바라보았다. 얼마 떨어지지 않은 곳에 누워 있는 누군가의 형체가 보였다.

'뷘터……!'

드디어 찾았다. 나는 그쪽을 향해 빠르게 걸어갔다. 전에 한번 보았던 거대한 마법진이 여전히 선명하게 제단의 바닥을 수놓고 있었다.

다행인지 불행인지, 그것은 더는 불타오르고 있지 않았다. 그 한가운데 있는 뷘터 또한 마찬가지였다.

"후작님!"

나는 마법진을 가로질러 한달음에 뷘터에게로 달려갔다. 산 채로 불타오르는 일이 고단했는지, 못 본 새에 그의 얼굴이 바싹 메말라 있었다.

'설마…… 죽은 거 아냐?'

부름에도 답하지 않은 그를 보자 덜컥 가슴이 내려앉았다.

"후작님, 정신 좀 차려 보세요!"

그의 가슴 한가운데를 가로지르고 있는 거뭏게 탄 마법진에도 개의치 않고 나는 손을 뻗어 그를 뒤흔들었다. 그러나 뷘터는 맥없이 흔들릴 뿐 눈을 뜨지 않았다.

평소라면 숨을 쉬는지 코 밑에 손가락을 대 확인했겠지만, 그가 죽었을지도 모른다는 생각에 나는 이성을 잃었다.

짝—!

"후작님!"

그래서 무작정 그의 뺨을 두드렸다.

"후작님, 제발 정신 좀 차려 보세요! 후작님!"

"으, 으음……."

천만다행히도 두어 번 더 내리치자 정신이 드는지 그의 눈꺼풀이 파르르 떨렸다.

나는 그가 죽지 않았다는 사실에 깊이 안도했다. 그와 동시에 놈을 찾기 위해 조금 전 겪었던 개고생들이 파노라마처럼 눈앞을 스쳐 지나갔다. 그리하여 뷘터가 완전히 정신을 차릴 때까지 손을 멈출 수가 없었다.

짝! 짝, 짜악—!

"후작님! 정신 좀 차려 보세요! 후작님!"

"정신 차렸는데……."

옆에서 중얼거리는 이본의 말은 애써 무시했다. 그때였다.

"으…… 레이디?"

"후작님, 정신이 좀 드셨어요?"

나는 번쩍 쳐들었던 손을 허겁지겁 내렸다. 가물가물 눈을 깜빡이던 그가 물었다.

"제가…… 벌써 죽었습니까? 혹시 세계가 멸망하고, 다 같이 천국에 온 건지……."

"안 되겠어요. 몇 대 더 맞으셔야 정신을 차리시려나 보네요."

"아닙니다!"

그제야 뷘터 놈이 벌떡 상체를 일으켰다. 그리고 믿기지 않는지 나를 연신 훑어보았다. 꿈인지 생시인지 가늠하는 듯했다.

"레이디, 대체 여긴 어떻게……."

그러던 중 문득 그는 무언가 이상하다는 듯 더듬더듬 제 몸을 만졌다.

"마법진이…… 발동을 멈췄군요."

그의 움직임을 따라 재 가루들이 부스스 흩날렸다. 그것을 충격 어린 얼굴로 바라보던 빈터가 마침내 떨리는 군청색 눈을 들어 나를 마주 보았다.

"설마…… 성공하셨습니까?"

나는 시큰둥한 음성으로 답했다.

"성공한 게 안타깝다는 투로 들리는데요."

"그, 그런 것은 아닙니다만……."

"애석하게도, 이본을 죽인 지는 꽤 됐어요. 즉 후작님을 속박하고 있던 마법진이 발동을 멈춘 것도 꽤 됐을 거란 소리죠."

그것도 모르고 지금껏 퍼질러 잠이나 자고 있었냐, 돌려 말하는 것이었다. 그러나 영 알아듣지 못하고 멍하니 눈을 끔뻑이는 빈터를 보자 울화가 치밀어 올랐다.

"빨리 안 일어나고 뭐 해요! 후작님 찾느라 얼마나 고생했는지 아세요?"

나는 버럭 소리를 질렀다. 그제야 미적거리던 빈터가 완전히 자리에서 일어났다. 그는 여전히 얼떨떨한 얼굴이었다. 꽤 오랜 시간 상황을 파악하던 그가 마침내 입을 열고 토로했다.

"……실패할 줄 알았습니다. 그래서 모든 것을 포기하고 종식을 기다렸습니다."

왜 알아서 먼저 기어 나오지 않았느냐고 묻기도 전에 답을 하는 바람에 할 말을 잃었다.

까마득한 허공 너머를 헤매던 뷘터의 눈이 내 옆에 서 있던 이본에게 스르륵 옮겨갔다.

"어느 순간부터 이 아이가 눈에 어른거리기에……."

"……."

"죄책감에 보는 과거의 환영인 줄 알았습니다. 그래서 시간이 다 됐다고 여겼는데……."

그래서 마법진이 멈춘지도 모르고 모든 것을 체념한 채 누워 있었단 소리였다.

화가 났지만, 한편으론 이해가 가지 않는 것도 아니기에 나는 가까스로 넘겼다. 어쨌든 그가 살아 있다는 사실이 가장 중요했다. 이제 게임과는 연관 없는 진정한 미래의 첫발을 떼었기에.

"……이 애는 '진짜' 이본이에요."

"아."

"레일라에게 몸을 빼앗긴 후에 줄곧 시공간에 갇혀 있었던 것 같아요."

나는 뷘터에게 우선 이본의 정체부터 설명했다. 말하다 보니 문득, 어쩌면 시스템을 빙자한 고대 마법사들이 어린 이본의 영혼을 붙들어 놓은 것일지 모르겠단 생각이 들었다.

조각조각 부스러진 페넬로페의 영혼을 그러모으다 못해 다른 차원으로 튕겨 나간 나까지 데리고 온 것처럼.

'그래서 이본 없이 레일라만 회귀한 거구나.'

한편으론 다행이었다. 레일라에게 매 순간 영혼이 말살당하는 것을 어린 이본은 견딜 수 없었을 것이다.

“……그렇군요.”

알아들었다는 듯 뷘터가 무겁게 고개를 끄덕였다. 이본이 이렇게 된 것에 일말의 책임감을 느끼는 것 같았다.

“이제 우리 어떻게 나가요?”

“글쎄요. 제가 볼 땐…… 저 ‘진실의 거울’이 바깥과 연결된 통로일 듯합니다.”

뷘터가 내 뒤편을 가리키며 말했다. 나는 가볍게 고개를 끄덕였다. 여기 올 때도 복원 중이던 거울을 통해 왔으니, 왠지 그럴 것 같았다.

이제 남은 건 이본 하나였다. 나는 아이를 눈짓하며 말했다.

“그럼 나가기 전에 얘는 어떻게 하면 좋을지 생각해 봐요.”

뷘터 놈이 살아 있어서 그나마 다행이었다. 시스템도 모두 사라진 지금, 그라면 뭔가 해결할 방안이 있을 테니까.

이왕이면 모두가 해피엔딩인 편이 좋지 않은가. 나는 이본을 여기서 데리고 나가, 가능하다면 원래 가족에게로 돌려보내 주고 싶었다.

하지만 물끄러미 이본을 응시하던 그는, 이내 어두운 얼굴로 고개를 저었다.

“안타깝게도…… 방법이 없습니다.”

“왜요?”

“레일라를 저지하는 데 성공했다면, 영혼이 돌아갈 육체가 더는 없기 때문입니다.”

“그게…….”

말문이 막혔다. 마냥 마법으로 어떻게 될 줄만 알았지, 그런 현실적인 문제까지는 생각해 본 적 없었다.

"무슨 소리 하는 거야?"

저를 사이에 두고 우리 둘이 심각한 얼굴로 두런거리자, 이본이 불쑥 끼어들어 물었다. 뒤늦게 애 앞에서 못할 소리를 했다 싶어 얼른 손을 뻗어 이본의 귀를 틀어막았다.

"넌 알 필요 없어."

"씨, 내 얘긴데 왜 알 필요가 없어? 놔아!"

"스읍, 혼나요."

내 손을 떼어내려고 버둥거리는 이본을 저지하며 나는 뷘터에게 소리 죽여 말했다.

"……따로 찾아보진 않았지만, 공작가에서 유골을 수거해 갔을 거예요."

"……."

"그걸로…… 어떻게 할 순 없어요?"

"……레이디."

"이대로 여기 계속 갇히게 둘 순 없어요. 계속 자기가 죽는 순간만 봤을 텐데……."

그걸 보고, 어떻게 두고 간단 말인가. 얼굴을 일그러뜨리며 속삭이는 내 말에 뷘터 또한 덩달아 안색을 굳혔다. 그때였다.

"바보, 귀신이 귀 막는다고 안 들리는 게 어디 있어?"

불현듯 좀 떨어진 곳에서 맹랑한 목소리가 들려왔다. 대체 어느 틈에 빠져나간 건지 뷘터의 등 뒤에서 내게 혀를 쏙 내밀고 있는 분홍 머리가 보였다.

"이게, 어디서 어른을 놀리고……."

"나 여기서 나가는 방법 알아."

한마디 하려던 나는, 이어지는 이본의 말에 멈칫했다.

"뭐? ……어떻게?"

"가끔 이상한 네모 창이 떠서 물었어. 수락하면, 더 좋은 곳으로 가서 새로 태어날 수 있대."

"수락……?"

나는 멍하니 이본을 바라보았다. 나를 제외하고 또 다른 이가 시스템 창을 봤다는 것은 참 기이한 기분이었다. 동시에 조금 전 지레 짐작했던 것들이 사실이 되었다.

'역시…… 고대 마법사들이 수를 쓴 거였어.'

새로 태어난 것이라면 나처럼 다른 차원으로 환생하는 것일까. 복잡한 표정으로 이본을 응시하던 나는 무겁게 입을 열었다.

"……그런데 왜 수락하지 않았어?"

그러자 아이의 얼굴이 삐죽삐죽 허물어졌다.

"가기 싫었어."

"……."

"가서, 우리 아빠랑 오빠들 다시 못 보면 어떡해……."

나는 터져 나오는 탄식을 가까스로 삼켰다. 고대 마법사들의 제안에도 이본이 왜 이 컴컴한 공간에 홀로 남았는지 알 것 같았다. 자신의 끔찍한 죽음이 되풀이되는 환영이어도, 그 속에 등장하는 가족의 얼굴을 보기 위해서였다.

내겐 그런 고통을 감수할 만큼의 애정이 없어서, 그런 이본이 이해가 가지 않았다. 말이 없는 내 눈치를 보며 이본이 불안한 얼굴로 물었다.

“……꼭 가야 해?”

“가기 싫으면 안 가도 돼.”

“레이디.”

내 딱딱한 대답에 빈터가 놀란 듯 나를 불렀다. 나는 그를 이해시키는 대신, 주머니에서 무언가를 꺼내 이본에게 건넸다.

“자, 네 거울.”

내 거울 봉, 아니, 데릭에게 선물받은 이본의 손거울이었다.

“내가 주웠어. 이제 잃어버리지 마.”

아이는 놀란 얼굴로 손거울을 바라보기만 했다. 그러나 얼마 안가 푸른 눈에 물기가 넘실넘실 차올랐다.

“……흑.”

그렁그렁한 눈으로 이본이 고개를 들어 나를 마주 보았다.

“네 아버지와 오라비들, 잘 지내.”

그 인간들이 친딸을 찾아 헤매며 어떻게 지내 왔는지 따위, 내 입으로 전하고 싶은 마음은 추호도 없었다.

이본에겐 둘도 없이 절절한 가족들이겠지만, 페넬로페에게는 자신을 수없이 비참하게 죽도록 만든 장본인들이었다.

친딸이 돌아오면 공작저에서 쫓겨날까 봐, 페넬로페는 내내 불안에 쫓기듯 살았고 그들이 그렇게 살 수밖에 없도록 행동했다.

‘그런데, 뭐가 예쁘다고 근황까지 전달해 줘?’

하지만 그런 걸로 심술을 부리기엔 나는 너무 성장한 후였다. 그리고 이제 그들이 없어도 행복할 자신이 있었다.

내가 무슨 짓을 해도 나를 사랑해 줄, 그리고 내가 사랑하는 사람을 필사적으로 되새기며 나는 덤덤하게 읊조렸다.

“……매년 널 잃어버린 시기만 되면 널 그리워하느라 힘들어해. 그래도 다들 내색 안 하려고 노력하는 편이야. 혹시라도 네가 알면, 슬퍼할까 봐.”

“…….”

“특히 네 아버지…… 공작님은, 네가 어디 있든 항상 행복하고 편안하길 매일같이 기도하셔.”

“흐, 흐흑…….”

무표정한 나와 달리 이본의 여린 뺨을 타고 굵직한 눈물방울들이 뚝뚝 떨어졌다. 나는 그 애를 설득하기 위해 묵묵히 마지막 말을 내뱉었다.

“……그런데, 네가 아직도 여기 이러고 있으면 내가 돌아가서 네 소식을 전할 수가 없어.”

“너는…….”

이본이 물먹은 숨을 헐떡이며 되물었다.

“……너는 내가 안 미워?”

“내가 널 왜 미워해?”

“우리 가족들이…… 나 때문에 널 죽게 만들었다며.”

“네가 그 자리에 있던 것도 아니니, 넌 관계없는 일이지.”

나는 다소 냉소적으로 답했다. 그리고 곧이어 덧붙였다.

“그리고…… 이해 못 하는 바는 아니야. 시간이 아무리 지났다 해도, 너같이 사랑스러운 동생을…….”

“…….”

“어떻게 잊을 수 있겠어.”

축제 마지막 날, 고작 불꽃놀이를 보기 위해 다락방에 올랐다는 이유로 나를 헐뜯었던 레널드. 이본의 자리를 차지한 내가 아니꼬워서 사사건건 페넬로페를 깎아내리던 데릭과 매번 말없이 관조만 하던 공작을, 용서할 수 없었다.

하지만 그들이 왜 그랬는지, 이해는 할 수 있었다. 제 자리를 차지한 내가 저를 미워할까 걱정이나 하는, 이렇게나 착하고 사랑스러운 동생을 코앞에서 잃어버렸다면.

나 또한 미쳐 날뛰지 않았을까.

"아……."

작고 여린 두 손으로 하염없이 뺨을 닦아 내던 이본이, 문득 고개를 들어 허공을 바라보았다. 이제 내 눈엔 더 이상 아무것도 보이지 않았지만, 나는 직감했다. 시스템 창이 떠올랐음을.

"여기 남을지 말지, 선택하는 건 네 자유야."

물기 어린 이본의 푸른 눈이 내게로 옮겨졌다. 꽤 오랜 시간 입을 벙긋대던 그녀는 어렵사리 입을 열었다.

"아빠랑 오빠들한테……."

"……."

"나 잘 있다고…… 내가 많이 사랑한다고 전해 줄 수 있어?"

나는 천천히 고개를 끄덕였다. 방금 전에도 이본에게 놈들의 근황을 전달해 준 마당에 못 해 줄 것도 없었다.

"그리고…… 그리고 데릭 오라버니한테 손거울 사 줘서 고맙다고, 잃어버려서 미안하다고도 말해 줘."

"그래, 그렇게 할게."

"그럼…… 그럼 나, 나 갈게."

내가 건넨 손거울을 끝내 받지 않은 채, 이본이 마침내 작별 인사를 했다. 어색하게 손을 흔드는 행동에 사랑스러운 분홍 머리칼이 하늘하늘 흔들렸다. 얼마 안 가 작은 몸이 환한 빛에 휩싸이기 시작했다.

나는 이본의 신형이 완전히 사라질 때까지, 말없이 손을 마주 흔들어 주었다.

"……괜찮으십니까?"

그 행위를 멈춘 것은, 뷘터가 다가서며 말을 걸었을 때였다. 나는 텅 빈 자리를 물끄러미 바라보다가 그에게로 고개를 돌렸다.

"안 괜찮을 게 뭐 있어요."

"저는 항상 레이디의 웃는 얼굴보단 눈물을 흘리는 얼굴만 마주하는군요."

그의 말에 나는 뒤늦게 손을 올려 얼굴을 쓸었다. 어느 순간 이렇게 된 걸까. 손가락에 흥건한 물기가 묻어났다. 나는 낭패 어린 얼굴로 그것을 내려다보았다.

"손수건을 드리고 싶은데, 죄송하게도 상태가 이 모양인지라……."

"괜찮아요."

퍽 미안한 얼굴인 뷘터에게 나는 가볍게 웃으며 말했다.

"손으로 닦으면 되죠."

그리고 주섬주섬 얼굴을 훔쳤다. 아무렇지 않은 척하려고 했는데, 괜히 들킨 것 같아서 좀 민망해졌다. 그런 내 행동에 잠시 말이 없던 뷘터가 문득 혼잣말처럼 고요히 중얼거렸다.

"……이젠 눈물을 닦아 줄…… 아니."

"……."

"예전처럼 위로를 해 드릴 자격조차 제겐 없겠지요."

"……후작님."

갑자기 치고 들어오는 뷘터의 말에 난 조금 멍한 표정으로 그를 돌아보았다. 뷘터가 그런 나를 담담하게 마주 보며 입을 열었다.

"눈물을 흘리지 않을 때도, 당신은 언제나 슬픈 얼굴이었지요."

"……."

"그래서…… 처음 봤을 때부터, 레일라와 연관되었을지 모른다고 의심하는 순간에도 차마 당신에게서 눈을 뗄 수가 없었습니다."

못 본 사이 많이 야윈 그의 얼굴에 애처로운 빛이 떠올랐다.

"그런데…… 더 이상은 그래 보이시지 않는군요."

나는 그의 말에 눈을 조금 크게 떴다가, 천천히 되물었다.

"이제…… 어때 보이는데요?"

"후련해 보입니다."

그가 망설임 없이 답했다. 그렇게 티가 났던 건가. 나는 내심 놀랐다. 그런 내 심정을 눈치챈 건지 뷘터는 씁쓸하게 웃었다.

"제가 이곳에 갇혀 있는 동안, 많은 것이 변했겠지요."

"……."

그러고 보니, 이본 때문에 뷘터가 이곳에 내내 갇혀 있었다는 사실을 망각했다.

그의 말이 맞았다. 정말 많은 것이 변했다. 하지만 모든 것을 털어 내고 앞으로 조금씩 전진하는 나와는 달리, 그는 여전히 그 시간에 멈춰 있었다.

"레일라를 처치하고, 진짜 이본의 영혼까지 타계시킨 레이디께 한없이 죄송하고 감사해야만 한다는 것을 압니다. 그런데……."

"……."

"그 무엇보다도, 당신이 갇혀 있던 저를 구하러 온 것이 너무……."

"……."

"너무 기쁩니다."

그렇게 말하는 그의 군청색 눈동자에 뜨끔한 고통이 스쳐 지나갔다.

"이 시간이 영원했으면 좋겠다고 말하면…… 터무니없이 형편없는 놈이라고 생각하시겠지요."

그제야 나는 그가 아직도 내게 마음이 있다는 사실을 자각했다. 게임이 끝났음에도 남주 중 한 명이 여전히 나를 좋아한다는 걸 알게 되는 건 정말 얼떨떨한 느낌이었다.

'……이젠 정말 현실이구나.'

뒤늦은 깨달음과 함께, 뷘터에게는 꽤 가혹한 일이었단 생각이 들었다.

나는 매번 내 앞가림하기도 바빠 그가 지닌 마음 같은 건 깊게 생각지 않았다. 그리고 뷘터는 제 마음을 추스를 새도 없이 이곳으로 끌려왔다. 이제 그도 '나'라는 미련을 끊고 앞으로 나아갈 때였다.

"후작님."

나는 어렵사리 입을 열었다.

"저, 황태자 전하 좋아해요."

"……."

"생각보다 많이요. 레일라에게서 도망치려던 걸 포기할 만큼."

"……."

"……미리 말씀 못 드려서 죄송해요."

그의 눈동자가 미약하게 흔들렸다. 천천히 흐려지는 그의 얼굴을 차마 마주할 자신이 없어 나는 시선을 내렸다.

문득 후회가 들었다. 그때 이렇게 명확히 거절했다면, 그가 나를 좀 더 쉽게 털어 낼 수 있었을까.

— ……관심이 있다고만 하시지 않으셨어요?

— 죄송하지만, 저는 못 받아들여요.

그 당시엔 솔직히 뷘터를 상처 입히고 싶은 마음이 더 컸다. 레일라도 모자라 이본을 죽이려 드는 악녀로 의심하는 게 괘씸했다.

그래 놓고 좋아한다는 말이, 날 위해서 평생을 지켜오던 신념을 저버렸다는 말이, 그리도 우스울 수 없었다.

하지만 이젠 그가 밉지도, 우습지도 않았다. 미리 말하지 못해 죄송하다고는 했지만 거절하는 것이 정말로 미안하진 않았다.

그저, 뷘터 또한 이제 모든 굴레에서 해방되기를.

"……그랬군요."

내 말에 한참 동안 우두커니 나를 바라보던 그가, 마침내 입술을 달싹였다.

"예상…… 못 하고 있던 것은 아닙니다. 그때도 전하께서 계신 북방으로 간다고 하셨지요. 그리고……."

"……."

"레이디께서 공작가를 출타하셨을 적, 황태자 전하께서 제 저택에 세 번이나 방문했었습니다."

"……네? 후작님의 저택에 왜……."

그 순간이었다.

— 그대가 공작저에서 사라졌다는 소식을 듣고 황궁 마법사를 족쳐서 미친놈처럼 수도로 달려갔다.

— 그래도 그 악령 씐 놈이랑 함께 있는 줄 알았는데, 후작가에서 그놈 면상을 보는 순간, 내가……! 내가…….

아르키나 제도로 가는 배 위에서 재회했을 때, 성난 얼굴로 버럭 소리치던 황태자의 목소리가 생생하게 재생되었다.

'미친. 그럼 그 말이…….'

나는 뜨악한 얼굴로 빈터를 돌아보았다. 그가 좋게 '방문'이라 포장했지만 나를 찾으러 후작가에 쳐들어간 칼리스토 놈이 얼마나 패악을 부렸을지, 상상만 해도 아찔했다.

"……폐를 끼쳐서 죄송해요, 후작님. 그 미친…… 아, 아니, 전하를 대신해서 사과드릴게요."

나는 '돌아가서 보자'고 속으로 되뇌며 허둥지둥 빈터에게 사과했다. 그때였다.

"……다행입니다."

머리맡에 나직한 웃음이 울려 퍼졌다.

"이제, 레이디를 웃음 짓게 할 사람이 곁에 있어서."

나는 천천히 고개를 들었다. 진심인지, 빈터는 나를 따뜻한 눈빛으로 바라보며 웃음 짓고 있었다.

나는 잠시 멍하니 서 있다가, 그의 시선이 못 박힌 뺨을 손으로 한번 쓸어내렸다. 분명 칼리스토 놈의 만행에 찌푸리고 있을 거라 여겼는데, 어느덧 한결 풀어진 얼굴 근육이 느껴졌다.

민망한 기분에 잠시 시선을 피하던 나는, 이윽고 빈터를 마주 보며 읊조렸다.

"저 이제 후작님 신뢰해요. 그러니……."

"……."

"후작님도 더 이상 제게 죄책감 갖지 마세요."

뷘터는 내 말에 한참 동안 말이 없었다. 군청색 눈동자가 붉게 젖어 드는 것을 애써 못 본 척하며, 나는 그가 치밀어 오른 감정을 삭이기를 잠잠히 기다렸다.

그렇게 꽤 오랜 시간이 지난 후.

"……여기서 나가면, 계약은 변동 사항 없이 철저히 이행될 겁니다."

문득 내 앞에 커다란 손이 내밀어졌다.

"그 어느 곳보다 가장 순도 높은 마력을 보석에 새겨 유통할 자신 있습니다."

"……."

"저희 상단을 신뢰하여 맡겨 주신 일 아닙니까."

한발 늦게 상단의 주인으로서 내게 악수를 청하는 것이란 사실을 깨달았다.

"그건 당연하죠."

나는 그제야 덩달아 미소 지으며 그 손을 맞잡았다.

"저한테 목숨도 빚지셨어요. 제가 또 셈 하나는 철저한 거 아시죠?"

"이런."

뷘터가 낭패 어린 표정으로 신음했다. 나는 그를 흘끔 흘겨보며 비장하게 말했다.

"그 빚 다 갚으려면 단단히 각오하셔야 할 거예요."

나는 그와 악수한 손을 힘차게 흔들었다. 머릿속에 바이엔 왕국은 물론, 세계로 뻗어나가는 내 에메랄드와 다이아몬드가 찬란하게 그려졌다. 뷘터가 짓궂은 내 말에 졌다는 양 답했다.

"알겠습니다."

"그럼 이제 가요."

미련 없이 잡은 손을 놓고 돌아섰다. 뷘터가 우두커니 제 손을 바라보는 것이 느껴졌지만, 모른 체 '진실의 거울' 앞으로 다가섰다.

시공간 저편의 부서진 것과는 달리 멀쩡한 거울 앞에 서자, 비로소 끝이 실감 났다. 이제 더는 이 망할 거울을 마주할 일이 없을 거란 예감이 들었다.

'……만나서 더러웠고, 다시는 보지 맙시다.'

나는 싱숭생숭한 심정으로 어딘가에 있을지 모를 고대 마법사 영혼들에게 중얼거렸다.

"나가는 동안 다른 시공간에 휘말릴 수 있습니다. 번거롭겠지만 제 손을 꼭 잡고 계십시오."

그때, 문득 옆에 다가와 선 뷘터가 다시 한번 손을 내밀었다. 나는 망설임 없이 그 손을 맞잡았다.

우리 둘은 동시에 거울 안으로 뛰어들었다. 하얀빛이 눈앞에서 점멸했다. 그리고 다시 눈을 떴을 때 보인 것은.

"어……."

작업 현장에 빽빽하게 가득 찬 무장한 기사들의 모습과.

"……전하?"

그리고 그 한가운데에, 일그러진 얼굴로 우뚝 서 있는 황태자의 모습이었다.

어떻게 찾았는지, 내가 침실에 꽁꽁 숨겨 둔 검을 당장이라도 거울에 내리칠 것처럼 치켜들고 있던 남자가 천천히 그것을 내렸다. 그의 이마를 타고 식은땀이 뚝뚝 떨어졌다.

'어디 아픈 거 아니야?'

덜컥 드는 걱정에, 그에게 다가가려던 순간. 그의 시선이 스르륵 어딘가를 향해 내려갔다.

"……페넬로페 에카르트."

불현듯 그가 무척이나 낮은 음성으로 나를 불렀다. 시뻘건 눈이 희번덕거렸다.

'X됐다.'

빈터와 맞붙잡고 있던 내 손에 못 박혀 있는 반쯤 돌아간 시선을 깨닫자, 오싹 한기가 들었다.

"아, 전하. 이건, 그러니까…… 잠시 제 말 좀……."

헐레벌떡 빈터의 손을 털어 내며 그에게 설명하려 들었지만.

"포박하라."

나지막한 음성이 더 앞섰다. 그의 친위대는 황태자의 명령에 지체 없이 움직였다. 그들은 곧장 빈터를 둘러싸고 얇은 밧줄로 그의 두 팔을 묶었다. 전에 나도 한번 묶여 본 적 있는 마도구였다.

"후, 후작님!"

빈터는 딱히 반항하지 않고 순순히 끌려갔다. 나는 어처구니가 없어서 버벅이며 그 꼴을 바라보다, 획 몸을 돌려 따져 물었다.

"지금 뭐 하는 겁니까? 방금 탈출한 사람한테 무슨……!"

"뭣들 하고 있지? 에카르트 공녀도 포박하지 않고."

그러나 내 말을 싸늘히 끊으며 황태자가 읊조렸다.

"……전하."

'난 왜요?'

내 근처에서 주춤거리던 친위대에게 포박되는 것은 순식간이었다. 나는 멍하니 눈을 끔뻑이며 내 손에 묶인 밧줄을 내려다보았다.

"이 망나니는 내가 직접 호송하지."

밧줄의 끝을 기사에게서 당당하게 넘겨받은 칼리스토가 좀 누그러진 목소리로 지껄였다. 나는 그렇게 포박된 채 황태자에 의해 친히 궁까지 압송됐다.

황태자 궁에 도착했을 때는 이미 새벽을 넘어 동이 트고 있었다.

'망할 거울 속에서 오래도 있었구나…….'

복도 창문 밖으로 비치는 희미한 여명을 바라보며 멍하니 생각할 때쯤이었다. 문득 정신을 차리니, 황태자가 이미 내 방문을 지나친 채 자신의 침실이 있는 곳까지 끌고 가는 중이었다.

동 틀 녘의 황태자 궁은 텅 빈 것처럼 고요했다. 그러나 칼리스토는 꼭 누가 쫓아오는 것처럼 나를 제 침실에 마구 욱여넣은 후 문까지 철저히 걸어 잠갔다.

"전하."

"손 내밀어."

내게로 곧장 걸어온 그가 대뜸 말했다. 그런 그의 낯빛이 여전히 썩 좋지 못했다. 굳이 묻지 않아도, 밤새도록 나를 찾아다닌 게 분명했다.

밝은 데서 보니 잔뜩 흐트러진 채 흙먼지가 묻어 있는 머리칼과 피곤이 거멓게 내려앉은 눈가가 선명했다. 그것만 봐도 칼리스토가 얼마나 절박하게 나를 찾아다녔는지 알 수 있었다. 마음이 무겁게 가라앉았다.

'그래서 반항 없이 순순히 끌려온 거긴 하지만…….'

물론 조금의 망설임 없이 포박하란 그의 말에 충격받아 반항할 새도 없었다.

"뭐 해, 손 안 내밀고. 계속 그렇게 개처럼 묶여 있을 건가?"

미동 없이 가만히 서 있기만 하자, 그가 삐딱하게 재촉했다.

'말하는 본새 하곤…….'

나는 속으로 투덜거리며 쓱 손을 내밀었다. 어쨌든 풀어는 준다니 빨리 씻고 잠이나 자고 싶었다. 칼리스토는 곧장 시동어를 외워 손목을 묶은 마도구를 풀었다.

피곤해서 그런지 이게 무슨 짓이냐며 화를 낼 마음도 별로 들지 않았다. 둘둘 묶여 있는 밧줄을 직접 풀어 주는 그를 물끄러미 바라보다 중얼거렸다.

"피곤해서 그런데, 전 그만 제 방으로 가고 싶은데요."

"아무 말 하지 마."

내 말에 멈칫 움직임을 멈춘 그가 이내 밧줄 풀기를 재개하며 덤덤히 읊조렸다.

"그대는 지금 죄인 신분이니까."

"제가 왜요?"

"제가 왜요……?"

내 말이 심기를 건드렸는지 칼리스토의 눈썹이 사납게 꿈틀거렸다. 마침내 밧줄을 모두 풀어 낸 그가 이내 짓씹듯 내 죄를 내뱉었다.

"그대는 곧 황후의 자리에 오를 사람이다. 본인의 처지도 망각하고 멋대로 행동한 것, 그래서 오밤중에 애꿎은 황실 일원들에게 피해를 입힌 죄가 엄중하지. 얌전히 죗값을 치르도록 해."

"전 전하랑 결혼 안 한다고 했어요. 그러니 죄를 지은 것도 아니죠."

"헛소리 그만해."

"너나 그만해. 아까부터 계속 헛소리하는 게 누군데?"

"……뭐?"

피곤해서 좋게 넘어가려 했더니, 꼭 좋게 넘어갈 수 없게 만든다. 평온한 목소리로 불쑥 받아치자 황태자가 입을 떡 벌렸다.

"……허! 이제 아주 막 나가기로 했나?"

"전하가 먼저 막 나갔잖아요?"

"내가 뭘?"

"레이디의 팔을 우악스럽게 묶고, 사람들이 보든 말든 개 끌 듯이 끌고 왔지 않습니까."

"내가 언제……!"

심드렁하게 대꾸하자 칼리스토가 퍽 억울한 얼굴로 소리치다가 대뜸 입을 다물었다. 그러더니.

"……아픈가? 어디 다쳤어? 봐 봐."

금방 낯을 달리하고 내 손목을 살피는 손길이 조심스러웠다.

"살살 묶는 시늉만 하랬더니, 이 개같은 놈들이 감히 어느 안전이라고……."

"안 다쳤어요."

당장이라도 칼 빼 들고 뛰쳐나갈 것처럼 흉흉하게 중얼거리는 그를 보다 못해 뚱하게 대꾸했다.

'참 나, 이럴 거면서 묶긴 왜 묶어?'

안 다쳤다는 말에도 칼리스토는 묶였던 자리를 계속해서 살살 매만졌다.

"그만 놔요. 괜찮으니까."

"좀 붉어진 것 같은데. 당장 의원을 부르지."

"전하가 자꾸 문지르니까 그런 거잖아요."

그렇게 얘기해도 요지부동이었다. 제가 생각해도 심했다 싶었는지 칼리스토는 내 손목을 잡은 손을 놓지 않았다.

나는 내 눈 밑에 흐드러진 먼지 묻은 황금색 머리칼을 바라보다, 이내 한숨 쉬며 말했다.

"……별일 아니었어요. 산책하다가 우연히 거기까지 가게 됐고, 거울에서 빛이 나서 살펴보다가 그렇게 된 것뿐이에요."

"……."

"오늘이든 나중이든, 어차피 한 번쯤은 겪었을 일이었다고요."

"적어도 시종에게 산책을 간다고 언질은 하고 나갔어야지."

잠잠히 내 말을 듣던 그가 숙였던 고개를 슬쩍 들며 고요하게 읊조렸다.

"너와 관련된 일이면 황태자 직분이고 뭐고 눈 까뒤집고 미친놈처럼 구는 내게……."

"……."

"말은 하고 갔어야지, 페넬로페 에카르트."

나를 바라보는 새빨간 눈동자가 갈피를 잃고 흔들렸다. 그제야 아직 나를 붙들고 있는 그의 손이 간헐적으로 떨리고 있는 걸 느낄 수 있었다.

보내 줄 때 가라고도 했으면서. 막상 내가 남자 그는 매번 불안으로 어쩔 줄을 몰라 했다. 물러 터진 나는 그래서 이번에도 순순히 사과할 수밖에 없었다.

"그 점은…… 죄송하게 생각하고 있습니다."

"퍽이나 죄송해 보이는군."

진심인데 별로 진정성 있게 들리지 않았는지 그가 코웃음 쳤다. 그리고 음산하게 덧붙였다.

"내일 그 물건 부숴 버릴 거야."

"뭘……."

뭘 말하는지 몰라 갸웃거리던 나는, 이내 설마 하는 심정으로 되물었다.

"혹시, 진실의 거울 말하는 거예요?"

"그래."

"그걸 왜…… 힘들게 복원해 놓은 걸 왜 부숩니까?"

복원하느라 마리엔느랑 그간 얼마나 개고생을 했는데!

나는 오만상을 찌푸린 채 단호하게 말했다.

"연구 자료로라도 쓸 수 있게 그냥 내버려 두세요."

"그대가 그것 때문에 두 번이나 사라졌었는데 어떻게 내버려 둬. 싹을 잘라 내서 미연에 방지해야지."

"전하."

원래부터 그럴 작정이었다는 듯 지체 없이 돌아오는 대꾸에 나는 조금 당황스러웠다.

"……저 아무 데도 안 간다고 벌써 수십 번은 더 말했어요."

"난 눈뜬 병신이 아니야, 공녀."

칼리스토가 부드럽지만 단호한 목소리로 뇌까렸다.

"그 거울이 그대가 돌아가려던 곳과 관련되어 있다는 것쯤은 알고 있어."

"……."

"그게 멀쩡히 존재하면 그대의 의지와는 상관없이 언젠간 돌아갈 수도 있겠지."

그가 그런 생각까지 하고 있었다는 사실에 나는 내심 놀랐다.

'……이놈이 이렇게 집착캐였나?'

그러나 한편으론 칼리스토에게 그만큼 믿음을 주지 못했다는 생각이 들었다.

레일라와 관련하여 일정 부분 비밀들을 그와 공유했지만, 내 현생과 게임 시스템에 관해서 모두 털어놓을 수는 없었다.

털어놓는다고 그가 이해할 수 있는 범위도 아니었거니와, 이미 다 끝난 일을 다시 들출 필요 없다고 판단했기 때문이다.

나는 다급히 입을 열어, '진실의 거울'을 철천지원수 취급하는 칼리스토를 만류했다.

"이제 그럴 일 없어요. 다 끝났다고요. 전 이제 돌아가고 싶어도 못 돌아간다니까요?"

"그럼 그게 부서져도 상관없는 거 아닌가? 그리고 오늘도 그게 발동될 줄 알고 간 건 아니라며?"

"그건……."

그건 그렇지. 요상한 논리에 휩쓸려 나도 모르게 수긍하던 순간이었다.

"어차피 이제 후작인지 악령 씐 미친놈인지 살아 있는 것도 확인했으니, 더 할 일도 없겠군."

"……."

"대관식 날까지 여기 박혀서 결혼 준비나 해. 선생을 붙여 줄 테니 황실 예법도 대강 배워 두고."

놈이 잠시 미뤄 뒀던 감금과 결혼 얘기를 다시 꺼냈다. 결국 원점이었다. 나는 곧바로 차갑게 응수했다.

"싫어요."

"싫어도 어쩔 수 없어. 황태자의 명을 누가 거부할 수 있겠어."

"가두기만 해요. 마법 써서 도망갈 거니까."

"쓰든지. 그런데 애석하게도, 황궁엔 정체불명의 마력을 무력화하는 마법이 걸려 있는데 어쩌지?"

놈이 히죽 나를 비웃으며 얄밉게 어깨를 으쓱였다. 나는 그런 놈에게 비웃음을 되돌려 주며 말했다.

"그런 걸 죄다 까발리시면 어떡합니까? 어떻게서든 그것부터 파훼하고 도망치겠죠. 명색이 공작가의 고명딸인데, 그 정도도 못 하겠어요?"

"……젠장."

제가 멍청한 짓을 했다는 걸 깨달았는지 황태자가 제 분에 못 이겨 '쿵!' 하고 발을 한번 굴렀다. 그러더니 휙 나를 노려보며 소리쳤다.

"대체 뭐가 문제야. 프러포즈인지 뭔지, 그것 때문에 그래?"

물론 그것도 어느 정도 비중을 차지했다. 그런데 그렇다고 답하자니 좀 구차하게 느껴졌다. 궁극적으론 그 이유도 아닐뿐더러, 괜히 말 꺼냈다가 해 주겠답시고 달려들면 더 곤란하지 않은가.

"……."

말없이 그저 팔짱을 낀 채 마주 노려보고만 있자, 황태자가 슬며시 시선을 회피했다. 그러더니 별안간 침잠된 표정으로 제 품을 뒤적이는 게 아닌가.

"……반지가 아직 세공이 덜 됐어."

무언가가 불쑥 내 앞에 내밀어졌다. 굳은살 박인 커다란 손바닥 위에 큼지막한 청록색 구슬이 달린 반지 하나가 케이스조차 없이 달랑 들려 있었다.

칼리스토가 다른 손으로 반지를 가리키며 말했다.

"이 옆을 모조리 다이아로 덮을 거야."

그가 가리키는 것은 반지의 링 부분이었다. 황금색의 잎사귀 모양으로 주변을 감싸 마치 꽃봉오리처럼 화려하게 세공된 청록색 구슬과는 달리, 링 부분은 아무런 장식 없이 허전하기만 했다.

'설마 이걸 프러포즈라고 하는 건가?'

어쩌라는 건지 몰라서 멀뚱히 반지를 바라보고만 있자, 칼리스토가 답답한지 다시금 입을 열었다.

"이건 가스파르 서해에서 전설로 전해지는 인어의 눈물이다. 그대의 눈동자 색과 꼭 닮았지 않나?"

"……."

"소유한 자에게 영원한 부와 명예를 가져다준다더군."

"그래요?"

'오, 그건 좀 혹하는데.'

부와 명예 소리에 티 나게 눈빛이 달라졌는지, 황태자의 안색이 좀 밝아졌다.

"가스파르 왕궁 보물 창고에 숨겨져 있던 건데, 왕족만이 걸려 있는 저주를 풀 수 있어서 공수가 좀 늦었어."

정복 전쟁 중에 싸그리 몰살해서 피가 섞인 놈을 찾느라 좀 애먹었거든.

그가 어쩐지 조금 신이 난 목소리로 덧붙였다. 그러나 나는 그의 변명보다 다른 말에 신경이 쏠렸다.

“저주요? 무슨…….”

“이것을 소유한 자의 반려는 영원히 상대에게 속박된다더군.”

그딴 걸 주려 했냐고 타박하기 전, 그가 먼저 선수 쳐 답했다.

“죽음에서조차 벗어날 수 없어. 그래서 가스파르 왕을 베었을 때 왕비도 같이 절명했었지.”

묵묵히 말하는 그의 눈에 묘한 희열이 피어올랐다. 나는 그런 그를 바라보다가 고개를 내려 다시 반지를 바라보았다.

‘그러니까, 이게 청혼 반지고 공수도, 세공도 늦어서 프러포즈를 못 했다?’

그의 주절거림을 대충 정리하자니, 이 말이었다. 배경을 알고 난 후에 다시 반지를 보니 기분이 이상했다.

‘죽을 때도 한날한시에 같이 죽자는 거야, 뭐야.’

새삼 또 한 번 느껴지는 칼리스토의 집착에 나는 조금 오싹해졌다. 그런 나를 아는지 모르는지, 칼리스토가 다시 입을 열었다.

“……제국 대대로 내려오는 반지가 있는데 그건 주기 싫었다.”

“…….”

“황비가 끼던 거라 재수 없기도 하고, 황금룡이 크게 음각되어 있어서 촌스러워. 그딴 건 그대와 어울리지도 않으…… 제기랄.”

혼자 잘도 주절거리던 그가 뜬금없이 욕설을 뇌까렸다. 나는 깜짝 놀라 반지에서 시선을 떼고 그를 올려다보았다.

“……그때 정원에서, 그렇게 얘기하려던 게 아니었어. 그 빌어먹을 소문 때문에 네가 신경 쓰는 것 같으니까…….”

착잡한 얼굴로 제 앞머리를 거칠게 쓸어 올리던 황태자가, 불현듯 털썩—.

내 앞에 무릎을 꿇었다. 한쪽 무릎도 아닌, 양쪽 무릎.

그는 말 그대로 죄지은 사람처럼 꿇어앉은 채.

“페넬로페 에카르트.”

“…….”

“제발 나랑 결혼해 줘.”

황태자는 내 치맛자락을 붙들고 흡사 애원하듯 읊조렸다. 프러포즈보단 차라리 비는 것에 가까웠다. 미완성된 반지라고 주절거리더니 청혼하는 것처럼 내밀지도 않았다.

“……전하.”

나는 조금 놀란 표정으로 내 앞에 무릎 꿇은 그를 바라보았다.

그는 정복 전쟁을 승리로 이끌고 당당히 수도로 귀환한 불굴의 황태자였다.

이젠 방해가 될 세력조차 하나 없이 무소불위의 권력을 가진 황제가 될 사람이, 결혼해 달라고 처절하게 비는 모습을 보니…… 기분이 너무 이상했다.

“굳이 양쪽 무릎까지 다 안 꿇어도 됐을 텐데요…….”

“쪽팔리니까 빨리 대답해. 나랑 결혼할 거지? 어?”

물끄러미 그를 내려다보기만 하자, 칼리스토가 짓씹듯 빠르게 내뱉었다. 퍽 초조해 보이는 얼굴이 생소하게 다가왔다.

‘쪽팔린 건 아나 보지.’

그의 말에 문득 피식, 하고 웃음이 새어 나왔다. 막무가내로 결혼을 밀어 붙일 땐 그토록 화가 치밀어 올랐는데. 막상 처량하게 나를 올려다보고 있는 모습을 보니, 좀…….

'귀여운 것 같기도 하고.'

"……이거 두고두고 놀림감인 거 아시죠?"

나도 이제 드디어 맛이 갔다는 생각에 고개를 절레절레 흔들며 말했다.

"세드릭한테도 다 이를 거예요."

"상관없어."

나는 분명 칼리스토가 발끈하며 벌떡 일어날 줄 알았다. 그러나 그는 여전히 일어나지 않은 채 굳은 얼굴로 중얼거렸다.

"널 잡을 수만 있다면 그까짓 놀림 따위 뭐가 대수일까."

"……."

"그리고 뭣하면 주절거리는 놈들 목을 쳐 베면 되는 일이지."

'그럼 그렇지.'

잠깐 쿵 내려앉았던 가슴이 금방 원래대로 돌아왔다. 나는 짜게 식은 얼굴로 그를 바라보다, 한숨을 쉬며 천천히 그의 앞에 같이 주저앉았다.

"전하."

답은 주지 않고 눈을 맞추는 나를 보고 무슨 상상을 하는지, 황태자의 얼굴이 일순 희게 질렸다.

나는 손을 뻗어 새빨간 눈동자가 흔들리는 눈가에 가져다 댄 후 부드럽게 쓸었다. 그리고 조용한 음성으로 그간 차마 하지 못했던 말을 털어놓았다.

"저, 공부하고 싶어요."

"……고고학인지, 그거 말하는 건가?"

"네. 말했잖아요, 원래 살던 곳에서 수석이었다고."

내 말이 마음에 들지 않는지 칼리스토가 눈썹을 꿈틀거렸다. 그러나 용케 내 말을 막아서지 않고 잠자코 들었다.

"여기서나마 하던 거 마저 해 보고 싶어요. 마침 이곳은 아직 발굴 안 된 유물이나 문명 같은 것도 많잖아요? 어쩌면 제 도움이 필요한 곳이 있을지도 모르고요."

"……."

"벌써 잊으셨어요? 원하는 건 모두 들어줄 테니 남아 달라고 했잖아요."

나는 말을 멈춘 후 빤히 칼리스토의 눈을 바라보았다. '네가 했던 말인데 한 입으로 두말하진 않겠지.' 하는 생각을 담아서였다.

황태자는 한참 후 입술을 달싹였다.

"하지 말란 소리가 아니야."

"그럼요?"

"그것들은 다 결혼하고 난 후에도 할 수 있는 것들이잖아."

"이미 알고 계시겠지만, 전 아카데미 입학에도 관심 있어요."

"그것도 결혼식 이후에 하면 되지."

나는 말도 안 되는 억지를 부리는 그에게 어이가 없어 소리쳤다.

"황후가 아카데미를 다니는 게 말이 돼요?"

"왜 안 돼? 말이 되게 만들면 되지. 보는 눈들이 거슬리면 교수들을 싹 다 황궁으로 불러들이면 될 것 아니야."

"……."

그런 방법은 생각지도 못했다. 상상 이상의 스케일을 입에 담는 칼리스토의 모습에 당황해서 버벅이던 나는 가까스로 답했다.

"그렇게까지 민폐 끼치고 싶지 않아요. 그리고 꼭 그 문제만이 아니에요."

"그럼 또 뭐가 있는데."

"전 오지로 가서 유적 탐사도 하고 싶단 말이에요! 인골 발굴도 제대로 배우고 싶다고요!"

"통째로 황궁 안으로 옮겨 주지."

"하."

말이 전혀 통하지 않았다. 나는 눈을 치켜뜨고 으르렁거리듯 물었다.

"애초에 황궁 밖으로 내보내 줄 생각도 없었죠?"

"……."

정곡을 찔렀는지 칼리스토는 답이 없었다. 나는 왜 답이 없냐고 채근하듯 부리부리하게 노려보았다.

그러자 그가 눈가를 어루만지고 있는 내 손 위에 제 손을 겹쳐 잡았다. 그리고 느릿하게 내 손바닥에 뺨을 비비며 말하길.

"다 그대 잘못이야."

"제가 뭘요?"

"난 그대를 보내 주려 했어. 그런데 결국 남아 날 선택한 건 그대지 않아."

"……."

"그러니 내 불안도 감수해야지."

"그게 무슨……."

궤변이냐고 화를 내려던 순간이었다. 묘하게 나른한 표정으로 나를 올려다보던 칼리스토가 불현듯, 쪽—.

고개를 돌려 내 손바닥에 입을 맞췄다.

"하지 마요."

나는 이대로 얼렁뚱땅 넘어가려는 심산임을 눈치채고 도끼눈을 떴다. 그러나 그는 멈추긴커녕 점점 손바닥에서 손목, 그리고 팔 안쪽을 타고 오르며 입을 맞췄다.

"뭐, 그대를 침실에서 꼼짝도 못 하게 만들 방법이 마법만 있는 건 아니야."

쪽, 쪽. 간질거리고 소름 끼치는 느낌에 나는 바르르 떨리는 몸을 가까스로 눌러 참고 말했다.

"읏, 그럴 기분 아니에요. 하지 말라고 했어요. 자꾸 이러면 내 방 가서 잘 거예요."

탁—. 잡힌 손을 뿌리치며 경고하자, 칼리스토가 양손을 들며 한 발 물러섰다.

"알았어. 손만 잡고 자자고."

"……."

"그대 때문에 밤새 황궁을 뒤지며 돌아다녔어. 그 정도는 해 줄 수 있잖나."

아무 말 하지 않고 노려보고 있자 그가 절박한 얼굴로 치맛자락을 붙들고 애원했다.

"……곁에 있어 줘."

그에게 약한 나는 결국 천천히 고개를 끄덕였다.

"……알겠어요."

눈을 떴을 땐 커튼 사이로 환한 햇빛이 쏟아져 들어오고 있는 정오였다.

결국 손만 잡고 못 잤다. 잠결에 드는 묘한 느낌에 눈을 뜨니, 나를 빤히 바라보는 한 쌍의 눈동자와 눈이 마주쳤다. 그리고…….

"으윽……."

비명을 지르는 온몸을 붙잡고 가까스로 일어나 앉았다. 그러다 문득 시트가 흘러내려 드러난 피부를 발견하고 대경실색했다.

"미친 황금 대가리 자식! 지가 개야?!"

맨살이 거의 보이지 않을 만큼 빽빽하게 자리 잡은 붉은 흔적들에 절로 눈물이 찔끔 났다.

'이러다 언젠가 나 닳아 없어지는 거 아니야?'

오싹한 상상에 치를 떨며 뻐근한 허리를 두드리고 있을 때였다.

똑똑—.

"공녀님, 기침하셨습니까? 들어가도 될까요?"

누군가 황태자의 침실 문을 두드렸다.

"자, 잠깐!"

나는 깜짝 놀라 허둥지둥 옷을 찾았다. 그러나 침대 근처 어디에도 옷이 보이지 않았다.

'찢어지진 않았던 것 같은데.'

분명 아끼는 옷이라고 필사적으로 사수했던 기억이 남아 있었다. 입술을 잘근잘근 깨물며 우왕좌왕하던 나는, 하는 수 없이 시트를 머리끝까지 뒤집어썼다.

"……들어와."

문이 열리고 우르르 한 무더기의 시녀들이 들어왔다. 아침마다 오는 게 불편하여 이럴 거면 내 방에 오지 말라고 으름장을 놔서 물린 사람들인데. 방 좀 바뀌었다고 귀신같이 시중을 들러 찾아왔다.

"간밤에 좋은 꿈 꾸셨습니까? 목욕물을 준비해 두었습니다, 황태자…… 아니, 공녀님."

'이래서 싫다는 거라고!'

칼리스토의 유모이자 황태자 궁의 시녀장인 남작 부인은 벌써부터 나를 궁의 주인 대하듯 깍듯이 대했다. 나는 그게 영 떨떠름하고 부담스럽기 그지없었다.

"더 주무시겠어요? 괜찮으시면 욕실로 이동하시지요."

시트를 뒤집어쓴 채 꿈쩍도 안 하는 내게 시녀장이 가운을 건네며 살갑게 말했다. 나는 대답 대신 주변을 두리번거리다 되물었다.

"내 옷은 어디 있지?"

"목욕하고 계시면 입을 옷을 따로 준비해 두도록 하겠습니다."

"씻는 건 내 방으로 가서 하고 싶은데."

"죄송합니다만, 어제 입은 옷은 벌써 세탁 중이어서……."

시녀장이 만면에 미안한 웃음을 띤 채 답했다.

'그럼 입을 옷을 가져다주면 될 거 아닌가?'

머리 위에 물음표가 떠올랐지만, 나는 이내 순순히 가운을 건네받았다. 다년간 황태자의 개같은 성질머리를 감당한 그녀는 만만치 않은 상대였다. 레일라를 비호하던 공작가의 멍청한 하녀장과는 확실히 달랐다.

'귀찮게 각 세우느니, 후딱 씻고 돌아가자.'

그렇게 마음먹은 나는 힘겹게 자리에서 일어나며 말했다.

"시중은 됐어."

"……알겠습니다. 밖에서 대기하고 있을 테니, 필요하시면 얼마든지 부르세요."

시녀장은 묘하게 아쉽다는 얼굴로 물러갔다.

씻고 나오자 다행히 침대 위에 입을 옷이 가지런히 놓여 있었다. 밝은 노란색의 가벼운 원피스였다. 또 시녀들이 몰아닥칠세라 후닥닥 몸에 걸칠 때였다. 아니나 다를까 '똑똑—' 하고 귀신같이 노크 소리가 울렸다.

"공녀님, 목욕이 끝나셨다면 시중을 위해 들어가도 될까요?"

머리가 좀 덜 말랐지만, 허겁지겁 입은 탓에 대충 보기 싫은 몸뚱이는 가려진 후였다.

"들어와."

어차피 내 방도 아니기에 나는 흔쾌히 허락했다. 또다시 우르르 한 무리의 시녀들을 끌고 들어오는 시녀장을 보고 나는 눈을 가느스름하게 떴다.

"황태자비, 아니 공녀님. 식사는 어떻게 준비해 드릴까요?"

'눈치가 영 수상한데.'

이럴 때는 냅다 튀는 것이 상책이었다.

"됐어. 내 방으로 가서 먹든가 할게."

나는 그렇게 외치고 곧장 뛰다시피 침실을 가로질렀다.

"저, 자, 잠깐! 공녀님……!"

내 돌발 행동을 미처 예측하지 못한 시녀장이 다급히 나를 막아서려 했지만, 이미 늦었다. 빠르게 문 앞에 당도한 나는 망설임 없이 문고리를 잡아 돌렸고.

철컥—.

"뭐야."

눈앞에서 굵직한 창대가 교차됐다.

"들어가시지요, 공녀님. 밖은 위험해서 당분간은 나오시면 안 됩니다."

창으로 입구를 가로막은 채 다섯 명의 장정들이 문을 둘러싸고 있었다. 황태자의 친위대였다.

"지금 이게……."

어처구니가 없어 차마 말도 잇지 못하고 붕어처럼 입을 뻐끔거릴 때였다. 뒤늦게 쫓아온 시녀장이 고개를 조아리며 읍소했다.

"공녀님, 저…… 송구합니다만 황태자 전하께서 공녀님의 신변 안전을 위해 대관식까지 이곳에서 기거하라 명하셨습니다."

"뭐?"

진짜 감금이라고?

"이런……."

'미친놈!'

나는 튀어나오는 욕설을 가까스로 삼켰다. 그리고 공작가에 있던 시절을 떠올리며, 사납게 얼굴을 굳히고 오만하게 턱을 치켜들었다.

"비켜. 지금 당장 황태자 전하를 알현하러 가 볼 테니까."

그러나 내 앞에 교차된 창대는 꿈쩍도 하지 않았다.

"황태자 전하께서 만일 공녀님께서 그리 말씀하시면, 일이 끝나자마자 돌아올 테니 얌전히 있길 바란다고 전언하셨습니다."

"하."

돌아오는 답에 나는 기어이 헛웃음을 터뜨렸다.

'망할 놈. 이렇게 나온다 이거지?'

나는 웃음기를 지우고 이를 악물었다. 이제 남은 건 전쟁이었다.

"그럼 내 말도 전해 주는 건가?"

"……예?"

"황태자 전하께 가서 똑똑히 전해."

"무, 무엇을……."

"난 분명 어제 경고했으니, 후회하지 말라고."

감히 황태자의 직속 기사에게 하는 말치고 무척이나 예의 없는 발언이었다. 그러나 나는 그에 더해서 당황으로 물드는 기사들의 면전에 대고 '쾅―!' 하고 세게 문을 닫았다.

"고, 공녀님……."

뒤늦게 내 뒤를 쫓아온 시녀장이 희게 질린 얼굴로 조심스럽게 나를 불렀다. 잠시 골똘히 생각에 잠겨 있던 나는 이내 차갑게 뇌까렸다.

"시녀장, 당장 종이랑 펜 좀 가져다줘. 할 게 있으니까."

"이, 일단 고정하세요, 공녀님! 진정하시고, 식사부터……."

"지금 태평하게 식사나 할 기분 아니야. 펜이나 가져다주고 물러가 있지."

"그, 그럼 레이디 테룻시와 함께 다과를 드시는 것은 어떻습니까?"

"필요……."

반사적으로 필요 없다고 하려다 문득 들리는 익숙한 이름에 멈칫 시녀장을 돌아보았다.

"……마리엔느?"

"네, 몇 시간 전부터 응접실에서 공녀님과의 면담을 기다리고 있습니다."

내 눈치를 보며 시녀장이 작은 목소리로 재빨리 덧붙였다.

"다행히 궁 외부인 출입 금지령은 풀렸답니다."

전혀 다행인 일이 아니었다. 그 외부인도 철저히 검열당한 이들만 들여보낼 테니까. 다시 말해 공작 같은 위험인물은 여전히 출입 금지일 터다.

나는 눈살을 찌푸리며 못마땅한 목소리로 되물었다.

"몇 시간이나 기다리고 있다고? 그걸 왜 이제 말하지?"

"전하께서 공녀님이 먼저 일어나시기 전까지 깨우지 말라 명하셨습니다."

"그대의 주인은 참으로 관대해서 병 주고 약도 주는군."

"하하하……."

코웃음을 치며 중얼거린 말에 시녀장이 어색하게 웃었다. 나는 잠시 고민했다.

'당장 공작저에 편지를 쓰려 했는데…….'

하지만 곧 생각이 바뀌었다. 오히려 서신은 칼리스토 놈에게 걸릴 가능성이 컸다.

'마리엔느라도 들여보내면 퍽이나 한가롭게 시시덕거고 있을 거라 생각했나 보지?'

공통된 관심사 때문에 최근 마리엔느와 꽤 많이 붙어 다녔다는 걸 아는 황태자의 얕은수였다. 나는 허공을 날카롭게 노려보다 비죽 웃었다.

“응접실로 다과 좀 가져다줘.”

황태자의 침실엔 가까운 수족들만이 드나들 수 있는 작은 응접실이 딸려 있었다. 완전한 감금이었다.

“마리엔느.”

문을 열고 안으로 들어서자, 마리엔느가 반갑게 나를 맞이했다.

“공녀님!”

“오래 기다리게 해서 미안해요. 늦잠을 자 버려서…….”

“괜찮아요. 얼마 안 기다렸…… 어머나!”

미안한 얼굴로 사과부터 하자, 상냥하게 대꾸하던 그녀가 불현듯 탄성을 지르며 볼을 붉혔다.

“왜…….”

맞은편에 앉던 나는 영문을 몰라 그저 고개를 갸웃거렸다. 그러자 마리엔느가 발그레한 얼굴로 헛기침을 하며 말했다.

“큼, 흠. 느, 늦잠을 주무실 만도 하죠. 이해합니다. 우린 성인이니까…….”

“무슨…….”

나를 빤히 쳐다보는 마리엔느의 시선을 따라 무심결에 고개를 내린 나는 이내 경악했다. 빠르게 걸쳐 입기 바빠 시녀장이 가져다준 옷을 제대로 확인하지 못했다. 오프 숄더형인 원피스 때문에 드러난 피부가 수두라도 걸린 것처럼 온통 붉고 파랬다.

“미친…….”

선명한 잇자국에 눈앞이 하얘졌다.

'망할 놈, 자국 남기지 말라니까! 이따 오면 죽을 줄 알아!'

사색이 된 나를 보고 마리엔느가 묘한 웃음을 지었다.

"굉장한 밤을 보내셨나 본데요?"

터질 것 전처럼 얼굴에 열이 확 몰렸다. 나는 어깨 쪽 천 자락을 마구 추켜올리며 허겁지겁 외쳤다.

"이, 이건……! 버, 벌레가 문 거예요."

"엄청나게 크고 사나운 황금색 벌레였나 보군요."

"마리엔느!"

"호호호. 농담이에요, 공녀님."

"이봐, 차는 아직 멀었어? 올 때 숄도 하나 가져와. 빨리!"

딸랑, 딸랑. 시녀를 호출하는 종을 울리며 외치는 내 말소리 사이로 마리엔느의 유쾌한 웃음소리가 퍼져 나갔다. 잠시 후, 시녀가 다과와 숄을 가져왔다.

"……여기까진 어쩐 일이에요?"

따뜻한 카모마일 차를 마시며 흥분한 마음을 애써 가라앉힌 나는 그제야 마리엔느가 찾아온 이유를 물었다. 그러자 그녀가 호들갑스럽게 답했다.

"어쩐 일이긴요! 간밤에 작업 현장에서 무슨 일이 있었다면서요?"

"아, 그건……."

"오늘 아침에 복원 작업을 마저 하러 갔더니 글쎄, 건물 자체가 출입 금지되어 있지 않겠어요? 근위병들이 어찌나 살벌하게 가로막고 있던지……."

그녀는 당장이라도 무슨 일인지 알고 싶다는 듯 호기심 가득한 눈으로 나를 바라보았다. 간밤의 일을 떠올린 나는 대충 간추려서 핵심만 말했다.

"미안해요. 설명하긴 좀 복잡한데, '진실의 거울'이 갑자기 발동해서 원래 목적대로 베르단디 후작님을 구출하긴 했어요."

"세상에, 공녀님께서 직접요?"

내 말에 깜짝 놀라던 마리엔느가 곧바로 '역시…….' 하고 감탄하는 시선을 보냈다.

"네, 뭐…… 어쩌다 보니 그렇게 됐네요."

나는 멋쩍은 웃음을 지으며 말했다.

"그리고 이제 더는 복원 작업을 진행하지 못할 것 같아요."

"헉, 왜죠?"

차마 내 입으로 황태자 놈의 집착 때문이라고는 말할 수가 없었다. 나는 이유는 건너뛴 채 적당히 얼버무렸다.

"……마저 하더라도 아마 더는 발동되지 않을 거예요."

"그렇군요……."

마리엔느는 다행히 쉽게 수긍하는 눈치였다. 어쨌든 가장 주된 목적이었던 뷘터 베르단디가 구출됐으니, 복원을 계속하는 것이 무의미하다는 것을 알고 있으리라.

"많이 기대했을 텐데 미안해요, 마리엔느."

내색하진 않고 있지만 실망스러울 그녀에게 나는 심심한 사과를 건넸다.

"아니에요, 공녀님. 차라리 잘됐어요."

다행히 마리엔느는 싱긋 웃으며 고개를 저었다.

"사실 오늘 여기 찾아온 이유는, 황태자 전하의 대관식 이후로 더는 복원 작업을 함께할 수 없다는 것을 말씀드리려 했거든요."

"네? 왜……."

"저 아카데미 때려치우고 오는 길이에요."

"네에?! 이, 이렇게 갑자기요?"

마리엔느의 연이은 폭탄선언에 나는 눈을 휘둥그레 떴다.

'분명 어제까지 제발 고고학과에 입학해 달라고 매달렸잖아……!'

하루아침에 마음이 뒤바뀌어 실직자가 된 마리엔느를 얼빠진 얼굴로 바라볼 때였다. 그녀가 문득 수줍게 눈을 내리깔며 속마음을 털어놓았다.

"실은, 공녀님을 만나고 제 자신이 자꾸만 부끄러워졌어요."

"저를…… 보고요?"

아니, 대체 내 뭐를 보고?

나는 도무지 이해가 안 갔다. 다행히 마리엔느는 곧바로 내 황당함을 풀어 주었다.

"네. 작업에 손을 보태면서 순수하게 즐거워하시던 공녀님의 모습이요."

"……마리엔느."

"분명 좋아서 시작한 일인데, 어느 순간부터 성과만을 좇는 저를 발견할 수 있었어요. 속된 말로 초심을 잃어버린 거죠."

그녀가 씁쓸히 웃으며 중얼거렸다.

"하지만…… 너무 갑작스러운 결정인데요? 어떻게 들어간 건데……."

나는 그녀에게 조심스럽게 말했다. 나야 내가 좋아서 한 일이지만, 그런 내 일면만 보고 결정하기엔 너무 중대한 사안이지 않은가.

그러나 걱정 어린 내 눈빛에 마리엔느가 화답하듯 활짝 웃었다.

"어차피 속 썩이는 놈들만 있던 차라 가망도 없었는데, 이참에 때려치우고 새 시작 좀 해 보려고요!"

"새 시작이요?"

"네! 고고학을 연구하는 소모임이 하나 있어요. 지금까진 전국 각지에 흩어져 있어서 활동이 활발하지 않았는데, 이번에 고대 유적 탐사단을 본격적으로 꾸리게 됐거든요."

"아……."

"그곳에 자문 교수로 같이 가게 됐어요. 물론 박봉이긴 하지만, 완전히 백수는 아닌 거죠. 호호호!"

역시 긍정적인 사람이라 그런지, 마리엔느는 금방 그늘을 털고 명랑하게 말했다.

나는 그런 그녀의 모습이 좀 부러웠다. 하고자 하는 일을 위해 포기할 건 과감히 포기하고, 내린 결정을 후회하지 않는 그 모습이. 이도 저도 못 한 채 그저 망설이고만 있던 나와는 확연히 달랐다.

'서로를 부러워하고 있었네…….'

왠지 모를 이상한 감정에 물끄러미 마리엔느를 바라보고 있을 때였다.

"아직 결혼 생각 없으신 거라면…… 저랑 같이 가실래요, 공녀님?"

불현듯 마리엔느가 생각지도 못한 제안을 했다. 나는 눈을 크게 떴다.

"저는……."

공작가가 있는 수도를 떠나, 원래 세상에서 이루고자 했던 일을 하는 것. 그게 원래 내 목적이었다.

꼭 수도를 떠나지 않아도 할 수 있는 일이었다. 오히려 공작가의 빵빵한 지원을 이용하는 게 더 현명한 것일 수도.

하지만…… 더는 그 집에서 살고 싶지도, 그 인간들을 마주하고 싶지도 않았다.

'게임이 끝났으니, 내 역할도 끝난 거잖아.'

물론 그때까지만 해도 칼리스토와의 결혼 및 황궁에서의 삶은 생각조차 하지 않고 있었다. 그리고 지금은…….

"수도를 오래는 못 떠나 있어요."

"어째서요?"

"전하께서…… 밤에 잠을 잘 못 이루세요."

나는 고심 끝에 걱정의 일부를 마리엔느에게 털어놨다.

"공녀님이 곁에 안 계시면요?!"

앞뒤 잘라먹은 불친절한 말에도 마리엔느는 찰떡같이 알아들었다. 나는 미미하게 고개를 끄덕였다.

언제부터였을까. 칼리스토가 잠을 제대로 자지 못한다는 것을 눈치채게 된 것이. 어스름한 새벽녘만 되면 다급하게 문 두드리는 소리와 함께 찾아오던 남자.

— 잠을 못 자겠어.

— 네가 자는 사이 사라질까 봐.

처음엔 내 방에 기어들어 오려고 수작을 부리는 줄 알았다. 그런데 어느 순간 잠결에 뭔가 싸한 느낌에 눈을 뜨면, 어둠 속에서 형형히 빛나고 있는 새빨간 눈과 마주할 때가 잦았다.

— 뭐야…… 아직도 안 자고 뭐 해요?

— ……그냥. 신경 쓰지 말고 자.

빈터의 생사를 확인한답시고 복원 작업에 착수했을 때부터 그의 불면은 점점 더 심해졌다.

자꾸만 방에 찾아오는 그를 번번이 못 이기는 척 받아 준 이유는, 그렇게 해서라도 그가 불안을 덜어내고 잠을 잤으면 했기 때문이다.

"세상에나, 그런 사정이 있었군요……."

심각한 얼굴로 사색에 잠겨 있을 적, 마리엔느가 이해한다는 듯 덩달아 고개를 끄덕였다. 그러더니 곧 불만스러운 얼굴로 툭 내뱉었다.

"그렇다고 공녀님이 하고 싶은 일을 억지로 포기하는 건 너무 불공평해요!"

"뭐…… 그렇긴 하죠."

나는 힘없는 목소리로 동의했다. 어쨌든 나는 근시일 내에 방법을 찾고 결정을 내려야 했다. 그것이 어느 쪽을 포기하게 되는 방향일지라도.

"같이 가는 것에 너무 부담 갖지 마세요, 공녀님."

내 복잡한 심경을 읽은 것일까. 마리엔느가 따뜻한 음성으로 마음의 짐을 덜어 주었다.

"아카데미처럼 딱딱하게 3년 내내 갇혀 있어야 하는 것도 아니고, 말 그대로 탐사하는 모임인걸요? 모여서 같이 공부도 하고, 연구 좀 하다가 때가 되면 각자 갈 길을 가겠죠."

가벼운 위로였지만 놀랍게도 많은 위안이 되었다. 나는 빙긋 미소 지으며 이번에는 고개를 크게 끄덕였다.

“제안해 줘서 고마워요, 마리엔느. 진지하게 고민해 볼게요.”

“그렇게 해 주시면 저야말로 감사하죠! 어차피 저도 대관식 이후에나 떠날 수 있으니까 충분히 생각해 보세요.”

속세를 벗어던지고 당장이라도 떠날 것처럼 굴던 그녀의 말에 나는 의아해졌다.

“왜…… 하필 대관식 이후에요?”

혹시 대관식 때 결혼식도 함께 진행하겠다는 황태자 놈의 미친 계획이 벌써 일파만파 퍼졌나 싶어 가슴이 덜컥였다.

“제가 이제 백수가 돼서 집으로 돌아가게 됐잖아요? 아버지가 대관식에 참석하지 않으면 제 연구 자료들에 불 지른다고 하셔서, 호호호호!”

하지만 다행히 그런 건 아닌 듯했다.

“제가 나름 테룻시 백작가의 하나뿐인 외동딸이잖아요. 적당히 장단 좀 맞춰 주다 안심하신 틈에 튀어야죠.”

“하하…….”

마리엔느가 백작 영애인 줄 전혀 몰랐던 나는 그저 어색하게 웃었다.

‘본 적은 없지만 테룻시 백작도 속 꽤나 타겠군…….’

마침내 집에 돌아온 하나뿐인 딸이 저렇게 천진하게 오지로 튈 계획을 하는 것을 안다면 뒷골 잡고 쓰러지지 않을까.

그 생각과 동시에 왠지 모르게 공작의 얼굴이 떠올랐다. 이유는 알 수 없었다.

"그럼 생각해 보시고 말씀해 주세요, 공녀님."

용건이 모두 끝난 마리엔느가 자리에서 일어났다.

"참, 마리엔느."

덩달아 그녀를 배웅하려던 나는, 잊고 있던 것이 떠올라 다급히 그녀를 붙들었다.

"미안한데, 부탁이 하나 있어요."

"네? 무슨 부탁이요?"

"잠깐 귀 좀."

나는 어디서 몰래 훔쳐 듣고 있을지 모를 황태자의 감시인들을 의식하며 작게 속삭였다.

"지금쯤이면 조회가 끝났을 시간이에요. 대회의장으로 가서 에카르트 공작님께……."

다행히 마리엔느는 반짝이는 눈으로 내 의도를 단번에 알아들었다.

"……할 수 있겠죠?"

"그럼요, 그 정도야. 저만 믿으세요, 공녀님!"

믿음직스러운 다짐과 함께 마리엔느는 황태자 궁을 떠났다.

감금시켜 둔 칼리스토 놈에게 화가 난 상태였지만, 배가 고픈 건 고픈 거였다.

'탈출하려면 잘 먹어 둬야지.'

나는 평소보다 훨씬 풍성하게 차려진 늦은 점심 식사를 전투적으로 해치웠다. 그리고 나서 침실 한편에 있는 황태자의 책상 앞에 내 멋대로 앉았다.

집무실에서 다 끝내지 못한 일을 침실까지 가지고 와서 하는 건지 책상 위에는 알 수 없는 서류들이 탑처럼 쌓여 있었다.

심술이 돋은 나는 그것들을 톡 건드려 쓰러뜨렸다. 그리고 그에 그치지 않고 책상 위에 널브러진 서류들을 손으로 마구 휘저어 섞었다.

'개고생 좀 해 보라지.'

물론 이래 봤자 개고생은 세드릭이 대신 할 테지만. 그래도 속이 좀 시원해지는 느낌이라 잔뜩 어지럽혀진 책상을 만족스럽게 바라보고 있을 때였다.

"공녀님, 무료하시면 읽던 책을 마저 읽으시겠어요?"

내 심기가 퍽 불편한 것을 알아차린 시녀 하나가 발 빠르게 내 방에서 읽던 책을 가져다주었다.

나는 감히 황족의 책상 위에 양 발을 꼬아 올린 방만한 태도로 대충 책을 뒤적거렸다. 어제까지만 해도 재밌게 읽던 건데 초조해서 그런지 전혀 눈에 들어오지 않았다.

'마리엔느가 잘 전달했을까? 공작은…….'

다리를 떨며 생각에 잠겨 있던 중, 갑자기 이 상황이 어이없어서 웃음이 나왔다. 무시무시했던 레일라도 아니고, 고작 남친이랑 싸우고 내 집으로 돌아가려는 것뿐인데.

'이렇게 스펙터클할 일이냐고…….'

칼리스토가 번번이 만날 수 없도록 훼방을 놓았지만, 어차피 한 번쯤은 공작을 다시 만나야 했다. 이제 공작가에서 출가하겠다는 뜻을 공고히 할 때기도 했고, 전달해야 할 물건도 생겼기에.

이런저런 생각을 하고 있을 때였다.

"공녀님, 마리엔느 영애께서 저번에 빌렸던 책을 돌려드린다고 전하셨는데요."

마리엔느가 잘 전달했는지, 시녀가 내게 책 하나를 건넸다.

"그래? 마침 읽고 싶던 차였는데 잘됐네. 나가 봐."

태연히 대꾸한 나는, '달칵' 하고 시녀가 나가며 문을 닫는 소리가 들리기 무섭게 허둥지둥 책을 펼쳤다.

촤라라라락— 마구 넘겨지던 책이 중반쯤 이르렀을 때였다. '툭' 하고 무언가가 책장 사이에서 떨어졌다. 알 수 없는 문양과 보석이 박혀 있는 얇은 토큰 하나와 쪽지였다.

"애뮬릿……?"

그것을 알아본 나는 이어서 접힌 쪽지를 펼쳤다.

[오후 3시에 황궁 안의 결계를 소관하는 마법사들이 교대한다고 해요. 그때 에뮬릿을 들고 '삐라띠오 에카르트'를 외치세요!]

쪽지 내용을 살피니 마리엔느가 내 얘기를 잘 전달했고, 공작이 뭔가 수를 낸 건 알겠다.

"……그런데 왜 하필 삐라띠오야."

나는 시동어가 쓰여 있는 구간을 노려보며 불만스럽게 중얼거렸다. 게임은 다 끝났는데 왜 아직도 나는 이 미친놈의 주문에서 벗어날 수 없는 것인가.

하지만 여기서 벗어나려면 별다른 방법이 없었다.

예정대로 시간이 흐르고 마침내, 댕댕댕—. 황태자의 침실 안에 있는 괘종시계가 오후 3시를 알리며 울렸다.

카디건을 단단히 챙겨 입고 가져갈 물건을 챙긴 나는 곧장 애뮬릿을 손에 쥐고 외쳤다.

"삐라띠오 에카르트."

눈앞이 하얗게 물들었다. 명멸했던 시야가 다시 돌아왔을 때.

"페넬로페!"

가장 먼저 보인 것은 수심에 잠긴 공작의 얼굴이었다. 주변을 흘끔 살피니 공작의 집무실이었다.

"아버지."

'잘 도착했나 보네.' 하고 생각하는 순간이었다.

"세상에, 신이시여!"

불현듯 공작이 믿지도 않는 신을 찾으며 나를 와락 얼싸안았다.

"이 아비가 얼마나 놀랐는지 아느냐? 감금이라니! 감히 누구 딸을 감금을 해!"

이렇게 격렬한 재회를 할 줄은 전혀 예상치 못했기에 나는 무척 당황했다.

'감금이란 소리는 일부러 안 했는데 마리엔느 이 여자, 대체 뭐라고 전한 거야!'

"안 되겠다! 내일 당장 황태자 그 빌어먹을 놈의 지지를 철회하고 대관식 전에 대신 앉힐 다른 놈을……!"

어버버하는 사이, 극단적으로 치닫는 공작의 성화에 번뜩 정신이 돌아왔다.

"아버지, 아버지! 진정하세요!"

나는 서둘러 나를 꽉 껴안고 있는 공작의 팔을 두드리며 만류했다.

"전 괜찮아요. 황궁에서 그간 잘 지냈어요."

"잘 지내긴! 감금당했으면서 잘 지낼 리가 있겠어! 어디 다친 데는 없느냐? 그놈이 손찌검은 안 하디? 응?"

그제야 품에서 나를 떼어 낸 공작과 얼굴을 마주할 수 있었다. 황태자랑 번번이 부딪친다더니, 몇 주 만에 본 공작의 얼굴은 꽤나 수척해진 상태였고.

"못 본 사이에 얼굴이……!"

반면에 격노한 푸른 눈동자에 비친 내 얼굴은 지나치게 멀끔했다.

"얼굴이……."

"……."

"……많이 좋아졌구나, 크흠!"

공작이 면구스러운지 내 양팔을 붙들고 있던 손을 내리며 크게 헛기침을 했다.

황궁 사람들의 시중은 아주 극진했다. 이곳에 있을 때보다 더 잘 먹고 잘 지냈으면 지냈지, 못 지낼 리가 없었다. 나는 그런 걱정을 했다는 공작이 더 이상하게 느껴졌다.

"잘 지냈다니까요."

덤덤하게 한 번 더 답하자, 공작이 일단 앉으라며 자리를 권했다. 하녀가 차를 내오자마자 그는 곧장 캐물었다.

"이게 다 어찌 된 영문인 게야. 테롯시 영애에게 말을 전해 듣고 얼마나 놀랐는지 아느냐?"

"바로 도와주셔서 감사해요. 사정이 좀 있었어요."

"대관식 때문에 그런 것이냐? 내 매일같이 그놈이 황위에 오르는 것을 반대하고 있다. 아마 그놈도 꽤 압박이 들 테지. 혹시 그것 때문에 그놈이 겁박이라도 하는 게야?"

숨 쉴 틈도 없이 마구 쏟아지는 공작의 말을 듣자니, 문득 웃음이 새어 나왔다.

— 그대의 아비 같은 악귀들이 날 가만두질 않는군.

얼마나 들볶였으면 공작을 악귀라 칭할까 했는데, 오늘 보니 괜한 소리를 한 건 아닌 듯했다.

"그런 거 아니에요, 아버지. 저 때문에 그러지 마세요."

"그럼 오늘 일은 대체 어떻게 설명할 게냐. 그리고! 아비와 딸을 몇 주째 생이별하게 만든 놈이 어떻게 자애로운 군주가 될 수 있겠어!"

황태자의 방해로 나와 만나지 못한 것이 천추의 한이 됐는지 공작이 노성을 쏟아 냈다.

하지만 그것은 비단 칼리스토의 방해만은 아니었다. 나 또한 딱히 만날 이유를 찾지 못했기 때문에 우리가 만날 일이 없었던 것이다.

물론 공작이 그것 때문에 이렇게까지 격하게 반응할 줄은 몰랐다. 이본, 아니 이본의 몸을 빼앗은 레일라를 죽임으로써 나는 우리의 '가족 역할극'이 끝났다고 생각했으니까.

"어서 사실대로 이야기해 보거라. 그간 계속 황태자 궁에 감금당하고 있어서 집에 얼굴 한번 비치지 못한 게야?"

"아버지, 제가 오늘 부득이하게 부탁을 드린 것은……."

공작이 연신 감금의 사실 여부를 물었지만, 사실이었으므로 나는 얼른 말을 돌렸다.

"아버지께 따로 말씀드릴 게 있어서예요."

다행히 공작의 관심을 돌리는 데 성공했다. 말을 멈춘 그가, 이내 의아한 눈으로 나를 바라보았다.

'이게 과연 맞는 걸까.'

막상 말하려니 입이 안 떨어졌다. 그렇지만 말해야 한다. 이미 약속을 했으니까.

"저, 이본을 만나고 왔어요."

"그게 무슨……."

"레일라 말고요."

서서히 커지는 푸른 눈동자를 바라보며, 나는 담담하게 읊조렸다.

"오라버니들이 어렸을 때 잃어버렸던 진짜 이본이요."

내 얼굴을 비추는 푸른 눈이 촛불처럼 하염없이 일렁였다.

"그게……."

"……."

"그게 대체 무슨 말이냐, 페넬로페."

공작은 쉽게 말을 잇지 못했다. 연신 입술을 달싹이던 그가 어렵사리 꽉 막힌 음성을 흘렸다.

"이본은…… 이본은 분명, 그때……."

"죽었죠."

차마 그 말을 입에 담지 못하는 그를 대신해 담담하게 답했다. 그러자 공작의 낯빛이 희게 질렸다. '죽었다'라는 말 다음에 '내가 죽였다'라는 말이 생략되어 있다는 것을, 그도 나도 알고 있었다.

"그때, 제가 드린 말씀 기억하세요?"

나는 혼란스러운 공작을 살피며 조심스럽게 입을 열었다.

"무슨……."

"진짜 이본은 잃어버렸을 당시에 이미 죽었을 것이고, 제가 죽인 것은 그 몸을 대신 차지한 레일라 일족이라는 것이요."

"……."

"아버지의 친딸을 만나고 왔어요."

그 말을 뱉는 순간, 공작은 눈을 부릅뜨며 그대로 굳었다. 그가 숨을 멈춘 것이 느껴졌다.

잠시 후, 그가 작게 속삭이듯 물었다.

"이본이…… 이본이 아직, 살아 있는 게냐?"

미약한 희망이 담긴 목소리가 벌벌 떨렸다. 나는 그 절박한 시선을 피해 눈을 내리깔았다가, 이내 천천히 고개를 저었다.

"……아니요."

"……."

"말씀드렸던 것처럼, 잃어버린 후 레일라에게 몸을 점령당해 죽었어요. 저는 그 과거를 보았고요."

"……."

"그때 사라질 뻔했던 이본의 영혼을 다행히 진실의 거울이 붙들어 놓았더군요."

"……하."

공작의 입술 새로 탄식인지 울음인지 모를 한숨이 흘러나왔다. 천천히 고개를 들자, 붉게 핏줄이 선 공작의 눈과 정면으로 마주쳤다. 어떻게든 치오른 감정을 내리누르려는 듯 그는 연신 숨을 몰아쉬고 있었다.

자식을 잃은 부모의 비통함, 처참함.

나는 그것을 바라보며 페넬로페를 거두는 공작의 모습을 보고 죽었다는 말은 하지 않기로 했다.

꽤 오랜 시간이 흐른 후. 마침내 감정을 힘겹게 갈무리한 공작이 잔뜩 쉰 음성으로 물었다.

"베르단디 후작이…… 어제부로 구출됐다는 소식은 전해 들었다."

어젯밤 칼리스토가 그 난리를 쳐 놨으니 공작이 모를 리가 없었다. 하지만 나는 아무런 반응도 하지 않고 묵묵히 그가 이어 하는 말을 들었다.

"네게 이런 말 할 염치가 없다는 것을 잘 안다. 하지만……."

"……."

"하지만 베르단디 후작처럼 어쩌면…… 우리 이본, 그 아이도 살아나올 방법이 있지 않겠느냐. 응?"

더듬더듬 문장을 내뱉는 공작의 눈에는 여전히 포기하지 못한 희망이 괴어 있었다.

무슨 말을 원하는지 알지만, 그 말을 할 수 없어서 입이 썼다. 그리고 동시에 생각만큼 그런 공작의 모습을 보는 게 괴롭지 않다는 사실이 신기했다.

'예상했던 일이라서 그런가…….'

하지만 성인식 전에는, 등장한 가짜 이본과 묘하게 차별을 두는 공작을 보는 것이 그토록 힘들었다. 그와 대면할 때마다 목구멍까지 차오르는 뜨거운 불구덩이 같은 것들을 삼켜야 했다.

그러나 내 입으로 직접 이본의 소식을 전하는데도 이토록 가슴이 무덤덤한 것을 보니, 나도 꽤 많이 자란 듯했다. 아니, 어쩌면…… 그토록 바라던 한 줌의 애정을 포기할 준비가 된 것일지도.

"그건 불가능해요, 아버지."

그 방증으로 흘러나오는 내 목소리에 더 이상 망설임이 느껴지지 않았다. 내 단호한 답에 공작의 얼굴이 왈칵 일그러졌다.

"어, 어찌하여……. 황궁 마법사들이 영 쓸모가 없어서 그런 게냐? 그렇다면 내 공작저에서 할 수 있는 모든 지원을……."

"제가 레일라를 죽이면서 이본의 육체도 같이 죽여 버렸기 때문이에요."

"……."

"그러니 절 원망하셔도 좋아요."

다급하게 말을 쏟아 내던 공작의 입이 천천히 다물어졌다. 암담한 현실이 거대한 그림자가 되어 그를 덮치는 것처럼, 공작의 얼굴이 거무룩 잠겨 들었다.

나는 그것을 건조한 시선으로 지켜보았다. 친딸을 죽인 당사자가 그 사실을 고하고 있으니, 공작이 당장 일어나 내 뺨을 내리쳐도 이상할 것이 없었다.

그 정도가 아니라면, 책임지라고 불같이 화를 내며 내 탓을 하리라 생각했다.

'어차피 난 따지고 보면 남이나 다름없으니까…….'

그조차 각오하지 않고 이곳으로 무작정 온 것은 아니었기에, 나는 잠잠히 공작이 취할 행동을 기다렸다. 예상대로, 그는 들끓는 감정을 주체할 수 없는지 파르르 떨리는 눈을 질끈 감았다.

얼마 후, 다시 눈을 뜬 공작의 눈빛에는 의외로 나를 원망하는 기색을 찾을 수 없었다.

"이본은…… 잘 있는 것 같더냐?"

오히려 붉어진 눈이 나를 응시하며 괴로움으로 젖어 들어갔다.

"울고 있든? 아비를…… 아비를 원망하지는 않더냐."

"……."

"끝까지…… 끝까지 찾아 주지 못한 못난 아비라. 아비라는 작자가 무능해서…… 자식새끼가 그런 일을 겪는 줄도 모르고, 혼자만 살아 있어서……."

"이본은."

나는 금방이라도 무너져 내릴 것 같은 공작을 막아서며 단호하게 말했다.

"이본은 잘 있었어요, 아버지."

왜냐하면, 그 애가 전달하고자 하는 바와 달랐기 때문이다. 이본은 자신 때문에 가족이 평생 죄책감을 안고 살아가기를 원하지 않았으니까.

"제가 만나고 온 이본은 아마 아버지가 기억하고 계실 모습 그대로, 착하고 사랑스러운 꼬마 아가씨였어요."

"……."

"어렸을 때, 그 애가 돌아오지 않길 잠시나마 바랐던 제 자신이 부끄러울 만큼."

그 시절의 이본을 떠올리는지 공작은 바들바들 떨리는 손으로 얼굴을 감싸 안았다.

"그 애는 아버지와 오라버니들에 대한 원망은 조금도 하지 않았어요. 오히려……."

"……."

"앞으로도 잘 있을 거고, 많이 사랑한다고 전해 달라 했어요. 그리고, 갔어요."

"어, 어디로. 어디로 갔는지라도……."

내 마지막 말에, 공작이 얼굴을 감쌌던 손을 내리며 다급히 물었다. 흥건히 젖어 있는 양손을 나는 애써 못 본 척하며 답했다.

"……아버지가 바라시던, 편히 쉴 수 있는 곳으로요."

"흐읍."

마침내 공작이 억누른 신음을 토하며 수년간 참아 왔던 감정들을 내려놓았다.

내게 못 볼 꼴을 보이지 않기 위해 필사적으로 입을 틀어막으면서도 뚝뚝 흐르는 물방울들을 숨기지 못하는 공작의 모습에, 마음이 가라앉았다.

"……네 앞에서 추태를 부렸구나."

한참이 지난 후, 그는 품에서 손수건을 꺼내며 감정을 추슬렀다.

잃어버린 자식이 완전히 죽었다는 소식을 전해 들었어도, 그는 여전히 한 가문을 이끄는 수장이었다. 금세 절제된 얼굴로, 그가 내게 생각지 못한 말을 건넸다.

"이본을 찾아 주어서…… 고맙구나, 페넬로페."

"……."

"이제야, 먼저 간 그 사람 얼굴 볼 면목이 생겼어."

나는 놀라서 눈을 동그랗게 뜨고 공작을 바라보았다. 공작은 여전히 슬픔에 잠겨 있었지만, 어딘가 모르게 후련해 보이기도 했다.

"아버지."

"……."

"제가…… 원망스럽지는 않으세요?"

"내가 어떻게 너를 원망할 수 있겠느냐."

내 질문에 공작이 씁쓸하게 웃었다.

"수년 동안 소식 하나 전해 듣지 못했다. 사기꾼 놈들에게 수많은 돈을 퍼부으면서도 죽었는지 살았는지조차 알 수 없던 아이인데……."

"……."

"유일하게 안식을 찾았다는 소리를 전해 준 너를 어찌……."

그는 문득 나와 눈을 마주치며 같은 말을 반복했다.

"고맙다, 페넬로페. 네가 내겐 은인이구나."

은인이라니. 나는 그 말에 기분이 이상해지는 것을 참을 수 없었다. 차라리 화를 내길 바랐지, 그런 소리를 듣자고 찾아온 게 아니었기 때문이다.

공작이 감정을 모두 추슬렀는지 가만히 바라보던 나는, 이윽고 천천히 입을 열었다.

"……안타깝지만 이본이 전한 말은 이게 끝이에요, 아버지."

"……그래."

그가 소태를 삼킨 표정으로 고개를 끄덕였다. 더 묻고 싶은 것이 많겠지만, 애석하게도 더는 해 줄 말이 없었다. 가족을 그리워하던 이본은 정말로 안식을 얻었고, 새 삶을 위하여 떠났으니까.

그리고 그것은, 그 소식을 전달하고 있는 내게도 필요한 일이었다.

"이제 제가 따로 드릴 말씀이 있어요."

"무슨……."

"아버지. 아니, 공작님."

오랜만에 듣는 호칭에 공작의 눈이 다시금 서서히 커졌다.

"제가 여기서 해야 할 일과 할 수 있는 일은 모두 끝났어요."

이런 말을 하기 어울리지 않는 상황이란 걸 알지만, 나는 꿋꿋이 말을 이었다. 지금이 아니면, 기회가 없기 때문에.

"그러니 이제 저도 제 삶을 찾아 떠나고 싶어요."

이건 허락이 아닌, 통보였다. 더는 내가 공작에게 허락을 구할 일은 없었다.

"……페넬로페."

공작은 내 말에 놀란 얼굴로 다급히 물었다.

"집을 놔두고 대체 어디로 떠난단 게야. 응?"

"어디로든요."

그렇게 대꾸한 나는 얼마간의 시간을 둔 후 조용히 중얼거렸다.

"……파양을 해 주진 않으시겠죠."

"페넬로페!"

마치 이본을 만났다는 말을 들었을 때처럼, 공작의 얼굴이 사색이 됐다.

"지난번에 다 끝난 이야기이지 않아. 누가 뭐라 해도 넌 내 딸이다. 부모와 자식 간의 천륜을 끊는 것이 어찌 말이 돼!"

"그렇게 말씀하실 것 같았어요."

나는 고개를 끄덕거리며 읊조렸다.

"그러면 이제, 제가 뭘 하든 관심 갖지 말아 주세요."

게임은 끝났고, 나는 이제 이 세상에서 더는 알 수 없는 미래를 헤쳐 나가야 한다.

"어디로 떠나든, 그곳에서 뭘 하든, 설령 공작님이 싫어하는 사람과 혼인을 하더라도."

"페넬로페 에카르트!"

공작이 눈을 부릅뜨고 버럭 소리쳤다.

"대체 왜 그러는 게야! 뭐가 마음에 들지 않아서 이러는……!"

내게 따져 묻던 그는 무표정한 내 얼굴을 보고 갑자기 입을 다물었다. 이유를 눈치챈 것 같았다. 짧게 침음하던 공작이 이내 지친 표정으로 입을 열었다.

"……널 데리고 와 그간 제대로 돌보지 못했던 것, 인정한다."

"……."

"그런데…… 이제 와 하나 남은 딸마저 눈 뜨고 없는 셈 치라니. 조금 전에 잃어버린 이본 이야기를 하고, 그게 아비에게 할 소리야? 응? 어찌 이리 아비 마음에 못을 박을 수가 있어."

속상함과 서운함이 가득 담긴 공작의 표정에 마음이 울렁거렸다. 공작은 책임감이 강한 사람이었다. 게다가 내게 일말의 죄책감을 가지고 있으니 더더욱 나를 비호하려 들 것이다.

물론 나를 향한 그의 말과 행동들이 단순히 책임감과 죄책감 때문이 아니라는 것을 알고 있다. 이제 내게 조금쯤은 애정이 생겼거나, 어쩌면 진정한 가족으로 받아들인 걸 수도.

그러나 그로 인해 나는 내내 마음이 반으로 갈린 채 지옥 같은 나날을 보내 왔다.

애정을 갈구하며 그들에게 인정받고 싶은 욕구와, 나를 수없이 비참하게 만든 그들이 증오스러워서 미칠 것 같은 심정. 번번이 무너진 내 자존심.

공작을 보면 나는 매번 양가감정 사이에서 갈등하며 괴로웠다.

"이본을 죽인 저를 원망하지 않느냐고 물었죠."

그럼에도, 여기까지 왔음에도 나는 그들이 나를 원망할까 조금은 두려워했고.

"제게도 공작가 사람들을 원망하지 않을 시간과 용서할 기회가 필요해요, 아버지."

그들은 그런 내게 단 한 번도 묻지 않았다. 내 마음이, 내 심경이 어떤지.

내게서 이런 말을 들을 줄 전혀 예상치 못한 건지, 공작의 눈이 전에 없이 커졌다. 입술을 달싹이며 딱딱하게 얼어붙어 있던 공작은, 꽤 오랜 시간이 지난 후 쥐어짜 내듯 물었다.

"……페넬로페, 애야. 아직도 나를……."

"……."

"나를 아직도 원망하고 있느냐?"

공작의 푸른 눈동자가 하릴없이 흔들렸다. 나는 물끄러미 그런 그를 바라보다가 나지막이 수긍했다.

"네."

"하……."

공작이 두 손을 들어 천천히 마른세수를 했다. 충격 때문인지, 그의 손끝이 떨리고 있는 것이 보였다.

그러나 예전처럼 웃으며, '그래도 은혜는 잊지 않고 있어요.' 하며 그를 안심시킬 말 같은 건 나오지 않았다.

그는 이본에겐 더없이 다정한 부모였고, 때때로 그 곁을 내게도 내주었다. 그러나 대부분 가혹한 아버지였다, 페넬로페에게는.

"용서할 수가 없어요."

아니, 내게는.

"저를 학대해 왔던 데릭, 레널드를 포함한 공작가의 모든 사람들."

"……."

"그리고 그 모든 걸 방치하고 묵인해 왔던 공작님을요."

따지고 보면, 공작은 크게 잘못이 없을지도 모른다. 좋은 마음으로 가난한 고아를 입양했으나, 그 애가 번번이 말썽을 부려 골칫덩이를 떠안게 된 것이나 마찬가지였을 테니.

상식이 통하지 않는 사람은 아니어서, 실제로 내가 행동을 달리하니 공작과의 관계는 빠르게 개선이 되었다.

다른 인간들도 마찬가지였다. 어쩌면 멸시와 하대는 멍청한 페넬로페가 자초한 일이었을지도.

'……하지만 페넬로페는 결국 나야.'

더 이상 구분은 무의미했다. 이 세상에 남기로 결심한 나마저 부정하면, 영혼이 부스러질 때까지 반복했던 그 애의 죽음은.

억울함과 갈망, 비애, 처절함.

그것들을 대체 누가 알아줄 수 있을까.

"……페넬로페."

담담한 내 말에 공작이 힘겹게 나를 불렀다. 희게 질린 안색과 부릅뜬 눈. 공작의 모습은 꼭 숨통이 틀어 막힌 사람 같았다.

"왜, 왜 이제야…… 그동안은, 그동안은……."

그동안 괜찮았으면서, 왜 이제야 그 말을 하느냔 걸까.

그의 입장에선 퍽 갑작스러운 통보일 수도 있겠다 싶었다. 지금까진 겉보기에 문제없어 보일 만큼 공작과 적당히 가족처럼 지내 왔으니까.

"공작님 입장에선, 뜬금없는 일이라 생각해요. 제가 그간 별 내색 안 하기도 했고, 때때로 가문에 누를 끼치며 멍청하게 군 것도 사실이니까."

나는 어깨를 으쓱이며 가볍게 말했다. 무언가 할 말이 있는 것처럼 공작이 입술을 달싹였다. 그러나 나는 단호하게 그런 그를 막고 말을 이었다.

"하지만 단 한 번을 묻지도 않으셨지요."

"……."

"데릭 오라버니가 큰 이유 없이 저를 적대할 때, 레널드로 인해 목걸이 도둑으로 몰렸을 때, 고용인들이 제 식사에 관여해서 매번 굶었다는 것을 알았을 때."

"……."

"제가 정말로 괜찮은지, 한 번도 묻지 않으셨죠."

"……페넬로페."

"상처가 아물어서, 정말 괜찮아져서 아무렇지 않게 행동한 게 아니에요. 그것보다 더 큰일이 있어서 묻어 둔 것뿐이지."

살아남으려면 필사적으로 엎드려 빌고, 아무렇지 않은 척해야 했다. 그리고 그것은 시간이 지날수록 점점 더 버거워졌다. 왜냐면 공작에게 점점 기대를 하게 돼서, 후에 가서 친딸이 돌아왔을 때 상처받기 싫어서.

그때를 생각하니 가슴이 먹먹하게 젖어 들었다.

'괜찮아. 이제 다 끝났잖아.'

나는 숨을 크게 들이쉬며 나를 다독였다. 그리고 준비해 온 남은 말을 쏟아 냈다.

"하지만 이본을 만나고 나니 공작님의 심정도, 오라버니들이 저한테 왜 그렇게 굴었는지 정도는 이해할 수 있을 것 같아서……."

"……."

"제게 주셨던 관심들이 모두 이본을 대신한 것이라 생각하지 않아서, 그래서 떠나려는 거예요."

내 말에 공작의 표정이 서서히 허물어졌다. 주름이 많이 잡힌 눈가가 붉게 물드는 것을 보고 나는 끝내 고개를 떨구었다.

"꼭…… 떠나야만 하겠느냐."

물기에 잠긴 음성으로 공작이 나를 붙들었다.

"곁에서…… 곁에 두고 내내 사죄하게 만들어서…… 그러다 네 마음에 차면, 그때 가서 용서해도 되지 않겠니."

"저도 이제…… 편해지고 싶어요."

나는 실낱같은 희망을 붙든 공작에게 천천히 고개를 저었다.

"시간이 지나서, 언젠간 모든 것을 털어 내고 지어낸 가식이 아닌 진심으로 아버지를 대할 수 있을 날이 왔으면 좋겠어요."

"……."

"그러니 저를 핑계로 황태자 전하와 대립하는 것은 그만두세요. 어차피 당장 전하와 혼인할 생각 같은 거 없어요."

내 사람을 두둔하는 말은 다소 냉정하게 튀어 나갔다. 내 말에 눈을 크게 뜨고 굳어 있던 공작이, 한발 늦게 소리쳤다.

"……페넬로페, 아가. 그런 게 아니다. 난, 난 그저 네가 그놈에게……!"

격렬히 부정하는 말을 뱉던 그는, 문득 말을 멈추었다. 그리고 씁쓸하게 읊조렸다.

"……아니, 아니다. 어쩌면 이것 또한 네 귀엔 변명처럼 들리겠지."

"……."

"이젠 최대한 그러지 않도록 하마."

공작이 진심으로 나를 위해서 그랬든, 아니든 그건 상관없었다.

칼리스토는 지금도 충분히 불안해하고 있었고, 내가 공작저로 돌아가진 않을까 하는 불안까지 더하고 싶지 않았다.

"저를 위해서란 명목으로는 그 무엇도 하지 말란 소리예요, 공작님. 정치적인 문제는 저와 상관없어요."

나는 다소 누그러진 표정으로 상심한 공작을 달랬다. 솔직히 칼리스토 놈의 불같은 성격으론 자칫 나라를 말아먹거나 귀족 몰살로 이어질 수 있으니, 공작의 적당한 견제는 필요했다.

내 말에 공작이 어두운 표정으로 미미하게 고개를 끄덕였다. 이제 내 말을 모두 납득한 것 같은 눈치였다.

"그럼 저는 그만 가 볼게요."

나는 자리를 털고 일어나려 했다.

'지금쯤 눈치챘겠지.'

황궁이 또 한바탕 뒤집어지기 전에 돌아갈 생각에 마음이 초조했다.

"자, 잠깐 기다리거라."

그때였다. 공작이 돌아가려 채비하는 나를 다급히 붙들었다. 그러더니 테이블 아래에서 무언가를 들어 건넸다.

"이걸 가지고 가렴, 페넬로페."

두 손바닥을 합친 것보다 조금 더 큰 나무 케이스였다. 왠지 모르게 그에게서 석궁을 받았을 때가 겹쳐졌다.

"이게…… 뭐예요?"

나는 의아한 얼굴로 공작을 바라보았다. 공작은 대답 대신 조심스럽게 권했다.

"한번…… 열어 보겠느냐."

그냥 들고 가려 했으나, 퍽 간절해 보이는 주름진 얼굴에 마음이 약해졌다.

'마지막인데, 그 정도야.'

나는 손을 뻗어 나무 케이스의 잠금을 풀고 뚜껑을 열었다. 그리고 그 안에 들어 있는 것을 보고 눈을 커다랗게 떴다.

"이건……."

"……유물 발굴 도구 키트다."

핀셋, 돋보기, 줄자, 여러 종류의 붓, 망치, 끌……. 각종 도구들이 폭신한 쿠션 위에 가지런히 놓여 있는 것이 보였다. 공작이 조용히 설명을 덧붙였다.

"경량 마법이 걸려 있어서 가지고 다니기 무리 없을 게다. 그리고 각 도구마다 대상 보존 마법이 걸려 있어서 흠집 없이 안전하게 발굴할 수 있다더구나."

멍하니 그것들을 바라보던 나는 천천히 고개를 들었다.

"이걸 왜……."

나는 흔들리는 눈으로 공작을 바라보았다. 마리엔느를 만나 이야기를 들은 것은 바로 오늘인데, 공작이 어떻게 알고 이것들을 내게 건네는 건지 알 수 없었다.

"얼마 전 황태자 전하와 사석에서 부딪친 일이 있었다."

그런 내 시선을 제대로 마주하지 못한 채, 공작이 말했다.

"나는 여태껏 그놈…… 아니, 전하 때문에 정말로 네가 황궁에 감금당한 줄로만 알았다. 얼마 전 집사에게 보낸 편지를 제외하곤 몇 주째 연락 한 통 하지 않았잖니."

"그건……."

약간의 타박 섞인 공작의 어투에 말문이 막혔다. 세드릭과의 대화 이후 은밀하게 보낸 건데, 공작이 집사에게 편지를 보낸 걸 알고 있을 줄 몰랐다.

'역시 촉새 같으니라고…….'

출처를 떠올리며 낭패스러운 표정을 짓고 있을 때였다.

"그래서 널 그만 집으로 돌려 달라 하니, 그 자식……! 아, 아니, 전하께서 네가 어디로 갔는지는 아냐며, 찾아볼 테면 직접 찾아보라고 비웃더군."

공작이 말을 이으며 주먹을 불끈 쥐었다. 방금 전 내가 한 말을 의식하는 건지 애써 황태자에게 존대하면서도 분을 참지 못했다.

하지만 그도 얼마 가지 않았다. 문득 공작이 허탈하게 웃으며 혼잣말처럼 읊조렸다.

"나는…… 6년이나 네 아비 노릇을 했는데……."

"……."

"네가 고고학에 관심이 있다는 것을 조금도 눈치채지 못했구나."

나는 놀란 표정으로 그를 바라보았다.

"공작님, 그건……."

다른 건 몰라도 그건 그의 잘못이 아니었다. 이전의 페넬로페는, 아니 전생의 나는 그런 것에 딱히 관심이 없었을 테니까.

"제가…… 말을 안 했으니까요."

"아니, 다 내가 무심했으니 그랬겠지."

진심이 담긴 부정에도, 공작은 죄책감으로 얼굴을 일그러뜨렸다.

"어쩌면 네 말대로, 더 이상 네 아비라 불릴 자격이 없는 걸지도 모르겠구나."

"……."

"미안하다, 아가. 그래도……."

"……."

"그래도 아비가 주는 마지막 선물로 받아 주면 안 되겠느냐?"

나는 그에게서 시선을 돌려 발굴 도구 키트를 가만히 내려다보며 고민했다.

'……이걸 받으면 어떻게 되는 걸까.'

솔직히 걱정부터 들었다. 질긴 악연을 끊으려 온 건데, 이것을 받게 되면 계속 그것이 구질구질하게 이어지는 것은 아닐까.

하지만 결국 부질없는 고민이었다. 아무리 머리를 굴려도, 받지 않을 이유를 찾지 못했기에.

"……감사히 받을게요."

탁—. 케이스의 뚜껑을 닫아 잠그고 일어서며, 나는 가볍게 묵례했다.

"건강히 잘 지내세요, 공작님."

"그래. 너도, 부디……."

그는 끝내 말을 잇지 못하고 한 손으로 눈을 가렸다.

마침내 성인식 땐 미처 하지 못한, 공작과의 진짜 작별 인사였다.

공작의 집무실을 빠져나온 나는 내 방으로 오르기 위해 곧장 중앙 계단이 있는 홀로 걸어갔다. 긴 복도를 막 빠져나오는 찰나였다.

"아가씨."

익숙한 음성이 나를 불렀다. 집사였다.

나는 눈앞에 펼쳐진 상황에 멈칫 걸음을 멈추었다. 복도 입구에서부터 중앙 계단까지 공작저의 모든 고용인들이 양옆으로 줄 지은 채 깍듯이 서 있는 것이 아닌가.

"뭐 하는 거야?"

나는 휙휙 둘러보며 물었다. 모두가 묘하게 긴장한 얼굴로 나를 바라보고 있었다. 그 순간, 그들의 선두에 선 집사가 갑자기 내 앞에 깍듯이 허리를 숙이며 커다랗게 외쳤다.

"먼 길 오시느라 고생하셨습니다. 집에 돌아오신 것을 환영합니다, 아가씨."

"돌아오신 것을 환영합니다, 아가씨!"

집사의 외침이 끝나기 무섭게 모든 고용인들이 덩달아 허리를 숙이며 우렁차게 소리쳤다. 무슨 황족이라도 맞이하는 듯한 극진한 환대였다.

'공작한테 무슨 지령이라도 받았나? 안 하던 짓들을 하네.'

당황한 나는 멍하니 그들을 바라보았다. 넙죽 허리를 숙이고 있는 고용인들 사이에, 내가 지나갈 때마다 수군덕대거나 혹은 정면으로 마주쳐도 제대로 인사하지 않던 이들이 섞여 있는 게 보였다.

예전이라면 이러한 변화가 썩 나쁘지 않았을 것이다. 명성이 올랐다는 방증일 테니까.

하지만 그간 황궁에서 꽤 만족스러운 나날을 보내서일까. 공작저 인간들의 급격한 태도 변화가 별로 마음에 와 닿지 않았다.

'이제 정말 끝이구나.'

그와 동시에, 이곳에 남았던 한 줌의 미련도 모두 떨어져 나가는 게 느껴졌다. 아쉬움이나 분노보단, 그저 후련했다.

"일어나서 할 일들 해. 일이 있어서 잠깐 들른 것뿐이니까."

나는 다소 차가운 음성으로 읊조린 후 그들 가운데를 쌩하니 가로질러 걸었다. 허리를 숙이고 있던 집사가 당황하여 허둥지둥 뒤따라왔다.

"하오나, 아가씨. 오신다는 소식에 식사를 준비하였는데……."

그사이 계단 앞에 도착한 나는 층계를 한 발짝 올라서며 무심히 대꾸했다.

"황궁으로 돌아가서 먹을 테니 걱정 마."

집사를 돌아보며 슬쩍 곁눈질하자, 어정쩡하게 허리를 편 채 황망한 표정으로 나를 바라보는 모습들이 보였다. 그것은 집사 또한 마찬가지였다. 마치 오랜만에 본 내가 이토록 냉정하게 굴 줄은 몰랐던 사람들처럼.

'좀 웃기네. 내가 왜 이 집구석에서 밥을 먹을 거라 생각했지?'

그간 식사로 어떤 꼴들을 겪었는데 무슨 변죽으로.

하지만 생각과는 달리 실제로 헛웃음이 나오지는 않았다. 그렇다고 한 방 먹여서 속 시원하냐면, 그것도 아니었다.

그냥 아무런 느낌도 들지 않았다. 원래부터 그저 그랬던, 머나먼 타인처럼.

"……아, 알겠습니다, 공녀님."

한동안 침묵하던 집사가 무거운 목소리로 답했다. 애써 상심한 얼굴을 숨기며 그가 다시 물었다.

"그럼 방으로 올라가 보시겠습니까?"

"응. 그런데 에밀리는 어디 있어?"

"아직도 방을 청소하는 중인 듯합니다. 갑작스럽게 오신다는 소식을 전달받은지라…… 지금 올라가서 내려오라 전하겠습니다."

"됐어. 뭐, 내가 올라가지."

어차피 오래 있을 생각도 없었다. 나는 지체 없이 몸을 돌려 남은 층계를 올랐다.

"더 분부하실 일은 없으십니까?"

그런 내 뒤를 따르며 집사가 자꾸만 귀찮게 물었다. 나는 문득 떠오른 생각에 잠시 걸음을 늦추며 말했다.

"저번에 보낸 편지 잘 받았지? 조금 후에 광산 장부나 좀 가지고 와 줘."

"알겠습니다."

할 일을 주자, 전전긍긍하던 집사가 그제야 조금 밝아진 얼굴로 떨어져 나갔다.

나는 계단을 오르는 발걸음에 박차를 가했다. 뒤통수에서 숨죽인 채 나를 지켜보는 시선들이 느껴졌지만, 가뿐히 무시했다. 언제나 그랬듯, 내 알 바 아니었다.

집사의 말처럼 내 전담 하녀는 방을 오가며 부산을 떨고 있었다. 그러지 않아도 깨끗했지만, 방 주인의 방문에 잔뜩 기합이 들어간 모습이었다.

"에밀리."

정신없이 침대 시트를 정리 중인 에밀리를 부르자, 그녀가 제자리에서 펄쩍 뛰었다.

"아, 아가씨!"

한달음에 내게로 달려온 그녀가 환한 얼굴로 나를 맞이했다. 다행히 그날의 일로 어디 크게 다치거나 앓은 기색은 아니었다.

"이, 이게 얼마 만이에요! 그동안 잘 지내셨어요? 어머나, 내 정신 좀 봐. 마중 나갈 시간이 지난 것도 까맣게 몰랐지 뭐예요!"

"그동안 잘 지냈니?"

"그럼요! 아가씨 덕분에 공작저로 무탈하게 돌아왔는걸요……."

몇 주 만의 재회가 감동스러운지 에밀리가 호들갑을 떨며 눈물을 글썽였다. 그래도 그간 정이 든 것은 사실인지 그런 그녀에게 반가운 마음이 들었다.

"정말 너무하세요, 아가씨. 어떻게 제게 잘 지낸다는 연통 하나 없을 수가 있으세요? 오신다고 귀띔이라도 주셨으면 완벽하게 준비해서 맞이해 드렸을 텐데……!"

"서운해하지 마. 그래서 바로 안 가고 일부러 얼굴 보려고 들렀잖니."

내 말에 에밀리가 깜짝 놀란 얼굴로 되물었다.

"황궁으로 다시 가시려고요? 공작저로 돌아오신 게 아니었어요?"

"응. 일이 있어서 잠깐 들른 거야. 몰래 빠져나왔으니, 그만 돌아가야지."

"그, 그럼 그게 정말 사실이란 말이에요, 아가씨?!"

"뭐가?"

워낙 도는 헛소문이 많아서 나는 심드렁하게 되물었다.

"왜, 내가 황태자 전하를 꺾고 황좌를 차지할지도 모른다니?"

"아니요. 우리 아가씨가…… 우리 아가씨가 황후 폐하가 되실지도 모른다고…… 우읍!"

나는 아직 방문이 열려 있는 것을 의식하고 재빨리 에밀리의 입을 틀어막았다.
"누, 누가 그래? 설마, 그 미친, 아니 전하가 어젯밤에 여기까지 와서 깽판 쳤어?!"
"으, 으우!"
갑작스러운 내 행동에 에밀리는 토끼처럼 눈을 동그랗게 뜬 채 고개를 저었다.
'그게 아니면 어떻게 반나절 만에 여기까지 소문이 퍼진 거지?!'
나는 혼비백산한 채 에밀리를 마구 채근했다.
"그럼 뭔데?!"
"으으, 애오으 아으……."
괴상한 소리를 내는 하녀의 모습에, 나는 그제야 내가 입을 틀어막고 있다는 것을 깨닫고 손을 치웠다.
"푸하! 아니요! 전하께서 오신 것은 아니고……."
"그럼."
심상치 않은 내 기세에 에밀리는 망설이는 듯하더니 소리를 죽이고 조심스럽게 답했다.
"며칠 내내 공작님이 집사님한테 황궁에서 오는 편지는 싹 다 불태우라고 지시하셨어요. 그러다가 아가씨께 온 편지까지 태울 뻔한 것을 레나가 발견했는데……."
"……."
"나머지 수십 통이 청혼서였다지 뭐예요."
레나가 입이 좀 싼 편이잖아요. 에밀리가 멋쩍은 표정으로 덧붙였다.
가끔 외출이 있을 때마다 내 시중을 돕던 그 하녀가 다른 집안 하녀들에게서 주워들은 이야기를 곧잘 미주알고주알 떠드는 편이란 것을 나도 잘 알았다.

'어쩐지. 왜 그리 유난을 떠나 했더니…….'

나는 아까 전의 상황을 떠올리며 이마를 부여잡고 중얼거렸다.

"……이미 저택에 파다하게 퍼졌겠구나."

내 눈치를 보던 에밀리가 애써 위로했다.

"그래도…… 요즘 아리스 후작가 애들 기를 얼마나 죽이고 다니는데요?"

사냥제에서 켈린 백작가를 골로 보낸 후 남은 잔챙이들과 공작가 사이에 묘한 기 싸움이 이어진 지는 꽤 된 일이었다.

나는 게임을 끝내기에 급급해 그런 건 전혀 신경 쓰지 않았다. 그쪽은 주인들이 직접 나서 이쪽 하녀들을 깔아뭉개고 다니니, 아무리 공작가의 위세가 드높다 하더라도 밀릴 수밖에.

"……그건 좀 잘된 일이네."

의기양양한 그녀의 표정에 나는 심각한 얼굴을 풀고 피식, 헛바람을 터뜨렸다. 어차피 황태자가 광견처럼 날뛰는 마당에 언제까지고 숨길 수만은 없는 노릇이었다. 그래서 그런지, 모두들 알게 되었단 사실이 그다지 충격적이지는 않았다.

나는 걸음을 옮겨 소파에 털썩 주저앉으며 에밀리를 찾은 목적을 얘기했다.

"그보다, 아이들은 잘 지내고 있니? 엊저녁 보호자가 생존한 채로 구출됐단다."

"그럼요."

누굴 말하는지 찰떡같이 알아들은 에밀리가 얼른 답했다.

"여전히 공작님이 내주신 곳에서 지내고 있어요. 저와 집사님이 주기적으로 가서 돌보고요. 번갈아 가면서 사고를 쳐서 골치가 아프긴 하지만요."

"그러니?"

"라온의 상태도 많이 호전돼서 친구들이랑 곧잘 놀아요."

"다행이네."

나는 한시름 놓으며 미소 지었다. 황궁에서 지내면서도, 세뇌 때문에 충격을 받았던 사자 가면이 마음 한편에 남아 잊히지 않았다.

'이제 스승까지 왔으니 모든 게 다 정상으로 돌아오겠지.'

그런 생각을 하며 안도감을 느끼던 차였다.

"행복하세요, 아가씨?"

에밀리가 문득 물었다.

"……응?"

뜬금없는 질문에 고개를 돌리자, 그녀가 조금 낯선 눈빛으로 나를 바라보고 있었다.

"못 뵌 사이에…… 표정이 많이 밝아지셨어요."

"그래?"

공작이 했던 말과 비슷한 소리였다.

'그 얼굴이 그 얼굴이지. 뭐가 달라졌나?'

잘 체감할 수 없어 손으로 어색하게 뺨을 한번 쓸어내릴 때였다. 에밀리가 여러 번 주저하다 입을 열었다.

"황궁이 여기보다 좋은 거죠?"

"……글쎄."

묘하게 서운함이 서린 음성에, 나는 불쑥 짓궂은 마음이 들었다.

"적어도 누가 바늘로 찔러서 깨울 걱정은 안 하는 것 같은데."

"아, 아가씨!"

샐쭉 흘기며 대답한 말에 에밀리가 단번에 사색이 되었다.

"그, 그 일은…… 그 일은 제가……."

시퍼렇게 질린 채 울먹이는 그녀를 보니, 그만 놀려야겠다는 생각이 들었다.

"에밀리."

나는 뺨을 쓸던 손을 뻗어 내 옆에 서 있는 에밀리의 손을 가볍게 움켜잡았다.

"그간 넌 내 전담 하녀로서 충분히 나를 잘 수행했어."

솔직히 기대 이상이었다. 처음 에밀리를 적당한 패로 써먹자고 마음먹었을 때는, 그녀가 위험을 자초하면서까지 날 도와주리라 상상도 하지 못했다.

오랜 시간 상관으로 모셨던 하녀장을 망설임 없이 스툴로 내리치고 나를 돕던 그녀를 떠올리며, 나는 담담하게 내뱉었다.

"그러니 이제 그만 널 용서할게."

"아, 아가씨……."

예상치 못한 말이었을까. 에밀리는 내 말에 멍한 표정으로 나를 바라보기만 했다.

하지만 얼마 지나지 않아, 갈색 눈동자 위로 물기가 멍울멍울 차올랐다. 내 손바닥 아래에서 바들바들 떨리기 시작한 손등이, 그간 그녀가 가지고 있던 죄책감의 크기를 알려 주었다.

울음을 참듯 한참 동안 입을 꾹 다물고 있던 그녀가, 마침내 코맹맹이 소리를 쥐어짜 냈다.

"결혼하실 때…… 저도 황궁으로 데리고 가 달라는 말씀은, 차마 못 드리겠어요."

"……."

"그래도…… 그래도 가끔 공작저로 놀러 와 주실 거죠? 아가씨가 마물들로부터 구해 준 이후로 다들…… 뼈저리게 반성하고 있어요."

"……."

"저도요, 아가씨. 저도 늘 그래요."

그녀는 참지 못하고 눈물을 뚝뚝 흘리며 내게 죄를 고백했다.

"아가씨께 그러지 말걸, 처음부터 잘해 드릴걸, 적어도 그런 짓은 하지 말걸…… 늘 후회했어요."

그녀는 나를 부여잡고 한참을 울다, 비로소 완전한 내 지인으로서 당부했다.

"어디 계시든, 항상 행복하셔야 해요."

눈물 콧물로 범벅이 된 그녀와 달리, 나는 선선히 웃으며 답했다.

"……그래."

나를 제외하고는 누구도 열 수 없는 마법을 걸어 둔 탓에 책상 서랍 마지막 칸 안은 그대로였다. 나는 그 안에 든 것들을 모조리 들고 방을 나섰다.

공작저를 나서기 전 마지막으로 들른 곳은 저택 뒤편 소각장이었다. 화구 문을 열고 품에 한 아름 안고 온 것을 가마 안에 집어넣었다.

데릭이 준 스카프와 마법 팔찌, 빈터의 마법 목걸이, 레널드가 사 준 가면. 그리고 이곳에 처음 빙의됐을 때 남주들의 정보와 호감도 변동을 기록해 두던 종이.

게임 때문에 숨겨 둔 잡다한 것들이었다. 아무리 내가 아니면 열 수 없는 서랍에 놨다지만, 이것들을 고스란히 남겨 두는 것이 좀 불안했다. 하여 떠나기 전, 모든 것을 불태우리라 마음먹었다.

'막상 태우려니 좀 아쉬운 것 같기도 하고…….'

한동안 물끄러미 그것을 바라보던 나는, 이내 망설임 없이 문을 닫고 레버를 돌렸다.

화르르륵—! 그와 동시에 문에 달린 작은 쪽창 위로 불길이 피어올랐다.

거울 조각을 태울 때와 달리, 마법으로 생성된 불은 장작이 될 만한 것을 모조리 살라 먹었다. 불꽃이 타오르는 소리를 들으며, 마지막 남은 게임의 흔적들이 소멸되길 기다리는 순간이었다.

탁, 타다닥—! 불현듯 등 뒤에서 다급한 인기척과 함께 누군가 지나치게 낮은 음성으로 나를 불렀다.

"……페넬로페."

전에도 이런 일이 있었다. 썩 좋지 않은 기시감에 가슴이 덜컥 내려앉았다.

천천히 뒤로 돌자, 소각장으로 들어서는 길목에 커다란 그림자가 비쳤다. 다행히도 그놈은 아니었다.

"……소공작님."

나는 놀란 눈으로 데릭을 응시했다. 무슨 이유에선지는 모르겠지만, 급하게 나를 찾은 것인지 그는 가쁜 숨을 몰아쉬고 있었다. 창백한 안색과 이마에 맺힌 식은땀이 심상치 않았다.

'왜 저렇게 병자 같은 꼴이지?'

무심결에 그의 신형을 쭉 훑어본 나는 그의 허리춤에 둘둘 말려 있는 붕대를 발견했다. 아닌 게 아니라, 놈은 병자가 맞았다.

"피가…… 나는 것 같은데요."

"아."

희미하게 불그스름 물들어 있는 붕대를 가리키며 말하자, 놈이 퍼뜩 고개를 내려 확인했다. 그러더니 곧바로 무뚝뚝하게 답했다.

"……별일 아니다."

별일인 것 같았지만, 나는 아무 말도 하지 않았다. 상처가 터져서 피가 새든 당장 고꾸라져 황천길에 오르든 나와는 상관없는 일이었기 때문이다.

확실히 부상 때문인지, 못 본 새 데릭의 얼굴은 무척이나 수척해져 있었다.

'아무렴, 뱃가죽이 뚫려서 죽다 살아났는데 멀쩡한 게 이상하긴 하지…….'

한발 늦게 레일라에게 공격당한 그가 꽤 오래간 요양을 한 것이 떠올랐다.

"……."

잠시간 불편한 침묵이 우리 사이에 내려앉았다. 어떻게 해야 자연스럽게 소각장을 빠져나갈지 고민하던 찰나였다.

"여기서…… 뭘 하고 있는 것이냐."

나를 찾은 용건이 있는 건지 데릭이 먼저 입을 열었다. 그와 동시에 문득 잊고 있던 것이 떠오른 나는, 고분고분 입을 열어 답했다.

"짐 정리를 좀 하고 있었어요."

"짐?"

"네. 더는 여기 남겨 둘 필요 없는 것들이에요."

새파란 눈동자가 흘끔 내 뒤에 닿았다. 이미 가마 안의 모든 것들이 솟구치는 불길에 휩싸인 지 오래됐지만, 놈이 준 것들도 포함되어 있어 그런지 속이 뜨끔했다.

혹시나 쪽창으로 아직 타지 않은 일부가 보일까 염려되어 슬쩍 앞을 가로막아 설 때였다.

"공작가를…… 떠날 예정이라 들었다."

불현듯 데릭이 답지 않게 조심스러운 어투로 말했다.

'벌써 전달받은 건가? 빠른데.'

하긴, 내가 집무실을 나선 이후, 공작이 곧장 데릭을 호출하지 않았을까 싶다.

— 파양을 해 주진 않으시겠죠.

— 용서할 수가 없어요. 저를 학대해 왔던 데릭, 레널드를 포함한 공작가의 모든 사람들.

'폭탄을 떨어뜨리고 떠난다 했으니 가만있진 않았겠지.'

대답 없이 고개를 끄덕였다. 그러기 무섭게 데릭 놈이 성급하게 뇌까렸다.

"……파양은 안 돼."

놈에게서 또 한 번 그 소리를 들을 줄 몰랐던 나는, 어이가 없어서 그를 물끄러미 바라보았다. 그런 내 시선을 느낀 건지 그가 입술을 달싹이다 다시 지껄였다.

"공작가를 떠나는 것도…… 시간을 두고 다시 한번 생각해 보는 것이 어떠냐."

"……."

"아직 수도의 정세가 안정된 게 아니다. 특히나 그 일이 있은 후로 에카르트에 모든 이목이……."

"고작 그런 말이나 하려고 여기까지 쫓아온 거예요?"

"……."

무표정한 얼굴로 빈정거리자, 놈의 입이 갑작스럽게 딱 다물렸다. 사실 별로 놀랍지도 않았다. 저 인성이 갑자기 변해서 공작처럼 가지 말라 붙든다면 그것대로 소름 돋지 않겠는가.

'그래도 좀 발전한 건가? 사람을 보내 제 집무실로 오라 가라 하지 않고 직접 왔으니까.'

우습지도 않다는 생각이 들었다. 나는 차게 코웃음 치며 말했다.

"지난번에도 말씀드렸지만."

"……."

"그건 더 이상 소공작님께서 관여하실 문제가 아니에요."

"……페넬로페."

"공작님과 이미 이야기가 모두 끝난 일이기도 하고요. 물론 그게 아니더라도……."

"……."

"제가 간다면 가는 거예요."

예전부터 네 허락 따윈 필요 없었어.

혹시라도 모를 듣는 귀를 생각하여 애써 뒷말을 삼켰다. 호감도도 없어진 차에 그간 참았던 쌍욕을 한 바가지 퍼붓고 떠날까 싶었지만, 놈에겐 그렇게 할 만한 가치가 없었다.

슬쩍 뒤를 바라보니, 가마 속에서 활활 타오르던 불길이 꽤 잦아든 것이 보였다.

'이만하면 됐겠지.'

나는 다시 데릭에게 몸을 돌려 성의 없이 고개를 까딱였다.

"할 말 끝나셨으면, 이만……."

"어디로."

"……."

"어디로 가려는 건데."

놈이 다급하게 내 말을 끊고 물었다. 지나친 참견에 나는 더 참지 않고 눈살을 찌푸렸다.

"그것도요."

"……."

"소공작님께선 알 필요 없는 부분이죠."

"나 때문이냐."

저벅, 놈이 한 발짝 내 앞으로 다가왔다. 좀 더 가까워진 놈의 얼굴은 여전히 식은땀이 뚝뚝 내리흐르며 초조함으로 가득 물들어 있었다.

"성인식 날…… 내가 이본을 데리고 와, 널 죽음에 이르게 해서?"

"글쎄요."

그렇게 답하면서도 내심 놀랐다.

'그렇게 지 탓 아닌 것처럼 굴더니.'

세뇌에서 벗어난 놈은 드디어 제가 저지른 만행들을 인지한 듯했다. 어쩌면 세뇌 때문이 아니라, 동생의 거죽을 뒤집어쓴 괴물의 손에 배가 뚫리면서 심경의 변화가 온 걸지도.

"아니라고는 할 수 없지만, 꼭 그 이유 때문만은 아닌 것 같기도 하고요."

나는 퍽 심드렁하게 답했다.

놈이 이본을 데리고 왔을 당시엔 정말이지 미치고 펄쩍 뛰는 심정이었는데…… 막상 지나고 보니 딱히 기억에 남을 만큼 화가 나진 않았다.

이상하게도 어느 순간부터 데릭을 향한 감정들은 물에 씻은 듯이 사라져 버렸다. 기대, 실망, 분노. 그것들보다 놈이라면 그럴 수도 있겠다 싶은 생각이 압도적이어서 그런 것일까.

"신경 쓰지 마세요. 때가 된 것뿐이니까."

"말장난하지 말고 납득 갈 만한 이유를 말해."

떠나는 마당에 얼굴 붉히기 싫었다. 그래서 최대한 가볍게 말하며 탓을 하지 않은 건데 놈이 또 득달같이 달려들어 캐물었다.

"공작가의 비호를 떠나 어디로 가려 하는 건지, 여기까지 와 놓고 왜 황궁으로 돌아가려는 건지, 황태자와의 소문은……."

"제가 왜요?"

나는 따지고 드는 지긋지긋한 목소리를 단호하게 끊고 정말로 이해가 안 간다는 투로 물었다.

"제가 왜 소공작님을 납득시켜야 하죠?"

"……."

"그 사람 깔보는 듯한 말투, 오만한 태도 모두 진저리날 만큼 끔찍해서라고 답하면."

"……."

"그럼 뭐가 달라지나요?"

내 말에 놈의 어깨가 눈에 띄게 움찔거렸다. 놈의 허리춤을 감고 있던 붕대에 희미하게 비치던 불그스름한 핏자국이 점점 짙어지기 시작했다.

'이러다 죽겠네.'

생각보다 내 말이 타격이 큰 듯했다. 백짓장이라고 해도 믿을 만큼 희게 질린 안색에 속으로 혀를 내둘렀다.

더 퍼붓고 싶은 마음을 애써 참으며 나는 비죽 웃었다.

"그런데 애석하게도, 전 소공작님께 그런 감정을 느낄 만큼의 관심도 남아 있지 않네요."

"……페넬로페."

"이거."

망부석처럼 선 채 내 이름만 반복해서 부르는 놈에게 두어 발짝 다가갔다. 그리고 품에서 무언가를 꺼내 내밀었다.

"안 그래도 어떻게 전달드릴까 고민했었는데, 잘됐네요."

"이건……."

내가 내민 물건을 내려다보는 데릭의 푸른 눈이 지진 나듯 흔들리기 시작했다. 이본의 거울이었다.

'떠나기 전에 집사에게 대충 떠맡기고 가려 했더니…….'

공작에게 줄까 생각도 했지만, 이본이 전하길 원한 상대는 그가 아니었다.

— 데릭 오라버니한테 손거울 사 줘서 고맙다고, 잃어버려서 미안하다고도 말해 줘.

울먹이던 그녀의 목소리를 되새기며, 나는 무감한 투로 읊조렸다.

"이미 전해 들으셨겠지만, 어제 이본을 만나고 왔어요. 레일라가 아닌 소공작님의 친동생이요."

"……."

"그 애가 준 물건이에요. 사 줘서 고맙다고, 잃어버려서 미안했다고 전해 달라더군요."

마법 봉의 역할이 끝나면서 화려한 장식들이 사라지고, 금이 간 채 빛이 바랜 낡은 손거울 하나만이 남았다. 마치 뭘 해도 되돌릴 수 없는 에카르트와 나의 관계처럼.

내 손에 들린 그것을 바라보는 데릭의 얼굴이 천천히 허물어졌다.

"이본…… 정말로 네가 이본을……."

찢어질 듯 확장된 동공이 양옆으로 하릴없이 흔들렸다. 찔러도 피 한 방울 나올 것 같지 않은 놈이었지만, 그 또한 어린 나이에 제 손으로 여동생을 놓쳤다는 트라우마가 있었다.

내겐 더 없이 X 같이 굴었지만, 그렇다고 처절하게 절망하는 꼴을 구경하고 싶진 않았다.

'찝찝해. 가야 되니까 빨리 처받으라고.'

재촉하는 뜻을 담아 거울을 들고 있는 손을 팔락팔락 흔들었다. 그러나 놈은 영 받아 들 생각을 않고 우두커니 서 있기만 했다.

'하여튼 끝까지 짜증 나는 놈.'

나는 한숨을 쉬며 손을 뻗어 데릭의 손을 잡고 억지로 거울을 쥐여 주었다. 충격 때문인지 손바닥 밑에서 느껴지는 바들바들 떨리는 온기가 조금 역겨웠다. 물론 내색하지 않았다.

"늘 그랬던 것처럼 그냥 다 제 탓이라고 생각하세요. 제가 잘못

해서 이본을 죽였고 그것 때문에 떠나는 게 아니라 쫓겨나는 것이라고요.”

그렇게 생각하면 서로 아쉬울 것도 없는 사이지 않은가. 데릭은 원래 그런 편협한 사고방식을 가진 인간이었고, 나는 이제 놈과 마주하는 시간조차 아깝다.

공작과는 달리 그에겐 더 분노할 이유도, 나눠 볼 얘깃거리도 없었다. 지금껏 그래 왔듯 머나면 타인처럼 스쳐 지나가면 그걸로 끝.

“그럼.”

나는 거울을 쥐여 준 놈의 손을 마지막으로 한 번 더 다잡아 꽉 오므려 준 후, 깔끔하게 손을 뗐다. 그리고 그대로 걸음을 옮겨 놈을 스쳐 지나가려던 찰나였다.

불현듯 빈손이 와락 붙들렸다. 깜짝 놀라 고개를 든 순간.

“……내가 저지른 모든 짓들을 후회한다고 말하면.”

“…….”

“조금이라도 용서해 줄 수 있는 건가?”

놈이 방금 전 내가 놓았던 손으로 나를 움켜쥐고 있었다. 내가 억지로 쥐여 준 이본의 거울이 바닥에 떨어져 있는 것이 보였다.

으스러져라 내 손을 꽉 붙든 채, 놈이 짓씹듯 말했다.

“네가 원하는 대로 네 발치에 무릎 꿇고 빌면.”

“…….”

“떠나지 않을 것이냐?”

‘이게 미쳤나.’

제일 먼저 든 생각은 그것이었다. 바닥에 떨어진 거울에 꽂혀 놈이 뭐라 지껄이는지 잘 들리지도 않았다.

"놔."

나는 놈의 손을 거세게 뿌리치고 허리를 숙여 그것을 주우려 했다. 그 순간이었다. 털썩—.

높이 있던 놈의 얼굴이 순식간에 쑥 꺼졌다. 정신을 차렸을 때, 데릭은 내 앞에 양 무릎을 꿇고 있는 상태였다.

"무슨……."

내 허리춤에서 흔들리는 검은 머리칼에 어안이 벙벙했다. 입을 빠끔거리며 굳어 있는 사이.

"가지 마."

"……."

"내가 다 잘못했다."

무릎을 꿇은 것도 모자라, 데릭이 내게 믿기지 않을 소리들을 늘어놓기 시작했다.

"잘못…… 이라고요?"

"그래. 네 말이 맞아. 어쩌면 네가 겪은 모든 불행이 다 나로 인한 것일지도 모르지."

"……."

"그래도…… 그래도 노력하마. 거동이 가능할 만큼 회복하자마자 아랫것들 물갈이부터 시작했다. 네가 겪은 수모만큼, 아니 그 이상으로 보상하겠다고 약속하지."

그간 한 번도 이렇게 길고 빠르게 말하는 그를 본 적이 없었다. 말을 멈추면 내가 가 버릴 거라 여기는 것인지, 놈은 절박한 얼굴로 숨 돌릴 틈도 없이 덧붙였다.

"다 되돌려 놓을게. 다시는 네가 신경 쓰는 일 없도록 만들 테니까…….”

“…….”

“황태자와 결혼하지 마.”

생각지도 못한 소리에 나는 입을 떡 벌렸다. 나를 빤히 올려다보는 푸른 눈이 간절함으로 옅게 흔들렸다. 무어라 말을 해야 할지 몰라 버벅이던 나는 가까스로 소리 내어 물었다.

“……혹시 그때 머리도 다치셨어요?”

그게 아니라면 말이 안 되는 일이지 않은가.

‘이제 와서?’

한창 게임 진행 중이라 기를 쓰고 호감도를 올려야 하는 상황도 아니었다. 모든 게 다 끝이 나고, 에카르트와 남은 관계마저 청산하는 마당에…….

‘이 새끼는 뭐가 문제일까?’

그런 생각을 하는 찰나였다.

“나는…….”

문득 데릭이 입술을 달싹였다.

“……에카르트를 이끌어야 할 차기 후계자였음에도 불구하고, 어린 여동생을 내 손으로 놓친 파렴치한 놈이었지.”

“…….”

“그래서 더더욱 인정할 수 없었다.”

“…….”

“이본 대신 저택에 온 너를…… 널…….”

“거기까지.”

데릭이 그다음에 할 말은 쉽게 예측할 수 있었다. 그 처절한 고백을 듣다못해 소름이 쭉 끼쳐 서둘러 놈을 막아섰다.

"거기까지만 하세요. 듣기 싫으니까."

"등신처럼 아무것도 못 하고 눈앞에서 놓치는 꼴."

"……."

"두 번 다시 반복할 수는 없다."

"하."

이본을 말하는 게 아니었다. 주어만 빠졌지 대상이 분명한 놈의 말에 나는 차게 헛웃음을 터뜨렸다.

"그럼 어쩌실 건데요."

"……."

"내가 당신 싫어서 미치고 환장하겠다는데, 뭘 어쩔 거냐고요."

내 말에 놈의 얼굴이 미약하게 일그러졌다. 이를 악문 듯 단단해진 턱을 보며 나는 삐딱하게 고개를 기울였다.

"왜요? 이제 와 사람들 앞에서, 의붓동생에게 끌리는 마음을 숨기기 위해 학대를 주도하고 멸시하다 못해 자살 시도까지 하게 만들었다고 고해성사라도 하게요?"

"……페넬로페."

"아니면, 근신이라도 내려서 네 방에 있는 새처럼 가둬 두려고?"

내가 그 의미를 간파하고 있을 줄은 생각지 못한 걸까. 일순 푸른 눈동자가 크게 확장되더니, 놈의 얼굴에 선연한 감정이 스쳐 지나갔다. 그게 수치스러움이든 고통이든, 내 알 바 아니었다.

"하지만 당신은 아무것도 못 해. 그러려고 구는 순간, 바로 황태자와 결혼할 거니까."

다행인지 불행인지. 나는 놈이 느끼는 감정에 아무런 공감을 하지 못하는 것은 물론, 어떻게 하면 효과적으로 놈에게 타격을 줄지 잘 알고 있었다.

"페넬로페 에카르트!"

역시나 놈이 민낯을 드러내며 완전히 얼굴을 일그러뜨렸다.

굳이 결혼 같은 게 아니어도, 칼리스토는 나한테 황좌를 넘기고 싶어 안달이었다. 하지만 내가 결혼하지 않기를 비는 놈에게, 결혼하겠다는 말은 최고의 공격이었다.

"당신이 말하는 그 잘난 에카르트의 비호 따위, 필요 없어. 내가 더 강하고 고귀한 위치에 올라서 찍어 누를 거야."

핏기가 모조리 뱃가죽으로 빠져나가고 있는 듯, 데릭의 안색이 새하얗게 변했다. 나는 동상처럼 얼어붙어 있는 그를 향해 천천히 허리를 숙여 그의 귓가에 속삭였다.

"그러니까 제가 그러기 전에 선을 지켜요, 소공작님."

"……."

"말했잖아요. 평생 네 동생이나 끌어안고 뒈져 버리라고."

몸을 숙인 탓에 흘러내린 진분홍빛 머리칼을 살며시 귀 뒤로 넘긴 후, 놈을 향해 손을 뻗었다. 저를 때리기라도 할 것이라 생각했는지, 놈이 흠칫 어깨를 굳혔다.

그러나 나는 그런 그를 무심하게 스쳐 그의 무릎 근처에 떨어져 있던 손거울을 주워 들었다. 그리고 다시 한번 그의 손에 그것을 꼭 쥐여 주며 당부했다.

"알아들으셨으면 잘 챙기세요. 그토록 소중히 찾던 동생의 유품이잖아요."

그러나 미련 없이 떨어지려는 내 손이 이번에도 붙들렸다.

"……어떻게 하면 네게 용서를 구할 수 있는 건데."

놈은 마치 이본에게 배가 뚫렸을 때처럼 고통으로 흐려진 얼굴로 애원하듯 말했다.

"그래, 조금 전까지 한 말은 모두 실언이었다. 잊어라. 모두…… 헛소리일 뿐이야."

"……."

"그런데 어떻게 하면……."

"……."

"다시 예전처럼 오라버니라 불러 줄 수 있는 거냐."

나는 묘한 눈빛으로 그런 데릭을 응시했다.

'오라버니라 부를 때마다 그렇게 호감도가 뚝뚝 떨어졌었는데…….'

이제 와 내게 그 호칭을 불러 달라 애원하고 있으니 참으로 아이러니하지 않은가.

'죽어라 데릭을 오라버니라 부르던 페넬로페가 이 모습을 보면 어떨까.'

좋아할까, 이제야 진정한 가족으로 받아들여졌다고.

하지만 애석하게도, 내 입에서 두 번 다시 데릭을 그리 부르는 일은 없을 것이다.

"공작님은 이 사실을 전혀 모르시는 것 같던데……."

탁—. 나는 더러운 벌레라도 쳐 내듯 잡힌 손을 떨쳐 내고 조용히 읊조렸다.

"지금까지 해 온 것처럼 그냥 모르는 척 계속 숨기고 사세요."

"……."

"그 역겨운 감정도 알아서 잘 정리하시고요."

“…….”

“왜, 소공작님이 살면서 가장 중요하게 여기는 거 있잖아요. 가문의 명예, 평판, 남들의 시선.”

놈이 내게 매번 지껄이던 말들을 고스란히 돌려줄 때마다, 내리깔린 눈꺼풀이 움찔움찔 떨렸다. 나는 이딴 놈을 후계로 둔 공작을 안쓰러이 여기며, 희망 고문을 하듯 어깨를 으쓱였다.

“언젠가 저도 그것들을 의식해야 하는 날이 오면, 억지로라도 가족 대우를 해 줄 일이 생기지 않겠어요?”

“그런 날이…….”

데릭은 목이 죄는 사람처럼 숨통이 막힌 듯한 소리를 간신히 내었다.

“정말 오긴 오는 건가?”

“…….”

“네 오라비로서라도…… 네 곁에 남을 수…….”

“에카르트 인간들의 낯짝이 이토록 두꺼울 줄은 미처 몰랐군.”

그때였다. 나와 데릭, 둘밖에 없던 소각장에 타인의 음성이 불쑥 끼어든 것은.

“……칼리스토?”

저벅, 저벅. 거침없이 다가오는 인영이 오후의 햇살에 찬란하게 빛났다. 황태자였다.

“이봐, 용서받을 수 있는 단계는 이미 지나지 않았나? 네놈이 그간 공녀에게 했던 개짓거리들을 떠올려 봐.”

쏜살같이 다가온 칼리스토는 무릎을 꿇고 있는 데릭이 마치 나를 위협하기라도 하는 양 허겁지겁 나를 떼어 내고 제 등 뒤에 숨겼다.

"저, 전하."

나는 당황해서 그의 등을 두드리며 말렸다. 대관식이 얼마 남지 않은 때, 그가 공작가에서 칼부림이라도 부렸다간 큰일이니까.

그러나 황태자는 요지부동인 채 여전히 무릎 꿇고 있는 데릭에게 침을 뱉듯 뇌까렸다.

"레일라에게 그대로 꿰지지 않도록 구해 준 것을 그저 감사히 여겨. 내가 공녀였다면 사냥제 때부터 자넬 죽여 버리기 위해 칼을 갈았을 테니까."

"……."

"공녀를 곤란케 하는 그따위 행동도 좀 삼가고. 용서를 빌기에 자네의 무릎은 그리 값지지 않다는 걸 아직도 모르나?"

칼리스토가 휙 한 손을 뻗어 데릭의 어깨를 쥐었다. 당장이라도 목을 꺾을 것처럼 손등 위에 퍼렇게 힘줄이 솟는 것이 보였다.

"저기요!"

나는 서둘러 그 팔을 잡아끌며 데릭에게 말했다.

"그만 일어나세요, 소공작님."

다행인 건 데릭이 황태자 앞에서 같이 정신 놓고 객기를 부릴 위인은 아니라는 사실이었다.

그는 순순히 꿇었던 무릎을 펴며 자리에서 일어났다. 방금 전 내게 애원하던 것이 거짓말인 것처럼 감정을 지워 낸 그의 얼굴은 평소처럼 무표정했다.

"가문 내부의 사정입니다. 제삼자가 왈가왈부할 일은 아니지요, 전하."

물론 여전히 싸가지는 없었다. 데릭의 답변에 칼리스토가 갑작스럽게 제 허리춤을 더듬었다. 고개를 휙휙 저으며 무언가를 찾던 그가 낭패 어린 얼굴로 중얼거렸다.

"……제기랄, 검을 두고 왔어."

'그럼 그렇지. 뭘 찾나 했더니.'

짜게 식은 나는 칼리스토가 기어이 데릭을 죽여 버리기 전에, 상황을 정리했다.

"둘 다 그만하시죠. 소공작님, 오늘 하신 말은 못 들은 걸로 할게요. 몸조리 잘 하세요. 그럼."

"……페넬로페, 아직 네게 듣고 싶은 것이……."

그렇게 쏟아내고도 여전히 내게 할 말이 남은 건지 놈이 한 발짝 다가서며 구질구질하게 지껄였다.

"꺼져."

그러나 채 내게 닿기도 전에 칼리스토가 그를 원천 차단하며 음산하게 경고했다.

"멋대로 굴지 말고 그 좋은 머리 잘 굴려서 행동해, 소공작. 목숨은 하나뿐이잖나. 하지만 에카르트는 가문을 이어받을 수 있는 자가 더 있지."

"……."

"자네도 공녀가 오라비 대우를 해 줄 마음이 들기도 전에 이승과 하직하고 싶진 않을 거 아니야."

"전하!"

대놓고 공작가의 후계자를 죽이겠다는 언사에 나는 눈살을 찌푸리며 둘 사이를 막아섰다.

빨리 가라는 내 눈짓에 다행히 데릭은 이본의 거울을 든 채 그대로 몸을 돌려 소각장을 떠났다. 창백한 낯빛과 점점 넓어지는 붕대의 핏자국에 그도 한계를 느낀 것 같았다.

'이클리스나 레널드 그 미친놈들이 아니어서 다행인 걸까…….'

멀어지는 쓸쓸한 뒷모습을 보며 나는 잠잠히 생각했다. 데릭도 어떤 면에선 돌아 버린 것은 매한가지였지만, 이클리스나 레널드처럼 끝까지 개싸움을 하지 않을 만큼의 이성은 가지고 있기에.

"……역시. 그때 그대로 뒈져 버리도록 배때기를 칼로 한 번 더 찍었어야 했어."

나와 같이, 멀어지는 데릭의 뒷모습을 바라보던 칼리스토가 나와는 전혀 다른 감상을 내뱉었다. 나는 그런 그를 휙 노려보며 소리쳤다.

"끔찍한 소리 좀 하지 마세요."

"살 만하니까 저렇게 헛소리도 지껄이는 거야."

"됐고. 여긴 왜 왔어요?"

팔짱을 끼며 뚱한 얼굴로 그를 바라보자, 놈이 불현듯 입을 꾹 다물었다.

'그러고 보니 정말 어떻게 온 거지?'

지금쯤이면 정사를 보거나 참모진 회의로 정신없이 바쁠 시기였다. 일부러 바로 쫓아오지 못하도록 때를 맞췄는데, 이렇게 헐레벌떡 달려온 것을 보니 꽤 속이 좀 탄 듯했다.

그 증거로 그의 안색 또한 데릭만큼 좋지 못했다. 어째 남주 놈들마다 나만 보면 이렇게 귀신이라도 본 것 같은 표정을 짓는지라 기분이 좀 그랬다.

"……데리러 왔다."

내 심기가 매우 불편하다는 것을 느껴서일까. 데릭에게 엄포를 놓던 때와는 달리 칼리스토가 흘끔흘끔 내 눈치를 보며 중얼거렸다.

"……볼일 다 끝났으면 그만 돌아가지, 우리 궁으로."

'이 자식이…… 할 말이 그거뿐이야?!'

고작 하는 말이 '볼일 끝났으면 돌아가자.'는 소리에 나는 눈을 부릅떴다.

어디서부터 지랄을 해야 할까. 골치가 아파서 고민하던 나는, 슬며시 새끼손가락을 붙드는 손길을 차갑게 내치고 놈의 말을 정정했다.

"우리 궁이 아니라 전하의 궁이겠죠."

"……공녀."

황태자가 퍽 시무룩한 표정으로 나를 불렀다. 잠시 고민했지만, 뭐가 잘못된 건지 하나하나 일깨워 주는 것 따윈 성미에 맞지 않았다. 그러고 싶지도 않았고.

"이제 좀 깨우치는 게 있어요?"

결국 나는 단도직입적으로 물었다.

"……그래."

다행히 공작가로 탈출을 강행한 게 헛짓거리는 아니었는지, 놈이 순순히 인정했다.

"뼈저리게 깨우쳤어."

"또 가둬 봐요, 어디. 그땐 공작저처럼 찾기 쉬운 곳 말고 쥐도 새도 모르는 곳으로 가 버릴 테니까."

저한텐 그럴 만한 능력도 마도구도 많이 있어요, 알겠어요?

뒤에서 불타오르는 것들을 까맣게 모른 척하며 으름장을 놓자 칼리스토의 얼굴이 새하얗게 질렸다.

"안 돼. 제기랄, 내가 다 잘못했어."

마치 내가 곧바로 사라지기라도 하는 것처럼, 단숨에 내게 달려온 놈이 팔짱 낀 나를 통째로 와락 끌어안았다.

"깨우쳤어. 망할, 뼈가 저리다 못해 뒷골이 으스러질 만큼 깨우쳤다고."

"윽!"

뒷골이 으스러졌다더니, 나도 같이 으스러뜨릴 모양인지 칼리스토가 어마어마한 힘으로 압박했다. 귓가에 닿는 그의 숨이 무척이나 거칠었다.

'이 새끼, 혹시 울어?'

설마 하는 심정에 나는 있는 힘껏 그의 어깨를 밀치며 말했다.

"좀 놓고 말해요!"

"놓으면 또……."

"도망갈 거냔 소리 해 봐요. 다음번엔 공작가같이 찾기 쉬운 곳으로 안 간다고 했어요."

나지막한 읊조림에 칼리스토가 앓는 듯한 신음을 내며 마지못해 나를 풀어 줬다. 나는 즉시 몇 걸음 떨어져 거리를 두고 놈을 마주 보았다.

다행히 그는 꼴사납게 울고 있진 않았다. 대신, 기이할 만큼 이마에 식은땀이 맺혀 있었다. 거리를 벌린 내가 마음에 들지 않는지, 퍽 불만스러운 표정이었지만 어딘지 모르게 병자처럼 창백해 보이기도 했다.

꼭 데릭 놈과 같은 모습에 나는 눈을 가느스름하게 뜨고 물었다.

"……다쳤어요?"

바로 알아봐 준 게 좋기도 한지, 놈이 표정을 풀고 히죽 웃었다.

"회의장에서 뛰쳐나오는 동안 못 가게 막는 놈들이랑 대치하느라, 좀."

"세드릭이 또 고생했겠어요."

"허. 그깟 놈이 나보다 더 걱정돼? 나 아파, 페넬로페 에카르트. 상처가 벌어진 것 같다고."

"그것참 쌤통이네요."

그러게 제때제때 치료를 받았어야지. 나는 홱 고개를 돌리며 시큰둥하게 답했다.

"쌔, 쌤…… 통?"

"네, 쌤통."

칼리스토가 눈을 뜬 후 그의 건강과 치료에 관해선 매번 예민하게 반응하던 나였다. 그랬던 내가 이렇게 나올 줄은 몰랐는지, 황태자가 충격받은 얼굴로 어물어물 중얼거렸다.

"어떻게…… 어떻게 내게 그런 심한 말을 할 수가 있지?"

나는 그 같잖은 원성에 코웃음을 쳤다.

"저 아직 화 안 풀렸어요. 그리고 진지하게 고민 중이에요."

"……뭘?"

"이대로 전하랑 헤어지고 그냥 내 인생이나 살러 갈지, 합의해서 오늘은 그만 황궁으로 돌아갈지."

"페넬로페 에카르트! 너 진짜……!"

극단적인 내 말에 칼리스토는 사색이 된 채 버럭 소리쳤다.

"잘못했다고 했잖아. 그 악령 씐 미친놈, 아니, 베르단디 후작놈을 조사하는 동안은 안전을 위해 어쩔 수 없는 일……!"

"거리 유지."

성큼성큼 내게 다가오며 변명을 마구 주워 삼는 그에게서 다시 몇 발짝 멀어지며 말했다.

"아직 고민 중이라고 했죠. 흥분하지 마시고, 지성인으로서 대화를 나눠 보자고요."

칼리스토는 내 말에 거칠게 숨을 씨근덕거리면서도 가까스로 입을 다물고 걸음을 멈추었다. 그는 미치겠다는 듯 두 손으로 마른세수를 했다. 그러고 나자 그나마 반쯤 처돌아 있던 붉은 눈이 조금쯤 명료해졌다.

"후회는 좀 했어요?"

나는 좀 진정한 것 같은 그에게 대뜸 물었다.

— 황태자 전하께 가서 똑똑히 전해.

— 난 분명 어제 경고했으니, 후회하지 말라고.

경고한 대로 나는 황궁 마법을 피해 황태자의 침실에서 바로 탈출했다. 물론 마리엔느와 공작의 도움이 없었으면 불가능했지만. 어쨌든 나를 돕도록 그들을 구워삶은 것도 내 능력 아닌가.

"……."

무슨 후회를 말하는 건지 알아들은 칼리스토는 눈썹을 꿈틀거리며 간신히 고개를 끄덕였다. 누가 억지로 시키는 듯한 모양새에 나는 도끼눈을 치켜뜨고 되물었다.

"그럼 이 사태로 뭘 깨우쳤는지 한번 말씀해 보세요."

"……억지로 가둬 두는 걸로 그대를 붙들 수 없다는 것을."

"또요."

"앞으로 내가 무슨 짓을 하더라도 그대가 하고자 하는 일을 막을 수는 없겠지. 언제나 그랬으니까."

그래도 반쯤은 맞혔다. 나는 조금 누그러진 표정으로 계속하라는 듯 고개를 끄덕였다. 그런 내 상태를 기민하게 알아차린 약아빠진 놈은, 그제야 긴장이 가신다는 듯 깊은숨을 내쉬었다.

"……하. 공작가까지 무슨 정신으로 달려왔는지 모르겠어."

"공작가로 갔다는 걸 알아차릴 만큼의 정신은 있으셨나 보네요."

"그 여자와는…… 그냥 적당히 거리 두고 지내던 사이 아니었나? 수다스럽다고 불평했었잖아."

내 빈정거림을 무시하고 그가 흘끔 물었다. 마리엔느 이야기였다. 그녀를 처음 만난 날, 나에 대한 찬양과 고대 마법에 대한 감탄으로 귀가 찢어지는 줄 알았다고 말한 기억이 났다.

그녀와 나 사이에 '유물 처돌이'라는 깊은 공감대가 있는 줄 모르는 그는 그저 내가 마리엔느와 데면데면할 것이라 오해한 것이다.

"그 짧은 티타임 사이에 그런 깜찍한 짓을 하도록 구워삶을 능력이 있는 줄은 꿈에도 몰랐어."

"여자들끼린 통하는 게 있기 마련이죠."

나는 픽, 그를 비웃으며 팔짱을 꼈다.

"그래서, 그게 다예요?"

"……사실 아직도 모르겠어."

깨우친 건 그게 다냔 물음에, 칼리스토의 얼굴이 불쑥 어두워졌다. 잠시 말을 하길 주저하던 그가, 얼마 후 가라앉은 목소리로 물었다.

"어떻게 하면 그댈 붙잡아 둘 수 있지?"

"아직도 그 소리예요?"

나는 답답함에 오만상을 찌푸린 채 호소했다.

"뭘 자꾸 붙잡아요, 이미 남았는데!"

"널 사랑해, 페넬로페 에카르트."

뜬금없이 돌아오는 사랑 고백에 나는 멈칫 눈을 휘둥그레 뜨고 그를 돌아보았다.

"네가 날 선택해 준 것에 대해 백 번이고, 천 번이고 무릎 꿇고 감사하다고 빌 수 있을 만큼."

"……."

"그런데 네가 이제 와서 떠나고 싶다 하니, 솔직히 어떻게 해야 할지 모르겠다."

"……전하."

"나는 이제, 네가 언제 사라질까 두려워서 잠도 제대로 자지 못하는 지경에 이르렀는데."

아니라고, 신경 쓰지 말라고 그렇게 허세를 부리더니. 마침내 제 불면증을 인정한 그가 조금 일그러진 얼굴로 낮게 중얼거렸다.

"그대는 결혼도 싫다, 황좌도 싫다, 해 달라는 거 다 들어준다고 해도 그것도 싫다 하지."

"……."

"내겐 무소불위의 권력도, 나라 하나를 쓸어버릴 군사도 있지만 요즘만큼 스스로가 무력하게 느껴진 적이 없더군."

밤을 꼴딱 샌 까칠한 얼굴을 매만지며 그가 씁쓸하게 웃었다. 말마따나 정말로 무력해 보이는 그 모습에 불쑥 잠재워 뒀던 분노가 치솟았다.

"전하가 언제 해 달라는 걸 다 해 준다 그랬어요?"

"아카데미와 유적지를 통째로 황궁으로 옮겨 준다 했지 않아."

"제가 언제 그런 거 해 달라 했습니까? 전하가 멋대로 우긴 거잖아요!"

"페넬로페 에카르트."

문득 따지고 드는 내 말을 막아선 칼리스토가 얼굴에 웃음기를 지우고 말했다.

"내가 원하는 건…… 그냥 네가 내 곁에 있는 것뿐이야."

지친 음성에, 나는 조금 놀라 그를 바라보았다. 언제나 강철같이 단단하고 얄밉게 웃던 가면이 사라지고, 그는 금방이라도 무너져 내릴 것 같은 절박한 얼굴로 나를 응시했다. 꼭 고대 레일라들의 무덤에서 봤을 때처럼.

"……난 태어나서 한 번도 오롯이 내 것을 손에 쥐어 본 적이 없다. 어차피 쥐어 봤자 2황자에게 빼앗길 것을 아니, 애초에 미련 두지 않았지."

"……전하."

"내가 내 궁에 꽁꽁 숨겨 둔 건, 고작해야 어머니의 유품이나 부황을 믿던 시절에 받은 하사품 몇 개뿐이었다."

"……."

"하지만 너는 달라. 그깟 보석 따위완 비교조차 할 수 없을 만큼, 언제나 눈이 부시도록 빛이 나지. 그러니 개나 소나 너만 보면 가지려 들기 위해 안달을 내는 거 아니야."

자조 어린 그의 말에 나는 어안이 벙벙했다.

"그게 무슨……"

"빈터 베르단디와 널 구하고 뒈져 버린 그 노예 놈, 방금 전 소공작까지."

"……."

"내가 모를 거라 생각하진 않았겠지. 그나마 그대가 알아서 선을 긋는 것 같기에 다 죽여 버리고 싶은 것을 간신히 참아 왔어."

칼리스토가 스산한 눈으로 데릭이 사라진 방향을 눈짓했다. 나는 내심 뜨끔해서 입을 다물었다. 눈치 빠른 놈이니 대충 알고는 있을 거라 생각은 했지만, 이렇게 신경 쓰고 있을 줄은 몰랐다.

"아무도 못 보게 널 꽁꽁 숨겨 두고 싶어."

그는 숨통이 막힌 사람처럼 희게 질린 얼굴로 나를 보며 그간 내리눌러 왔을 감정들을 힘겹게 토해 냈다.

"그게 아니면 세상천지 그 누구라도 알 수 있도록 네가 내 연인이라 공표하고 싶어. 누구도 널 빼앗을 엄두도 내지 못하게."

"……."

"이런 감정은 처음이라, 나도 도무지 어떻게 해야 할지 모르겠군."

그가 다시 한번 두 손으로 제 얼굴을 마구 쓸어내리다가 문득 물었다.

"회의 중에도 하루 종일 이런 생각이나 하고 있다면…… 한심한 새끼라고 욕할 건가?"

답을 헤매는 사람처럼, 칼리스토는 정말로 혼란스러워 보였다. 그의 어린 시절 이야기를 듣고 조금 안타까운 마음이 드는 것도 잠시. 변함없이 답답하고 혼란스러운 건 나도 마찬가지였다.

"……대체 뭐로부터 저를 숨기려 드는 건데요?"

"너를 포함해서, 내게서 널 앗아 가려는 모든 것으로부터."

"하……."

지체 없이 들려오는 대답에 나는 착잡함에 손을 들어 이마를 매만졌다. 그래도 그 말을 듣자 한결 머리가 맑아졌다. 그가 왜 저리 미친놈처럼 구는지 알 것 같아서였다.

'나를 포함해서, 나를 앗아 가려는 것들로부터라…….'

잠시 골똘히 생각하던 나는 이내 머리를 부여잡고 있던 손을 떼고 그를 불렀다.

"전하."

"……."

"잠깐 이리 좀 와 보세요."

장승처럼 우두커니 서서 나만 빤히 바라보던 놈이 눈을 크게 떴다.

"무슨……."

"잠깐 이쪽으로 와 보시라고요."

갑작스러운 내 부름에 그는 어리둥절한 표정을 지었다. 나는 그게 더 어이없었다.

'지는 맨날 말 돌릴 때마다 나보고 와 보랬으면서.'

그래도 나처럼 의심부터 하는 건 아닌지, 다행히 황태자 놈은 순순히 내 앞으로 다가왔다.

"……왔다."

"고개 좀."

내게 고개 숙여서 눈높이 좀 맞춰 달라고 손짓하자 그의 얼굴에 묘한 긴장감이 스쳤다.

대체 뭘 상상하는 걸까. 내게 가까이 얼굴을 맞댄 놈의 눈이 스르륵 감겼다.

'미친놈, 뭘 잘했다고!'

저 혼자 입맞춤이라도 하려는 듯한 분위기에 나는 기가 찬 웃음을 터뜨리며 팔을 뻗었다. 이어서, 덥석―. 황금빛 머리칼을 손아귀 가득 움켜쥐고는.

"야."

곱게 감겨 있던 칼리스토의 눈꺼풀이 움찔거리면서 다시 올라갔다. 탐스러운 루비 같은 붉은 눈동자가 드러났다.

"야……?"

내게 머리채를 잡힌 지금 상황을 이해하지 못해 의아함이 잔뜩 서려 있는.

"나도 너 사랑해."

X발. 따지고 보면 세 살 차이밖에 안 나는데. 이 애새끼 같은 놈한테 뭘 그렇게 열심히 존대해 줬는지.

억울함에 나는 못이라도 박듯 한 자 한 자 똑똑히 읊조렸다.

"나도 너 사랑한다고."

"이게 무슨……."

"너만 불안해?"

"……공녀."

"나도 너 하나 믿고 여기 남아서 불안해. 어떻게 될지 나도 모르겠으니까 뒷구멍 만들어 놓으려는 거 아니야, 이 자식아!"

"아악!"

마침내 나는 한가득 쥔 금빛 머리채를 쥐어뜯으며 마구 뒤흔들기 시작했고, 놈이 비명을 질렀다.

황태자가 제 머리채를 잡고 있는 내 손등을 두드리며 다급히 외쳤다.

"공녀! 이, 이거 놓고 말해!"

"뭘 놔? 너 같은 안하무인은 머리채 좀 뜯겨 봐야 돼! 그래야 그 쓰잘데기 없는 의심도 같이 뜯겨 나가지!"

"이, 이거 황족 폭행이야! 어? 이런 무도한 짓거릴 하고도 그대가 무사할 것 같나?"

황궁이었다면 누군가 이 꼴을 보고 나를 황태자에게서 허겁지겁 떼어 내려 들었겠지만, 다행히 이곳은 공작가의 외진 소각장이었다. 즉, 내 구역이란 소리다.

나는 코웃음 치며 차게 대꾸했다.

"흥. 그럼 목이라도 베시든가!"

"으윽! 페넬로페 에카르트!"

황태자는 비명을 지르며 내 손아귀에서 벗어나려 몸부림쳤다. 하지만 힘을 써서 나를 떨쳐 내지는 않았다. 그저 내가 머리를 쥐어뜯으면 쥐어뜯는 대로, 머리채를 잡고 뒤흔들면 흔드는 대로 두 손 놓고 가만있을 뿐이었다.

'이럴 거면서 왜 그딴 짓을 해?'

바보같이 맞고만 있는 꼴을 보니 속상함이 차올랐다. 나는 어제오늘 놈에게 느꼈던 억울함과 서운함을 담아 그의 머리털을 모조리 뽑아 낼 수 있을 만큼 억세게 잡아당겼다.

"으아악—!"

놈의 처절한 비명을 배경음 삼아 생각해 보니, 지금까지 한 번도 그에게 좋아한다느니 사랑한다느니 하는 말을 해 준 적이 없다는 것을 깨달았다. 그가 용과 싸우다 죽을 뻔한 상황에서, 여기 남을지 돌아갈지 선택을 할 때를 빼고.

어느 순간부터 칼리스토는 꼭 혼자서만 나를 애정 하는 것처럼 말했다. 미친놈처럼 나를 붙들지 않으면, 내가 쉽게 떠나기라도 하듯.

나는 그런 그를 좀처럼 이해할 수가 없었다.

'내가 저를 선택했다는데, 왜 저렇게 불안해하는 거야?'

그런데 이제야 좀 알 것 같았다.

— ……내가 그대가 돌아가는 걸 포기하게 만들고 주저앉힌 게 아닐까, 겁이 나는군.

— 나중에 네가 후회하며 돌아가고 싶다고 울면. 그땐 어떻게 해야 할까.

그런 말을 주워 담던 그에게 그때 내가 무어라 답했던가.

— 전 포기한 게 아니라, 뭐가 더 나은지 따져 보고 선택한 거예요.

— ……선택?

— 네. 여기 있으면 어떤 이점이 있는지, 어느 쪽이 제게 더 나은지요.

현생과 비교하자면 돈도, 꿈도 이곳이 훨씬 나은 상황이지만 남을지 말지를 결정할 때는 칼리스토가 가장 컸다.

돌아가면, 그가 그간 내게 보여 줬던, 느끼게 해 줬던 그 따스하고 간질거리는 것들을 몽땅 잃어버릴 것 같아서…….

— 온전히 전하만을 위해 남았다고 하실 수 있습니까?

세드릭이 그런 말을 했을 때는 조금 화가 나기도 했다. 억울했다.

'그럼 내가 누구 때문에 위암 걸린 내 몸뚱이 다 팽개치고 여기 남았는데?'

하지만 돌이켜보면 그의 말이 어느 정도는 맞았다. 억울한 내 심정과는 달리, 나는 미래를 계획할 때면 무의식중에 칼리스토를 제외했다.

불안했다. 여기 남은 내 인생이 앞으로 어떻게 흘러갈지, 이제 조금도 알 수 없어서.

'사람 일이란 게 어떻게 될지 모르잖아. 나중에 가선 헤어질 수도 있고…….'

혹시 모를 만약을 대비하여 에카르트나 그의 도움 없이도 홀로 살아가야 한다는 생각이 컸고, 그러려면 직업이 있어야 했다.

'이왕이면 돈도 있겠다, 원래 꿈꾸던 장래 희망까지 이루면 금상첨화잖아.'

반면에 황태자는 언제나 나를 중심에 두고 자신의 미래를 그렸다.

그의 애정을 잃기 싫어 남았으면서, 나는 언젠가 그 애정이 깨져버릴 때를 걱정했고, 칼리스토는 그런 것 따윈 조금도 염두에 두지 않았다.

결국, 원초적인 믿음의 부재로 우리는 같은 것을 불안해했다. 그리고 그 탓을 서로에게 돌린 것이다.

"……이제 다 끝났나?"

어느 순간부터 그의 머리채를 잡아 뜯는 것을 멈추고 있던 걸까.

반쯤 힘이 풀린 양손 위로 스르륵 따듯한 온기가 겹쳐졌다.

"더 해도 돼."

"……."

"분 풀릴 때까지 한번 덤벼 봐. 어차피 회의장에서 뛰쳐나올 때부터 계급장 떼고 붙을 각오했으니까."

제 손으로 머리칼을 내게 쥐여 주며 황태자 놈이 주절거렸다.

'붙기는커녕 일방적으로 처맞은 주제에…….'

깔끔하게 넘겼던 머리칼이 다 뜯겨서 산발이 된 몰골로 그딴 말지껄여 봤자 하나도 안 멋졌다.

밤마다 잠을 제대로 자지 못해 퀭한 눈가가 시선 끝에 밟혔다. 왠지 모르게, 속에서 울컥 뜨거운 게 복받쳤다. 나는 입술을 꾹 깨물고 망설이다 입을 열었다.

"전하."

"왜."

"제가…… 저 진짜 페넬로페 아니라고 말했던 거 기억해요?"

이런 구질구질한 뒷얘기 솔직히 하기 싫었다.

'남았으면 그걸로 된 거지, 그 이유가 뭐가 중요해.'

하지만 그건 오롯이 나 혼자만의 생각이었다.

내가 갑자기 이런 말을 하는 이유를 잠시 고민하던 황태자가 이내 선선히 고개를 끄덕였다.

"기억하고 있어."

"혹시 그게, 거짓말 같아요?"

"……아니."

부정한 그가, 곧바로 덧붙였다.

“난 지금도 그대가 레일라라 고백한다면, 그댈 도와 제국을 멸망시키는 데 앞장설 수 있다.”

“전하의 희망 사항 얘기하시지 마시고요.”

“티 났나?”

황태자가 무표정한 얼굴로 잘도 지껄였다.

“사실 요즘 일거리 쌓여 있는 것만 생각하면, 레일라를 괜히 죽인 건가 후회가 들 때가 있어.”

“입, 입! 그런 미친 소리 진지하게 하지 마요. 여기 공작가라는 거 잊었어요?”

여전히 그의 손안에 있는 두 손에 힘을 줘 한 번 더 머리칼을 쥐어뜯자, 그가 짤막한 신음을 내며 억울하다는 듯 대꾸했다.

“들켜도 공작가에서 황태자의 머리채를 잡고 있는 그대보단 말뿐인 내 쪽이 낫지 않나?”

“전 괜찮아요. 여기 사람들은 다 전하 싫어하거든요.”

“……제기랄, 에카르트에서 황족에 대한 예절을 어떻게 가르쳤는지 알 만하군.”

더 반박할 수 없는지 그가 불퉁한 표정으로 투덜거렸다. 나는 가뿐히 그것을 무시하고 그의 머리를 내 쪽으로 고정한 채 되물었다.

“제가 황금룡의 송곳니 가지고 싶어 했던 것도 기억하세요?”

“그대가 황제를 하고 내가 국서를 하겠다 답했던 것도 기억하고 있지.”

“그걸로 결국 죽어 가던 전하 살리고 여기 남았던 것은요.”

“네가 갔으면 어차피 자살하든가 했을 목숨이었…… 악!”

사정없이 머리칼을 잡아 뽑는 손길에 다시 비명을 지른 그가 재빨리 이를 악물고 정정했다.

"목숨을 구해 준 그대에게 무척이나 감사하고, 깊이 은애하고 있다. 평생에 걸쳐 갚지 못할 빚을 지었지."

'진작 그럴 것이지.'

흡족한 얼굴로 고개를 끄덕이던 나는, 이내 감정을 지우고 덤덤하게 사실을 읊었다.

"맞아요. 전 전하의 목숨을 구해 준 하나뿐인 생명의 은인이죠."

"그래."

동의한다는 듯 묵묵히 고개를 끄덕이는 황태자에게 나는 불쑥 물었다.

"그럼 제가 원래 살던 곳에 있는 제 몸은 어떻게 됐을 것 같아요?"

내 말을 이해하기 어려운지, 칼리스토는 한발 늦게 반응했다.

"……뭐?"

"진짜 페넬로페가 아니니, 저도 제 원래 몸이 있었을 거 아니에요."

"무슨……."

"원래 세상으로 돌아가는데, 왜 황금룡의 송곳니가 필요했겠어요?"

최대한 무덤덤하게 말하려 했지만, 목소리 끝이 조금 흔들렸다. 어쩔 수 없었다. 그 누가 제 죽음을 아무렇지 않게 털어놓을 수 있는가.

솔직히 아직도 잘 믿기지 않는다. 그토록 개고생했던 현생의 내 몸뚱이가 그렇게 어이없이 죽어야 한다는 게. 그 생각을 하자, 문득 심술이 샘솟았다.

'하여간 누구 속도 모르고 저만 세기의 사랑 하고 있지.'

뚱하니 황태자를 노려보고 있을 때였다.

"그게…… 그게 무슨 소리야."

혼란스러운 얼굴로 내 말을 되새기는 듯하던 칼리스토가 불현듯 내 손을 겹쳐 잡고 있던 손을 내려 덥석 내 뺨을 감쌌다.

다시 본 그의 새빨간 눈동자가 거칠게 흔들렸다. 한참 동안 입술을 달싹이던 그가 가까스로 물었다.

"설마……."

"……."

"죽었어?"

그가 이렇게까지 충격을 받을 줄은 몰랐다. 사색이 된 칼리스토의 반응이 조금 신기하게 느껴졌다.

나는 이미 한참 전에 혼란을 겪고, 정리를 해 둔 상태이기 때문일까. 먹먹했던 감정들은 생각보다 빠르게 가라앉았다. 그러자 꼭 남 얘기를 하듯 건조한 음성이 흘러나왔다.

"전하를 살리고 여기 계속 남았으니까, 지금쯤이면 아마 그러지 않았을까요."

"……맙소사, 페넬로페 에카르트."

확인 사살 같은 내 말에 칼리스토가 탄식하듯 나를 불렀다. 연신 입을 뻐끔거리며 말을 잇지 못하던 그가, 이내 윽박지르듯 소리쳤다.

"왜 그걸…… 제기랄, 왜 그걸 이제야 말해."

"중요하지 않은 얘기라고 생각했어요."

"그게 어떻게 중요하지 않아, 네 목숨과 관련된 일인데!"

"당신을 살린 걸 후회하지 않았으니까요."

내 대답에 그가 말을 잃고 황망하게 나를 응시했다. 붉은 눈동자에 얼핏 후회 혹은 죄책감과 닮은 감정들이 스쳐 지나갔다.

"……그댈 어떻게 해야 할지 모르겠어."

떨리는 손으로 연신 내 뺨을 더듬으며, 그가 괴로운 표정으로 중얼거렸다.

"저 괜찮아요."

진심이었다. 나는 아무렇지 않은 음성으로 그를 안심시켰다. 그가 불안해하지 않기를 원해서 한 말이었지, 이제 와 지난 일을 후회하길 바란 게 아니었다.

그러나 여전히 칼리스토의 굳은 낯은 풀어질 기미가 보이지 않았다. 다시 억울함이 치솟았다. 나는 볼멘소리로 덧붙였다.

"그리고 말했잖아요. 이제 돌아가고 싶어도 못 돌아간다고."

"그게 어떻게 같은 말……! 하……."

따져 묻던 그가 불쑥 말을 멈추고 깊은 한숨을 내쉬었다. 소각장에 짧은 정적이 내려앉았다. 나는 여전히 황태자의 머리채를 움켜쥐고, 그는 내 뺨을 연신 더듬거리는, 누가 보면 기겁할 만한 괴상한 자세로.

우리는 그렇게 꽤 오랫동안 원수처럼 서로를 바라보았다.

"……이제 알았죠? 제가 뭘 포기하고 여기 남은 건지."

칼리스토의 감정과 생각이 어느 정도 정리가 될 때쯤, 나는 조용히 입을 열었다.

"그러니까, 이제 의심하고 불신하는 건 그만해요. 전하가 그럴 때마다 속상해서 머리카락 다 쥐어뜯어 버리고 싶으니까."

"……몰랐어. 그대가 그런 선택을 한 건지."

내 말에 그가 얼굴을 조금 일그러뜨리며 신음처럼 읊조렸다.

"그런 줄 알았으면 그때 절대로…… 절대로 남으란 말 따윈 하지 않았을 거다."

"미친, 그럼 그때 깔끔하게 정리했을 거란 소리야, 뭐야."

분명 속으로 말했다고 생각했는데 정신 차리니 입 밖으로 내뱉고 난 후였다. 하지만 난 철회하지 않았다.

적반하장으로 도끼눈을 뜨고 노려보자 그가 '허. 아주 이제 맞먹기로 작정했군.' 하고 짧게 실소했다. 그러더니 콧잔등을 찌푸리며 천천히 입을 열었다.

"늘 두려워."

"……."

"널 여기 주저앉힌 나를, 네가 원망할까 봐."

나는 그의 말에 한숨을 쉬며 마침내 양손 가득 움켜쥐고 있던 머리채를 스르륵 놓았다.

"여기 남은 건 제 선택이지, 전하가 주저앉힌 게 아니에요."

나는 단호하게 선을 그으며 내 뺨을 감싸고 있는 그의 손 또한 떨어뜨렸다. 그리고 그에게서 한 발짝 물러서며 말했다.

"절 주저앉히게 만드는 건 전하의 어제와 같은 행동이죠."

"……공녀."

"이해해요, 전하가 불안해하는 이유. 제가 말을 제대로 안 한 탓도 있고…… 전하도 저도, 모든 게 다 처음이잖아요."

손가락 사이에 한가득 엉겨 붙어 있는 머리칼을 애써 모른 척 털어 내며 나는 어깨를 으쓱였다.

연애 고자끼리의 연애는 이토록이나 고단한 일이라는 걸 미처 몰랐다. 한탄을 억지로 삼킨 나는 짐짓 표정을 굳히고 말을 이었다.

"……하지만 또 반복된다면, 정말로 전하를 원망하고 결국 여기 남은 것을 후회하게 되겠죠."

서로에 대한 불안을 극복하지 못한 관계는 송곳 위의 달걀처럼 계속해서 위태롭게 흔들릴 수밖에 없다. 황태자도 이젠 그걸 직시할 때였다.

"어쩌면 전하를 떠나게 되거나, 더 나아가선 원래 살던 곳으로 돌아갈 방법을 찾을지도 몰라요."

"안 돼!"

내 말에 칼리스토가 사색이 되어 소리쳤다.

"내가, 내가 다 잘못했다."

"……."

"그런 소리 하지 마. 다신 그러지 않을게, 응? 제발 용서해 줘."

한달음에 거리를 좁혀 다가오는 그의 입에서 허겁지겁 사과의 말들이 쏟아져 나왔다. 우스우리만치 쉽게 줏대를 꺾고 비는 듯했지만, 금방이라도 숨이 넘어갈 듯 절박한 얼굴이었다.

나는 그런 그를 사랑했다. 그 누구에게도 굽힐 일 없는 오만한 절대자지만, 내겐 세상을 쥐여 줄 듯 구는 이 바보 같은 사내를.

'하지만 염병할 사랑은 사랑이고, 그냥 넘어갈 수는 없지.'

원래 연인 간의 기 싸움은 초장에 잡아야 하지 않는가.

"고작 입으로만요?"

나는 연달아 사과하는 황태자에게 불쑥 물었다.

"저 생각보다 화 많이 났어요, 전하."

"그럼…… 그대의 화가 풀리려면 어떻게 해야 하는 건데."

"글쎄요……."

"페넬로페 에카르트."

애가 타는 듯 재촉하는 칼리스토의 목소리에, 나는 곰곰이 생각하는 척하다가 심술 맞게 웃었다.

"방금 소공작님 보셨잖아요?"

흘끔 눈을 내리깔고 바닥을 바라보자, 그의 얼굴이 일순 멍해졌다.

"지금 나보고…… 꿇으라고?"

칼리스토의 얼굴에 황당함이 고스란히 떠올랐다.

'어제는 시키지도 않았는데 잘만 꿇더니…….'

나는 그의 반응에 속으로 불평하며 특별대우를 입에 담았다. 아무리 그래도 남친인데, 데발 놈과 같은 취급을 할 수는 없지 않은가.

"양쪽 무릎까진 안 꿇어도 됩니다. 전하의 위신도 있으니, 한쪽 무릎만으로 넘어가 드릴게요."

"허."

그가 기가 막힌다는 표정을 지었다.

"나 참, 살다 살다 이런 모독은 또 처음이군. 전장에서 적군에게도 이런 대우를 받은 적이 없는데……."

"싫으면 말고요."

"누가 싫대?!"

기회는 한 번뿐이었다. 곧장 소각장을 떠날 듯 휙 몸을 돌리자, 그가 허겁지겁 팔을 붙들었다. 그럼 어디 한번 해 보라는 심산을 담아 그를 빤히 바라보았다.

'하! 참나, 어이가 없군.'을 반복하며 연신 혀를 차면서, 웃기게도 그는 순순히 내 손을 꽉 붙들고 천천히 몸을 낮췄다. 그리고, 털썩—.

"……페넬로페 에카르트."

황태자는 더러운 소각장 바닥에 거리낌 없이 꿇어앉은 채 나를 올려다보았다.

“그대의 의사를 무시하고 동의 없이 가둬 두려 했던 것, 진심으로 반성하고 있어.”

“…….”

“내가 잘못했다.”

제법 진지한 음성으로 그가 용서를 구했다. 시키는 대로 한쪽 무릎만 잘도 꿇은 모습이 흡족했다. 나도 모르는 사이 작게 미소가 지어졌다. 그러기 무섭게 그가 덧붙였다.

“그러니 헤어지잔 말 따윈 하지 마. 누구 눈 돌아가는 꼴 보고 싶지 않으면.”

“뒤에 말은 안 하는 게 나았을 텐데요.”

“……내겐 너뿐이야.”

웃음기 담긴 나와는 달리, 그는 참았던 불안감을 모조리 터뜨리듯 거칠게 숨을 내쉬었다.

“용서해 줘. 그리고 계속 사랑해 줘.”

그가 내 손등에 제 이마를 붙이며 중얼거렸다. 완전한 사과와 애원이었다.

나는 잔뜩 흐트러진 그의 황금빛 정수리를 물끄러미 내려다보다가, 이윽고 가볍게 응했다.

“……좋아요. 이번 한 번은 용서해 드릴게요, 전하.”

“정말인가?”

그가 내 손등에 묻었던 고개를 번쩍 쳐들었다. 흙빛이었던 방금과는 달리 화색이 돌고 있었다. 나는 금세 희희낙락 웃으며 일어날 채비를 하는 그를 얄밉게 째려보았다.

"하지만 말로는 쉽게 마음이 안 풀리네요."

"그게 무슨……."

"좀 더 전하의 진심이 전해졌으면 좋겠는데요. 빈손 말고요."

사과는 원래 말보다 돈으로 하는 게 아닌가?

의아하다는 듯 멈칫하던 그는 곧장 내 말을 알아듣고는 헛웃음을 터뜨렸다.

"……허. 돈을 달라?"

"뭐, 꼭 돈을 말하는 건 아니에요. 원래 사과엔 적절한 보상이 필요하기 마련이잖아요."

"아주 골수까지 빼먹지 그래."

'하여튼 돈은 제일 밝혀.' 하고 구시렁대면서도 그는 반쯤 일으켰던 몸을 다시 원상 복귀시켰다. 그리고 곧장 물었다.

"제기랄, 또 뭐가 필요한데."

"에휴……."

"왜 한숨을 쉬고 그래? 말만 해, 구해다 줄 테니까."

이렇게까지 눈치가 꽝일 수가 있을까? 나는 이런 놈을 데리고 살아야 하는 미래의 내게 깊은 애도를 보내며, 짜증스럽게 쏘아붙였다.

"뭐, 바다 건너에서 공수하느라 늦었다느니, 세공에 돈을 쏟아부었다느니 하는 건 뒀다가 국 끓여 드실 겁니까?"

"……."

그러자 황태자는 일견 뒤통수라도 맞은 듯 얼빠진 표정을 지었다. 멍하니 나를 바라만 보던 그가 이내 주섬주섬 품에서 무언가를 꺼내 들었다.

"이거…… 말하는 건가?"

정오의 햇볕이 부스러지는 바다를 고스란히 담은 듯, 오묘한 청록빛 구슬이 박힌 반지가 그의 손에 딸려 나왔다. 별다른 장식 없이도 홀로 번쩍번쩍 빛나는 그 굵은 알을 보자 심기가 좀 누그러졌다.

'그래도 지니고 다니긴 했네.'

황궁에 놓고 왔다고 그랬으면 머리채를 또 잡을 뻔했다. 나는 여전히 내 손을 붙잡고 있는 그를 떨쳐 내고 팔짱을 낀 채 퉁명스럽게 말했다.

"이렇게 판까지 깔아 줬으면 좀 제대로 해 보세요."

휘이잉—. 한차례 썰렁한 바람이 우리 사이를 맴돌고 스쳐 지나갔다.

나는 감히 곧 황위에 오를 일국의 황태자를 무릎 꿇려 놓은 채, 오만하게 고개를 쳐들고 내리깔아 보았다. 눈이 마주쳤다. 그 순간, 피처럼 새빨간 동공이 철렁하고 흔들리는 게 보였다.

"……페넬로페 에카르트."

무표정했지만, 어딘가 모르게 조금 이상한 얼굴로 그가 천천히 입을 열었다.

"난 네가 원한다면 이 세상에 존재하는 모든 보석들을 쓸어 담아 궁을 지어 줄 힘이 있어."

첫 말은 자기 자랑이었다.

"귀족 놈들이 가지고 있는 광산이란 광산들을 모조리 빼앗아 네 명의로 돌릴 수 있는 권력도 갖고 있지."

"……."

"황좌를 내놓으라면 내 손으로 황궁을 모조리 몰살할 수 있다. 에카르트를 포함한 이곳이 지긋지긋하다면 당장이라도 군대를 일으켜 멸망시킬 수 있을 만큼."

무덤덤하던 그의 목소리는 점점 무언가가 들끓는 것처럼 변했다. 어느새 그의 얼굴 또한 다급하고 초조함이 깃든 채 잔뜩 일그러졌고.

"……널 사랑해."

마침내 그 정점에 섰을 때, 그는 피를 쏟듯 그것들을 토해 냈다.

"그러니 제발 나와 결혼해 줘."

나는 퍽 낯선 얼굴을 하고 있는 칼리스토를 관찰하듯 가만히 응시하다가, 선뜻 답했다.

"좋아요."

"그럴 줄 알…… 뭐?"

"알겠다고요."

고개까지 끄덕이며 확답하자, 황태자는 믿기지 않는 눈빛으로 연신 내 얼굴을 살폈다.

"……진심이야?"

"네."

불신으로 가득 찼던 그의 얼굴이 차차 환해졌다.

"……그대, 제기랄."

그가 목멘 목소리로 말을 잇지 못하다, 내 손을 놓고 제 얼굴을 마구 쓸어내렸다. 그런 그에게 초를 치는 말을 하자니, 마음이 아팠다.

"하지만 몇 년 후에요."

"……뭐?"

단호한 목소리에 마른세수를 하던 그가 우뚝 행동을 멈췄다. 차갑게 얼어붙은 그가 좀 안쓰러웠지만, 오랜 시간 치열하게 고민하고 나 자신과 싸운 후 내린 결정이었다.

"전 공부도 하고 싶고, 이곳저곳 좀 돌아다녀 보고 싶어요."

"너……."

"그리고 전하랑 연애도 해 보고 싶고요."

이를 아드득 가는 소리에 얼른 덧붙이자, 벌컥 성을 내려던 황태자가 입을 다물었다. 감정을 삭이듯 호흡을 고르던 그가, 이윽고 다시 입을 열었다. 나를 설득하려는 듯 다정한 목소리였다.

"그건 결혼……."

"벌써부터 결혼해서 유부녀 소리 듣기 싫어요."

또 헛소리를 반복하려는 그의 말을 가로채자 그의 얼굴이 사나워졌다.

"사람이 어떻게 하고 싶은 모든 걸 다 하고 살 수 있나?"

프러포즈를 하던 기세는 다 때려치우려는 모양인지 황태자가 벌떡 자리에서 일어나며 대거리를 했다.

"하나쯤은 양보하고, 타협하며 살아야지! 어떻게 두 마리, 아니 세 마리 토끼를 다 잡을 수 있겠어?"

어린애처럼 얼굴이 붉어진 채 씩씩거리는 그의 모습에 나는 어깨를 으쓱이며 대꾸했다.

"전하가 그렇게 만들어 줘야죠."

"……."

"하나뿐인 연인한테 그것도 못 해줄 만큼 무능하면, 황제가 될 사람이랑 연애할 이유가 없는데요?"

"……."

할 말이 없는지 놈이 이를 악물었다. 그의 하얀 정복 무릎 부분에 묻은 흙 자국을 살피던 나는 그가 기어이 폭발하기 전에 서둘러 달랬다.

"대신, 그냥 연애 말고 정식으로 약혼해서 결혼을 전제로 진지하게 만나는 사이 해요."

"……뭐?"

"온 세상천지에 소문내고 싶다면서요."

"잠깐, 그대……!"

그와 동시에, 나는 아차 할 틈도 없이 그의 손에 들려 있던 반지를 앗아 갔다. 세공이 덜 됐다더니, 약지에 들어간 반지는 맞춘 것처럼 꼭 들어맞았다.

"늘 반지 끼고 다니면 될 거 아니에요."

청록빛의 구슬이 떡하니 자리 잡은 왼손을 눈앞에 살랑살랑 흔들자, 문득 칼리스토의 낯빛이 어두워졌다.

"……이건 일반 액세서리와 같이 쉽게 끼고 빼는 물건이 아니야."

그가 움직이는 내 손을 낚아채 잡으며 낭패 어린 목소리로 중얼거렸다. 나는 심각해진 그의 얼굴에 코웃음을 쳤다.

"저주 푸느라 늦었다는 거, 거짓말이죠?"

반지가 끼워진 손가락을 살살 매만지던 그가 흠칫 놀란 눈을 들었다.

"……어떻게 알았지?"

"제가 바보예요? 이미 유의미한 왕족들은 다 죽었는데 저주를 풀 방법이 어디 있어요."

다소 차갑게 뇌까리자, 그가 어쩔 수 없다는 듯 고개를 끄덕이며 수긍했다.

"정확히는 푼 게 아니라 가스파르 왕족에 한해서만 되물림되는 형태를 변형했다."

"변형이요?"

"인어의 저주가…… 내 피에도 적용되도록."

세상에 이런 미친놈은 처음 본다는 듯 바라보자, 내 눈빛을 알아차린 그가 씁쓸하게 웃었다. 그러더니 품에서 또 다른 무언가를 꺼내 내게 보여 주었다.

"내가 이 나머지 반지를 소유하면, 그대도 저주에서 벗어날 수 없어."

내가 낀 것보다 좀 더 큰 링. 나머지 쌍의 반지였다.

"그래서 결혼식에서 주려 한 거야."

그렇게 되뇌던 그는, 얼마 안 가 그것을 든 손바닥을 접어 다시 품에 고이 집어넣었다. 나는 어리둥절한 얼굴로 물었다.

"안 끼고 왜 다시 집어넣어요?"

"……내가 졌어."

"무슨……."

"쯧, 이미 그대가 막무가내로 껴 버린 것은 어쩔 수 없지."

그가 반지가 끼워진 내 약지 끝을 한 번 꾹 누르며 말을 이었다.

"대신, 하고 싶은 일을 마치고 결혼할 마음이 들 때까지, 내 건 금고에 따로 보관해 두지."

이번에 뒤통수를 맞은 사람처럼 얼빠진 표정을 짓는 것은 나였다.

"……왜요?"

나는 내가 허락하면 그가 신이 나서 좋다고 반지를 나눠 낄 줄 알았다. 하지만 그는 그러지 않았다. 대신, 묵묵히 답했다.

"결혼도 하기 전에 둘 다 죽어 버리기라도 하면 곤란하니까."

너를 기다리겠다고, 그러는 사이 혹시 모를 위험은 자신만 감수하겠노라고.

나는 그 순간, 일그러지는 얼굴을 참을 수 없었다. 가슴이 울렁거리다 못해 참을 수 없는 감정이 복받쳐 올랐다.

"……그러다 제가 전하가 싫증 나서, 반지고 뭐고 다 팽개치고 멋대로 살다 죽어 버리면요?"

"그건 좀 억울한데."

그는 전혀 억울하지 않은 사람처럼 콧잔등을 찌푸렸다. 그리고 조금 전의 나처럼 어깨를 으쓱이며 가볍게 말했다.

"그럼 뭐 별수 있나. 그냥 죽어야지."

"……전하."

"어차피 그깟 저주 따위 없었을 때도, 네가 독 때문에 죽으면 따라 죽을 작정이었다고 했잖나."

그는 굳어 버린 내 얼굴을 흘끔 보더니, 약지를 매만지던 손을 들어 이번엔 뺨을 살짝 건드렸다.

"왜 그런 표정을 지어."

"하……."

그제야 참았던 숨이 터져 나왔다. 내가 어떤 표정으로 그를 바라보는지는 알 수 없었다. 그저 전혀 농담이 아닌 말을 농담같이 하는 재주를 가진 남자를 향해 탄식하듯 중얼거릴 뿐.

"……전하는 정말, 제가 알고 있는 사람들을 통틀어서 가장 미친 놈이에요."

"그대는 그런 미친놈까지 사랑해 줄 수 있는 에카르트의 진정한 미친개지.”

황태자는 씨익 웃으며 장난스럽게 지껄였다.

“……그래요.”

나는 더 부정할 수 없었다.

“사랑해요, 칼리스토.”

순순히 흘러나온 인정에 커다랗게 떠진 붉은 눈이 차차 환희로 물들었다.

쏟아지는 오후의 햇살 아래, 눈이 부시도록 반짝이는 황금빛 머리칼.

나의 사랑, 나의 미래는 이토록이나 찬란하게 빛나고 있었다.

마침내 칼리스토와 화해하고 황궁으로 함께 돌아온 이후에는 정신없는 나날들을 보냈다. 돌아온 황태자가 가장 먼저 한 일은 ‘국가 유물 유적 탐사부’를 만든 것이었다.

금세 뚝딱뚝딱 만든 그 이름뿐인 부서의 수장으로는 마리엔느를 앉혔다. 각 관료 또한 그녀와 함께하기로 했던 동료들로 이루어졌다. 그리고 앞으로 향후 몇 년간 문화재 사업에 지원을 아끼지 않겠다고 공표했다.

“세상에나! 말만 자문 교수지 백수나 다름없다고 생각했는데, 하루아침에 황궁 고위 공무원이 될 줄 어떻게 알았겠어요?!”

소식을 접한 마리엔느는 깜짝 놀라 황태자 궁까지 한달음에 뛰어왔다.

"아버지가 저보고 너는 다 계획이 있구나, 하면서 어찌나 칭찬을 하시던지요! 호호호!"

부친인 테롯시 백작의 태도가 180도 바뀌었다며 좋아하던 그녀가 짐짓, 음흉한 표정으로 나를 돌아보았다.

"역시…… 옛 실록에 나오는 분들도 그렇고, 사랑에 빠진 폭군들의 행동력은 무시무시하네요……."

"마리엔느!"

붉어진 얼굴로 버럭 그녀를 부르는 나를 뒤로한 채 마리엔느는 깔깔 웃으며 떠나갔다.

아닌 척했지만, 그날은 내도록 기분이 좋았다. 그가 어떤 마음으로 딱히 필요도 없는 부서를 하루 만에 허겁지겁 만들었는지 알 것 같아서.

얼마 후, 정무를 마치고 돌아온 칼리스토가 저녁을 먹으며 그에 대한 부가 설명을 덧붙였다.

"그대는 부서장 바로 아래 차장으로 집어넣었어."

뜬금없는 취직 소식에 나는 눈을 휘둥그레 떴다.

"막 그래도 돼요? 전 괜찮은데."

"그럼 어떻게 아무런 직위도 없이 오지로 보내?"

내 중얼거림에 칼리스토가 신경질적으로 대꾸했다.

마리엔느와 다르게 나는 아무런 경력이 없으니 직위가 없는 건 당연하다고 생각했다. 그냥 따라가서 세상 좀 돌아보고, 구경 좀 해 보려던 건데 뭔가 일이 점점 커지는 기분이 들었다.

"사람들이 낙하산이라고 욕 안 해요?"

"공표한 지 이제 반나절 됐는데 어떤 새끼가 그래? 말해."

"아뇨, 누가 그런 게 아니라…… 대신들이 반대하지 않았나 싶어서요."

"쯧, 내가 그렇다면 그런 것이지. 그리고 그대의 아비는 왜 그대를 부서장으로 앉히지 않았냐며 오히려 따지고 들더군."

헛웃음을 터뜨리며 공작의 만행을 고하는 칼리스토의 말에 얼굴이 화끈거렸다.

'당분간 연 끊고 지내자니까, 이 주책바가지 아저씨야…….'

칼리스토의 지나가는 말뿐이었지만, 그래도 여전히 내게 신경을 기울이는 공작의 마음이 느껴졌다. 기분이 좀 이상해지려는 찰나였다.

"낙하산 소리 듣기 싫으면 열심히 해. 실적 없으면 바로 지원 중단하고 부서는 폐쇄야."

황태자가 퉁명스럽게 뇌까렸다. 이 상황이 퍽 못마땅한지, 그의 낯빛이 별로 좋지 못했다.

'어제까지 가지 말라고 온갖 X랄 발광은 다 하더니…….'

그런 그가 귀엽다고 느껴지면 드디어 나도 미친 것일까. 가슴 한편이 간지러웠다.

누가 억지로 시키기라도 한 듯 갑자기 해 달라는 걸 다 해 주는 그의 모습에 간신히 웃음을 참고 있을 때였다.

"떠나는 게 그렇게 좋나?"

그가 못마땅한 표정으로 불쑥 물었다. 나는 얼른 시침을 뗐다.

"아니요?"

"계속 실실 웃고 있잖아."

나는 지레 뜨끔해서 한 손을 들어 얼굴을 쓸어내렸다. 나도 모르는 새 정말로 입꼬리가 활짝 올라가 있었다.

"흐, 흠! 뭐, 아무도 알아주지 않고 개고생하는 것보단 나라에서 정식으로 지원받는 게 좋긴 하잖아요."

나는 민망함에 헛기침하며 변명했다.

"페넬로페 에카르트."

달칵. 그런 나를 보던 칼리스토가 문득 들고 있던 나이프를 내려놓고 음울한 표정으로 읊조렸다.

"다 좋은데, 우리가 약혼한 사이라는 건 잊지 마."

"그럼요."

나는 미소 지으며 대충 답해 줬다. 여기서 괜히 마음 약해져서 달래 줬다간, 언제라도 마음 뒤집을 수 있는 놈이었기에.

하지만 내 목소리에 성의가 빠졌다는 것을 알아차린 그가 귀신같이 눈을 부라렸다.

"일주일에 한 번은 무조건 돌아와야 돼."

그냥 좋게 보내 줄 리 없다는 것쯤은 알았다. 아니나 다를까, 조건부터 내세우는 모습에 나는 떨떠름하게 대꾸했다.

"……일주일에 한 번이나요? 멀리 가면 힘들 수도 있잖아요."

"안 그러면 찾아갈 거야."

"아, 알겠어요! 노력할게요."

온다면 정말로 찾아올 놈이기에 나는 얼른 고개를 끄덕였다. 나름 합리적인 조건이었다.

'저 성격에 하루에 한 번 아닌 게 어디야.'

마법이며 마도구가 발달된 곳이니, 뭐 어떻게든 되겠지 싶었다.

"호위로 마법사 붙일 거야. 떼 놓지 말고 꼭 달고 다니고."

나는 정말 별생각 없었는데, 그는 그 짧은 시간 동안 많은 것들을 생각하고 계획해 둔 듯싶었다.

딱히 호위가 필요하지 않았지만, 순순히 고개를 끄덕였다. 그러자 칼리스토가 다음 말을 이었다.

"반지는 언제 어디서든 꼭 착용하고 있어."

"반지요?"

"혹시라도 위험한 상황에 처하면, 그대가 있는 곳으로 순간 이동할 수 있는 상급 마법이 걸려 있으니까."

나는 반사적으로 시선을 내려, 약지에 자리 잡고 있는 반지를 바라보았다. 문득 나도 모르는 사이에 걸렸던 고대 지도의 위치 추적 마법이 생각나 기분이 묘해졌다. 덕분에 위급 시에 몇 번이나 그가 '띠용' 하고 나타나서 까무러칠 듯 놀란 적이 한두 번이 아니었다.

'에이, 설마. 별일 있겠어.'

나는 더는 게임 퀘스트 진행을 하는 게 아니었다.

"이거 핑계로 시도 때도 없이 찾아올 생각 마세요. 빼 두고 다닐 거예요."

혹시 모를 위협에 대비한다는 황태자에게 맞서 혹시 모를 상황을 사전 차단했다. 그러자 생각을 간파당한 놈이 사색이 되어 딴소리를 했다.

"역시, 그대에게 소환 마법도 걸어 둘까? 그게 좋겠군. 내일 당장 마법사들을 불러 모아……."

"……아, 작작!"

나는 참지 못하고 와락 눈살을 찌푸리며 소리쳤다.

"전하, 저 어디 전쟁하러 가는 거 아닙니다. 유적지 탐사 가는 거라고요!"

"걱정돼서 그래."

"호위까지 붙여 놓고 뭘 그렇게 걱정합니까?"

"이제 그대의 손에 내 목숨이 달렸지 않아."

그가 손을 뻗어 반지를 끼고 있는 내 손을 매만졌다. 사실이었다. 내가 소각장에서 섣불리 반지를 껴 버린 탓에 저주가 발동되었다.

'인어의 눈물'이 내 반려를 칼리스토로 인식한 탓에 그의 목숨은 이제 내 명운과 함께하게 되었다. 나와 달리 칼리스토가 반지를 끼지 않은 이유였다. 수도를 떠나고 싶다는 나를 배려해서였다.

'결혼도 안 한 인간 손에 황제의 목숨이 달렸다니…….'

세드릭과 그의 측근들이 알면 난리가 날 일이었으므로, 우리는 이것을 당분간 둘만 아는 비밀로 함구하기로 결정했다.

반면 내 몸은 여전히 온전한 내 것이었다. 칼리스토에겐 퍽 이기적이고 불안할 만한 일이었다. 물론 나도 내 원래 몸을 포기하고 선택한 것이기에 할 말은 있지만…….

그가 걱정하는 바를 이해한 나는 한결 누그러진 태도로 답했다.

"……그래서 약혼 공표까지 하면서 책임지고 있잖아요."

"약혼식도 없는 약혼이 어떻게 제대로 된 약혼이야?"

그가 울컥한 얼굴로 소리쳤다. 나는 심드렁하게 대꾸했다.

"어제가 우리 약혼식 했던 날이라고 생각하세요."

"쓰레기 소각장 앞이?"

"장소가 뭐가 중요합니까? 전하가 제게 프러포즈를 했고, 제가 그걸 받아들인 게 가장 중요하죠."

"……."

내 말에 칼리스토가 멈칫 입을 다물었다. 나는 삐죽 튀어나온 입을 완전히 집어넣기 위해, 내 손등을 매만지고 있는 손을 겹쳐 잡고 '쪽' 입을 맞추며 중얼거렸다.

"사랑하지도 않는 사람 프러포즈를 왜 받아들이겠어요?"

"……하여간 약았어."

붉어지는 귓등을 바라보며 나는 유쾌하게 웃었다.

얼마 후 칼리스토는 결혼식을 강행하겠다던 주장을 공식적으로 철회했다. 중간에 결혼식을 약혼식으로 바꾸면 된다고 헛소리를 하긴 했지만, 내 의견이 완강했다.

바로 다음 날이 내가 황궁을 떠나는 날이었기에 괜한 소란을 만들고 싶지 않았고, 대관식은 오롯이 칼리스토에게 집중되어야 했기 때문에.

대신 절차는 제대로 진행해야 한다고 난리를 치는 탓에, 그의 대관식 정복과 같은 디자인의 드레스와 액세서리를 맞추기로 합의를 보았다.

그는 철회를 전하기 무섭게 폭탄도 같이 터뜨렸다.

— 에카르트 공녀와 약혼했다.

'약혼을 하기로 했다'도 아니고, '이미 했다'는 통보였다. 그게 무슨 소리냐며 에카르트 공작이 뒷골을 잡고 쓰러졌다는 소식을 세드릭이 조금 신난 얼굴로 전했다.

— 어쩔 수 없다. 우리는 이미 저주로 인해 목숨이 묶인 사이가 되었으니까.

— 식은 이미 치렀고, 대관식 직후 측근들과 간단한 피로연만 열기로 했으니, 그런 줄 알도록.

"미친 인간……."

칼리스토가 조회에서 대신들에게 통보했다던 말을 세드릭에게서 전해 듣던 나는 참지 못하고 중얼거렸다.

"하하, 동감입니다."

세드릭이 멀끔한 얼굴로 답했다. 곁에서 드레스를 재단하는 것을 돕던 시녀장이 찌릿 그를 노려보았다. 세드릭이 찔끔한 얼굴로 얼른 말을 돌렸다.

"그럼 드레스는 이렇게 하기로 하고…… 액세서리도 반지와 같은 색감으로 맞추는 게 어떻습니까?"

"대충 알아서 해 주세요."

나는 그만 썩 꺼지란 의미를 담아 손을 휘저었다. 오늘은 드레스 가봉 날이었다. 아침 일찍부터 입고 벗고를 반복하느라 피곤하기 그지없었다.

"누가 보면 제가 약혼을 하는 줄 알겠습니다. 어쩜 그렇게 당사자 두 분이서 똑같은 말을 하실 수 있는지."

황실에 더는 어른이 없기 때문에 대신 여러모로 고생하고 있던 세드릭이 웃으며 독설을 했다.

"부창부수라는 말이 가끔은 소름 끼칠 때가 있습니다, 하하하."

"말이 심하시네요, 보좌관님. 조금 후에 전하와 점심 약속이 있다는 것을 잊으셨나 보죠?"

"죄송합니다, 공녀님. 제가 그러려던 게 아니라……."

가볍게 농담을 주고받고 있을 때였다. 문득 문밖이 소란스러워졌다. 영문을 몰라 그쪽을 바라보자, 시녀장이 재빨리 확인을 하러 갔다.

얼마 후 그녀는 난처한 얼굴로 내게 돌아왔다.

"공녀님, 저…… 뵙고 싶다고 찾아오신 분이 계시는데……."

"누가요?"

고개를 갸웃거릴 때. 불현듯 '벌컥' 문이 열렸다.

"이러시면 안 됩니다, 공자님!"

"아, 잠깐 얼굴만 보고 가는 거래도!"

문을 가로막고 있는 호위병들과 그런 그들을 뚫고 방으로 들어오려는 누군가가 격렬하게 실랑이했다. 그 바람에 사랑스러운 분홍색 머리칼이 허공에서 마구 흩날리는 것이 보였다.

"야! 페넬로페!"

"……레널드?"

죽다 살아난 데릭을 대신하여 에카르트 기사단을 이끌고 해마다 열리는 마물 토벌에 참여했다더니. 못 본 새 뽀얬던 피부가 거멓게 그을린 레널드의 모습이 좀 낯설게 느껴졌다.

"야, 뭐 하냐! 뭐라 말 좀 해 봐!"

호위병들을 밀치며 방 안으로 들어오려고 기를 쓰는 놈이 좀 웃겼다.

'언제부터 친했다고?'

그렇게 생각하면서도 오랜만에 보는 분홍빛 머리칼이 좀 반가웠다.

"들여보내. 아는 사람이야."

나는 한 손을 들고 짤막하게 명령했다. 그러자 시녀장이 걱정 어린 투로 속삭였다.

"하지만, 공녀님. 전하께서 아무나 궁 안에 들이지 말라 명하셨는데……."

"거참, 아무나라니! 나 걔 하나뿐인 오라비야!"

데릭은 취급도 안 하는 말투에 문득 헛웃음이 터져 나왔다.

"괜찮으니까, 들여보내."

내 말에 시녀장이 마지못해 호위병들을 향해 눈짓했다.

"맞는다니까 그러네! 진작 들여보내 줄 것이지……."

거칠게 밀쳐 내던 호위병들의 손이 깔끔하게 떨어지자, 레널드가 '탁, 탁!' 주름진 옷을 털어 내며 의기양양하게 안으로 들어섰다. 그는 곧장 내가 있는 쪽으로 성큼성큼 걸어오며 외쳤다.

"야, 어떻게 된 거야? 약혼이라니! 너 진짜로 황 뭐시기 그 자식이랑……!"

"레널드!"

나는 앞뒤 분간 못 하고 마구 지껄이는 놈을 황급히 막아서며 말했다.

"세드릭 경, 수고했어요. 그만 나가 봐요."

다행히 세드릭은 레널드의 만행에도 별말 없이 물러갔다. '황 뭐시기'란 레널드의 표현이 웃긴지 인사를 하면서도 씰룩이는 입꼬리를 보니, 누가 황태자의 최측근이고 적인지 알 수가 없었다.

그사이 내게 가까워지던 레널드는 불현듯 다섯 걸음 정도를 남겨 둔 채 우뚝 멈춰 섰다.

"……정말이었잖아?"

이제야 가봉한 드레스 차림새인 내 모습을 알아차린 건지 그가 멍한 얼굴로 중얼거렸다.

"차 좀 부탁해, 시녀장."

나는 시녀장까지 모조리 내보냈다. 탁—. 문이 닫히는 소리와 함께 방 안엔 정적이 내려앉았다.

"앉아."

나는 여전히 우두커니 서 있는 레널드에게 자리를 권했다. 멍청한 얼굴로 하염없이 나만 바라보던 그가 그제야 터덜터덜 걸어 와 내 맞은편에 앉았다.

"……젠장. 한 달 사이에 대체 무슨 일이 벌어진 거야?"

화려한 금빛 드레스를 입은 내 모습이 영 어색하게 느껴지는 것일까. 답지 않게 흘끔흘끔 곁눈질을 하던 놈이 이내 제 핑크빛 머리를 마구 헝클어뜨리며 버럭 소리쳤다.

"약혼이라니! 내가 토벌 전에 소문을 얼마나 열심히 퍼뜨리고 갔는데, 무슨 놈의 약혼이야!"

"무슨 소문?"

"무슨 소문이긴! 네가 황태자를 꺾고 차기 황제가 될지도 모른다는 소문이지."

당당하게도 돌아오는 대답에 나는 입을 쩍 벌렸다.

'미친…… 대체 그 말도 안 되는 소문의 출처가 누군가 했더니…….'

그간 나름대로 범인을 색출하려고 노력을 해 보았지만, 좀처럼 잡히지 않았다. 그 이유를 알 수 없었는데…….

토벌 때문에 잠시간 수도를 떠났던 범인이 제 발로 여기까지 찾아온 것이다.

"……너 미쳤어?"

"미친 건 너겠지!"

나는 뻔뻔하기 그지없는 얼굴에 입을 빼끔거리다가 물었다. 그러자 놈이 적반하장으로 사납게 얼굴을 구기며 외쳤다.

"보주를 손에 넣었으면 잘 숨겨야지, 그걸로 왜 그놈을 살려?"

"허……."

"황궁 사람들도 네 공을 다들 납득하는 눈치였다고! 그런데, 약호오온?!"

"……."

나는 기가 막혀 어버버거릴 뿐 아무 말도 하지 못했다. 그런 내게 레널드 놈이 헛소문의 쐐기를 박듯 말했다.

"황위에 오를 기회를 왜 네 발로 걷어차, 이 등신아!"

"……제발 닥쳐 줘."

나는 지끈지끈 아파 오는 이마를 부여잡으며 한숨을 내쉬었다.

"난 너랑 같이 반역으로 엮여서 몰살당하고 싶지 않으니까."

그나마 놈이 수도에 없던 탓에 범인을 잡지 못했다는 게 천만다행인 걸까. 황비나 엘렌 후작과 조금이라도 관련된 귀족들을 찾아내어 구족을 멸하고 있는 황태자가 알았다면 벌어졌을 일에 눈앞이 아찔했다.

그사이 '이게 오빠한테 닥쳐가 뭐야?' 하고 혼자 구시렁대던 레널드가 대뜸 지껄였다.

"……난 반대야."

나는 이마를 부여잡은 손을 떼고 슬쩍 고개를 들며 물었다.

"뭘?"

"이 약혼!"

어디선가 '난 반댈세!' 하고 울부짖는 환청이 들리는 듯했다. 나는 참으로 위풍당당한 놈의 반대 선언에 어이가 없어졌다.

"글쎄. 아버지는 허락하신 것 같던데?"

"아버지는 아버지고! 난 네 하나뿐인 오라비로서 반대한다."

'오라비'란 소리가 좀 거슬렸지만, 그보다 놈이 반대하는 이유를 알 수 없었다.

"왜?"

"뭐가?"

"전하가 뭐 어때서. 이제 곧 황제가 될 분인데 남편감으론 괜찮지 않나?"

고개를 기울이며 짐짓 모르는 척 묻자 놈이 눈을 부라렸다.

"그놈이 너한테 어떻게 했는데! 칼로 네 목 썰었던 거 벌써 잊었어?"

"썰다니."

뭐 무 썰었냐고. 나는 지난 기억에 민망해져서 목을 쓰다듬었다.

"그건…… 뭐, 다 지난 일이잖아."

"지난 일? 난 아직도 눈앞에 생생해! 네가 피 질질 흘리며 기어들어 오던 꼴!"

"기어들어 오진 않았어. 소공작님께 안겨서 마차 타고 왔는데?"

"너 정말 왜 그러냐, 페넬로페. 그냥 황궁에서 살고 싶던 거 아니었어?"

자꾸만 곡해하는 말을 무심하게 정정할 뿐인데, 놈이 갑자기 눈꼬리를 축 내려뜨리며 우울한 음성으로 읊조렸다.

“그래서 집에 안 돌아온 거 아니냐고…….”

“…….”

“이 오빠가 너 원하는 대로 해 준다는데 약혼이 웬 말이야. 어?”

황제 하게 해 준다고.

내가 또 닥치라고 할 걸 알았는지, 이번엔 놈이 눈치껏 소리 없이 입을 벙긋거렸다. 당연하게도, 대답할 가치도 없는 개소리였다. 나는 그 대신 다른 것을 지적했다.

“레널드, 아까부터 거슬렸는데 네가 왜 내 하나뿐인 오빠야?”

“그럼 오빠지, 언니냐? 참내.”

지금 기가 막힌 게 누군데. 레널드가 황당하다는 듯 헛웃음을 터뜨렸다. 하여간, 단순한 놈이라 말 돌리기는 쉬웠다.

“너 아버지한테 아직 못 들었어?”

“뭘?”

“나, 네 친동생 만나고 왔어.”

나는 기세를 몰아 말을 이었다. 어차피 계속 에카르트 성을 달고 있는 이상, 한 번쯤은 그와도 정리를 끝내야 하던 차였다. 그게 이렇게 빠른 시기가 될지는 몰랐지만.

예상했듯, 좋지 않은 화두에 말갛던 레널드의 얼굴이 곧바로 확 어두워졌다.

“……들었어.”

꽤 오랜 시간이 지나서야, 그가 조용히 답했다. 나는 되물었다.

“나 때문에 못 돌아오게 된 것도?”

"그게 어떻게 너 때문이겠냐? 레일라, 그 찢어 죽일…… 아니."

"……."

"사실은…… 다 나랑 형 때문이겠지."

그가 조금 떨리는 손으로 제 얼굴의 반쪽을 감싸 안았다. 감정을 삭이듯 한참 동안 말이 없던 그가, 씁쓸한 미소를 지으며 읊조렸다.

"네 잘못 아니야, 페넬로페."

나를 위로하는 말이었다. 나는 조금 놀라 커진 눈으로 그를 응시하다가, 천천히 입을 열었다.

"……이본이 네게도 사랑한다고 전해 달랬어. 잊지 않고 계속 찾아 줘서 고맙대."

레널드는 대답 없이 시선을 테이블 아래로 떨어뜨렸다. 항상 혈기 왕성해서 소리 지르는 모습만 봤지 이토록 수심에 잠긴 모습은 처음이었다. 그래서 또 한 번 이해할 수 있었다.

"……예쁘더라."

"……."

"네가 왜 다락방에서 나한테 그 난리를 쳤는지 알 수 있을 만큼."

왜 그렇게 페넬로페, 그리고 빙의한 내게 그토록 개같이 굴었던 건지. 나는 그래도 그간의 정을 생각해서, 공작에게 했던 것과 같은 말을 선선히 건넸다.

"네 동생을 위해서 그냥 날 원망해."

그 순간, 고개를 푹 숙이고 하염없이 아래를 내려다보던 그가 번뜩 고개를 들었다. 그는 퍽 불만이 가득 찬 눈으로 나를 노려보았다.

나는 늘 그랬듯 놈이 내 탓을 하며 듣기 거북한 소리를 쏟아낼 것이라 생각했다. 그러나 그 입에서 불쑥 쏟아진 말은,

"……너도 내 동생이야."

전혀 다른 종류였다.

"……언제부터?"

"망할, 언제부터라니! 아버지가 파양은 절대 안 된다고 그랬잖아! 그러니까 아직 우린……."

"……."

"우린 가족이라고. 넌 우릴 용서 못 한다 하더라도……."

레널드가 얼굴을 이상하게 일그러뜨린 채로 힘없이 중얼거렸다.

"난 다 용서했어. 네가 나 맨날 꼬집고 할퀴고, '야, 너' 반말하고 소리 지른 거. 그리고…… 다락방에서 그런 소원 빈 것도."

"……."

"그러니까…… 오라비가 동생 걱정 좀 할 수 있는 거잖냐."

그가 흘긋 시선을 들어 나를 바라보며 애써 웃었다. 항상 초딩 같은 놈이라고 생각했는데, 그런 그의 얼굴에서 이상하게도 의젓함이 느껴졌다. 기분이 조금 혼란스러웠다.

"……난 아직 잘 모르겠어."

나는 공작에겐 차마 털어놓지 못한 진심을 조심스럽게 내비쳤다.

"공작님과 널 어떻게 대해야 할지."

계속해서 신경 써 주는 소리가 들릴 때마다 마음이 무거워졌다. 그렇다고 그냥 아무렇지 않게 지낼 자신은 없었다.

그런 내 혼란을 이해하기는 한 건지, 레널드가 뜬금없는 소리를 했다.

"얼굴도 꼴 보기 싫을 정도냐?"

"그건 아닌데……."

나는 무심결에 레널드의 얼굴을 빤히 바라보았다. 예전처럼 저 면상이 꼴도 보기 싫다는 생각은 안 들었다. 그런 내 시선을 눈치챈 걸까.

"그럼 됐어."

레널드가 문득 씨익 웃으며 말했다. 나는 어리둥절해서 되물었다.

"……그럼 된 거라고?"

"그럼 된 거지! 가족 사이에 뭐가 더 필요해? 싸울 때도 있고, 시간 지나면 화해도 하고 그러는 거지!"

그 지난했던 세월들을 '싸웠다'라는 말로 한 방에 정리하는 것을 보니 참으로 그다웠다.

'참…… 단순해서 좋겠다.'

튀어 나오는 말을 간신히 삼킬 때였다. 레널드가 문득 얼굴을 진지하게 굳히며 말했다.

"지금이라도 약혼 엎고 싶으면 말해. 네 의사가 아니라 그 자식한테 협박당하고 있는 거라면……."

"말 좀 조심해, 여기 황태자 궁이야."

"그러니까 주어 없이 말하잖아."

내 핀잔에 그가 툴툴거리며 말을 이었다.

"아무튼 말만 하라고. 내가 아버지랑 어떻게서든 해 볼 테니까."

"뭘 어떻게 하게?"

"널 도망시키든, 정말 거사를 저지르든 간에, 어? 뭔 짓이든 할 테니까."

주먹을 불끈 쥐는 그의 모습에 나는 결국 짧게 웃음을 터뜨릴 수밖에 없었다.

"됐어. 약혼…… 내가 원해서 하는 거야."

"뭐? 미친, 네가 뭐가 아까워서!"

"결혼보단 낫잖아. 내가 당장 결혼해서 유부녀 됐으면 좋겠어?"

"……그건 그렇지."

놈에게 맞춰 일차원적으로 말하자 레널드가 떨떠름한 얼굴로 고개를 끄덕였다.

'하여튼 단순한 놈.'

한심하다는 눈빛으로 그를 보던 나는 숨겨 왔던 사실을 털어놓았다.

"그리고, 나 황태자 전하 좋아해. 좋아하니까 약혼도 하는 거야."

"……뭐?!"

돌아오는 폭탄에 레널드의 미간이 다시 흉악하게 찌푸려졌다.

"대체 왜? 고대 마법 쓰더니, 머리가 어떻게 된 거냐? 진짜 이해가 안 간다. 어떻게 그놈을 좋아할 수가 있지?"

"그러게."

솔직히 동감이라서 나는 순순히 고개를 끄덕였다.

"그렇게 됐어. 그리고 대관식 이후로 당분간 나 바빠질 예정이야. 들었지? 새로 공부 시작한다는 거."

"……고고학인지 뭔지 그거?"

"응. 어차피 황궁에도 없을 테니까 이렇게 불쑥 찾아오지 말고. 아니, 아예 황궁에 오지 마. 예전부터 생각했는데 넌 입을 좀 틀어막고 다녀야 할 필요가 있어."

"이게 오빠한테……. 내가 바보야?"

그래도 걱정한다는 사람에게 차갑게 연을 끊자는 소리는 나오지 않았다. 나는 울컥하는 놈한테 좀 누그러진 투로 말했다.

"아무튼. 이제 와서 서로 징그럽게 챙길 생각 말고, 각자 알아서 잘 지내자고."

"하여튼 어릴 때부터 말하는 싸가지 하고는……."

내 딴엔 그래도 잘 지내란 소리였는데, 놈이 불만스럽게 웅얼거렸다.

'너도 만만치 않거든?!'

불쑥 똑같이 유치한 말이 튀어나오려던 것을 간신히 잠재우며 나는 그에게 하고자 했던 말을 이었다.

"……점박이랑 나머지들, 황궁으로 데리고 와서 잘 키우고 있어."

갑작스러운 말에 레널드가 흘끔 나를 돌아보았다.

"덕분에 이상한 소문이 나서 요즘 귀족 영애들 사이에서 점박이 토끼 키우는 게 유행이래."

"뭔……."

"선물 고마워. 앞으로도 잘 키울게. 짝짓다 보면 언젠간 네가 바라던 청록색 토끼가 나올지도 모르지."

물론 내가 직접 키우는 건 아니고 시녀들이 담당하고 있지만.

얼마 전부터 궁 안의 시녀들이 모였다 하면 내 눈 색과 닮은 청록색 점박이 토끼의 2세 얘기로 북적인다는 소리를 얼핏 전해 들었다.

성인식 직후에는 레일라 때문에 정신이 없었고, 모든 게 끝난 직후엔 레널드가 출타를 해서 말을 전달하는 게 늦어졌다.

"……."

생각지도 못한 내 말에 레널드는 한동안 가만히 나를 바라보았다. 나는 애써 그 시선을 못 본 척, 멀리 있는 장식장만 하염없이 바라보았다. 좀 부끄러웠다. 이제 와서 그와 이런 말을 나누는 상황 자체가.

“야, 페넬로페.”

얼마 후 그가 불쑥 나를 불렀다. 나는 마지못해 그를 마주 보며 답했다.

“왜?”

“집 나가니까…… 좋냐?”

“응.”

대답은 지체 없이 나왔다. 배알이 좀 꼴리는지 레널드는 사납게 눈썹을 꿈틀거렸다.

“……그래, 그럼 됐다.”

하지만 놈은 빈정거리는 대신, 깔끔하게 내 말을 인정했다.

“나 간다.”

그리고 자리를 뜰 채비를 하였다. 인사하는 그에게, 나 또한 무뚝뚝하게 답했다.

“잘 가, 오라버니.”

마치, 세상에서 제일 어색한 ‘진짜 남매’처럼.

대관식 날은 아침부터 날씨가 눈이 부실 정도로 화창했다.

특별한 날이라고 꼭두새벽부터 강제로 기상당하여 때 빼고 광내는 건 공작가와 똑같았다. 심란한 마음에 잠을 설친 나는, 부은 눈으로 불만스럽게 항의했다.

"주인공은 이 궁 주인인데, 난 왜……."

그러나 시녀장은 오늘만큼은 절대로 물러설 수 없다는 듯 무척이나 완강했다.

"세상에, 황태자비 전하! 잠 제대로 안 주무셨죠? 눈 밑이 어쩜 좋아……! 뭐 해! 빨리 마사지 준비해!"

"네! 시녀장님!"

어느 순간부터 자연스럽게 나를 황태자비로 부르는 시녀장을 채 말릴 새도 없었다. '짝짝' 하는 그녀의 박수 소리와 함께 시녀들이 우르르 몰려와 나를 감쌌기 때문이다.

화장을 마친 후 일전에 황태자가 준 액세서리들을 착용하자, 얼굴에서 번쩍번쩍 빛이 났다. 한일자로 곱게 틀어 올린 머리 위에 작은 왕관 모양의 티아라까지 꽂자, 눈매의 날카로운 느낌이 옅어지고 고결한 느낌이 풍겼다.

'그래도 항상 고생한 보람은 있어.'

치장이 끝난 후, 오랜만에 광이 나는 거울 속 얼굴을 흡족한 시선으로 바라보고 있을 때였다.

"공녀님."

노크 소리와 함께 세드릭이 방문했다. 황태자의 최측근답게 그 또한 화려하게 성장한 차림이었다.

"오늘 무척이나 아름다우십니다."

"칭찬 고마워요."

"전하를 대신하여 모시러 왔습니다."

평소와는 달리 묘하게 긴장으로 굳어진 얼굴로 그가 나를 에스코트했다. 그를 따라 황태자 궁을 나서자 입구에 황룡이 새겨진 으리

으리한 마차가 세워져 있었다.

즉위식은 복구된 태양궁의 대전에서 진행됐다. 마차를 타고 태양궁에 도착하자 이미 많은 귀족들이 가문별로 정렬하여 앉아 있었다. 역시나, 하나뿐인 공작가인 만큼 에카르트는 한참 앞쪽에 위치했다.

공작의 오른쪽으로 칠흑 같은 검은 머리와 사랑스러운 핑크빛 머리가 나란히 보였다. 그 옆에 비워진 자리 하나 또한.

'아직 에카르트의 성을 달고 있으니, 어쩔 수 없나.'

세드릭을 따라 그쪽으로 터벅터벅 걸어갈 때쯤이었다. 누군가를 찾듯 고개를 휙휙 두리번거리던 레널드와 정통으로 눈이 마주쳤다.

"페넬로……!"

별안간 그가 벌떡 일어나 내게 붕붕 손을 흔들고 외치려던 찰나.

"공녀님의 자리는 이쪽입니다."

세드릭이 재빠르게 걷던 방향을 꺾었다. 에카르트와는 정반대 쪽이었다. 필시 황태자가 꾸민 짓이렷다.

하지만 내 자리를 보자 기분이 썩 나쁘지 않았다. 주목받는 것을 싫어하는 내 성격을 잘 반영하여, 대열에서 벗어난 가장 구석진 곳에 자리를 따로 만들어 둔 것이다.

멀어지는 나를 보고 황당하다는 표정을 짓는 레널드와 씁쓸한 표정의 공작이 스쳐 지나갔다. 그 와중에도 다행인지 불행인지, 데릭은 한 번도 내 쪽을 돌아보지 않았다.

착석한 지 얼마 지나지 않아, 활짝 열려 있던 대전의 문이 닫혔다. 장내에 고요함이 내려앉았다. 모든 이들의 시선이 드높은 계단 위, 비어 있는 황금 의자 위에 겹쳐 놓인 왕관과 보주로 쏠렸다.

"황태자 전하 드십니다!"

그때, 우렁찬 알림과 동시에 다시 문이 열리고 황태자가 빠르게 걸어 들어왔다. 끼이이익—. 의자가 밀리는 소리와 함께 귀족들이 우르르 일어나 깊이 허리를 숙였다.

나 또한 눈치껏 자리에서 일어나 인사했다. 그러자 꼭 처음 만나던 순간이 떠올랐다. 암살자를 질질 끌고 오던 그때와는 달리, 검은 바탕에 화려한 금장이 수놓아진 옷으로 성장한 그의 모습이 퍽 낯설게 느껴졌다.

"고개를 들라."

단숨에 계단 밑 단상에 오른 그가 짤막하게 명했다. 그제야 정면으로 그의 얼굴을 제대로 볼 수 있었다.

'짜식, 그래도 잘 지냈나 보네.'

좀 야윈 듯한 모습에 괜스레 코끝이 좀 찡했다. 오늘을 앞두고 그는 눈코 뜰 새 없이 바빴다. 나만 해도 며칠 만에 겨우 보는 얼굴이었다.

그는 귀족들이 모두 일어났는지 채 확인도 하지 않은 채, 커다란 보폭으로 계단을 두어 칸씩 성큼성큼 올랐다.

단숨에 꼭대기에 오른 그는, 그 누구의 허락도 없이 스스로 머리 위에 왕관을 쓰고 보주(imperial orb)를 들었다. 그리고 마치 원래부터 제 자리였던 양 당당히 황금 의자에 앉아, 느른히 아래를 내려다보며 읊조리기를.

"오늘부터 나 칼리스토 레굴루스가 잉카 제국의 황제가 되었음을 선포한다."

탕, 탕, 탕—.

그가 들고 있던 보주 끝으로 바닥을 세 번 찧었다.

"이상. 모두 해산하도록."

즉위식은 어이없게도 그것이 끝이었다.

세드릭이 말하기론 역대 즉위식은 뭔가 이것저것 더 복잡한 절차를 거쳤다고 한다. 그러나 제국민들의 앞에 직접 행차하는 대관식 과정을 더 중요시했기에 번거로운 것들은 모조리 생략했다고.

'아무래도, 부모와 형제를 죽이고 황위에 올랐다는 구설수는 피할 수 없겠지…….'

씁쓸한 일이지만, 일면만 보는 사람들은 알지 못했다. 칼리스토가 저 자리에 오르기까지 얼마나 많은 역경을 견뎌 왔는지.

선포를 마치고 잠시 수행원들과 이야기를 나누던 그는 곧장 몸을 일으켜 계단을 내려왔다. 나는 그가 대관식을 위해 바삐 밖으로 향할 것이라 생각했다.

"공녀."

그러나 그의 발걸음이 도달한 곳은 문이 아닌 바로 나였다.

"……전하."

고개를 채 들기도 전에 그가 덥석, 손을 뻗어 내 양 뺨을 붙들고 시선을 맞췄다. 그러더니 대뜸 말했다.

"아름답군."

"무슨……."

"상상했던 것보다 더."

"……."

"예뻐."

뜻밖의 찬사에 조금 낯뜨거워졌다. 주변 시선도 잊은 채 간질거리는 묘한 기분이 피어올랐다. 나는 망설이다 조심스럽게 말했다.

"……전하도 오늘 멋지세요."

"하…… 이대로 약혼식만 하면 완벽할 텐데 말이야."

그가 탄식처럼 중얼거렸다. '시간이 촉박해서 즉위식도 다 생략한 마당에 뭔 놈의 약혼식이냐'는 말은 하지 않았다. 왠지 이 분위기에는 하면 안 될 것 같은 직감에.

그러나 내가 지킨 그 분위기를 와장창 깨트리는 건 다름 아닌 칼리스토 놈이었다.

"……널 흘끔거리는 소공작 같은 새끼들의 눈깔을 일일이 뽑아버리고 싶어."

별안간 그가 내 쪽으로 고개를 숙이며 작게 속삭였다.

"그런 소름 끼치는 생각은 속으로만 하세요."

변함없는 상스러운 어투에 나는 오만상을 찌푸리며 답했다. 그리고 얼굴을 붙들고 있는 그의 손을 떼어내기 위해 겹쳐 잡았다. 하지만 요지부동이었다.

"제기랄, 얼굴 볼 틈이 없어."

그가 미간을 좁힌 채 빠르게 말했다.

"바로 나가 봐야 돼."

"전 괜찮으니까, 얼른 가 보세요."

나는 순순히 고개를 끄덕였다. 까칠한 그의 얼굴에 걱정은 좀 들었지만, 서운함 같은 건 없었다. 원래 관의 무게란 무거운 법이니까.

그런데 뭐가 또 못마땅한 걸까.

"사람이 왜 그렇게 매정해?"

그가 나를 휙 노려보며 뚱하니 내뱉었다. 나는 황당해서 되물었다.

"또 뭐가요?"

"우리 일주일 만에 보는 거야, 알아? 어떻게 그동안 한 번을 찾아온 적이 없어?"

"바쁘시다는데 어떡해요."

"그럼 서신이라도 한 통 보내야지. 사람이 어쩜 그렇게 모질어? 그러면서 뭐? 얼른 가 버려?"

'너도 안 보냈잖아!'

볼멘소리가 목 끝까지 차올랐다. 그러나 진심으로 서운함이 가득 들어찬 그의 얼굴을 보니 차마 내뱉기 어려웠다.

"……저도 보고는 싶었어요."

나는 별수 없이 웅얼거리듯 말했다.

"엎드려서 절 받기 참 힘들어."

"싫으면 말고요. 사실 하나도 안 보고 싶었네요."

"허. 이걸 앞으로 데리고 살아야 하니 깝깝하군."

"뭐요?"

다른 건 몰라도 그 말은 참을 수가 없었다. 울컥한 나는 멱살을 쥐듯 그의 옷자락을 와락 쥐고 외쳤다.

"전하가 절 왜 데리고 삽니까? 제가 전하를 봐줘서……!"

쪽―.

그때였다. 말캉한 것이 순식간에 입술을 훔치고 멀어졌다. 나는 무슨 일이 일어났는지 몰라 멍하니 눈을 깜빡였다.

"가기 전에 잘 다녀오라고 입 한 번 맞춰 주는 게 그렇게 어렵나?"

이를 드러내고 씩 웃고 있는 남자가 보였다. 나는 간신히 눈을 굴려 주변을 바라보았다.

다행히 구석진 곳에 있고, 워낙 빠르게 지나간 일이라 그의 뒤에 선 썩은 표정의 세드릭 말고는 본 사람이 있는 것 같진 않았다.

"……진짜 미치셨어요?"

"쯧, 즉위 첫날부터 황제가 돌아 버리면 쓰나."

"……여기 대전이에요, 전하. 아니, 폐하. 제발 체통 좀 지키세요."

"어차피 그대가 내 약혼녀인 거 모르는 사람도 있나? 이렇게라도 딴 놈들이 흑심 못 품게 공표를 해 둬야지."

"빨리 안 가요?!"

결국 참지 못하고 주먹으로 그의 어깨를 퍽퍽 내리치자, 그가 '윽!' 하고 과장되게 몸을 움츠렸다. 그러더니.

"……금방 갔다 오지."

따스한 미소를 지으며 인사했다. 항상 보던 그 얼굴인데, 왕관 하나 썼다고 왠지 좀 다르게 보였다. 기분이 이상했다.

"……조심하세요."

빨리 썩 꺼지라고 했으면서, 나도 모르게 멀어지는 망토 자락을 와락 붙들었다. 칼리스토가 의아한 얼굴로 나를 돌아보았다.

"황궁 밖에 공식적으로 나서는 건 처음이잖아요. 누가 공격하려 들 수도 있고……."

"사방에 근위병들이 진을 칠 텐데 누가 그래?"

"멀리서 계란 같은 걸 던질 수도 있잖아요. 아니면 돌이라든지……."

사실 그게 가장 걱정됐다. 그가 황위에 오르는 것을 반대하거나, 아니면 또 모를 음해 세력이 단 한 번뿐인 대관식을 망칠까 봐. 그래서 밤잠까지 설쳤다는 걸 알면 비웃을까.

"아주 나를 인간 말종으로 아는군."

내 말에 칼리스토는 헛웃음을 터뜨렸다. 그러더니, 쪽, 쪽, 쪽.

"하여튼 누구 약혼녀인지 예뻐 죽겠다니까, 응?"

와락 나를 끌어안고 이마고, 머리고 마구 입을 맞추는 게 아닌가.

"악! 미쳤어요? 작작해요, 머리 망가진다고요!"

한동안 놈의 뽀뽀 공격과 치열한 사투를 벌인 끝에 간신히 품에서 벗어날 때였다.

"걱정 마."

불현듯 칼리스토가 유쾌하게 웃었다.

"돌 맞을까 우려할 만큼 제국민들에 대한 내 평판이 그리 최악은 아니니까. 세상은 불우한 유년 시절을 거친 전쟁 영웅에게 관대하기 마련이지."

"그럼 다행이지만……."

"다녀올게."

그가 곱게 눈을 감고 내게 얼굴을 내밀었다. 나는 주변을 둘러보며 보는 눈이 없음을 확인하고 '쪽' 하고 재빨리 입을 맞췄다.

황태자는 눈이 부신 웃음과 함께 흙빛이 된 세드릭을 데리고 훌쩍 대전을 떠났다.

즉위식이라고 부르기도 뭐할 만큼 짧은 선포 탓인지, 어느덧 대부분의 귀족들이 자리를 뜬 상태였다. 나 또한 덩달아 태양궁을 빠져나가려고 일어서던 찰나.

'……!'

느껴지는 시선에 무심코 고개를 돌리다 새파란 한 쌍의 눈과 정면으로 마주쳤다. 구석진 자리라 아무도 보지 않았을 것이란 건 나만의 착각이었다.

텅 빈 공간 너머 레널드가 경악스러운 얼굴로 입을 떡 벌리고 있었다. 천만다행히도 옆에 공작과 데릭 놈은 없었다.

잠시간 나를 응시하던 놈이 이내 서서히 손을 들어 제 머리 옆을 가리켰다. 그리고 빙빙 돌렸다.

'돌았냐?'

그가 소리 없이 벙긋거리는 말을 바로 알아듣자마자, 방금 전 황태자와의 행태가 떠올라 얼굴이 벌겋게 달아올랐다.

하지만 그것도 잠시. 조용히 가운데 손가락을 들어 보인 나는, 놈이 주먹을 불끈 쥐며 다가오기 시작하자 허겁지겁 문으로 뛰어갔다.

태양궁의 입구를 막 빠져나올 무렵이었다. 문득 머리맡으로 반짝이는 것들이 떨어져졌다.

"……응?"

나는 멈칫 걸음을 멈추고 하늘을 바라보았다. 그리고 눈을 의심했다.

'금……?'

하늘에서 꽃잎 모양으로 얇게 저며진 금싸라기들이 하늘하늘 떨어지고 있었다.

좀 놀라긴 했지만, 낯선 광경은 아니었다. 공작이 가문의 마법사들을 총동원하여 성인식 내내 휘날리게 했던 장미 꽃잎이 떠올랐다.

그때처럼 허공을 향해 손을 뻗자, 포물선을 그리며 아슬아슬 떨어지던 금잎 하나가 손바닥에 나붓나붓 내려앉았다.

"마법인가……?"

유심히 그것을 바라보며 고개를 갸웃거릴 때였다.

"진짜 황금이 맞습니다."

내 의문점을 해결해 주듯, 불쑥 익숙한 목소리가 귓가를 파고들었다. 나는 흠칫 고개를 들었다. 그리고 눈이 커다래졌다.

"후작님!"

눈동자 색과 같은 군청색 정복을 차려입은 뷘터가 희미하게 웃으며 내게 다가오고 있었다.

'진실의 거울'에서 빠져나온 이후로 그와는 처음 만나는 것이었다. 그간 마법사라는 걸 숨긴 채 황궁을 드나들었다는 죄목으로 갇혔다는 소식은 전해 들었다.

황태자에게 여러 차례 풀어 주라 말했지만, 매번 '심문이 끝나면.'이라는 말만 돌아와서 답답하던 차였다.

"오랜만에 다시 뵙는군요, 영애."

마침내 내 앞에 멈춰 선 그가 짧게 묵례했다.

'안 그래도 계속 마법진에 갇혀 있었는데…….'

나오자마자 또 황궁에 갇혀 있어 그런지, 그의 낯빛은 여전히 썩 좋지 못했다. 창백한 안색에 나는 걱정을 담아 물었다.

"억류 풀리신 거예요?"

"네. 엊그제부터 자택으로 돌아가게 되었습니다."

'그럼 지금까지 계속 황궁 어딘가에 감금되어 있었단 말이잖아…….'

뷘터가 그간 마법사임을 숨긴 것은 사실 나와는 관계없는 일이었다. 하지만 그와 맞잡았던 손을 보고 눈이 뒤집혔던 황태자를 떠올리자 마음이 편치 못했다. 괜한 죄책감에, 나는 고개를 푹 숙이고 말했다.

"죄송해요. 마법진에서 간신히 풀려났는데 괜히 저 때문에……."

"그런 말씀 마십시오. 마법진에서 풀려난 것 또한 다 영애 덕분이지 않습니까."

내게 향해지는 온화한 미소에, 그제야 좀 안심이 되었다. 나는 가까스로 다시 그와 눈을 마주치며 물었다.

"별일…… 없으셨던 거 맞죠? 얼굴이 많이 상하셨어요."

"다행히 고문이 그렇게 심하진 않았습니다."

"네? 고, 고문이라고요?!"

나는 입을 떡 벌렸다. 안도하기 무섭게 초점이 풍랑처럼 흔들렸다. 그런 내 모습에 빈터가 설핏 웃었다.

"하하, 농담입니다."

나는 일순 멍해졌다. 칼리스토라면 충분히 행하고도 남을 놈이기에 전혀 농담처럼 안 들렸다.

"정말입니다. 대신, 광역 살포 마법을 구현하느라 방대한 마력을 착취당하긴 했지요."

여전히 심각한 얼굴로 그를 바라보고 있자, 그가 웃음기 어린 목소리로 덧붙였다. 나는 그 말에 그제야 그를 살펴보던 시선을 거두고 하늘에서 하염없이 흩날리는 금 꽃잎들을 바라보았다.

"그럼 이게…… 후작님이 하시는 거예요?"

그가 가볍게 고개를 끄덕이며 답했다.

"수십만 개의 금 꽃잎 하나하나에 마력을 담고 조종해야 하니, 아무래도 실행에 옮길 수 있는 사람이 드문 편이지요."

자기 자랑이었지만 전혀 재수 없이 들리지 않았다. 새삼 그가 엄청난 마법사라는 것이 실감 났다.

감탄 어린 눈으로 그를 바라보는 것도 잠시. 나는 그가 자신의 강점이자 약점을 칼리스토에게 완전히 공개했음을 깨닫고 조심스럽게 물었다.

"그런데…… 그렇게 해도 돼요?"

"가까운 사람들에게도 오랫동안 숨겨 왔으니, 좀 곤란해지긴 했지만……."

"……."

"폐하께서 앞으로 은둔한 마법사들과 마력을 보유한 모든 이들의 처우와 인식 개선을 약조하셨습니다."

"……맨입으로 그러진 않았을 거 아니에요."

좋은 소식이었지만, 뷘터를 싫어하는 칼리스토가 남 좋은 일을 먼저 나서서 해 줄 리 없었다.

여전히 의구심이 가득한 내 모습이 좀 웃긴지, 뷘터는 다시 한번 피식 웃음을 터뜨렸다. 그러더니 선선히 털어놓았다.

"……황궁에 충성을 맹세하게 되었습니다."

"충성 맹세요?"

"네. 어떻게 보면 황궁과 계약을 한 것이라고 할 수 있지요."

"그런……."

"하지만 겸업은 유지하게 해 준다고 하시더군요."

"……."

"절 미리 고용해 주신 영애 덕분입니다. 감사합니다."

그는 여전히 빙긋 웃고 있었지만, 나는 좀 안쓰러운 심정으로 그를 바라보았다.

'호구 잡혔구나…….'

하지만 괜찮냐고 묻지는 않았다. 그가 정말로 괜찮아 보였기 때문이다. 피곤이 내려앉은 얼굴이었지만, 그는 전과 달리 한결 편안해 보였다. 묘하게 초조하고 경직되어 보였던 지난날과는 느낌이 확연히 달랐다.

"……다행이에요, 후작님."

나는 진심으로 그렇게 되새겼다. 그리고 시선을 돌려 하늘에서 눈처럼 하염없이 떨어지는 금싸라기들을 다시 바라보았다. 저것들이 모두 진짜라는 걸 알고 나니 기분이 묘해졌다.

'맨날 하기 싫은 척, 금방이라도 때려치우고 싶은 척하더니…….'

알고 보니 그 누구보다 열심히 준비했지 않은가.

내겐 걱정 말라 호언장담했지만, 황궁 소유의 금까지 풀면서 금눈을 내리는 이유는 '패륜을 저지른 황제'라는 오명을 잠재우기 위함일 것이다. 더불어 전대보다 훨씬 더 강력하고 부유한 황권임을 내세우려 함일 터.

이렇게 휘황찬란한 대관식을 치르는 걸 보니, 칼리스토가 얼마나 황위에 진심인지 알 수 있었다.

'하긴……. 무결한 황제 어쩌고 노래를 부르던 시절도 있었는데…….'

하늘을 바라보며 멍하니 생각에 잠겨 있던 차.

"지금쯤 폐하께서 행차를 시작하셨을 겁니다."

내 옆에 나란히 선 채 나와 같이 허공을 응시하던 뷘터가 문득 입을 열었다.

"영애께선 대관식을 구경해 본 적 있으십니까?"

"아니요. 한 번도……."

"저는 아주 어렸을 적 봤던 기억이 납니다. 그때는 진짜 금싸라기들이 아니라 실체화 마법으로 구현한 금잔화 꽃이었죠."

방금 전의 나처럼 손을 뻗어 금 꽃잎 하나를 움켜잡은 그는 그것을 내게 건넸다. 그리고 망설이듯 입술을 달싹이다 물었다.

"같이…… 밖을 구경하러 가시겠습니까?"

"……구경이요?"

"네."

"위험하니까 웬만하면 나오지 말라고 하던데……."

"귀족들도 평민들 사이에 섞여 대관식을 구경하곤 합니다. 특별한 날이 아니면, 황제 폐하의 존안을 볼 수 있는 기회가 거의 없으니까요."

조금 전에 본 얼굴임에도, 빈터의 말이 좀 혹했다. 그럴까 하고 대답하려던 찰나, 문득 화려한 드레스 차림이 눈에 들어왔다.

"이 꼴로는 좀 힘들겠네요."

나는 애써 실망하지 않은 척 웃으며 말했다. '관종'도 아니고, 어깨와 쇄골이 노출된 치렁치렁한 드레스 차림으로 빽빽한 인파 사이에 껴 있을 자신이 없었다. 그때였다.

"그럼 이렇게 하면 어떻습니까?"

딱—! 별안간 빈터가 엄지와 검지를 튕겼다. 그와 동시에 '펄럭' 하고 천 자락이 몸을 휙 감쌌다.

정신을 차리자, 드레스 위에 어디서 나타났는지 모를 검은색 로브가 덧씌워진 것이 보였다.

'대박.'

나는 깜짝 놀라 내 몸을 이리저리 훑다가 빈터를 바라보았다. 예전 같았으면, 이렇게 막 나가도 되는 거냐고 되물었을 텐데.

태양궁 앞에서 당당히도 마법을 부리는 그의 모습에, 정말로 그가 모든 걸 내려놓았다는 것이 실감이 났다.

"이 정도면 구경하기 적당한 차림새지 않습니까?"

"……고마워요."

나는 머리 위로 후드를 쓰며 감사 인사를 전했다.

"그럼, 늦지 않게 가시죠."

순간 이동을 하려는 모양인지, 그가 내게 손을 내밀었다. 나는 그 손을 맞잡았다. 곧바로 눈앞이 하얗게 점멸했다.

다시 눈을 떴을 때, 우리는 엄청난 인파가 몰려 있는 황궁 앞 광장으로 이동해 있었다.

다행히 사람들이 빼곡하게 서 있는 곳이 아닌, 근위병들이 서 있는 뒤쪽의 한산한 대로변이었다.

"와아아아아—!"

귀청이 떨어져라 들려오는 엄청난 환호성에 나는 주위를 둘러보았다.

"황제 폐하, 만세! 만세! 만세!"

"여기 좀 봐주세요, 폐하!"

"세상에, 황제 폐하의 존안을 보게 되다니!"

곳곳에서 들려오는 외침에 나는 조금 멍해졌다. 걱정했던 것이 무색하게도, 제국민들은 하나같이 국기를 흔들며 새 황제가 올라탄 마차를 보고 환호했다.

"마침맞게 도착했나 보군요."

그때, 빈터가 손가락으로 어딘가를 가리키며 속삭였다. 그것을 따라 고개를 돌린 나는 곧바로 황룡이 새겨진 화려한 마차를 발견할 수 있었다.

"어……."

의전용 마차는 천장이 트여 있고 다른 마차보다 높이가 훨씬 높았다. 그래서 멀찍이서도 내리쬐는 햇살에 번쩍이는 황금빛 머리칼을 선명히 볼 수 있었다.

모든 이들 위에 군림한 채, 화려한 금가루를 맞으며 칼리스토는 백성들에게 손을 흔들었다. 조금도 웃지 않는 얼굴로 그러는 게 내 눈에는 좀 웃겼다.

그러나 그의 눈길이 닿을 때마다 광장이 떠나가라 환호성이 터져 나오는 것을 보니, 사람들의 눈엔 썩 근엄한 황제처럼 보이는 듯했다.

그를 태운 마차가 점점 이쪽으로 가까워졌다.

'여기 온 거 까맣게 모르겠지.'

높은 곳에 있는 탓에 내 쪽에선 그가 꽤 잘 보였지만, 그쪽에선 나를 발견할 리 만무했다. 마차가 지나는 대로와 거리가 꽤 있었기에.

전국 각지에서 수많은 인파가 몰려 위험하니 나오지 말라던 칼리스토의 당부가 생각났다. 물론 번잡한 건 딱 질색이니, 나도 그럴 생각이었다. 뷘터가 제안하기 전까진.

"와아아아아—! 황제 폐하!"

사방에서 환호성이 터져 나왔다. 나는 멍하니 고개를 들고 마차 위를 응시했다.

황금색 머리칼 때문인지 쏟아지는 햇볕 때문인지, 흩날리는 금가루를 맞으며 천천히 내 앞을 지나가는 칼리스토는 꼭 후광판을 뒤에 달기라도 한 것처럼 빛이 났다.

언뜻 새빨간 적안과 스치듯 눈이 마주쳤다. 죄지은 것도 아닌데,

왠지 모르게 가슴이 철렁 내려앉았다.

그러나 그것도 잠시, 무심히 슥 돌아가는 고개에 나는 안도했다.

'하긴, 알아볼 리 없지.'

후드를 깊이 뒤집어쓴 탓도 있지만, 주변에 이미 나 같은 로브 차림만 수십 명이었다. 알아보는 게 더 소름 끼치는 일이라고 생각하면서도…….

문득 기분이 좀 이상해졌다.

마침내 황제가 된 칼리스토의 모습을 보니, 게임에서 이지 모드를 깼을 때 에필로그로 떴던 일러스트가 떠올랐다. 꼭 지금처럼 화려하게 성장한 채, 환히 웃고 있던 그. 그리고 그런 그의 옆에 서 있던 이본.

'……어쩌면 그래서 그렇게 황태자 루트만 반복했던 건가.'

불현듯 깨달음이 찾아왔다. 하드 모드를 플레이할 적, 또 죽을 걸 알면서도 왜 그렇게 황태자 에피소드에 열심히 도전했었는지.

나는 어쩌면, 그때부터 이 모습을 보고 싶었던 걸지도 모른다.

안전한 세상 속에서, 네가 무결한 황제가 되어 환하게 웃었으면 좋겠다고. 세뇌 때문에, 부황과 황비에 대한 증오심으로 아득바득 그 자리에 올라 복수하는 게 아니라.

레일라가 두려워 수십, 수백 번 도망치고 싶었던 상황에서도, 미련하게 그런 생각을 했던 것 같았다.

— ……황제가 될 자는 무결해야 하니까.

가슴이 울렁거렸다. 시시껄렁하게 황좌를 넘기겠다 지껄이곤 했지만 이전에 했던 그 말이 얼마나 간절했는지, 그것을 이뤘을 때의 그가 얼마나 찬란하게 빛나는지, 이제는 알 것 같아서.

"……영애, 이제 그만 돌아가는 게……."

마차가 완전히 우리 앞을 지나쳤을 무렵, 빈터가 내게 권유했다. 그 순간이었다.

"히이이이잉—!"

불현듯 말 울음소리와 함께, 멀어지던 마차가 급정거했다.

"뭐야? 뭐지?"

사람들이 술렁거렸다. 그때였다.

"세상에, 폐하께서 마차에서 뛰어내리셨어!"

누군가의 외침과 함께, 마치 모세의 기적처럼 빽빽한 인파가 갈라지기 시작했다. 근위병들이 인파를 통제하며 길을 트는 것이었다.

그리고 그 사이로, 마차에서 뛰어내렸다던 황제가 반쯤 달리듯 걸어왔다. 바로 내가 서 있는 쪽으로.

"페넬로페 에카르트."

"……전하."

단숨에 내 앞에 도달한 그가 낮은 음성으로 나를 불렀다.

'……대체 어떻게 알아본 거지?'

전에 아르키나 제도로 향하던 배 위에서도 그렇고, 로브를 썼음에도 귀신같이 나를 알아보는 놈의 눈썰미에 기절할 것 같은 심정이었다.

눈을 휘둥그레 뜬 채 바보처럼 입을 뻐끔거리던 나는, 부정할 새도 없이 물었다.

"……이, 이래도 돼요?"

아무리 황제라도, 대관식 도중에 이렇게 멋대로 이탈해도 되냐는 물음이었다. 그가 무뚝뚝하게 대꾸했다.

"안 되지."

"그럼 그냥 모른 척하지, 왜…… 빨리 안 돌아가고 뭐 해요!"

그토록 열심히 준비했던 대관식인데, 결국 나 때문에 망치는 게 아닌가 하는 생각에 가슴이 덜컥 내려앉았다.

나는 휙휙 주변을 둘러보며 황급히 외쳤다. 그러나 그는 돌아가기는커녕, 오히려 덥석 내 양 뺨을 붙들더니.

"왜 그런 표정을 지어."

"무슨……."

"기껏 말 안 듣고 몰래 나왔으면 미래의 남편이 얼마나 잘났는지 구경이나 잘할 것이지."

"……."

"왜 그렇게 울 것 같은 표정으로 바라보냐고, 모른 척할 수도 없게."

문득 그가 얼굴을 일그러뜨렸다. 내가 사라지지는 않을까 하는 불안증이 극에 달했을 때 나오는 표정이었다.

"울지 마. 왜 그러는 건데."

"……."

"마음에 안 들어? 다 때려치울까, 응?"

칼리스토가 눈 밑을 매만지며 다급하게 물었다. 그제야 나는 깨달았다. 내가 울고 있다는 것을.

"아니요, 그냥……."

나는 당장이라도 대관식을 엎을 것처럼 구는 그를 향해 천천히 고개를 저었다. 그리고 치오르는 감정을 삼키며 힘겹게 입을 열었다.

“이제야 모든 게 끝난 거 같아서요.”

“…….”

“전하가…… 바라시던 대로 무결한 황제가 됐고, 그 곁에 이본이 없는 게…….”

“…….”

“제가 죽지 않고 살아 있는 게, 이제 정말 실감이 나서요.”

정말로 게임이 끝났다.

처음 이곳에 들어왔을 때부터, 살아남기 위해 악착같이 버티던 그 모든 순간들이 파노라마처럼 눈앞을 스치고 지나갔다.

최대한 내리누르고, 눌러 삼켰는데도 불구하고, 울렁이는 감정들이 둑 터지듯 터져 나왔다. 결국 나는 어린애처럼 눈물을 뚝뚝 흘리며 울음을 터뜨렸다.

“울지 마.”

칼리스토는 내 얼굴을 손으로 쓸어내리며 어쩔 줄을 몰라 했다. 주변이 숨 막힐 듯 고요했다. 내 긴긴 울음은 천천히 잦아들어 갔다. 마침내 눈물이 멎을 무렵.

흐릿한 얼굴로 나를 응시하던 칼리스토가 천천히 내 머리 위에 뒤집어쓴 후드를 거두었다. 그리고 제 머리 위에 쓴 왕관을 벗어 내 머리 위에 씌웠다.

“저, 전하.”

나는 당황해서 흔들리는 눈으로 그를 바라보았다. 그 순간, 그가 훅 몸을 낮춰 한쪽 무릎을 꿇고 주저앉았다.

“페넬로페 에카르트.”

“…….”

“내가 제국의 황제라면, 내 하나뿐인 황제는 너다.”

불안한 눈빛으로 주변을 훑던 나는 그 말에 얼어붙었다.

“하고 싶은 건 다 해도 돼. 얼마든지 내 머리채를 쥐고 흔들면서 나라를 쥐락펴락해도 좋다.”

“…….”

“여기 남은 것을 후회하지 않도록 최선을 다하마. 그러니…….”

“…….”

“나를 선택해 줘.”

그는 더 이상 내게 곁에 남으라 말하지 않았다. 대신 내게 손을 내밀며 선택권을 주었다.

그 순간엔 수많은 인파의 시선도 소란스러움도, 아무것도 보이지도 들리지도 않았다.

나는 천천히 그의 손을 붙들었다. 그에게 이끌려 마차에 올라타는 순간, 어디선가 환호성이 터져 나왔다.

나는 그 순간, 확신했다.

내 선택은 결코 틀리지 않았다고.

외전 2

외전 2

위잉, 위잉, 위잉—!

새벽녘, 사이렌 소리가 고요한 마을 안에 요란하게 울려 퍼졌다. 밤을 새우다시피 한 후 피곤에 절어 깊은 잠이 들었던 나는 번뜩 눈을 떴다.

'……또야?'

난 한숨을 쉬며 비척비척 침대에서 일어났다. 짜증을 내면서도 서랍을 열고 공격 및 방어용 스크롤 몇 개를 챙기는 손이 분주했다.

잠옷 위에 겉옷을 걸치고 허겁지겁 문밖을 나서는 순간이었다.

"키에에에엑—!"

멀리서 커다랗게 괴수의 울음소리가 울려 퍼졌다. 부우우웅—. 문득 머리 위로 검은 그림자가 빠르게 스쳐 지나갔다. 고개를 들자 자동차 크기만 한 말벌이 마을 위를 빠르게 맴돌고 있는 것이 보였다.

"……미친."

창이라고 해도 손색없을 만큼 크고 날카로운 벌침의 모습에 소름이 쫙 끼쳤다. 허겁지겁 들고 온 스크롤의 시동어를 외치려던 찰나.

"프리즈숀!"

누군가 다급히 주문을 외쳤다. 하늘을 날던 거대한 말벌 마물이 얼어붙은 채 땅에 추락했다. 그리고 수십 조각으로 산산조각이 났다. 다행히 추락한 곳은 건물 없는 공터라 피해는 없었다.

"교수님!"

마물을 격추한 주인공이 나를 부르며 헐레벌떡 달려왔다.

"진."

나는 익숙하게 그를 반겼다. 칼리스토가 호위로 붙여 준 마법사인 그는, 일전에 뷘터를 찾으러 같이 갔었던 자로, 구면이었다.

젊은 나이지만 진은 꽤 뛰어난 마법사였다. 칼리스토가 왜 내 호위로 붙였는지 알 수 있을 만큼.

"하급 마물이니 걱정 마십시오. 수가 많아 몇 마리가 결계를 뚫고 들어온 모양입니다."

"그래요?"

창백한 얼굴로 진이 담담하게 읊조렸다. 그가 마을 전체에 걸쳐 쳐 놓은 방어 결계는 견고한 편이었다.

하지만 워낙 범위가 넓은 탓에 이번처럼 진이 여러 가지를 신경 써야 할 때면 어쩔 수 없이 조금의 틈이 생겼다.

'하긴, 벌은 떼로 뭉쳐 다니니까…….'

아직 하늘 위를 날아다니고 있는 대여섯 마리의 말벌들을 보며, 이 정도면 약과라는 생각이 들었다. 일전에 주먹만 한 메뚜기 떼가 몰려왔을 때는, 정말이지 연구고 뭐고 다 때려치우고 도망가고 싶었다.

“결계를 보강하는 동안 이미 치안대가 대부분 잡았더라고요. 별일 아니니 그만 들어가서 더 주무십시오. 어제 늦게 잠자리에 드셨잖아요…….”

일이 꽤 고되었는지, 진이 얼굴에 맺힌 식은땀을 소매로 닦으며 내게 권유했다.

처음 이 마을로 왔을 땐 날마다 경악을 금치 못하던 그도, 이제 어느 정도 이 지긋지긋한 상황에 적응이 된 모양이다. 그런 그를 보니 좀 미안한 마음이 들었다.

‘호위하러 와서 몇 년째 결계 치고 마물들이나 때려잡고 있을 줄 어떻게 알았겠어…….’

나는 안쓰러운 눈으로 그를 응시하다 들고 있던 최상급 스크롤들을 흔들어 보였다.

“이미 잠 다 깼어요. 도울 일 있으면 돕죠, 뭐.”

“안 됩니다! 폐하께서 아시면 저 큰일……!”

“파이어 피쇼!”

그의 말을 가뿐히 무시한 채 나는 스크롤 하나를 찢었다. 화르륵! 때마침 머리 위를 날아가던 거대 말벌이 단숨에 불길에 휩싸였다.

“키이이이익—!”

“얼른 공터 쪽으로 이동이나 시켜요.”

끔찍한 냄새를 풍기며 빠르게 추락하는 마물을 눈짓하자, 진이 깊은 한숨을 쉬며 마지못해 물건 이동 마법 주문을 외웠다.

하급 마물이라더니, 얼마 지나지 않아 상황은 금방 진압됐다. 총 여섯 마리의 거대 말벌들의 사체가 공터를 꽉 채웠다.

마력측정기를 들고 그중 비교적 멀쩡한 사체를 살펴보고 있을 때였다.

“교수님! 잠시 이쪽으로 와 보셔야겠습니다.”

마을의 치안대 중 한 명이 다급하게 나를 불렀다. 나는 그를 따라 서둘러 이동했다.

“이건…….”

그리고 펼쳐진 광경에 경악했다. 마을 뒤편, 결계가 시작되는 숲 쪽 경계 앞에 수십 마리의 마물 사체가 산처럼 쌓여 있었기 때문이다.

“맙소사. 이게…….”

뒤따라온 진이 이마를 부여잡으며 탄식했다.

“어떻게 된 일인지 목격한 사람 있나요?”

나는 고개를 돌려 치안대를 향해 물었다. 그러나 그들 또한 영문을 모르겠다는 표정을 지으며 고개를 저었다.

“처음부터 이랬습니다. 저희도 더 남은 마물이 있나 확인하던 중에 발견한 겁니다.”

“영역 다툼이라도 있었던 걸까요?”

가만히 치안대의 말을 듣던 진이 그럴듯한 가설을 내놓았다.

하지만 그건 아니었다. 쌓여 있는 사체는 대부분 목이 잘려 있었고, 절단면이 무척이나 깔끔했다. 간혹 배가 썰려 있는 것도 있었지만, 그조차 자로 잰 듯 단면이 깨끗했다.

“아, 머리만 잘려 있네…….”

진은 한발 늦게 사체의 특징을 알아차리고 흘끔 내 눈치를 보았다.

“황궁에 지원 요청을 할까요……?”

“…….”

나는 대답 대신 마물들의 사체 너머, 산으로 이어진 숲을 경직된 얼굴로 응시했다. 그때였다.

"한두 번 겪어 봐요, 진? 지원 요청을 하면 폐하께서 마법사들을 보내시겠어요?"

활기찬 목소리가 심각한 분위기를 갈랐다.

"군대를 보내서 몰트반을 지도에서 지우시지나 않으면 다행이죠."

"마리엔느!"

"좋은 아침이에요, 공녀님!"

이제 출근하는 길인지 마리엔느가 부푼 배를 붙들고 이쪽으로 다가오고 있었다.

4년 전, 황제의 인가 아래 탐사단을 꾸려 떠난 지 막 반년이 지났을 무렵이었다. 난데없이 세드릭과 열애 중이라며 폭탄 발언을 한 그녀는 얼마 지나지 않아 혼전 임신으로 속전속결 결혼을 해 버렸다.

나와 칼리스토가 느끼기로는 둘은 그전까지 그런 기류가 전혀 없었다. 대체 언제 눈이 맞은 건지 알 수 없어 입을 떡 벌린 채 경악하는 나에게, 마리엔느가 까르르 웃으며 답했다.

— 호호호! 제가 보좌관님을 언제 만났겠어요? 공녀님과 함께 있을 때죠!

그들의 영광스러운 첫 아이는 바로 칼리스토의 대관식 이후 우리의 약혼을 기념하는 피로연에서 생겼다.

칼리스토는 모시는 상전을 속인 것은 물론, 감히 황제보다 먼저 결혼을 하냐며 한동안 삐져서 세드릭에게 말도 걸지 않았다.

지금은 배 속에 있는 애까지 도합 셋이나 되는 애 때문에 그녀는 수도에서 코딱지만 한 마을인 이곳, 몰트반까지 매일 출퇴근 중이다.

"몸도 무거울 텐데, 뭐 하러 왔어요? 해산할 때까지 그냥 쉬라니까요."

"이제 굴착 막바진데 어떻게 그래요. 저도 땅 아래 뭐가 있을지 고대하고 있는 건 마찬가지라고요, 공녀님."

"그건 그렇지만……."

만삭의 몸까지 끌고 와 눈을 반짝이는 마리엔느를 보니, 차마 더 막을 수 없었다.

5년 전. 레일라들과의 치열했던 전투 이후, 마치 원래부터 없었던 것처럼 사라진 고대 마법사들의 흔적.

그들의 흔적을 찾으려는 목적을 가지고 탐사를 시작한 우리는 얼마 안 가 기이한 현상을 발견했다. 실험을 통해 마물들을 만들어 내던 레일라 신국 일당들이 더는 존재하지 않음에도 불구하고, 제국 곳곳에서 여전히 마물이 출몰하는 것이다.

탐사를 진행할수록 마물과 마주치는 횟수가 급격히 늘어났다. 우리는 금방 그 이유를 알아차릴 수 있었다. 고대 유적이 있는 곳에, 마물 또한 존재했다.

그리고 그 마물들은 레일라 신국 놈들이 억지로 만들어 내던 기괴한 모습이 아닌, 대부분 동·식물이나 곤충과 같은 형태를 띠고 있었다.

유적에 남은 마력이 주변 환경에 영향을 미친다는 것을 알아낸 뒤부터는 탐사의 방향이 바뀌었다. 고대 유적을 좇는 게 아닌, 마물이 나타나는 지역을 탐사하는 것으로.

그를 좇으며 논문도 쓰고, 몇 번의 시험을 거치다 보니 어느새 아카데미 명예 교수까지 되어 있었다.

“그나저나…… 오늘도 공녀님의 수호천사는 열심히 할 일 하고 갔네요.”

내 옆으로 다가와 나란히 선 채 내가 바라보는 숲 저편을 응시하던 마리엔느는 문득 짓궂게 미소 지으며 말했다.

나는 그녀의 말에 눈살을 찌푸리다가, 답변 대신 다른 말을 입에 담았다.

“……이번 탐사만 마무리 지으면, 저 그만두려고요, 마리엔느.”

뜬금없는 선언에 마리엔느의 눈이 그야말로 휘둥그레졌다.

“헉, 정말요?”

“네.”

“세상에나! 공녀님의 입에서 그만둔다는 말이 나오다니, 정말 믿기지 않네요. 매번 황제 폐하를 매정하게 내팽개치고 달려오던 공녀님은 어디 가신 거죠?”

나는 마리엔느의 호들갑에 짧게 웃음을 터뜨렸다.

사실 이제 더는 별 여한이 없었다. 칼리스토의 전폭적인 지지 아래 꿈도 이뤘고, 수년간 이뤄졌던 탐사도 이제 막바지였다.

그저 한두 마리의 마물이 난리를 치던 다른 지역들과는 달리, 몰트반은 그야말로 쉴 새 없이 마물 떼가 출몰했다.

젊은 사람들은 일찌감치 산 아랫마을로 다 떠나고 거동이 불편한 노인들만 운 좋게 살아남아 생을 이어 가는 곳.

아랫마을 사람들을 설득하여 치안대를 꾸리고, 당장 돌아오라며 역정을 내는 칼리스토를 간신히 달래면서까지 남은 이유는 확신이 들었기 때문이다. 이곳이, 5년간 내가 좇던 모든 것의 종착지라는 것을.

하지만 몰트반이 위치한 산은 거대해서 근원지를 찾기도 힘들었고, 시도 때도 없이 마물이 마을을 덮쳐 매일이 정신없는 나날의 연속이었다.

아무리 좋아서 시작한 일이지만, 솔직히 이제 더 못 해 먹겠단 생각이 들었다.

"수도를 너무 오래 떠나 있기도 했고…… 최근 몸이 좀 안 좋아진 것 같아요."

매번 가지 말라 징징대는 칼리스토를 떼어 놓고 올 때마다 마음이 불편하기도 하고.

"하긴, 몇 년을 쉬지도 않고 질주해 왔으니까요……."

내 말에 마리엔느가 이해한다는 듯 고개를 끄덕였다.

"완전히 그만두시는 건 아니죠?"

"글쎄요. 아직 구체적으론 생각 안 해 봐서……."

"안 돼요, 공녀님. 우리 부서, 이제야 주요 국무처 중 하나로 자리 잡았는걸요? 제발 절 버리고 가지 마세요."

"제가 아쉬운 게 아니라, 퇴근 빨리할 수 있게 대신 일해 줄 사람이 아쉬운 게 아니고요?"

"조금 티 났나요? 헤헷."

애가 셋이나 있는데도, 마리엔느는 여전히 소녀처럼 말갛게 웃었다. 그 모습이 너무나도 행복해 보여, 왜인지 모르게 조금 부럽다는 생각이 들 때였다.

"참. 공녀님, 혹시 폐하께 연락 안 드린 지 이틀 지나셨어요?"

문득 마리엔느가 사색이 돼서 물었다.

"음…… 그랬나?"

요즘 통 정신이 없어서 칼리스토에게 연락을 했는지, 안 했는지 잘 기억이 안 났다.

일주일에 한 번은 꼭 황궁으로 돌아가야 했고 연락은 하루를 넘기지 말라고 엄포를 놓던 그였지만, 5년 차가 되니 나도 '어디 바깥일 하는 사람이 그리 쉽게 짬을 낼 수 있느냐.'며 적반하장으로 화를 낼 배짱이 생겼다. 그 바람에 죽어 나가는 것은 주변 사람들이었다.

"그런 것 같기도 하고요……."

"세상에, 세상에! 얼른 드리세요! 어쩐지, 요즘 세드릭이 매일같이 죽상이더라니……."

"아직 안 드리신 겁니까, 교수님?!"

그때였다. 불쑥 진이 우리 사이에 끼어들며 절규했다.

"폐하께서 또 찾아오시는 날에는! 제게, 꼬리가 생길지도 모른다고! 누차 말씀드렸지 않습니까! 정말 너무 하시네요!"

그가 거의 울부짖다시피 소리쳤다. 처음 만났을 때부터 그는 쭉 꼬리 타령을 했지만, 나는 아직까지 그 말의 정확한 진상을 알지 못했다. 솔직히 별로 알고 싶지도 않았지만…….

"아휴, 알았어요. 지금 들어가서 하면 되잖아요."

"조회 전에 얼른 하세요, 네?"

"지금 당장 하셔야 합니다!"

이구동성으로 외치는 두 사람의 닦달에 나는 귀를 틀어막으며 재빨리 숙소로 돌아왔다. 그리고 느긋하게 아침 식사를 모두 준비한 후에야 화상 연락용 수정구를 매만졌다.

대기라도 하고 있었는지, 연락 신호를 보내자마자 곧장 수정구에서 빛이 쏟아져 나오더니.

「아주 그냥 1년 뒤에 하지, 왜?」

불만이 잔뜩 끼어 있는 칼리스토의 얼굴이 허공에 훽 떠올랐다.

"그럴까요?"

빵을 조금 뜯어서 먹으며 태연하게 되묻자, 그가 눈을 부라렸다.

「어디 한번 해 봐. 수도를 몰트반으로 옮기고 싶으면 말이야.」

"농담이에요! 하루 늦은 거잖아요. 좀 봐주세요, 폐하."

「그렇지. 저번처럼 3일이었으면, 우린 지금 실제로 얼굴을 대면하고 있었을 테니까. 오랜만에 몰트반에 사는 백성들과 친히 인사를 나눌 수 있는 좋은 기회였겠군.」

연락이 좀 늦어졌단 이유로 이미 한차례 몰트반에 직접 행차한 전적이 있는 그였다.

나는 당장이라도 그렇게 행할 것 같은 놈의 모습에 치를 떨며 허겁지겁 말을 돌렸다.

"아침은 먹었어요?"

「못 먹었어. 누구 연락 기다리느라 밥이 코로 들어가는지 입으로 들어가는지 알 수가 있어야지.」

"같이 먹어요. 폐하랑 같이 먹고 싶어서 일부러 아침에 전화한 거예요."

「하여간 약았다니까……. 여봐라.」

여전히 나를 무섭게 노려보던 그는, 짧은 한숨을 내쉬며 시종에게 음식을 내오라고 명령했다. 아침은 잘 먹지도 않으면서, 혼자 먹고 있는 내게 맞춰 주는 그의 모습에 가슴이 몽글몽글해졌다.

「오늘도 마물이 습격했다면서.」

"진이 그새 보고했어요? 하여간 빠르기는……."

마리엔느와 이야기를 나누는 틈에 잽싸게 꼰지른 모양이다. 나는 못마땅했지만, 더 말을 보태진 않았다. 그가 매번 마물들이 등장할 때마다 반복되는 기이한 현상에 입 다물어 주는 것만으로도 다행이었기에.

「페넬로페 에카르트, 자꾸 그렇게 굴면 후회할 거야. 내가 내 약혼녀 일을 가장 늦게 남들에게 보고받고서 알아야 하나?」

칼리스토가 신경질적으로 타박했다.

'저 잔소리쟁이, 또 시작이야!'

귀를 틀어막고 싶은 것을 간신히 참은 나는, 숟가락으로 김이 모락모락 피어오르는 수프를 떠먹으며 볼멘소리로 답했다.

"정말 별일 아니었어요. 보고할 틈도 없이 끝났는데 어떻게…… 우욱!"

그때였다. 갑자기 어디선가 역겨운 냄새가 코 속으로 훅 들이치더니 막을 새도 없이 구역질이 치솟았다.

「뭐야?」

수저를 놓고 입을 틀어막자 칼리스토가 벌떡 자리에서 일어났다. 그가 한눈에 봐도 딱딱하게 굳은 얼굴로 속사포처럼 쏟아 냈다.

「왜 그래. 어디 아픈가? 다쳤어?」

"으윽…… 아, 아니요."

격렬하게 속을 뒤집어 놓던 구역질은 의외로 바로 가라앉았다. 입을 가렸던 손을 내린 나는 좀 혼미한 정신으로 답했다.

"다친 곳 없어요. 갑자기 수프 냄새가 역해서……."

「먹지 마. 당장 갖다 버려.」

"얼마 전까지만 해도 잘 먹었던 건데……."

「왜 상한 걸 먹고 그래? 거긴 황제의 칙서까지 가져간 공무원들한테 밥해 줄 일손도 없나? 쯧.」

칼리스토가 다시 의자에 앉으며 혀를 차고는 속상하다는 듯 눈살을 찌푸렸다. 나는 좀 억울했다.

"아니에요. 아랫마을 사는 보비가 어제저녁에 와서 끓여 준걸요?"

마물을 막아 주는 대가로 마을 사람들은 잠자리와 음식을 아낌없이 제공했다. 감자와 버섯을 넣고 뭉근하게 끓인 수프는 내가 좋아하는 것이라 보비가 따로 만들어 준 것이었다.

나름의 항변에도 칼리스토는 여전히 삐딱한 표정으로 팔짱을 꼈다.

「먹는 것들도 영 시원찮아. 이번 주 중으로 황궁 요리사 몇 명을 보내도록 하지.」

"됐어요. 조금 있으면 발굴 작업도 끝나는데, 쓸데없는 인원 더 늘려서 뭐 해요?"

처음 황궁을 떠날 때가 생각났다. 요리사는 물론 시녀들까지 딸려 보내려 드는 그 때문에 경악했던 것을.

나는 황급히 고개를 저으며 그를 살살 달랬다.

"바로 버릴 테니까 표정 풀어요. 이틀 만에 연락하는 건데 자꾸 이러기예요?"

「마음에 안 들어.」

"폐하는 항상 몰트반의 모든 게 마음에 안 드시잖아요."

「허! 알면서 그러나? 언제까지 그 산기슭에 처박혀 있을 건데?」

그가 헛웃음을 터뜨리며 신경질을 부렸다. 내가 온갖 지역을 돌아다니는 것을 원래도 그다지 좋아하지 않던 그였지만, 하급 마물이 쏟아져 나온다는 소식을 들은 후부터 유난이 더 심해졌다.

매일같이 전전긍긍하며 보고를 받는 그의 심정이 어느 정도는 이해가 가서, 나는 얌전히 대답했다.

"며칠 후면 보잖아요. 이번엔 꼭 늦지 않고 갈게요."

「그거 말고.」

"그럼요?"

「교수직도 땄고, 관련 부처와 사업도 제법 늘렸고…… 이제 충분하지 않나?」

그가 잠시 입을 다물었다가 꽤 가라앉은 목소리로 물었다.

「……아직 부족해?」

나는 그의 말에 눈을 동그랗게 떴다. 지난 5년간, 그는 내게 단 한 번도 그만두란 식의 말을 한 적이 없었다. 물론 일주일에 한 번 만나고 헤어질 때마다 온몸으로 싫어하는 티를 팍팍 냈지만…….

그런 것치곤, 온갖 지원을 다 해 주길래 아직까진 괜찮은 줄 알았다. 그게 고마워서 더 열심히 성과를 내기 위한 원동력이 될 때도 많았다.

그런데 오늘 보니 왜인지…… 무뚝뚝한 표정이었지만, 칼리스토가 지독히도 힘들어 보인다는 생각이 들었다.

"제가 아직…… 부족하다면요?"

나는 물끄러미 그를 바라보다 불쑥 되물었다. 이런 말을 하면 그가 '그놈의 성은 언제 차는 거냐'며, 벌컥 성을 낼 줄 알았다.

「그럼 뭐 별수 있나.」

하지만 그는 진지했던 좀 전과는 달리, 마치 농담이었던 것처럼 금방 픽 웃음을 터뜨렸다.

「내가 더 열심히 황권을 강화해서 그대를 뒷바라지해야지. 겸사

겸사 헛소리하고 다니는 놈들도 싸그리 숙청하고.」

"무슨 헛소리요?"

「별거 아니야. 그보다, 오늘은 뭘 할 예정이지?」

칼리스토가 어깨를 으쓱이며 자연스럽게 화두를 돌렸다.

나는 얼마 전에 마리엔느를 통해 들은 소식을 떠올리며 그가 말한 '헛소리'를 어렵지 않게 추측할 수 있었다. 귀족들 사이에서 새로운 황후 후보를 들이라는 읍소가 날로 거세지고 있다는 소리였다.

'하긴. 황제가 5년이나 수절 중인데 그럴 만도…….'

지나가듯 내뱉은 말이었지만, 그가 받는 압박이 꽤 강해졌다는 것을 충분히 알 수 있었다. 나는 좀 침잠해지는 기분으로 물었다.

"……저 이제 그만 수도로 돌아가는 게 좋을까요?"

「쯧, 쓸데없는 생각 말고 하던 일이나 잘해.」

사실 그만 돌아오라면, 안 그래도 고민 중이었다고 털어놓을 참이었다. 하지만 내 물음에 그는 헛소리 말라는 듯 가볍게 일축했다.

「스크롤 항시 몸에 지니고, 호위로 붙인 마법사 꼭 달고 다녀. 털끝 하나라도 다쳤다는 소리 들려오면 강제 소환할 거야.」

"그건 좀……."

「그러니까 조심하라고.」

걱정하는 그의 말투와 눈빛에 가슴이 따뜻해졌다.

"……알겠어요."

나는 고분고분 답했다. 그러자 그 대답이 마음에 드는지, 그도 이번엔 표정을 풀고 씨익 웃었다.

그 모습을 보자, 다시 한번 확신이 생겼다. 5년 전, 이곳에 남기를 선택했을 때 내가 느꼈던 불안은 다 부질없던 짓임을.

사람 일이란 혹시 모르니까. 우리가 헤어질 수도 있다는 가능성을 염두에 두고 미래를 그리던 당시의 내가 우스우리만치 칼리스토는 변함없었다.

이렇게 꼭 사랑스러워 미칠 것 같다는 눈빛으로 나를 바라볼 때면, 여전히 속절없이 가슴이 떨렸다. 그러면 불현듯 되뇌게 되는 것이다.

여기 남길 잘했다고, 그를 선택해서 다행이라고.

"폐하."

「응?」

끼익—. 나는 수프 그릇을 멀리 밀어내고 테이블 위에 턱을 괴었다. 그리고 흘끔 수정구 위에 떠오른 그를 곁눈질하며, 딴청을 피우듯 말했다.

"……오늘따라 좀 잘생기셨네요."

「……뭐?」

"아니, 사실 항상 잘생기긴 했죠."

내 뜬금없는 말에 칼리스토가 벙찐 표정을 지었다. 나는 그의 눈을 마주할 자신이 없어 시선을 내리깔고 다른 손으로 테이블 위를 직직 그었다.

"그때 부끄러워서 말씀 안 드렸는데, 실은 머리카락이 아니라 얼굴이 마음에 들었어요."

「…….」

"제 취향이었거든요."

'그때'가 언젠지는 말해 주지 않을 것이다. 하지만 귀신같이 알아들은 것인지, 그가 멍하니 입을 벌렸다.

「너…… 그때, 금발이 마음에 든다고 해서 황궁 안에 있는 놈들 싹 다 염색 명령 내린 거…….」

"염색까지요?"

더듬더듬 말을 잇던 그가 불쑥 입을 다물었다.

'그러고 보니…….'

황궁 안엔 금발을 가진 자가 한 명도 없었다. 아무리 금색이 황족을 상징한다지만, 제국인들은 갈색 머리칼이 대부분이어서 금발과 비슷한 머리칼을 가진 사람이 종종 있었다.

"어쩐지. 마리엔느가 새치도 없으면서 세드릭이 왜 그렇게 열심히 염색하는 건지 모르겠다더니……."

그때였다. 내 중얼거림을 듣던 칼리스토가 불현듯 눈을 가느스름하게 뜨고 물었다.

「내게 뭐 숨기는 거라도 있나?」

"네, 네? 뭘 숨겨요?"

뜨끔해서 나도 모르게 말을 더듬었다.

'혹시, 망할 진 자식. 다 분 거 아니야?'

흔들리는 시선으로 칼리스토를 응시할 때였다. 문득 그가 혼잣말처럼 중얼거렸다.

「이걸 진짜 어떡하지? 오늘따라 왜 이렇게 예쁘게 굴어, 참기 힘들게.」

"……."

「내가 지금 거기로 갈까?」

정말로 달려올 것처럼 그가 스르륵 몸을 일으켰다. 나는 수정구 너머로 느껴지는 잡아먹을 듯한 그의 붉은 시선에 왠지 모르게 조금 긴장이 됐다. 마른침을 삼키며, 일단 진정하라고 입을 열려던 찰나.

「폐하, 송구하지만 조회 시간이 다 되어…….」

불쑥 수정구 너머로 익숙한 목소리가 들렸다. 짐승처럼 번득이던 칼리스토의 벌건 눈이 휙 옆으로 돌아갔다.

「닥쳐라.」

상대가 세드릭임이 분명한 듯 그가 그야말로 역정을 내었다.

「감히 어느 안전이라고 눈치 없이 끼어들어. 죽고 싶어?」

「하오나…….」

「제기랄, 이 족제비 같은 놈! 또 검 어디다 숨겨 뒀어.」

"폐하, 폐하!"

내 말에 칼리스토가 간신히 흥분을 가라앉히고 나를 돌아보았다.

내가 황궁을 나간 탓에, 세드릭은 매일같이 칼리스토와 검을 놓고 피 튀기는 보물찾기를 하는 눈치였다. 그런 그가 안쓰러워, 결국 나서서 뜯어말릴 수밖에 없었다.

"됐으니까, 빨리 가 보세요."

「……젠장, 그냥 조회를 오후로 미룰까?」

"조회를 어떻게 오후로 미룹니까? 저, 폐하 머리채 잡고 뒤흔들어서 정무도 내팽개치게 만드는 미친개 소리 듣기 싫어요."

「어떤 새끼가 그딴 말을 지껄여.」

세드릭에게서 완전히 내게로 몸을 돌린 그가 내 말에 눈을 희번덕거렸다. 나는 팔짱을 끼며 심드렁하게 대꾸했다.

"누가 그러겠어요? 폐하랑 결혼하면 폐하의 백성들이 그러겠죠. 제 평판은 다 폐하가 하기 나름이에요. 알겠어요?"

「나랑 결혼할 생각은 있고?」

내 말이 끝나기 무섭게 그가 되물었다. 여전히 삐딱한 목소리였지만, 기분이 풀리는지 한결 누그러진 얼굴이었다. 이럴 땐 얼른 와다다 쏟아 내고 끊는 게 상책이었다.

"그럼요. 그리고 조금 있으면 보잖아요. 시간 봐서, 하루 일찍 갈 수 있으면 그럴게요. 그러니까 투정 부리지 말고 일 열심히 하고 계세요. 알겠죠?"

「그렇다고, 내가 풀릴 것 같으면…….」

"저 이제 가 봐야 돼요. 그만 끊어요, 사랑해요."

쪽―. 수정구에 입을 맞추는 것을 마지막으로, 나는 뭐라 외치는 말들을 싸그리 무시한 채 통신을 뚝 끊었다. 그러자 곧바로 숙소 안이 고요해졌다.

"……휴, 힘들었다."

아침부터 진이 다 빠지는 기분이었다. 그래도 오늘 치 달래기가 끝나서 조금 홀가분한 마음으로 있을 때였다.

똑똑―. 문득 노크와 함께 문이 열리고 보비가 들어왔다.

"교수님, 좋은 아침이에요!"

"보비! 아침부터 어쩐 일이에요?"

나는 숙소 안으로 들어서는 푸근한 인상의 중년 여성을 반갑게 맞이했다.

"애 아빠가 아침 일찍 산딸기를 따 왔더라고요. 마침 식사하시고 계셨나 보네. 씻어 왔으니 후식으로 드셔 보세요."

보비가 들고 있던 소쿠리를 내 앞에 내밀었다. 엄지손톱만 한 산딸기들이 소쿠리 안에 가득 담겨 있었다.

"감사해요, 이런 것도 다 챙겨 주시고……."

나는 웃으며 보비가 내미는 산딸기를 받아 들었다.

"그런데 아침 일찍이라니, 부군은 다친 데 없으시죠? 새벽에 산에서 마물 떼가 몰려왔더라고요."

"교수님과 선생님들 덕분에 아랫마을은 별 탈 없었어요. 얼른 드셔 보세요."

보비가 웃으며 권했다. 한바탕 구역질을 한 후라 여전히 속이 메스꺼워서, 또 구역질을 할까 봐 무서웠다. 그러나 챙겨 와 준 정성을 생각해서 몇 개를 집어 먹었다.

다행히도 별 탈 없이 잘 넘어갔다. 과육이 부서지면서 입 안에 새콤달콤한 딸기향이 퍼졌다. 식욕이 확 돋는 느낌에, 나는 허겁지겁 산딸기를 퍼먹으며 말했다.

"참, 보비. 그런데 어제 끓여 준 수프가 상한 것 같아요. 요즘 날이 풀려서 그런가 봐요."

"수프가요?! 그럴 리 없을 텐데……. 막 캐 온 것들로 끓였거든요."

보비가 내 말에 깜짝 놀란 표정을 짓더니, 말릴 새도 없이 부엌으로 달려갔다.

"제가 한번 볼게요, 교수님."

'그냥 말없이 버릴 걸 그랬나?'

나는 괜한 소리를 했나 싶어, 덩달아 그녀를 뒤따랐다. 벌써 수프가 담긴 냄비 뚜껑을 열고 맛을 보고 있던 보비가 뒤따라온 나를 돌아보았다.

"멀쩡한 것 같은데요?"

"그래요? 그런데 전 왜…… 우욱!"

그녀의 옆에 서서 냄비 안을 들여다본 그 순간이었다. 아까 맡았던 역한 냄새가 또다시 훅 코 속으로 들이쳤다. 막을 새도 없이 헛구역질이 튀어나왔다.

"어머, 교수님! 괜찮으세요?!"

"우욱! 욱!"

보비가 깜짝 놀라 휘둥그레진 눈으로 물었다. 하지만 대답할 새 없이, 연달아 구역질을 하던 나는 결국 참지 못하고 욕실까지 달려갔다.

그러나 당장이라도 토를 할 것처럼 요동치는 속과 달리 막상 나오는 것은 없었다. 나는 꽤 한참이 지난 후에야 입을 헹구고 비척거리며 나왔다.

'이 정도는 아니었던 거 같은데, 왜 이러지?'

요즘 몸이 퍽 안 좋아졌다는 걸 느끼곤 있었지만, 이 정도로 심각한 적은 처음이었다.

'진한테 힐링 마법이라도 걸어 달라고 해야 하나…….'

수도로 돌아가기 전, 궁여지책으로 진에게 가 볼까 생각하던 중이었다. 그 순간, 거실에 선 채 발을 동동 구르고 있는 보비와 눈이 마주쳤다.

"그……."

입술을 달싹이며 망설이던 그녀가 이내, 결연한 얼굴로 속삭였다.

"비밀로 할 테니 걱정 마세요, 교수님."

"네? 뭐를……."

뜬금없는 말에 고개를 갸웃거리던 나는 문득 그녀의 시선이 배에 닿은 것을 느꼈다. 그리고 곧장 그녀가 뭘 의심하는지 깨닫고 펄쩍 뛰었다.

"아, 아니에요, 그런 거!"

나는 사색이 되어 손사래를 쳤다. 결혼 전에 사고 칠 생각이 없다는 것은 칼리스토와 일치했다.

물론 그는 5년간의 생이별을 보상받기 위해 신혼은 무조건 5년 이상이라는 입장이라 나와는 결이 조금 달랐지만…….

'얼마나 피임을 철저히 했는데…….'

그 생각을 할 즈음이었다. 불현듯 아까 칼리스토와 했던 대화와 비슷한 장면이 번뜩 뇌리를 스쳐 지나갔다.

— ……저기요. 누구 약혼자인지 모르겠는데, 오늘따라 좀 잘생기셨네요.

— 허, 저기요? 내일 일찍 가야 된다며. 그만 주정 부리고 잠이나 자.

— 칫, 섭섭해. 요즘 영 옛날 같지 않고 시들해졌어.

— 하…… 아주 맞먹기로 작정했군. 뭐가 또 섭섭한데.

— 내가 너 생일 축하해 주려고 바쁜 일도 내팽개치고 달려온 거 아니야, 인마! 그런데 다른 여자들이랑 실실거리면서 인사나 하고…….

— 내가 언제?!

— 지금도 봐. 내가 유혹하고 있는데 감히 밀어내?! 그 여자들이 나보다 더 좋아? 어? 자꾸 이러면 서운해, 칼 씨!

— 오랜만에 만나서 술이나 잔뜩 처먹고, 진짜 서운한 사람이 누군 줄…… 잠깐, 공녀. 미쳤어? 옷 찢어져, 놔!

— 어허, 가만있어! 오늘 누나가 너 죽여 버릴랑게.

— 이게 진짜…….

"미친……."

나는 까맣게 잊고 있었던 기억에 차마 말을 잇지 못하고 이마를 부여잡았다.

한 달 전, 황제의 28번째 탄신일 때의 일이었다. 그날따라 성장한 칼리스토가 번쩍번쩍 빛이 났다. 아닌 게 아니라, 주위를 둘러봐도 모든 이들의 이목이 그에게 꽂혀 있었다.

나름 약혼녀가 참석해서 눈을 부릅뜨고 있는데, 귀족 놈들이 너도나도 그에게 제 딸이나 조카를 인사시켰다. 아직 결혼은 하지 않았으니 기회가 있다는 뜻이었다.

평소라면 공작의 기세에 밀려 엄두도 못 냈겠지만, 하필 황제의 생일만은 축하해 주기 싫다며 공작이 불참했다.

어디선가 자꾸만 등장하는 곱게 차려입은 여자들을 보자니, 목이 바짝바짝 타서 나도 모르게 계속 샴페인을 홀짝홀짝 들이켰다.

당연히 만취했다. 그리고 만류하는 칼리스토를 막무가내로 덮쳤다. 그 결과…….

"세상에……."

눈앞이 아찔해졌다. 나도 모르게 쓰러질 듯 비틀거릴 때였다.

"교수님! 이제 조심해야죠, 홑몸도 아니신데……."

보비가 얼른 다가와 나를 부축했다. 그녀의 말에 오히려 현기증이 더 샘솟았다. 나는 확신하는 보비에게 자신 없는 목소리로 대꾸했다.

"아직 확실한 건 아니에요……."

"월경 주기는 세 보셨어요?"

나는 고개를 저었다. 일을 하다 보면 밤을 새우는 날이 허다해서 원래 주기가 불규칙한 편이었다.

"당장 호르테로 가서 마도구 좀 사 와야겠어요. 보비, 혹시 마차 좀 몰래 준비해 줄 수 있을까요?"

나는 혼미한 정신을 가다듬고 그녀에게 부탁했다. 이곳은 임신 테스트기 대신 마도구로 임신 여부를 확인했다. 마도구 판매점은 산기슭인 몰트반에서 한참 떨어진 영지에 있었다.

진의 이동 마법이면 1시간 내로 다녀올 수 있지만, 황제의 충실한 종인 그는 지금 이 사실을 가장 숨겨야 할 영순위였다.

"마차로 호르테까지 가려면 너무 멀지 않겠어요? 쉴 새 없이 달려도 이틀은 걸릴 텐데……."

보비가 걱정스러운 얼굴로 말했다. 하지만 나는 당장 뛰쳐나가서 확인하고 싶었다.

"진 몰래 갔다 오려면 방법이 없는걸요. 저 아파서 이틀간 휴업이니까, 방해하지 말라고도 좀 전해 줄래요?"

"교수님, 사실…… 저희 마을에 전통적으로 내려오는 임신 확인 방법이 있긴 해요."

"정말요? 그게 뭐예요? 알려 주세요!"

보비의 말에 나는 반색하며 득달같이 물었다. 그러나 그녀는 망설이듯 고개를 설레설레 저었다.

"요즘 마물이 많이 나타나서 위험할 것 같아요. 차라리 진에게 부탁해서 호르테에 갔다 오는 게……."

"진이 얼마나 입 싼 인간인지 알잖아요! 제발요, 보비……!"

"그럼……."

내 애원에 보비는 어쩔 수 없다는 듯 그 방법을 털어놓았다. 그것을 들은 나는 화색이 되었다.

"……생각보다 간단하잖아요?"

"으슥한 밤이라 걱정되네요. 제가 같이 가 드릴까요, 교수님?"

"아니에요, 마침 작업 현장 근처라서 혼자 갔다 올 수 있어요."

나는 미소 지으며 걱정하는 보비를 안심시켰다.

그리고 그녀가 말한 으슥한 밤이 찾아왔다.

정신없이 연구 자료들을 확인하던 나는, 창문 밖으로 보름달이 하늘 높이 뜬 것을 확인하고 슬그머니 숙소를 빠져나왔다.

이른 아침부터 마물과의 사투를 벌여 다들 피곤했던지, 마을은 불 켜진 집 하나 없이 고요했다. 내 숙소 바로 옆에 있는 진의 숙소도 불이 꺼져 있는 것을 확인한 나는 크게 안심했다.

다행히 보비가 알려 준 장소는 현재 발굴을 위해 굴착 작업을 하고 있는 곳 근처였다.

'혹시나 돌아오다 걸리더라도 잠깐 산책 겸 돌아보고 왔다고 하면 돼.'

나는 마을 입구를 빠져나와 컴컴한 숲길을 올랐다. 자주 오가던 곳이어서 그런지, 시야가 밝지 않음에도 불구하고 길이 눈에 익었다.

수십 분쯤 지났을까. 작업 현장을 표시해 둔 깃대가 보였다. 나는 그것을 지나쳐 조금 더 경사진 위쪽으로 걸어갔다.

마침내 벼랑 끝에 이르자, 커다란 바위들이 층층이 쌓인 완만한 협곡이 나왔다. 보비가 말했던 장소였다.

— 혹시, 달그림자 꽃이라고 아세요? 돌 틈새에서 자라는 야생환데, 밤마다 꽃을 피우면서 꽃잎 아래 맺힌 열매가 노란색에서 점점 까맣게 익어요. 그래서 달그림자 꽃이라고 부르죠.

— 보통 사람들은 떫어서 먹자마자 바로 뱉는데, 이상하게 입덧을 하는 임산부들은 새콤하다고 잘 먹더라고요.

"저기 있네?"

나는 보비가 말한 달그림자 꽃을 금방 찾았다. 조금 떨어진 아래, 커다란 바위 틈새 곳곳에 노란 꽃들이 잔뜩 피어나 있었다.

'저걸 먹어 보면 된다 이거지?'

그녀가 알려 준 방법은 생각보다 간단했다. 민간요법이 다 그렇듯, 썩 신빙성이 높진 않았지만 당장 확인하려면 별수 없었다.

"읏차."

나는 바위를 잡고 아래로 훌쩍 뛰어내렸다. 바위가 울퉁불퉁해서 좀 위험했지만, 오지 탐험 5년 차. 마물에게 쫓겨 절벽을 타던 것에 비하면, 이런 건 아무것도 아니었다.

— 조심하세요. 젊은 사람들이 마을을 다 떠나면서 그쪽은 발길이 끊긴 지 오래라…… 종종 돌뱀이 출몰했거든요.

보비의 마지막 걱정이 귓가에 맴돌았지만, 괜찮았다. 본디 꿈틀거리는 생물이라면 질색팔색을 하는 나였지만, 그것도 산기슭에서

1년 가까이 살다 보니 점점 무뎌졌다. 작은 동물보단 마물이 훨씬 더 위험했기에.

그래도 혹시 모를 상황을 예방하기 위해 스크롤을 잔뜩 챙겨 온 상태였다.

요령껏 바위를 타고 내려가던 나는 금방 꽃이 핀 곳까지 도달했다. 서둘러 노란 꽃잎 아래를 들추자, 정말로 검은색의 새끼손톱만 한 작은 열매들이 다닥다닥 맺혀 있었다.

"……이걸 뜯어 먹으면 된다고?"

별것도 아닌데, 괜히 긴장됐다. 나는 떨리는 손으로 열매들을 뜯었다. 근처에 있는 꽃들을 다 들추자 한 줌 정도가 모였다.

나는 눈을 질끈 감고, 쓴 약이라도 먹듯 그것들을 입에 탁 털어 넣었다. 그리고 마구 우걱우걱 씹어 먹을 때였다.

"……대박, 맛있잖아?"

곧바로 입에 한가득 터지는 새콤한 맛에 나는 눈을 휘둥그레 떴다. 분명 떫다고 했는데, 새콤한 열매의 맛이 혀끝을 자극하여 생각보다 술술 잘 넘어갔다.

그것을 깨닫는 순간, 나는 열매를 씹어 삼키던 것을 우뚝 멈췄다.

"X발……."

마도구로 한 번 더 확인해야겠지만, 이곳의 민간요법으로만 보자면, 확실했다.

'임신했다.'

다리의 힘이 풀려 자리에 털썩 주저앉았다. 마리엔느를 보며 언젠간 나도 완전한 가족을 갖고 싶다고 생각했지만, 너무 갑작스러운 소식이었다.

"진짜 애가 들어 있다고?"

나는 배를 더듬더듬 만지며 중얼거렸다. 좀처럼 믿기지 않았다.

'내가…… 좋은 부모가 될 수 있을까?'

아이를 가졌을지도 모른다고 생각하자 덜컥 겁부터 났다. 평생 부모의 사랑 같은 건 받아 본 적 없는 내가, 과연 애를 낳아 잘 키울 수나 있을까.

"……이제 어떡하지?"

망연자실한 음성이 힘없이 흘러나왔다. 하지만 이렇게 바위 위에 앉아서 고민해 봤자, 답이 나오는 것도 아니었다.

'일단 돌아가서 칼리스토한테 말을…… 아니, 수도로 가서 한 번 더 확인하고 말하자.'

혼비백산한 심정을 애써 그렇게 추스른 나는 비척거리며 자리에서 일어났다. 발굴이고 뭐고, 내일 당장 돌아가야겠다.

다시 벼랑 끝으로 오르기 위해 튀어나온 부분에 막 손을 짚은 순간이었다.

쿠르르르릉— 문득 손바닥 아래가 부르르 진동하며 요동쳤다. 나는 너무 혼란스러워서 그저 내 초점이 흔들리고 있는 건 줄 알았다.

쿠르르, 쿠우우웅—!

그러나 발을 디디려던 커다란 바위가 갑자기 위로 솟구치자, 뭔가 잘못됐다는 생각이 들었다. 엄청난 먼지와 진동을 수반하며 돌산이 꿈틀거렸다.

"무슨…… 어, 어! 아악!"

속절없이 휘청거리던 나는 간신히 아래로 굴러떨어지지 않고 황급히 옆 바위로 뛰어 넘어갔다. 하지만 그 바위마저 얼마 안 가 흔들리기 시작하자 정신없이 뛰기 시작했다.
징검다리를 건너듯 바위를 타고 미친 듯이 위로 오르던 때였다.
"쉬익, 쉬이익! 쿠워어어어어—!"
불현듯 등 뒤에서 섬뜩한 숨소리가 울려 퍼졌다. 돌아보기 싫었지만, 나는 천천히 고개를 돌려 확인했다.
"미친……."
그리고 그곳엔, 보비가 말한 돌뱀이 있었다. '롱스톤'처럼 정말로 몸뚱이가 바위 같은 거대한 뱀이 대가리를 사납게 꺼떡이며 나를 응시했다.
"망할, 돌뱀이 이렇게 크다곤 안 했잖아요……."
원래는 작은 뱀이었겠지만, 필시 주변에 묻혀 있는 유물의 영향으로 인해 마물로 변한 것이 틀림없었다.
나는 울먹이며 서둘러 스크롤을 꺼냈다. 그와 동시에 뱀이 주둥이를 '쩍' 벌리며 내게 달려들었다.
"캬아아악—!"
"아악! 프리즈숀!"
나는 비명을 지르듯 주문을 외우며 스크롤을 찢었다. 그리고 곧바로 아래로 풀쩍 뛰어내렸다.
콰아아앙—!
간발의 차로 방금 전까지 내가 있던 곳에 뱀의 주둥이가 꽂혔다. 돌가루 섞인 먼지와 바위의 파편이 사방으로 튀었다. 허겁지겁 방어 스크롤을 찢어 실드를 치지 않았다면 큰일 날 뻔했다.
"쉬이이익—."
내 공격에도 불구하고 다시 고개를 들어 나를 찾는 뱀 대가리는 여전히 멀쩡했다. 바위처럼 외피가 단단해서 그런지 얼리는 공격은 통하지 않는 것 같았다.

"파이어 피숀! 썬더 피룸!"

나는 마물이 완전히 정신을 차리기 전에 서둘러 다른 공격들을 퍼부었다.

쾅, 쾅—!

"쿠에에에엑—!"

하지만 놈은 끔찍한 울음소리만 뱉으며 사납게 비틀거릴 뿐, 좀처럼 쓰러지지 않았다.

'어떡하지? 수정구 안 가져 왔는데.'

진이 마을에 친 결계는 마물을 막는 것뿐 아니라, 편안한 숙면을 위해 괴수의 울음소리마저 차단했다. 당장 도움을 요청할 방법이 없었다.

"쉬이이익—."

이 상황을 어떻게 타파할지 고민하는 사이, 돌뱀 마물은 점점 정신을 차렸다. 거멓게 그슬린 대가리 사이로 보이는 노란 동공이 한 일자로 찢어진 채 정확히 나를 응시했다.

등골을 타고 소름이 오소소 끼쳤다. 마법 공격이 통하긴커녕, 오히려 마물의 심기를 잔뜩 건드린 것 같았다.

"캬아아악—!"

놈이 다시 한번 주둥이를 쩍 벌리며 내게 돌진할 준비를 했다. 그 사이로 보이는 날카로운 독니가 달빛에 반사되어 허옇게 번뜩였다.

"아아아악—! 실드, 실드!"

나는 서둘러 주문을 외우며 두 손으로 머리를 감싸 안았다. 이대로 아래로 뛰어내릴 생각이라 배 쪽에 두 번, 세 번 실드를 감았다. 아기가 찾아온 것을 알자마자 문제가 생길까 봐 더럭 겁이 났다.

"쉬익, 쉬익. 쿠웨에엑—!"

대가리를 흔들며 위협하던 뱀이 마침내 내게 휙 튀어 오기 시작하던 순간이었다.

쐐엑—! 불현듯 창공을 가르는 날카로운 소리와 함께, 마물의 움직임이 우뚝 멈췄다.

"쉬이이익……."

잠시간의 정적. 그리고 나와 얼마 떨어지지 않은 허공에서 주둥이를 찢어져라 벌리고 있던 뱀의 대가리가, 문득 몸통과 분리되어 뚝 떨어졌다.

쿠우우웅—! 거대한 굉음과 함께 그것은 마치 바위처럼 협곡 아래로 대굴대굴 굴러 떨어져 갔다.

"무, 무슨……."

암벽에 엎어져 떨어질 준비를 하던 나는 영문을 몰라 숨을 멈춘 채 가만히 굳어 있었다. 그때였다.

타박—. 검은 그림자가 가까운 곳에 훌쩍 내려앉더니, 누군가 내게 손을 내밀었다.

"괜찮…… 으십니까?"

쏟아지는 달빛에 회갈색 머리가 은은하게 부스러졌다. 나는 내게 손을 내민 이의 얼굴을 보고 천천히 입을 벌렸다.

눈 뜬 채로 꿈이라도 꾸는 걸까. 내심 의심을 했지만, 막상 내 눈으로 보니 조금도 실제 같지 않았다. 5년 전에 죽은 그가, 멀쩡히 내게 손을 내밀고 있는 것이.

"……이클리스."

나는 한참 동안 입술을 달싹이다가 새된 비명처럼 중얼거렸다.

"너…… 너, 살아 있었어?"

그의 시체를 발견하지 못해서 칼리스토는 꽤 오랫동안 제국을 쥐 잡듯이 뒤졌었다. 조금의 후환도 남기지 않기 위해 반란군들을 모조리 찾아내어 처형하라는 명이었다.

나는 조마조마한 심정으로 반란군을 색출했다는 보고를 엿들었다. 하지만 끝끝내 이클리스의 시체조차 찾지 못했다.

5년이나 지난 지금에선, 그저 용이 뿜은 브레스에 뼛가루조차 남기지 않고 사라진 거라 믿었다. 실제로 그런 이유에서 시체를 찾지 못한 사람들이 꽤 있었기에…….

그런데 이렇게 의외의 장소, 의외의 상황에서 마주하게 될 줄은 꿈에도 예상하지 못했다.

"……어떻게, 어떻게 된 거야?"

나는 엎어진 몸을 비척비척 일으켜 앉았다. 그리고 혼란스러운 눈빛으로 그를 바라보며 물었다.

"그간 대체 어디 있었니? 몇 년간 쫓기며 살기 쉽지 않았을 텐데……."

그때였다. 잇따른 내 물음에도 아무 말 없이 인형처럼 나를 빤히 응시하던 그가, 불쑥 입을 열었다.

"제 원래 이름이 이클리스입니까?"

"……뭐?"

나는 헛것이라도 들은 것 같은 표정으로 멍하니 그를 올려다보았다. 그러자 그가 천천히 내 앞에 쭈그려 앉아 나와 눈높이를 맞췄다.

"5년 전의 기억이 없습니다."

"그…… 그게 무슨……."

"어느 뒷골목에 피를 흘리며 쓰러져 있는 것을 한 용병단이 주워 거뒀어요. 놈들은 저를 헤밀튼이라 불렀습니다. 제가 쓰러져 있던 뒷골목의 이름이었는데……."

"……."

"혹시 아세요?"

그는 고요하게 나를 예의 주시하며 물었다. 밀랍처럼 말간 회갈색 동공에 오롯이 내 모습이 비쳤다.

그게 퍽 낯설면서도 동시에 익숙하게 느껴졌다. 왜냐하면, 이클리스는 언제나 별다른 동요 없는 이런 얼굴, 이런 눈빛으로 나를 응시하곤 했으니까.

그래서 더욱 기억을 잃었다는 그의 말을 믿기 어려웠다.

"……거짓말 마."

헤밀튼을 언급하며 나를 떠보기라도 하는 듯한 놈의 태도에, 나는 그를 노려보며 읊조렸다.

"그렇게 가까이 있었는데 못 찾았다고? 너 그때 뱃가죽이 뚫려서 죽기 직전이었어."

"……."

"포상금이 얼마나 걸렸는데, 아무리 용병단이라도 일면식 없는 널 숨겨 줄 리가……."

"목에 구속 마도구가 달린 것을 보고 용병 단장이란 놈이 저를 성노로 쓰려 했어요."

의심하는 내 말을 끊으며 놈이 담담하게 되뇌었다. 나는 이클리스의 말에 눈을 커다랗게 떴다. 소스라치게 놀란 내 반응에도 불구하고 그는 계속해 말을 이었다.

"정신을 차리니 모두 죽여 버린 상태라…… 더 수도에 있을 수 없었어요. 범죄자로 잡혀 처형당하긴 싫어서."

"……."

"그래서 몸을 추스를 수 있게 되자마자, 곧바로 포션을 훔쳐 수도를 떠났죠."

"……."

"그 후로는 그냥 이름 없이 용병 일을 하며 전국을 떠돌았고요."

"하……."

나는 그의 말에 현기증이 올라 이마를 부여잡았다. 갑작스럽게 쏟아진 정보로 머리가 핑핑 돌았다. 여전히 이클리스가 내 앞에 멀쩡히 살아 있고, 기억을 잃었다는 말이 믿기 어려웠지만…….

굳이 내게 이토록 구체적인 거짓말을 하며 설명할 이유가 없었다. 간신히 그것을 받아들인 나는, 이마에서 손을 떼고 다시 그를 바라보았다.

"기억이 없다면서 내가 여기 있는 건 어떻게 알았어. 왜 쫓아온 거고."

생각보다 혼란은 빠르게 진정이 됐다. 나는 차분한 목소리로 물었다. 의문이 드는 게 한두 가지가 아니었다.

그간의 일들로 그가 여러 번 내 뒤를 쫓았다는 것을 어렴풋이 눈치채고 있었다. 하지만 기억을 잃었다는 그가, 아직까지도 나에게 집착할 이유가 없지 않은가.

"너, 내가 누군지는 알아?"

말없이 내 물음이 끝나기를 기다리던 이클리스는, 이윽고 천천히 고개를 끄덕였다.

"……에카르트 공작가의 하나뿐인 공녀, 황제의 약혼녀. 왕립 아카데미 고고학과 명예 교수인 페넬로페 에카르트."

그가 느릿느릿하게 대답했다. 대외적인 나의 직위들은 뒷조사를 할 것도 없이 쉽게 알 수 있는 것들이었다.

그럼에도 나는 조금 긴장한 채 그를 응시했다. 마지막에 '하나뿐인 내 주인' 이딴 수식어가 또 나오지 않을까 싶어서.

그러나 의심한 게 무색하게 그는 입을 다물었다. 그리고 조금 틈을 둔 후 속삭이듯 말했다.

"……3년 전, 마물을 잡아 달라는 의뢰를 받고 어느 마을에 갔다가 당신을 봤어요."

"……."

"그때도 오늘처럼 마물과 대치 중이었어요, 당신."

그때를 떠올리는지, 그가 희미하게 미소 지으며 덧붙였다.

"마물을 잡는 건 보수가 꽤 큰일인데…… 고전하는 당신을 보자마자 도와줘야겠다는 생각밖에 들지 않았어요."

"……."

"항상 멀리서만 관찰했는데, 이렇게 자세히 보는 건 처음이네요."

그가 신기하다는 듯 고개를 갸웃거리며 내게 몸을 숙였다. 나는 흠칫 놀라 그에게서 물러나 거리를 만들었다.

"그럼 그때부터…… 3년 전부터 날 따라다녔니?"

"……."

"매번 마물이 나타날 때마다 베어 죽이고 사라진 게 다, 너야?"

경계 어린 목소리로 따져 묻자, 그가 몸을 바로 하며 답했다.

"……다른 호위나 용병을 고용한 게 아니라면."

"왜?"

나는 그의 말이 끝나기 무섭게 되물었다. 좀처럼 그를 이해할 수가 없었다.

"기억을 잃었다며. 아무 기억도 없다며. 그런데 나에 대해 뭘 알고 3년간 내 뒤를 쫓아."

"……."

"기억을 잃었다며. 간신히 살아남았잖아. 그럼 그냥 네 인생 살지, 왜 또 나를 쫓아다녀!"

가슴이 답답했다. 그냥 묻기만 할 생각이었는데, 어느새 나도 모르게 그를 채근하듯 소리치고 있었다.

'왜 얘는 아직도 게임에서 벗어나지 못하는 거지?'

그만 까맣게 잊고 있었던 게임이 떠올랐다. 5년이면 레일라의 세뇌 영향에서 벗어나고도 남을 시간이지 않은가.

몸을 바쳐 나를 대신해 죽어 가던 그가 아직도 생생하게 떠올랐다. 나는 흔들리는 눈으로 그의 얼굴을 샅샅이 훑었다.

기억을 잃었다는 말이 거짓은 아닌 것 같았다. 아니, 사실 모르겠다. 이클리스는 본래 표정 변화가 드물어서 속내를 쉬이 읽을 수 없는 놈이었다.

어쨌든 그 지옥 속에서 살아남았다는 것이 중요했다. 그럼 자기 삶을 찾아 살아야지 왜 아직도 내게 얽매여 있는 것인가, 왜.

나는 착잡함에 도무지 어찌할 줄 몰라 아랫입술을 잘근잘근 깨물었다. 그때였다.

"머리보다 몸이 먼저 반응하는 것을 보니…… 당신이 내 과거와 밀접하게 연관된 사람 같다는 직감이 들었거든요."

"……."

"다행히 직감이 틀리진 않았네요. 당신, 생각 이상으로 나를 잘 아는 것 같아."

그는 꽤 흡족한 얼굴로 픽 웃음을 터뜨렸다. 나는 미소가 피어난 그 얼굴에 하려던 말도 잊고 그를 돌아보았다.

이클리스는 내 앞에서 한 번도 저런 식으로 웃은 적이 없었다. 완전히 다른 사람을 보는 것 같은 느낌에 기분이 순식간에 묘해졌다.

찬찬히 그의 얼굴을 돌아보니, 전과 똑같은 건 그의 눈동자와 머리 색밖에 없었다. 그가 조금도 변하지 않았다고 생각했던 이유는, 그 특유의 색채와 허름한 갑옷 차림 때문이었다.

5년이란 시간 동안 그도 꽤 많은 것이 변해 있었다. 이목구비가 더 뚜렷해지면서, 턱선과 눈매가 굵어졌다. 제대로 다듬지 못해 목까지 닿던 부스스한 머리칼은 이마를 드러낸 채 깔끔히 정리되었고, 키도 덩치도 예전보다 훨씬 커졌다.

앳된 얼굴이 사라진 그는 어느새 완연한, 그리고 낯선 남자로 훌쩍 자라 있었다.

"다 관찰했어요?"

생소한 것을 보듯 그를 살피던 중, 문득 그가 물었다.

분위기도 달라졌다. 이제 더는 그에게서 곧 죽어 버릴 것 같은 위태로운 냄새가 풍기지 않았다. 웃음기가 어린 목소리에 그제야 확신이 들었다.

'……정말로 모든 걸 다 잊었구나.'

이제 날 사랑한다며 반쯤 미쳐 날뛰던 어린 날의 그는 없었다.

'이제 정말, 그와의 모든 관계를 청산할 수 있는 건가?'

그러나 내심 안도하는 내 이기적인 마음에도 불구하고, 여전히 불편하고 묘한 감각들이 남아 우리 사이를 맴돌았다.

"……3년간 왜 단 한 번도 내 앞에 나타나서 묻지 않았지? 네 과거를 잘 아는 사람 같았다며."

"처음엔 과거에 대한 호기심에 당신의 뒤를 쫓기 시작했는데…… 이젠 잘 모르겠어요."

"뭘."

"과거를 아는 게 그렇게 중요한 일인지."

나는 그의 대답에 잠시 눈을 크게 떴다. 더더욱 알 수 없는 수렁에 빠지는 기분이다.

"그럼, 지금의 넌 뭘 원해서 자꾸만 내 뒤를 쫓는 건데?"

"없어요."

"뭐?"

"그냥 제가 하고 싶어서 하는 거예요."

"하……."

과거의 이클리스도 말이 잘 통하는 편이 아니었다. 그리고 기억을 잃은 이클리스도 벽창호 같은 건 변함없었다. 나는 깊은 한숨을 내쉬다가, 치오르는 감정을 가라앉히고 물었다.

"용병이었다며. 네가 원하는 게 그냥 박애주의적인 봉사 활동이야?"

"……."

"보수도 없이, 마물을 죽이고 연고도 없는 사람들을 도와주고 싶어? 아니면 내가 하는 고고학?"

계속 모른 척했으면 또 모를까. 그가 내 앞에 정체를 드러냈으니, 도와줄 수 있으면 손 닿는 한 도와줄 생각이었다. 무언가 바라는 게 있으니, 주변을 계속 맴도는 게 아닐까 해서.

"아니면, 돈? 돈이 필요해?"

"그런 건 다 필요 없어요."

그러나 황당하게도 그는 단호하게 부정했다.

"그냥…… 당신이 안전하게 하던 일 계속하는 걸 지켜보고 싶어요."

"그러니까, 네가 왜."

"……."

"설령 과거에 알고 지내던 사이라도, 지금 우리 초면인 사이잖아. 과거를 알고 싶어서 이래? 미안하지만, 난 네게 조금도 말할 생각 따위 없어. 너도 알다시피 네 과거는 노예 신분이었고, 그걸로 끝이야."

"저도 딱히 묻고 싶어서 접근한 건 아니에요."

속사포처럼 쏟아 내자, 이클리스가 어깨를 으쓱이며 가볍게 답했다. 이렇게 보면 정말 딴사람 같았다.

"그럼 더더욱 네가 날 지키고, 내 주위를 맴돌 이유가 없지."

나는 강경하게 선을 그었다. 게임을 진행하는 내내 우린 서로에게 독이었다. 숨기고, 속이고, 이용했던 독 같은 관계.

그것을 다시 반복할지도 모른다는 생각에 등골이 서늘해졌다. 헤어질 시간이었다. 너무 격양됐다는 생각에 천천히 호흡을 고르던 나는 차분히 말을 건넸다.

"……오늘 구해 준 건 고마웠어. 그런데 이제 그럴 필요 없으니까 돌아가, 네 삶으로."

"아. 불편하면 계속 초면해요. 오늘은 부득이하게 모습을 드러내게 됐지만……."

"……."

"앞으론 신경 쓸 일 없게 할게요."

"착각하고 있나 본데."

나는 숨 막히는 기분에 결국 참지 못하고 냉정하게 뇌까렸다.

"얼굴이 좀 낯익으니까, 내가 네 과거를 알고 있는 사람 같으니까, 내가 무슨 네 생명의 은인이라도 되는 것 같아?"

공격적인 내 어투에 이클리스의 회갈색 눈동자가 조금 커졌다. 그러나 지금 끊어 내지 않으면 한도 끝도 없이 설전만 할 것이다. 그리고 이클리스는 계속해서 이유도 모른 채 내 주변을 맴돌다, 점차 기억을 되찾을지 모른다.

애석하게도, 나는 그가 기억을 찾기를 조금도 원하지 않았다. 파국은 한 번으로 충분하니까.

"그래…… 어쩌면 은인일 수도 있지. 노예였던 너를 내가 경매장에서 샀으니까."

"……."

"그런데 그게 끝이야. 지금 똑똑히 알아 둬. 난 과거에 네 원수나 다름없었어. 넌 내내 날 증오하고 원망했으니까."

"……왜요?"

내 말에 이클리스가 말간 얼굴로 되물었다. 나는 망설이다, 선선히 답했다.

"내가 너 이용해 먹다가 네 인생 망쳐 놨으니까."

내 말에 이클리스는 묘한 표정을 지었다.

"내가…… 당신한테 이용당했다고요?"

"……."

"내가 당신을, 이용한 게 아니라?"

내 말이 믿기지 않는 건지, 그는 좀 어처구니없다는 표정으로 느릿하게 나를 위아래로 훑었다. 기억을 잃은 게 사실이라면, 한주먹거리도 안 되는 여자에게 이용당하다 인생을 망쳤다는 말이 어이가 없을 법도 했다.

"그건 좀 재밌는 얘긴데요."

스르륵, 아래로 향했던 회갈색 눈동자가 다시 정면으로 들어왔다. 그는 결국 픽 헛바람을 터뜨렸다.

"과거에 대해 알려 줄 생각 없다면서요. 그건 왜 말해 줍니까?"

"그래야 네가 어중간한 미련 끊어 내고 내 주위를 맴돌지 않을 거 아니야."

'어중간한 미련'이란 나를 보고 그가 추측해 볼 법한 과거를 뜻했다. 생명의 은인이나 연인이었을지 모른다는 가정 따위보다 차라리 원수라는 말이 더 진실에 가까웠다, 우리 사이엔.

빤히 나를 응시하던 이클리스의 얼굴에서 찬찬히 미소가 사그라졌다.

"……그러다 제가 홧김에 당신 죽이려 들면요?"

그가 조금 낮아진 음성으로 물었다.

"이용당하다 인생 망쳤다는 게 억울해서, 네 인생도 망쳐 주겠다고 달려들면 어쩌려고요?"

"그러고 싶어?"

나는 가볍게 응수했다. 기억을 잃은 이클리스는 엄연히 과거와 다른 사람이 됐지만, 그러지 않을 거란 확신이 있었다. 죽이고자 했다면 번거롭게 마물을 대신 처치해 주면서까지 내 뒤를 쫓지 않았을 테니까.

과거가 딱히 궁금한 건 아니라 했지만, 놈은 필시 내게서 알고 싶은 무언가가 있는 것이다.

"글쎄요. 지금은 딱히 그런 마음은 안 드는 것 같은데……."

예상이 어느 정도 들어맞았는지, 이클리스는 모호하게 답했다.

"당신은 어땠어요?"

그러더니 흘끔 내게 공을 던졌다.

"당신도 날 증오하고 미워했습니까?"

뜬금없는 물음에 나는 눈을 커다랗게 떴다가, 천천히 고개를 끄덕였다.

"……그랬었던 것 같기도 하고."

"왜요?"

"넌 그때도 지금처럼 귀족에게 건방진 편이었으니까."

나는 어깨를 으쓱이며 적당한 이유를 꾸며 냈다.

"건방졌다라……."

이클리스는 의미심장한 얼굴로 내 말을 따라 했다. 나는 장성한 그의 얼굴에 5년 전의 어린 그를 겹쳐 보았다.

살아남기 위해 악착같이 몸부림치고, 밥 먹듯이 거짓말을 하고, 누군가를 이용하는 게 거리낌이 없던 시절.

그땐 그러는 게 당연하다고 생각했다. 어차피 내가 떠나도 여주는 남을 테니까. 남주들은 결국 여주를 사랑하게 될 테니까.

그래서 그가 이본의 껍질을 쓴 레일라를 데리고 왔을 땐, 화가 나서 견딜 수가 없었다. 공략에 실패한 게, 탈출하지 못하고 결국 꼼짝없이 죽을지 모른다는 게 모두 이클리스 때문인 것 같았다.

나를 사랑해서, 갖고 싶어서 그랬다는 말들이 다 기만처럼 느껴졌다.

황태자와 결투하던 그가 한달음에 달려와 나 대신 목숨을 내던지고 나서야 깨달을 수 있었다. 그 검붉은 호감도 게이지 바는, 어쩌면 레일라의 세뇌가 아니라 내가 만들어 낸 건지도 모른다는 사실을.

이제는 아무것도 보이지 않는 잿빛 머리 위 허공을 물끄러미 바라보고 있을 때였다.

"그럼…… 죽이고 싶을 때도 있었겠네요?"

이클리스가 문득 물었다.

"지금이라도 죽여 볼래요?"

"……뭐?"

나는 한발 늦게 그의 말에 반응했다. 그사이 그가 품에서 재빠르게 단도 하나를 꺼내 들었다.

"무슨……."

"여기."

그러더니 날카로운 칼끝으로 제 목 부근을 툭툭 치며 가리켰다.

"찌르면 한 번에 죽일 수 있는 곳들이에요."

"……."

"자, 받아요."

내게 칼 손잡이를 내미는 그가 무슨 소리를 지껄이고 있는지 도무지 이해할 수 없었다. 멍청하게 그가 하는 짓거리를 바라보던 나는 입술을 달싹였다.

"……너 혹시 마약 하니?"

미쳤냐는 말이 가까스로 순화되어 나왔다. 놈은 태연하게 대꾸했다.

"아니요. 수도 외에서 유통되는 건 질이 별로 안 좋은 것들뿐이라."

"그럼 갑자기 왜 이러는 건데?"

"그냥요. 당신 쫓아다니면서 마물 사냥하는 것도 이제 슬슬 질려 가던 차였는데……."

"……."

"마침 서로 증오하던 사이였다니까, 당신이 죽이려 든다면 좀 재밌어질 것 같기도 하고."

미련을 끊어 내려고 했던 말인데, 놈은 '원수'였다는 내 말에 되레 이상한 흥미가 생긴 듯했다. 기가 막힌 말들을 지껄이며, 이클리스가 얼어붙은 내 손을 억지로 끌어당겨 단검을 쥐여 주었다.

"미쳤어? 집어치워. 넌 목숨이 그렇게 우스워?"

나는 발작처럼 그 손을 털어 내며 소리쳤다.

"사실 사는 게 지루해요."

하지만 놈은 요지부동인 채, 기이한 눈으로 나를 빤히 응시하며 채근했다.

"그때 시절 되새겨서 찔러 봐요. 궁금한데, 당신이 어떤 표정으로 나를 증오했을지."

"너……."

"내가 어떻게 건방지게 굴었어요? 이용해 먹으려 했는데, 은혜도 모르고 배신이라도 하려던 건가? 아니면……."

"놔. 안 놔?"

"싫다는 당신 손목 붙들고 입이라도 맞춘 건가?"

장난이라도 치듯 놈이 단검을 억지로 쥐게 만든 내 손을 붙들고 제 목 쪽을 두어 번 건드렸다. 달칵, 달칵. 날카로운 칼끝이 이제는 오래되어 작동하지 않는 노란색 구슬을 건드렸다.

좀처럼 따라갈 수 없는 놈의 미친 행태에 경악하며 손을 뿌리치려던 것도 잠시. 꽤 사실에 근접한 놈의 말에 차갑게 얼굴을 굳혔다.

"착각하지 말랬지. 그렇게 대단한 인연 아니었다고."

나는 놈의 손아귀에서 벗어나려던 실랑이를 멈추고, 잡히지 않은 다른 손으로 멱살을 와락 붙들었다. 그리고 그가 원하는 대로 단도를 놈의 목 부근으로 밀어 넣었다.

그러자 놈이 퍽 흥미로운 표정을 지으며 붙들고 있던 내 손을 놓았다.

"내가 왜 네 재미를 위해서 내 손에 피를 묻혀야 하지?"

나는 단도로 단단히 그의 목을 겨눈 채 물었다. 칼끝이 초커 가죽을 파고드는 게 느껴졌다. 놈이 어깨를 으쓱였다.

"내 주인이었다면서요. 과거에 빚을 졌던 노예의 은원을 청산할 겸?"

"글쎄. 목에 찬 그 초커 때문에 간신히 알아본 너한테, 그럴 가치가 있었던가? 잘 기억이 안 나네."

갑옷 틈에 숨겨져 있던 초커를 눈짓하며 말하자, 그의 눈동자에 맺혔던 흥미로움이 차차 사그라졌다. 다시 밀랍처럼 표정이 없어지는 그를 보고 냉정하게 뇌까렸다.

"그리고, 너 내 노예 아니야. 비참하게 이용당하기 싫다고 알아서 신분 상승 길 찾아 벗어났거든."

"지금보단 건실하게 살았던 모양이네요."

무표정한 얼굴로 잘도 농담처럼 읊조리는 그를 보며, 나는 손에 쥔 단도에 조금 더 힘을 가했다.

서걱. 무언가 잘리는 섬뜩한 소리가 귓가를 자극했다.

"네 이용 가치가 끝나자마자 난 네게 마도구 열쇠를 주었고, 우리 인연은 거기서 끝났어."

칼날이 조금 더 깊숙이 파고들었다.

서걱—. 마침내, 질긴 가죽이 잘렸다. 노예를 구속하는 마도구들은 마법이 걸려 있어 웬만한 무기로는 훼손하기 쉽지 않았다.

하지만 마력이 모두 사라진 뒤 세월에 마모된 가죽은, 이미 한번 끊어졌다가 접착제로 얼기설기 붙은 흔적이 있었다. 내가 노리고 잘라 낸 부분이었다.

"노예 소리 듣기 싫어서 용병단까지 몰살했다면서. 이건 왜 계속 차고 있니?"

툭. 잡고 있던 이클리스의 멱살을 놓고 힘없이 떨어지는 초커를 잡아챈 나는 그의 눈앞에 그것을 두어 번 흔들었다.

"꼭 기억을 잃었다는 말이 거짓이기라도 한 것처럼."

여전히 칼을 놈의 목에 바짝 들이민 채 협박처럼 읊조렸다. 그러자 놈이 그제야 느릿느릿 눈동자를 옮겨 내가 잘라 낸 초커를 흘끔 돌아보았다.

"그러게요."

"……."

"당신 말대로라면 그걸 더 차고 있을 이유가 없는데……."

"……."

"왜 꾸역꾸역 이음새를 덧붙여 가면서 개새끼처럼 목에 걸고 있었을까."

칼끝이 살 틈을 파고드는 것도 개의치 않은 채 놈이 단도를 든 내 손 쪽으로 고개를 기울였다.

"혹시 알아요?"

"몰라."

한 줄기 피가 흐르기 시작했다. 나는 놈을 팍 밀치듯 거리를 벌렸다.

"미친놈, 그걸 내가 어떻게 알아?"

나지막이 욕설을 내뱉으며 초커를 협곡 아래로 있는 힘껏 내던졌다. 그리고 탁, 탁 손을 털며 여상하게 물었다.

"됐지?"

기억을 잃은 놈이 5년간 이유도 모른 채 고이 차고 있던 것을 한 순간에 내버릴 수 있을 만큼 가치가 없던 인연이었노라고.

내 말에 회갈색 눈동자가 알 수 없는 빛으로 일렁였다. 그러나 나는 그를 무시한 채, 단도를 정중하게 돌려주었다.

"그리고 미안한데, 죽고 싶으면 나와 멀리 떨어진 곳에서 혼자 알아서 죽으렴. 별로 알고 싶지 않거든, 죽든지 말든지."

"……보기보단 매정한 편이네요."

내가 내민 제 칼을 우두커니 내려다보던 그는, 꽤 한참 후에야 피식 웃음을 터뜨리며 그것을 받아 들었다.

나는 속으로 크게 안도했지만, 악착같이 내색하지 않았다.

"매번 마물이 나타나면 다른 사람들까지 모조리 지키려 들길래, 전 당신이 박애주의자인 줄 알았거든요."

"직장에서 매번 사람들이 죽어 나가는 꼴을 보고 싶진 않으니까.

그리고 그 정도쯤은 감당할 수 있을 만큼 능력도 있는 편이고."

오만한 대꾸에 그가 샐쭉한 얼굴로 나를 흘겼다.

"하는 일, 재밌어요?"

그리고 별안간 뜬금없는 것을 물었다.

"에카르트 공작가의 하나뿐인 공녀로 있는 것보다…… 훨씬 재밌는 건가?"

"일인데 어떻게 매번 재미있겠니?"

"그런 것치곤, 엄청 열성적이던데……."

"공작가의 하나뿐인 공녀 노릇도 내팽개치고 개고생한 만큼의 보람은 느끼는 편이지."

이곳저곳 마구 튀는 그의 질문에 나는 침착하려 애썼다. 그리고 잠시 틈을 둔 후 대수롭지 않게 덧붙였다.

"살아 있다 보면, 네게도 언젠가 다른 재밌는 일이 생길 날이 오겠지."

"……."

"하고 싶은 것도 생기고, 그것에 미쳐서 몇 년 내내 쫓아다녀도 보고……."

"……."

"인생 다 살아서 재미없다고 하기엔 넌 너무 어리잖아."

"대단한 사이 아니라더니, 나이도 기억합니까?"

"나보다 어린놈이 건방졌단 것쯤은."

팔짱을 끼며 산뜻하게 대꾸하자, 놈의 표정이 다시금 묘해졌다. 내게서 무엇을 캐려는 걸까. 메마른 동공으로 나를 샅샅이 탐색하던 놈이, 다시 입을 열었다.

“짧게 스쳐 지나간 증오했던 사람한테, 왜 그런 말을 해요?”

일부러인지, 내가 말한 것들을 하나하나 짚는 이클리스의 음성에 일순 가슴이 철렁했다.

‘혹시 거짓이라는 걸 눈치챘나? 아니면 기억이 없다는 게…….’

하지만 어느 쪽이든 동요 없는 놈의 얼굴로는 조금도 알 수 없었다. 잠시 고뇌하던 나는, 머리를 굴리는 것을 관두고 순순히 답했다.

“……부정적인 감정들만 계속 기억하며 살기엔, 지금 내가 너무 행복해서.”

그에게 말한 것 중 유일한 내 진심이었다.

“이미 불편하게 마주친 거, 너도 그랬으면 해서 한 말이야. 어쨌든 오늘 도움을 입었고, 괜히 찝찝함 남기기 싫으니까.”

“…….”

“알아들었으면 그만 쫓아다니고.”

“제가 당신, 원망하고 증오했다는 거.”

“…….”

“……정말이에요?”

그때였다. 그만 대화를 끝내고 싶은 나와는 달리, 놈은 집요하게 딱히 알고 싶지 않다던 과거를 캐물었다. 나는 한숨을 삼키며 답했다.

“너한테 거짓을 말할 이유가 뭐 있겠니.”

“전 사실 거짓말했거든요.”

시큰둥한 내 어투가 무언가를 자극했을까. 표정 하나 바꾸지 않고 쏟아지는 그의 말에, 일순 숨이 멈췄다.

“맨 처음엔 과거 따위 상관없이, 당신 죽이려고 뒤쫓았거든.”

그가 내게 한 걸음 다가서며 말했다.

'죽이려고…… 쫓아왔다고?'

나는 본능적인 거부감에 한 발짝 뒷걸음질 쳤다.

내가 기억하는 과거 속의 그는 한 번도 이런 식으로 군 적이 없어서일까. 새삼, 그런 점에서 그가 정말로 기억을 잃고 다른 사람이 되었다는 것을 확인할 수 있었다.

"기억도 없는데 날, 왜?"

"기억이 없으니까. 당신을 볼 때마다 거슬리는 그 기분이 싫어서요."

"……거슬리는 기분?"

"짜증 나는 것 같기도 하고, 여기가 뛰는 게……."

그가 말끝을 흐리며 팔을 들었다.

"불쾌하기도 하고."

그리고 내게서 건네받은 단검 끝으로, 제 가슴팍을 툭툭 치며 말했다.

나를 볼 때 놈의 심장께가 왜 뛰는지, 나도 알 수 없었다. 생리적인 거부감인지 아니면 무의식중에 남은 기억의 잔재인 건지.

하나 확실한 건, 아까 전부터 놈이 나를 바라보는 반질반질한 눈에는 아무런 감정이 담겨 있지 않다는 것.

"……갑자기 그런 말을 하는 이유가 뭐야."

"내내 궁금했거든요. 왜 당신만 보면 그런 기분이 드는 건지."

놈이 다시 한 발짝 다가왔다. 그만큼 물러서려 했지만, 이미 암벽에 다다라 더 물러설 곳도 없었다. 내게 바짝 붙은 채 이클리스는 무표정한 얼굴로 읊조렸다.

"기억을 되찾을 방법은 오리무중이고. 그래서 당신을 따라다니다 보면 뭔가 좀 알까 싶어서 그랬는데……."

"……."

"원수여서 그랬다니, 생각보다 좀 식상한 이유라서."

놈은 마치 떠보기라도 하듯 가느스름하게 뜬 눈으로 나를 샅샅이 훑어봤다.

'그럼 원수 말고 무슨 말을 원하는 걸까.'

널 이용했고, 그런 나를 알면서도 사랑하다 못해 미쳐 버렸단 말? 나를 보면 뛰는 심장은 그런 네 과거 때문이라고?

하지만 그렇다고 하기에 그의 말과 태도는 너무 모순적이지 않은가.

내가 거슬려서 죽이고 싶었다는, 기억을 잃은 이클리스. 하지만 그저 내가 안전할 수 있게 뒤에서 마물들을 처리한 이클리스.

감정이 거세된 그의 눈, 3년간 모습을 감춘 채 내 주변을 맴돌며 도움을 주던 행동.

머리가 핑핑 돌았다. 나는 휘청거리지 않기 위해 몸에 꼿꼿이 힘을 주고 입을 열었다.

"……3년이면, 죽일 기회가 충분했을 텐데."

"충분하긴 했죠."

그는 쉽게 수긍했다. 그리고 다시 부정했다.

"그런데 목이 베인 마물들을 보고도 당신이 날 필사적으로 모르는 척하는 꼴을 구경하는 게, 생각보다 흥미로웠어요."

정말로 재미나 흥미 따위를 척도로 두고 모든 것을 결정해 오기라도 한 걸까.

그는 잇따라 이해할 수 없는 대답을 했다. 하지만 나는 조금씩 알쏭달쏭한 놈의 진의를 읽어 갈 수 있었다.

나를 똑바로 응시하는 그의 눈은, 호기심과 재미로 빛나고 있으면서도 동시에 생기가 없었다. 예전의 그는 늪에 서서히 가라앉고 있는 줄도 모르고 하나만 보며 질주하는 느낌이었다면, 지금의 그는 말 그대로 끈 떨어진 인형 같았다.

삶의 목적도 살아갈 의지도 딱히 없이, 그저 당장 눈앞에 들이밀어진 흥밋거리 하나만을 좇을 뿐.

그리고 그게 하필 재수 없게도 또 나였다. 거슬리니 죽여 보고는 싶지만, 그러면 영영 호기심도 재미도 잃어버릴 테니까. 어떻게 보면 천진난만한 아이나 할 법한 생각이, 그가 하는 말의 요지였다.

완벽하게 기억을 잃은 채 더는 나를 사랑하지 않는 그가 다행인지, 불행인지 알 수 없었다. 어쩌면 이게 게임에 가려졌던 이클리스의 본모습이었던 걸지도…….

"너무 그렇게 노려보지 마요."

그가 어떤 돌발 행동을 할지 몰라, 너무 굳은 얼굴로 예의 주시한 걸까. 문득 놈이 처음 내게 괜찮냐고 손을 내밀었을 때처럼, 꽤 정중한 태도로 내게서 다시 물러났다.

"어쨌든, 이유를 알았으니 됐습니다. 기억도 안 나는 과거로 이제 와 복수 놀음하는 것도 웃기니까……."

"……."

"그냥 수호천사로 남을래요."

얼어붙은 내게, 비식 웃음 짓는 그는 여전히 낯설었다.

"당신 말대로 이제 쫓아다니면서 마물 사냥하는 건 관둘게요. 당신도 관둘 거라면서요, 이 일."

— ……이번 탐사만 마무리 지으면, 저 그만두려고요, 마리엔느.

아침에 마물의 사체들을 앞두고 마을 입구에서 마리엔느와 나눴던 대화가 떠올랐다.

'……들었구나.'

들으라고 한 말이긴 했지만. 그 생각이 들기 무섭게 놈이 말했다.

"그래도 완전히 그만둘 때까진, 심심하면 가끔 훔쳐봐도 돼요? 당신 일하는 거."

은근슬쩍 계속 지켜보겠다는 의중에 정신이 번쩍 들었다.

"아니."

나는 서둘러 고개를 저었다. 이러다 계속 나에 대한 흥미를 잃지 못해 황궁까지 쫓아온다면, 그것만큼 난감한 일이 또 없으리라.

놈에게 내가 아닌 또 다른 흥밋거리를 던져 주기까지의 고뇌는 길지 않았다.

"그렇게 심심하면 동북쪽으로 가 보든지."

"동북……?"

"그쪽으로 가면…… 네가 정착하고 살 만한 곳이 존재할 수도."

칼리스토가 재위한 지 5년, 그간 제국의 정세는 꽤 많이 바뀌었다. 땅이 근접한 속국들은 하나둘, 제국의 하위 지역으로 복속되어 갔고 평민이 늘어감에 따라 노예 제도도 서서히 사라졌다.

하지만 반란에 가담한 델만인들은 끝내 노예에서 해방되진 못했다. 어떻게 보면 썩 나쁜 일은 아니었다. 반란의 주축들이 모두 처형되고 남은 사람들은 위험 인자들로 분류되어 그들이 원래 살던 척박한 고향 땅으로 보내졌기에.

"동북 땅에 뭐가 있는데요?"

이클리스는 갑작스러운 내 말이 의외인지 미묘한 표정을 짓고 되물었다. 세뇌 때문에 돌아버린 그는 동향인들에게 씻을 수 없는 죄를 지었다.

하지만 그것도 벌써 5년 전의 일이다. 그와 관련된 일을 아는 자들은 모두 죽었고, 반란을 일으켰던 델만의 마지막 왕자를 기억하는 사람은 아무도 없었다.

"가 보면 알 수 있겠지."

언제까지고 목적 없이 눈앞의 재미만 좇으며 살 순 없으니까.

"나도 자세히는 몰라. 내가 해 줄 수 있는 말은 거기까지야."

그가 내 말을 듣고 갈지 안 갈지는 알 수 없었다.

그래도, 차라리 저와 생김새도 처지도 비슷한 사람들과 같이 있으면 그도 제대로 제 인생을 살아갈 기회가 주어지지 않을까. 그저 그렇게 바라는 수밖에.

"네가 내게 한 말 지켜. 다신 볼 일 없었으면 좋겠네."

"……."

"어디서든 잘 지내렴."

안녕, 이클리스.

나는 드디어 그와 죽음이나 파멸이 아닌, 제대로 된 작별 인사를 할 수 있었다. 그 사실에 기분이 걷잡을 수 없이 이상해졌다.

잠시간 그를 마주 보던 나는 다시 뒤돌았다. 그때였다.

"잠깐."

놈이 미련 없이 뒤로 돈 나를 붙들었다. 나는 눈살을 찌푸리며 왈칵 성을 내었다.

"더 할 말 없다고 한 것 같은데."

"그만 상종하고 싶다는 뜻은 충분히 알겠는데요. 혹시 스크롤 남은 거 있습니까?"

"스크롤?"

실드 스크롤이 몇 개 남아 있긴 했다.

'그런데 갑자기 웬 스크롤? 혹시…… 구해 줬으니 삥 뜯으려는 건가?'

마법 스크롤은 값이 꽤 나갔다. 나는 의심하는 눈초리로 되물었다.

"……남았는데, 왜?"

"당신 아무래도 오늘 단단히 잘못 온 것 같은데요."

이클리스는 까마득한 협곡 아래를 턱짓했다.

그 순간, 쿠르르르릉—. 발밑에서 미약한 진동이 느껴졌다. 불길한 예감이 들었다.

"무슨……."

나는 이클리스가 바라보는 방향을 따라 고개를 돌렸다. 잘 보이지도 않는 먼 협곡 아래에서 기이한 먼지 구름이 피어오르고 있었다.

어두컴컴한 시야 탓에 잘 보이지 않아 나는 눈을 가느스름하게 떴다. 먼지구름 틈으로 바윗덩이가 굴러다니는 게 간신히 보였다.

'꼭 산사태 같잖아.'

하지만 그럴 리 없었다. 아무리 미쳐 돌아가는 세상이라도 거꾸로 경사를 타고 오르는 산사태는 듣도 보도 못했으니까.

쿠구구구구궁—!

"어, 어……!"

그사이 진폭이 점점 짧고 강해졌다. 떨어질 듯 휘청거리는 몸을 이클리스가 재빠르게 붙들어 줬을 때쯤, 나는 거꾸로 협곡을 타고 오르는 산사태의 정체를 알았다.

"미친……."

한 무리의 돌뱀 떼였다.

"저, 저거, 저거 뭐야?!"

"아까 벤 놈의 피 냄새가 잠든 가족들을 깨웠나 봐요."

입을 떡 벌린 채 경악하는 나를 보며 이클리스 놈은 태연하게 대꾸했다. 놈이 왜 스크롤의 여부를 물었는지 알 수 있었다.

의심한 것을 민망해할 새도 없이 나는 허겁지겁 품 안에서 남은 스크롤 뭉치들을 꺼내어 확인했다.

'공격 마법 5개, 방어 마법 3개…….'

말려 있는 종이를 거칠게 풀어 가며 확인하니, 총 8개뿐이었다. 이미 한 번 써 본 결과 그중 실용적인 건 딱히 없었다.

"이동 마법은 없어요? 정말 실속 없는 것들만 챙겨 왔네요."

마치 내 속을 대변해 주듯, 이클리스 놈이 옆에서 강 건너 불구경하듯 지껄였다.

"공격 마법이 안 통할 줄 내가 어떻게 알았겠어!"

"안타깝네요."

전혀 안타깝지 않은 얼굴로 틱 내뱉은 그가 이어서 비죽 웃으며 고개를 까딱였다.

"그럼 수고하세요."

"……뭐?"

꺼내 들었던 단검을 품에 고이 집어넣고 갈 채비를 하는 이클리스의 모습에 나는 좀 멍해졌다. 물론 그가 여기서 날 도와야 할 이유는 없지만, 초점이 흔들렸다.

"이, 이대로 간다고?"

"조금 전에 마물 사냥하는 건 관둔다고 했잖습니까?"

"하, 하지만……."

"당신 말대로, 동북으로 가려면 준비할 게 꽤 많아서요."

더듬거리며 묻자, 그가 어깨를 으쓱이며 여상하게 답했다.

"하."

물론 내 입으로 관두고 떠나라 했지만, 이렇게 당장 태세가 돌변할 줄은 몰라서 허탈한 웃음이 새어 나왔다.

"당신도 잘 지내고요. 3년간 뒤치다꺼리 한 보람 없이 바로 죽진 않았으면 좋겠네요."

작별 인사를 남긴 놈은 잡을 틈도 없이 꽤 멀리 떨어진 바위 위로 훌쩍 뛰어올랐다.

"야! 자, 잠깐."

그리고 뒤도 돌아보지 않고 떠나기 시작했다.

"야!"

돌뱀 떼가 몰려오는 협곡 한가운데에, 나만 남겨 둔 채.

눈 깜짝할 새 보름달이 걸려 있는 절벽 끝까지 올라간 놈의 실루엣이 고갤 빼고 흘끔 나를 내려다보는 것이 보였다. 하지만 그것도 찰나였다.

'X발.'

훅, 사라진 놈의 그림자.

"쉬익, 쉬익."

"캬아아악—!"

"쿠웨에에엑—!"

그리고 한 치 앞까지 다가온 끔찍한 돌뱀들.

"자, 생각해 보자."

나는 눈물을 머금고 침착하게 동선을 짰다.

일단 실드를 몽땅 배 쪽에 두르고 가장 선두에 선 놈에게 공격을 퍼부은 후, 나를 삼키려고 주둥이를 암벽에 박는 놈 중 하나의 머리를 밟고 위로 도약한다. 그리고 절벽을 오를 때까지 반복.

'숲으로 가면 어떻게든 숨거나 시간을 벌 수 있겠지.'

하지만 기적이 따라 줘야만 겨우 성공 가능한 그 계획은, 바로 옆 암벽을 뚫고 튀어나오는 또 다른 놈 때문에 시작부터 실패했다.

콰아아앙—!

"캬아아악!"

"꺄아아악—!"

바로 옆에서 꿈틀대는 뱀 대가리에 나는 침착함을 잃고 비명을 질렀다. 그때였다.

"허리 숙여, 공녀!"

꿈틀거리는 칙칙한 바위 색의 마물 사이로, 거짓말처럼 황금빛이 쏟아져 내렸다.

돌뱀의 거대한 송곳니가 머리맡에 드리워지는 순간. 나는 낯익은 외침에 가까스로 허리를 숙였다. 그와 동시에, 쐐액—! 바람을 가르는 날카로운 소리가 들렸다.

"키에에엑—!"

돌 틈에서 튀어나와 나를 향해 입을 쩍 벌린 채 돌진하던 마물의 머리가 누군가가 휘두른 검에 의해 댕강 썰렸다. 조금 전에 겪었던 것과 같았다.

하지만 목이 잘리고도 악착같이 내가 서 있는 바위 끝을 물고 늘어지는 뱀 대가리를 거칠게 걷어차는 남자는, 이클리스가 아닌.

"……폐하."

나는 혼비백산한 채 갑자기 허공에서 뚝 떨어진 듯한 칼리스토를 바라보았다. 잠을 자다가 뛰쳐나온 건지 그는 얇은 침의 차림새였다.

뒷머리가 부스스하게 일어난 채 검 하나를 쥔 그 모습이, 좀 웃기기도 하면서 왠지 모르게 코끝이 찡해졌다.

"대체……."

지척에 다가온 마물 떼와 나를 번갈아 바라보며 입을 달싹이던 그가, 화를 삭이듯 크게 심호흡하며 물었다.

"언제부터 고고학자 때려치우고 마물 사냥꾼으로 전향한 거지?"

"그게……."

시뻘건 눈동자가 어둠 속에서 형형하게 불타오르고 있었다. 뭐라 대답할지 몰라 우물쭈물하는 사이.

"쉬이이익—."

그의 등 뒤로 크기가 좀 작은 마물 하나가 갈라진 혀를 날름거리며 드리워졌다.

"폐, 폐하! 윈드 피숀!"

나는 피하란 말을 채 하기도 전에 손에 들고 있던 스크롤부터 찢었다. 휘이이잉—! 송곳처럼 날카로운 돌풍이 '훅' 그쪽으로 쏘아졌다.

"캬아아악!"

가까스로 몸을 틀어 그것을 피한 칼리스토가, 마법 공격을 받고 비틀거리는 마물의 턱밑에 칼을 쑤셔 넣으며 신경질적으로 외쳤다.

"하, 이제 약혼자고 뭐고 막 쏘시겠다?"

"쏘다뇨, 구해 준 겁니다! 저기!"

첫 놈을 기점으로 부지런히 협곡을 기어오른 마물들이 우리가 있는 곳까지 하나, 둘 당도했다. 투덕거릴 새도 없이 나는 얼른 새 스크롤을 찢었다.

"뒤에서 엄호해!"

검을 고쳐 잡은 칼리스토가 나를 제 뒤로 숨긴 채, 아래에서 튀어 오르는 돌뱀들을 상대하기 시작했다.

나는 그의 말대로 한 번 더 스크롤을 찢었다. 고작 5개 있던 것들이 금세 줄어 2개만 남았다. 휘익, 휘익—.

"캬아아악!"

"키에에엑—!"

이곳저곳에서 동시다발적으로 거대한 뱀 대가리들이 튀어나오기 시작했다. 바위 협곡은 그야말로 돌인지 돌뱀인지 구분이 가지 않을 정도로 마물 떼가 바글바글 들끓었다.

"저 염병할 괴물 새끼들은 왜 마법 맞고도 멀쩡한 거지?"

좀처럼 마법 공격이 먹히지 않자, 칼리스토가 오만상을 찌푸리며 짜증을 냈다.

"외피가 너무 두꺼워서 가지고 온 것들론 타격이 별로 없는 것 같아요! 파이어 피숀! 프리즈숀!"

"캬아아악!"

"제기랄! 이러다간 끝도 없겠군. 이동 마법 스크롤은 없나?"

"……이제 공격 마법 스크롤도 없는데요?"

"하, 참 재밌게도 살아. 응? 이리 와!"

어느새 스크롤을 다 써 버려 빈손을 들어 보이자, 그가 이를 박박 갈더니, 성큼성큼 다가왔다. 그리고 곧장 나를 번쩍 안아 들었다. 놀랄 새도 없이 휙 시야가 반전됐다. 나는 짧게 비명 질렀다.

"악! 무, 무슨……."

정신을 차리니, 어느새 나를 옆구리에 짐짝처럼 단단히 낀 채 칼리스토가 읊조렸다.

"불편해도 참아, 공녀. 칼 휘두르려면 별수 없으니까."

"꼬, 꼭 이렇게 짐짝처럼요……?"

"그럼 등에 업혀서 내 방패 노릇이나 하다 뒈지고 싶어?"

"말을 그렇게 상스럽게 해야 돼요?"

"사고만 치는 망나니보단 상스러운 황제가 낫지."

'너한텐 그런 소리 듣기 싫어!'

나는 혹여나 아기가 들을까 봐 귀를 틀어막고 싶었다. 하지만 곧바로 훌쩍 위쪽으로 뛰어오르는 칼리스토 때문에 행동으로 옮길 수 없었다. 자세 때문에 시야가 덜렁덜렁 흔들렸다.

'우욱, 토할 것 같아!'

앞서 먹은 열매 탓인지, 금방 속이 울렁거렸다. 하지만 한 팔로 나를 들고, 다른 팔로 칼을 휘두르며 마물의 대가리들을 밟고 협곡을 타오르는 기적을 행하는 중인 칼리스토에게 불편한 티를 낼 수 없었다.

필사적으로 입을 틀어막고 참다 보니, 어느새 협곡 꼭대기에 도달했다.

"공녀, 괜찮나?"

여전히 나를 옆구리에 낀 칼리스토는 나를 내려 줄 생각도 않은 채 그대로 내달렸다.

"으윽, 폐하, 폐하. 저 이제 내려 주세요."

다시 덜렁덜렁 몸이 흔들리자, 정신이 혼미해졌다. 나는 다급하게 그의 팔을 치며 외쳤다.

"안 돼. 빌어먹을 뱀 새끼들이 바로 뒤에서 쫓아오고 있거든."

쿠구구구궁, 쉬익, 쉬익— 캬아아악—!

굳이 뒤돌아보지 않아도 알 수 있었다. 마물 떼들이 우릴 뒤쫓아 집요하게 협곡을 거슬러 오르고 있다는 사실을.

— 당신 아무래도 오늘 단단히 잘못 온 것 같은데요.

먼저 도망가 버린 그 망할 놈이 지껄였던 말이 떠오르는 건 왜일까.

'하…… 임신인지 확인하러 왔다가 이게 무슨 봉변이야.'

발굴을 위해 그동안 수십 번 이곳을 탐사하러 왔지만, 대체 저 돌뱀 새끼들이 언제부터 마물로 변한 건지 알 수 없었다.

"……폐하, 이번엔 황궁 마법사들 협박 안 하셨어요?"

나는 눈물을 찔끔 흘리며, 나를 옆에 낀 채 헉헉거리며 뛰는 중인 칼리스토에게 지푸라기라도 잡는 심정으로 물었다.

"항상 시간 되면 소환하라고 대기시켜 뒀잖아요."

"잠자다가 강제로 소환당한 사람한테 그게 무슨 소리야? 그러니까 낮이고 밤이고 마법사 달고 다니라 했……!"

쿠구구구구구궁—.

그때였다. 지금까지 느껴지던 미약한 진동이 우스우리만치 엄청난 흔들림이 지반을 뒤튼 것은. 심상치 않은 기류에 칼리스토가 흠칫 걸음을 멈췄다.

"무슨……."

그가 눈을 가느스름하게 뜨며 뒤로 돌았다. 덕분에 그의 옆구리에 끼워져 있던 나 또한 덩달아 뒤를 돌아보게 되었다. 그리고 그와 동시에.

콰아아앙——! 협곡이 폭발이라도 하듯 엄청난 굉음과 함께 무언가가 땅 위에서 솟아올랐다.

"쿠워어어어—!"

달빛을 가리고 드리워지는 커다란 그림자에, 칼리스토도 나도 멍하니 고개를 들었다.

하나, 둘, 셋. 뱀 대가리가 무려 세 개나 달린 초대형 돌연변이 마물이, 바짝 세운 세 개의 몸뚱이를 흔들거리며 우리를 향해 노란 눈을 빛내고 있었다. 오싹, 소름이 돋았다.

"제길, 저게 뭐야."

그건 뱀이 아니었다. 지금까지 만났던 마물들의 끝판왕. 용이 되기 직전의 이무기나 다름없는 모습이었다.

마치 공격할 거리를 재기라도 하는 듯 흔들거리던 그것들이 문득 한순간에 움직임을 멈췄을 때.

"아아아악—!"

칼리스토와 나는 동시에 비명을 질렀다.

쾅, 콰앙—! 그가 다시 내리막길을 내달리기 시작한 지 얼마 지나지 않아, 뱀 대가리들이 차례대로 아슬아슬하게 우릴 비껴가 땅에 박혔다.

천지가 개벽하듯 사방이 진동했다. 악착같이 나를 끌어안은 채 넘어지지 않은 칼리스토가 숲을 향해 뛰어가며 급박하게 물었다.

"헉, 헉! 어디야! 마을로 가려면 어느 방향으로 가야 하는지 빨리 말해!"

"저기, 저기! 깃발 박혀 있는 곳 쪽으로요!"

나는 얼른 굴착 지역을 가리켰다. 마을로 가려면 그곳을 지나쳐서 좀 더 숲길을 걸어야 하지만, 그 전에 꼼짝없이 뱀 밥이 될 것이다.

발굴 현장에는 작업 중 혹시 모를 마물의 습격에 대비하여 고대 유물로 임시방편을 만들어 놓았다. 깃발로 쓰는 깃대는 몰트반에 오기 전 들렀던 지역에서 발견한 지팡이로, 미약한 결계를 형성하여 마물의 접근을 막았다.

마물의 수가 너무 많고, 대가리가 세 개나 달린 초대형 돌뱀까지 나타나 버린 총체적 난국인 상황.

솔직히 낡아 빠진 지팡이에서 뿜어져 나오는 마력이 얼마나 버틸지 알 수 없었다. 그러나 지금으로선 그곳에서 시간을 벌 수밖에.

칼리스토는 내 말에 대꾸도 없이 그쪽으로 쏜살같이 달려갔다.

"쉬익, 캬아아악—!"

세 개의 뱀 대가리 중 가운데 주둥이가 우리를 수직으로 찍어 물기 바로 직전. 우리는 가까스로 미끄러지듯 깃대 주변으로 굴러떨어졌다.

콰악—! 보이지 않는 막이 있듯 뱀의 주둥이가 허공에 우뚝 멈췄다. 그러나 코끼리 상아만큼 커다란 송곳니 한 쌍이 칼리스토의 바로 뒤에 길쭉이 박혀 있었다. 예상했듯, 결계가 바로 뚫린 것이다.

쉬익, 쉬익. 쇄아아악— 어느새 쫓아온 뱀 마물들이 우리 주변에 둥그렇게 똬리를 틀며 결계를 감싸기 시작했다. 꿈틀거리는 것들로 점점 시야가 가려졌다.

"허억, 헉…… 미친……."

숨을 몰아쉬며 울렁거리는 속을 달래고 있던 나는, 그 모습에 다시 맹렬한 구역질이 치솟았다.

"폐하, 우리 이제 어떡하죠?"

나는 비척비척 일어나 칼리스토를 돌아보았다. 그런데, 방법을 찾고 있을 줄 알았던 그가 심각한 얼굴로 깃대를 바라보고 있었다.

"공녀, 이 깃대 말이야."

"……네?"

"……좀 이상한 것 같은데?"

나는 그 말에 깃대를 돌아보았다. 정말이었다.

우웅, 우웅, 우우웅—. 평소엔 멀쩡하던 그것이 기묘한 빛을 내며 덜덜 떨리고 있었다.

'뭐야, 왜 그래. 버티기 힘들어서 그런가?'

어느덧 한 평 남짓한 결계 안은 완전히 어둠에 잠겼다. 뱀 떼들이 우리를 둘둘 감쌌기 때문이다. 유일하게 빛을 내는 것은 깃대에서 흘러나오는 기이한 하얀색 빛뿐.

우웅, 우우웅—.

계속해서 진동하는 깃대를 보니, 왠지 모를 기시감이 들었다.

'거울 봉……?'

나도 모르게 그것을 향해 손을 뻗으려던 찰나였다.

쩌저적—. 불현듯 지팡이를 중심으로 흰빛이 땅을 타고 파죽지세로 흩어졌다.

"공녀, 이리……!"

칼리스토가 다급하게 나를 불렀다. 막 시선을 떼고 그를 돌아본 순간. 문득 발아래가 묘하게 휑한 느낌이 들었다. 칼리스토의 얼굴이 훅, 꺼졌다.

"아아아악—!"

우리는 그렇게 까마득한 구덩이 속으로 하염없이 떨어졌다.

"……풍요로운 대지, 안락하고 강대한 제국, 무수히 태어난 아름다운 아기들."

웅장한 음성이 귓가를 간지럽혔다. 나는 움찔거리며 감고 있던 눈을 떴다.

찰박, 찰박—. 어디서 청량한 물소리가 들렸다. 아닌 게 아니라 나는 물에 반쯤 잠겨 있었다.

"그리고…… 그들을 아우르는 위대한 용의 후손."

이어지는 목소리에 나는 그제야 주변을 둘러보았다. 그러다 흠칫 놀랐다. 지팡이를 쥔 채 흰색 후드를 뒤집어쓰고 있는 수많은 사람들이 누워 있는 나를 빽빽하게 둘러싸고 있는 게 아닌가.

'뭐야, 이 사람들…….'

나는 눈살을 찌푸리며 그들의 정체를 알아내려 용을 썼다. 그러나 이상하게도 집중하려 하면, 꼭 누가 강제로 눈가를 짓누르는 것처럼 시야가 흐릿해졌다. 그나마 알아볼 수 있는 것은 그들 모두가 손에 들고 있는 지팡이 하나뿐.

'꼭 내 거울 봉 같네…….'

정신없는 와중에도 그런 헛생각이 들었다.

"황금룡의 은혜를 입은 현자들은 만물을 지켜 내는 숙명을 타고 날지니."

다시 웅장한 목소리가 알 수 없는 말들을 지껄였다.

"하지만 그리하지 못하고 욕심에 물든 어리석은 자, 영생을 손에 거머쥐는 순간, 황금룡의 날개에 짓눌려 영혼이 바스라지리라."

'뭐라는 거야…….'

"우리의 흔적을 찾아 헤매던 마지막 후손이여."

그때였다. 나를 둘러싸고 떠들어 대던 흰색 후드 중 한 명이 불쑥 한 발짝 다가왔다.

"그대는 어떤 선택을 할 것인가."

그렇게 물으며 그는 누워 있는 내 얼굴 위로 양손을 내밀었다.

한쪽 손엔 커다랗고 탐스러운, 누가 봐도 순금덩어리 같은 황금색의 알 하나가, 또 다른 손에는 산소 호흡기가 들려 있었다.

그가 내민 산소 호흡기가 스르륵 떨어져 내 코에 닿을 듯 말 듯 달랑거렸다.

'이쪽 세상에도 산소 호흡기가 있었나?'

뭔가 좀 이상하다는 생각이 들었다. 그러나 선택을 재촉이라도 하듯 코끝을 스치는 산소 호흡기의 흔들림이 점점 커졌다.

고민은 당연히 길지 않았다. 둘 중 하나만을 선택해야 한다면.

'당연히…….'

그것을 잡기 위해 손을 뻗은 순간이었다.

"……녀, 공녀! 페넬로페 에카르트!"

누군가 거칠게 나를 뒤흔들었다. 나는 번쩍 눈을 떴다.

"헉."

"정신이 들어? 응?"

"……칼리스토?"

절박한 얼굴로 나를 바라보는 남자를 알아보는 것과 동시에 기침이 마구 튀어나왔다.

나는 물을 죽죽 토해 내며 몸을 격렬히 들썩였다. 그런 내 얼굴을 더러운 줄도 모르고 정신없이 손으로 닦아 주고 등을 두드려 주던 칼리스토는, 마침내 내 기침이 완전히 멎었을 무렵 와락 나를 껴안았다.

"제기랄, 갑자기 숨이 멈춰서 얼마나 놀랐는지 알아?"

"숨! 숨 막혀요!"

끌어안는 힘이 무시무시했다. 나는 캑캑거리며 그의 어깨를 내리쳤다.

"……아주 사람 속 끓게 만드는 데 도가 텄지, 그냥."

그러나 그는 놔주기는커녕, 나를 찌부러트릴 듯 더욱 거세게 끌어안으며 짓씹듯 중얼거렸다. 나는 문득 그의 품을 벗어나려 버둥거리던 것을 멈췄다.

홀딱 젖어 있어서 내가 떨고 있는 건 줄 알았는데……. 나를 끌어안은 칼리스토의 손이, 아니 그의 몸이 사시나무처럼 바들바들 떨리고 있었다. 잠시 정신을 잃은 사이에 그가 얼마나 놀랐는지 알 수 있었다.

"……미안해요."

나는 결국 또 한 번 어깨를 내리치려던 손을 찬찬히 내려 그를 마주 안았다.

한참이 지난 후 그도, 나도 꽤 놀란 가슴이 조금씩 진정이 되었다. 그제야 우리는 찬찬히 주변을 둘러볼 여유가 생겼다.

주변은 한눈에 봐도 컴컴하고 깊숙한 지하 동굴이었다. 좀 특이한 건 동굴 한쪽이 물로 가득 채워진 광활한 호수라는 것이다.

머리끝부터 발끝까지 젖은 것을 보니 호수에 떨어졌고, 기절한 새 칼리스토가 뭍으로 옮겨 놓은 듯했다.

“추워?”

서늘함에 조금 몸을 움츠리자, 그가 입고 있던 침의의 상의를 벗어 나를 둘둘 감쌌다.

“이것도 다 젖었잖아요.”

“그래도 황제의 옷에는 보온 마법이 걸려 있지. 금방 마르니까 참아.”

황제라는 사람이 본인은 헐벗은 채 내 옷깃을 여며 주기 바빴다.

“……그럼 폐하는요?”

그런 그를 가만히 올려다보며 묻자, 그가 어처구니없다는 듯 웃었다.

“또, 또. 쥐가 고양이 생각을 왜 해? 입술은 시퍼래 가지고, 아주 그냥 마녀가 따로 없군.”

그가 손을 들어 엄지로 내 입술을 꾹 누르며 놀렸다. 좀 욱했지만, 지은 죄가 있기에 잠자코 있었다.

대신 그를 무시하듯 고개를 비틀고 까마득한 위를 바라보았다. 대체 얼마나 깊은 지하에 있는 건지, 무너진 지반이 보이지도 않았다.

“우리…… 이제 어떡하죠?”

“글쎄.”

내 우려스러운 질문에 칼리스토는 퍽 심드렁하게 말했다.

“이대로 동이 터서 누군가 우리가 사라진 것을 눈치채길 바라야겠지.”

그는 내 불안을 달래 주듯 가벼운 웃음과 함께 덧붙였다.

“어느 쪽 놈들이 먼저 달려올지 궁금한데.”

“전…… 몰트반 쪽이요.”

나는 그의 농담 같은 내기에 순순히 어울렸다.

“폐하가 무서워서 그런지 진이 제가 숙소에 잘 있는지 새벽부터 일어나서 매번 확인하더라고요.”

“허, 그게 호위 떼어 두고 오밤중에 마물 때려잡던 사람이 할 소리야?”

태연한 내 대꾸가 기가 막히는지, 칼리스토가 이를 악물고 되뇌었다.

“말 나온 김에 대화 좀 하지. 사실대로 말해. 뭘 하느라 여기까지…….”

“잠깐만요.”

틈이 생기기 무섭게 득달같이 캐묻는 칼리스토를 허겁지겁 막아서며 나는 그를 지나쳐 걸었다.

“말하다 말고 어디 가? 황제가 우스워?”

그가 황당하다는 듯 나를 불렀지만, 내 시선은 물결에 얕은 곳까지 떠밀려 온 무언가에 못 박혔다.

“이거요.”

물 위에 우리와 함께 떨어진 깃대가 둥둥 떠 있었다.

“아무래도 좀 이상한 것 같아서…… 돌아가면 확인 좀 해 보게요.”

방어 결계가 약하게 생성될 뿐, 유물치곤 마력도 그다지 없는 그저 낡은 작대기였다. 작업 현장을 오가며 항상 보던 건데, 아까 흰 빛을 내며 진동하던 것을 떠올리니 불쑥 위화감이 치솟았다.

‘그러고 보니 이상한 꿈을 꾼 것 같은데…….’

그런 생각을 하며 나는 깃대 너머 잔잔한 동굴 속 호수를 쭉 둘러보았다.

“마리엔느가 엄청나게 실망할 것 같은데…….”

“지금 그런 거나 신경 쓸 땐가?”

“근 1년 가까이를 여기에 쏟아부었는데 당연하죠. 이렇게 물밖에 없을 줄 몰랐다고요.”

실망한 건 마리엔느뿐이 아니라, 나 역시 허탈하게 중얼거렸다. 묘하게 힘이 없는 내 음성에 결국 캐묻는 것을 관둔 칼리스토가 터벅터벅 내 곁으로 다가왔다.

나는 그를 신경 쓰지도 않은 채 문득 미간을 찌푸리고 고민했다.

“……그럼 대체 이곳은 마물이 왜 이렇게 많이 나오는 거지?”

“그놈들도 먹고살고 싶나 보지. 그런데 그대 같은 귀찮은 인간들이 하도 들쑤시고 다니는 탓에 이 산골짜기에 몽땅 숨은 거야.”

풀리지 않는 수수께끼에 혼잣말을 하자, 칼리스토가 나지막이 혀를 차며 지껄였다.

‘참 저 같은 생각이네.’ 하고 깔끔히 그 말을 무시한 나는 이내 손을 뻗어 깃대를 들었다.

“아!”

그 순간, 손바닥에서 날카로운 통증이 느껴졌다. 나는 짧은 신음과 함께 깃대를 놓쳤다.

“뭐야? 어디 봐.”

다시 물속에 떨어지기 전 용케 깃대를 잡은 칼리스토가 다급하게 웅크린 내 손을 폈다. 손바닥에서 핏물이 한가득 배어나고 있었다.

핏방울이 똑, 똑 수면 위로 떨어지자 그의 얼굴이 한순간에 흉흉해졌다.

"다쳤잖아! 제길, 털끝 하나 안 다치게 고이 둘러메고 왔는데 대체 언제……."

"떨어지면서 어디 쓸렸나 봐요."

"칠칠치 못하기는. 그러고 보니 실드는 왜 배 쪽에만 몇 겹을 쳐놨어?"

"네?"

나는 뜨끔해서 퍼뜩 어깨를 떨며 더듬더듬 배를 만져 보았다.

'맞다, 아기.'

아직도 스크롤의 마법이 유효한지, 내 몸은 희끄무레한 빛으로 반짝였다.

'괜히 아끼지 않고 실드 스크롤을 다 쓰길 잘했어.'

앞에 둘렀던 것들과 중첩되어 그런지, 그렇게 격렬하게 움직였는데도 어디 하나 아픈 곳 없이 멀쩡했다.

"아까 뱀 대가리들 못 봤나? 아무리 내장을 열심히 보호해도, 모가지가 썰리거나 대가리가 터지면 그만이라고. 다음부터는 목 위로도 실드를 둘러. 알겠어?"

아무것도 모르는 어린애에게 설명이라도 해 주듯 그가 차근차근 지껄였다. 제발 그따위 끔찍한 소리 좀 그만하라고 입을 열려던 그 순간이었다.

우우우웅—. 불현듯 칼리스토의 손에 들려 있는 깃대가 다시 진동하기 시작했다.

그와 동시에 쏴아아아—!

어디선가 물길이 거세게 쏟아지는 소리가 들렸다. 나와 칼리스토의 얼굴이 동시에 호수 쪽으로 돌아갔다.

"무슨……."

그리고 믿기지 않는 광경을 목도했다. 광활한 호수를 꽉 채우고 있는 물이 엄청난 속도로 빠지고 있었다.

차근차근 수위가 내려갔다. 그리고 물밑에 있던 것이 조금씩 드러나기 시작했다.

"세상에……."

나는 천천히 눈을 크게 떴다. 호수의 물이 모두 빠지고 드러난 건, 무너진 건물터와 아슬아슬하게 남아 있는 몇 가지 조형물들. 그 사이사이로 가득 쌓여 있는 빛바랜 보석, 황금, 유물들.

"……고대 마법사들이 살던 곳이에요."

마력 측정기가 없어도, 피부가 찌릿할 정도로 강력한 마력이 이곳에 잠재되어 있는 게 느껴졌다.

레일라 일족과의 대전투 이후 세상에서 씻은 듯이 사라진 고대 마법사들. 간간이 유물이나 마법이 깃든 잔재는 발견해 왔지만, 이렇게 대규모의 유적은 지금까지 단 한 번도 발견된 적이 없었다.

"대박."

마치 나를 환영하듯, 우리가 서 있는 곳에서부터 유적이 있는 아래까지 내려가는 계단이 이어져 있었다.

'이건 대박이 날 수 있다.'

입을 떡 벌리고 있던 나는, 홀린 듯이 계단을 타고 달렸다.

"공녀! 위험하게 어딜 그렇게 막 가!"

뒤에서 황제가 화를 내며 뒤따라오는 듯했지만, 아무것도 귀에

와 닿지 않았다.

순식간에 호수 밑바닥에 도착한 나는 주변을 쭉 둘러보았다. 마법 때문인지, 오랜 시간 물에 잠겨 있었음이 분명한데도 마물은커녕 물고기나 해초 같은 작은 생명조차 없었다.

나는 마치 황성처럼 고르게 다져져 있는 바닥이 빠르게 건조되는 것을 신기한 눈으로 바라보다가, 이내 가장 가까운 조형물로 뛰어갔다. 벽 한 면만 남은 건물의 잔해였다.

"……담수가 아니라 바닷물이잖아?"

유심히 그것을 관찰하던 나는 벽에 묻어 있는 소금기를 손으로 훑었다. 한발 늦게 계단을 따라 내려온 칼리스토가 버럭 소리쳤다.

"아무거나 막 만지지 마!"

"폐하, 여기 원래 바닷가 근처였나 봐요! 일부러 숨긴 게 아니라 지형이 바뀌면서 아예 발견을 못 하게 된 거죠!"

나는 미친 사람처럼 유적지를 헤집고 다니기 시작했다. 칼리스토가 뒤쫓으며 잔소리를 해 댔지만, 이미 정신이 반쯤 팔린 상태라 들리지 않았다.

마지막에 도착한 것은 유적의 가장 안쪽, 그나마 다른 것들에 비해 멀쩡하게 유지된 건물이었다. 콜로세움 같이 거대하고 기하학적으로 생긴 원형의 건축물이 반쯤 무너져 있었다.

'뭐 하는 곳이지? 혹시 마법 대결하는 곳?'

보통 이런 원형 건물은 경기장 아니면 극장이기 마련이었다.

나는 혹시라도 단서를 찾을 수 있을까 싶어 건물 근처를 한 바퀴 돌며 샅샅이 훑어보았다. 그러다, 입구로 추정되는 무너진 잔해 틈에서 고대 문자가 쓰인 것을 찾을 수 있었다. 나는 5년간 쌓은 지식들을 총동원해서 아는 단어들을 해석했다.

"강하고…… 아름다운 애완 동식물 토너먼트……?"

아무리 봐도 그런 괴상한 해석밖에 나오지 않았다. 게다가 문자 옆에 그려진 그림들이 그 해석을 뒷받침해 주었다.

뱀, 벌, 새, 꽃 모양 등등. 지금까지 내가 마주쳐 왔던 기상천외한 마물들과 일치했다.

"미친, 그럼 주변 생물들이 마력에 노출되면 자꾸 마물로 변하던 게……."

그간 갖은 개고생을 하며 대체 고대 유물 근처엔 왜 마물이 존재하는지 찾아 헤매던 게 다…….

'고대 마법사 인간들의 이상한 취미 때문에 그렇다는 거야?!'

어떤 원리인지는 모르겠지만, 미친놈의 고대 마법사들은 애완동물들을 기상천외하게 변화시킨 뒤 토너먼트를 열어 여흥을 즐긴 듯했다. 그 여파가 지금까지 남아 마력이 흘러나오는 유물 근처에는 자연적으로 마물이 생긴 거란 소리다.

지금까지 고고학자들 사이에서, 고대 마법사들이란 신비롭고 경건하기만 한 존재였다. 하지만 왜일까.

— *고마우이!*

자꾸 시스템 창에 쓰여 있던 그 망할 글씨가 떠오르는 것은.

'현실에서 잘 살던 나를 꾸역꾸역 끌고 온 거 보면…… 사실 보통 미친놈들이 아니었던 거지.'

나는 그럴듯한 추측들에 주먹을 꽉 쥐고 부르르 몸을 떨었다. 그때였다. 저벅—.

"참 태평하기도 하군. 지금 그러고 있을 때야?"

발소리에 나는 퍼뜩 고개를 들었다. 어느새 지척에 다가온 칼리스토가 팔짱을 낀 채 건물 벽에 삐딱하게 기대어 나를 응시했다.

"그럼요. 이건 정말 엄청난 발견이라고요! 어쩌면 지금까지 알려졌던 고대 마법사들에 대한 가설을 완전히 뒤집을지도 모르는데……!"

"……."

"그런데 죄송하지만, 기대지 말아 주시겠습니까? 무너질 수도 있으니까요."

나는 흥분해서 마구 대꾸하다가, 문득 그의 자세를 보고 정중하게 권했다.

"……고대 마법사고 나발이고, 페넬로페 에카르트."

내 말이 심기를 건드렸는지 그의 목소리가 한층 낮아졌다. 그제야 그에게서 풍기는 살벌함을 눈치챈 나는 '아차' 싶어 서둘러 입을 다물었다.

형형하게 나를 노려보던 그가 문득 휙휙 주변을 턱짓하며 사납게 뇌까렸다.

"다 구경했으면 이 상황부터 설명해 보시지."

"폐, 폐하."

뜬금없이 발견하게 된 고대 유적에 눈이 팔려 내가 미쳤던 거다.

'저놈이 그냥 넘어갈 놈은 아니긴 하지.'

나는 찔끔해서 부리부리한 시선을 피해 우물쭈물 시선을 내렸다.

"털끝 하나라도 다쳤다는 소리 들렸다간 실적이고 뭐고 다 없애고 강제 소환할 거라고 했지. 그런데 대체……."

"……."

"말해. 왜, 어떻게, 무슨 연유로 오밤중에 거기 있던 건지."

착잡하다는 듯 젖은 머리를 신경질적으로 쓸어 넘긴 그가, 나를 바라보며 귀신같이 웃어 보였다. 불현듯 처음 미로 정원에서 그와 맞닥뜨렸을 때가 떠올라, 나는 조금 소름이 끼쳤다.

말을 해야 했지만, 좀처럼 입이 떨어지지 않았다. 어떻게 맨정신으로, 내가 너 덮쳐서 임신한 것 같은데 그거 몰래 확인하다 이 사달이 났다고 말할 수가 있겠는가.

"벼, 별거 아니에요."

결국 그의 시선을 필사적으로 피하며 내뱉은 말은 별거 아니란 것뿐.

"이게, 별게 아니야?"

칼리스토는 당연하게도 곧장 눈을 부라렸다. 내가 말해 놓고도 솔직히 어이없는 소리였다.

'그래도, 수도 가서 확실하게 확인하기 전까진 절대 말 못 해……!'

나는 괜히 긴장이 돼서 마른침을 힘겹게 삼키며 변명했다.

"그게…… 잠깐 둘러볼 겸 산책 좀 하다가 마물이 나온 거예요."

"그대는 밤 산책을 바위 협곡에서 하나? 왜, 그냥 갑자기 암벽이 타고 싶어졌다고 그러지."

"……."

정곡을 찌르는 말에 나는 말문이 막혔다. 그러자 그가 미치겠다는 듯, 마른세수를 몇 번 한 후 나를 응시했다. 핏줄이 선 그의 눈이 온통 벌겠다. 밤을 새서 피곤한가 했더니 어딘가 모르게 격분해 있는 사람 같았다.

나는 그제야 그가 좀 이상하다는 것을 눈치챘다. 아까는 정신이 없어서 몰랐지만, 그의 새빨간 눈동자에 알 수 없는 감정들이 들끓고 있다는 것을.

"좋아. 어차피 말해 줄 생각이 없는 듯하군. 그럼 위치를 좀 바꾸도록 하지."

"……네?"

"그대는 지금 황제에게 심문당하는 죄인이야. 묻는 말에만 대답하도록 해."

"갑자기 죄인까지요?"

나는 억울했다. 물론 그가 없었더라면 큰일 날 뻔한 일이지만, 사실 이유를 말하자면 정말 별거 아니지 않은가. 하지만 따지고 들기도 전에 그가 가라앉은 음성으로 물었다.

"마법사는 왜 데리고 가지 않았지?"

"그건…… 자는 사람 깨우기가 뭐해서……."

"공격 마법, 방어 마법 다 챙겼으면서 이동 마법 스크롤은 왜 안 가져간 거고."

"금방 갔다 올 줄 알고……."

"나를 아주 눈뜬 병신으로 아는군."

내 허술한 변명에 그가 문득 날카롭게 웃음을 터뜨렸다.

"들키지 않으려 그런 거겠지. 결계 내에서 마력이 느껴지면 진이 바로 알아챌 테니."

"……폐하."

나는 조금 놀란 눈으로 그를 응시했다. 문득 이렇게까지 칼리스토가 매섭게 추궁하는 게, 평소와는 결이 조금 다르다는 직감이 들었다.

5년간, 고대 마법사들의 흔적을 좇으면서 오늘같이 위험천만한 상황이 꽤 많았다. 마물과 싸우는 건 늘 있는 일이었고, 언제는 노숙을 하다 도적 떼가 캠프를 덮쳐 납치당한 적도 있었다.

처음엔 일이 생겼다 하면 진이 쪼르르 연락부터 해서 몇 번이나 칼리스토가 회의를 박차고 달려왔다. 나는 이 일을 계속 하고 싶었고, 정무 때문에 바쁜 그를 걱정시키고 싶지도 않았다.

그래서 어느 순간부터 조금 전과 같이 적당히 얼버무렸다. 그러면 그는 매번 귀청이 떨어져 나가라 잔소리와 함께 협박과 경고를 일삼곤 했다.

하지만 이렇게까지 날이 바짝 서서 나를 몰아세운 적은 처음이라, 좀 당황스러웠다.

'호위 없이 몰래 나간 거 때문인가? 하긴, 진을 떼 놓은 건 처음이니까……. 아니면, 유적지 발견한 걸 너무 눈치 없이 좋아했나?'

하지만 5년간의 개고생 끝에 발견한 종착진데 어떻게 좋아하지 않을 수가 있을까. 나는 눈을 굴리며 상기된 칼리스토에게 조심스럽게 물었다.

"……왜 이렇게 화가 나셨어요?"

"왜 이렇게 화가 났냐고? 하."

그가 입꼬리를 비틀며 냉소를 터뜨렸다.

'설마…….'

가슴이 서늘해졌다. 나는 더듬더듬 입을 열었다.

"호, 혹시 저 임……."

"그 새끼랑은 대체 언제부터 만난 거지?"

"네?"

'임신한 거 알고 있었냐.'고 물어보려는 순간, 칼리스토가 내 말을 끊고 짓씹듯 되물었다.

"누구……."

멍하니 눈을 껌뻑이고 있을 때. 불현듯 나를 두고 홀가분하게 사라지던 잿빛 머리칼이 떠올랐다.

"설마…… 보셨어요?"

"내가 나타나는 것을 보고 바로 사라지더군."

"그, 그런 거 아니에요. 우연히 마주친 거……."

"쥐새끼처럼 조용히 마물만 처치하고 사라지기에 잡아 죽이지 않고 놔뒀더니…… 내가 아주 큰 착각을 했어."

칼리스토가 이클리스 놈을 보았을 줄은 전혀 예상치 못했다. 당황해서 마구 고개를 젓던 나는 이어지는 그의 말에 우뚝 움직임을 멈췄다.

"다…… 다, 알고 있었어요?"

경악이 서린 내 물음에 그가 벽에 기대고 있던 몸을 바로 하고 내게 다가왔다.

"페넬로페 에카르트."

순식간에 가까워진 그가 문득 손을 뻗어 내 뺨을 찬찬히 쓸었다. 그리고 음산하게 중얼거렸다.

"내가 너에 대해 모르는 게 있을 거라 생각하나?"

"……폐하."

"완벽하게 숨기고 싶었으면, 내가 오지 못하도록 반지는 두고 갔어야지."

그제야 그가 왜 그렇게 날카롭게 나를 추궁했는지 알 것 같았다.

내가 놈의 존재를 알고도 눈감아 준 걸 의심하는 것이다. 더불어 오늘처럼 따로 만나 왔지 않았을까 하는 의처증 말기 환자 같은 생각도.

나는 정말이지 억울해서 미치고 환장할 지경이었다.

"오해라니까요, 그 자식이랑은 진짜 우연히……!"

억울함을 재차 호소하던 나는 문득 걸리는 말에 눈살을 찌푸렸다.

"그런데, 위치 추적 마법은 대체 또 언제 걸어 놨어요? 순간 이동 마법만 걸어 뒀다면서요."

나는 내 뺨을 쓸던 그의 팔을 찰싹 쳐 내고 눈을 부릅떴다.

"하, 그렇게 감시까지 하면서 부족해요? 진이 5년 내내 매일같이 일과 보고한 거, 제가 모를 줄 알아요?"

역으로 대거리를 하고 들자 이번엔 그가 내 눈을 흠칫 피했다.

"순간 이동의 종류는 맞아."

그리고 못마땅한 목소리로 답했다.

"단지, 그대가 호위로 붙인 놈에게서 일정 시간 이상 떨어지면 내가 반지 곁으로 자동 소환되게 만들었을 뿐이지."

"허."

"오늘처럼 그놈이 자빠져 자느라 직무유기라도 하면, 그대가 위험에 빠진지 내가 어떻게 아나?"

"허. 그래서 지금 자다가 그 꼴로 온 거라고요?!"

상의를 내게 준 탓에 하의만 입은 채 검 하나만 들고 맨발로 서 있는 건달 같은 모습을 훑으며 나는 헛웃음을 터뜨렸다.

'어쩐지 순순히 보내 주더라니…….'

5년 전의 그는, 나를 보내 주는 대신 철저히 준비하고 주변을 살샅이 통제하는 것을 택한 것이다.

연락이 좀 늦을 때마다 왜 매번 마리엔느와 진이 사색이 됐는지 알 만도 했다. 나는 좀 허탈해진 기분으로 되물었다.

“그렇게 절 못 믿겠어요?”

“그댈 못 믿는 게 아니야.”

힘이 빠진 내 어투에 그가 달래듯 맞잡은 손에 힘을 줬다.

“널 보면 눈을 까뒤집는 놈들을 못 믿는 거지.”

“대체 그런 놈들이 어디 있는데요.”

“봐. 조금이라도 한눈팔면 득달같이 달려와서 널 빼앗아 가려 하잖아.”

“또, 또. 빼앗긴 뭘 빼앗아요, 제가 물건이에요?”

나는 또 시작되는 듯한 그놈의 뺏고 빼앗기기 타령에 신경질적으로 대꾸했다.

“그리고 그 새끼가 저 죽으라고 두고 간 건 못 봤습니까?”

“내가 온 걸 눈치채고 내뺀 거지. 겸사겸사 네게 제 존재도 각인시키고.”

단정적으로 답하는 그의 얼굴엔 묘한 확신이 깃들어 있었다. 이클리스가 어떤 계략을 가지고 내게 접근한 것이 틀림없다는 양.

나는 터져 나오는 한숨을 삼키고 그를 물끄러미 응시했다. 불안으로 눈을 시뻘겋게 번뜩이면서, 동시에 금방이라도 무릎 꿇고 애원할 것 같은 표정을 짓고 있는 남자.

칼리스토와 나는 비슷하면서도 동시에 많은 것이 달랐다. 나는 불안에 떠는 그에게 짐을 덜어 주고 싶어 말을 아끼는 편이고, 그는 그런 내 성격을 알기에 말없이 먼저 앞서 행동하는 편이었다.

때문에 우리의 다툼은 끝나고 보면 매번 같은 이유였다.

'이래서 과연 애를 키울 수 있을까……?'

나는 우리의 암담한 미래를 떠올리며 천천히 입을 열었다.

"폐하."

우선은 또다시 지랄병이 돋은 칼리스토를 진정시킬 필요가 있었다.

"……누군가 마물 사냥을 돕는 것을 말씀 안 드린 건, 죄송해요."

"……."

"처음엔 폐한 줄 알았어요. 이후에는 딱히 모습을 안 드러내기에 믿지 않았어요. 사실 별로 알고 싶지 않은 것도 있고요."

"뭐를."

"살아서 아직도 제 곁을 맴돌고 있다는걸요."

설마설마했지만, 오늘 마주했을 땐 정말이지 소스라치게 놀랐다.

이클리스는 죽었든 살아 있든, 내게는 껄끄러운 존재였다. 하지만 어쨌든 그렇게 이용만 당하다 죽지 않았고, 그에 더해 기억까지 잃었다니 차라리 다행이다 싶었다.

그가 제대로 삶을 살아 볼 기회를 내가 박탈한 게 아닌가 하는 생각이 항상 가시처럼 마음에 걸려 있었기 때문이다.

"오늘 이클리스를 만난 건 정말 우연이었어요. 달그림자 꽃을 찾으러 갔다가 마물이 나타나서 도움을 줬거든요."

"달그림자 꽃?"

"네. 그때 죽다 살아난 이후로 기억을 잃었다더군요."

'달그림자 꽃'에 관심을 가지던 칼리스토는 이어진 내 말에 다시 사납게 눈살을 찌푸렸다.

"기억을 잃었다는 놈이 음침하게 숨어서 그댈 쫓아다녀?"

"기시감이 들었던 것 같아요."

"그 말이 사실이라면, 그놈은 전보다 더 눈에 뵈는 게 없겠군."

"……갑자기 왜 그렇게 튀어요?"

"자기가 가진 감정이 널 갖고 싶은 건지, 죽이고 싶은 건지도 분간 못 할 테니까."

나는 그의 말이 이해가 가지 않았다. 기억을 잃었으면, 레일라의 세뇌도 다 풀렸을 것이다. 그런데 갖고 자시고 할 게 뭐가 있는가.

마물 떼가 몰려오는 와중, 나를 두고 홀연히 떠나던 놈이 떠올랐다. 절벽 아래에서 흘끔 내려다보던 그 찰나의 순간 본 놈의 얼굴.

늘 그랬듯 무표정하기 그지없었지만, 그래도 무언가 깨달은 게 있는지 내게서 바로 돌아서는 데엔 일말의 망설임도 없었다. 그건 미련이 남은 자의 모습이 아니었다.

"동북쪽으로 떠난다고 했어요."

"그걸 믿나?"

마치 한심한 인간에게 핀잔이라도 주듯 그가 나를 흘겼다. 나는 그에게 그런 취급을 받았다는 데 충격을 받았다.

그사이, 그는 제국의 황제답게 빠르게 상황을 정리하고 결정을 내렸다.

"동이 트면 그대도 나와 함께 수도로 돌아간다. 그리고 그놈 잡아 죽일 때까지 당분간은 발굴이고 뭐고 다 중단이야."

"폐하."

"그만 위로 올라가지. 여기 깔린 마력 때문에 오히려 우릴 찾는 데 방해가 될지도 모르겠군."

더 이상의 변명은 듣지 않겠다는 듯 그가 내게서 휙 몸을 돌렸다. 하지만 나는 아직 할 말이 남았다.

"칼리스토!"

나는 걸음을 옮기는 그의 팔을 서둘러 붙들었다. 역시나 나를 돌아보는 그의 얼굴은 불안과 초조함으로 점철되어 있었다.

금방 무표정한 가면을 썼지만, 나도 이제 제법 그를 많이 알게 되었다. 그가 그것을 들키기 싫어 자리를 피하는 걸 눈치챌 만큼.

"아직도 제가 떠날까 봐 불안해요?"

"……."

"제가 당신을 사랑해서 여기 남고, 우리가 약혼을 했는데도요?"

고요한 내 물음에 새빨간 동공이 일순 흔들렸다. 굳은 얼굴로 나를 한참 동안 응시하던 그가, 이윽고 입을 벌렸다.

"사실대로 말하면 그대가 싫어할 걸 알지만."

"……."

"그래."

"……."

"약혼을 하면 괜찮아질 것 같았는데. 빌어먹을, 변하는 게 없더군."

그가 퍽 거친 손놀림으로 머리를 쓸어 올리며, 내가 붙든 손을 역으로 붙잡았다.

"왜냐면 넌 여전히 눈이 부시게 아름답고, 난……."

"……."

"난 그나마 네가 주는 일말의 애정에 기댈 수밖에 없는 처지니까."

칼리스토가 화려한 청록색 반지가 껴 있는 내 왼손을 천천히 들어 올렸다. 그리고 입을 맞추듯 손등에 입술을 가져다 대고, 속삭이듯 읊조렸다.

"네가 이대로 영영 돌아오기 싫다고 하면, 그러면 어떻게 하는 게 좋을지 항상 고민했다."

"……폐하."

"그러다 어느 날 내가 싫어져 버렸다고 하면, 내 명줄이 퍽 곤란해져서 말이지."

그의 말에 일순 가슴이 철렁하는 느낌이 들었다. 무려 5년이었다. 그 긴 시간 동안 나도 그가 불안해하지 않도록 바쁜 와중에도 많은 노력을 했다.

비록 몇 번 빠진 적은 있지만, 일주일에 한 번은 꼬박꼬박 황궁으로 갔고, 또 바빠서 하루 이틀 미룬 적은 있지만 나름대로 꾸준히 연락을 했고…… 또 일이 있을 때마다 가장 먼저 연락하는 것도…….

사실 별로 한 적 없었다.

'……진짜 최악이었네.'

내가 말을 꺼내기도 전에 진이 촉새처럼 먼저 보고를 해 둔 탓에, 그가 이미 알고 있는 것이 대부분이었다.

하지만 지금 와서 보니, 어쩌면 칼리스토는 이미 알고 있더라도 내가 말해 주길 원하지 않았을까 하는 생각이 불쑥 들었다.

왜냐하면, 나도 그랬으니까.

그가 요즘 회의마다 결혼과 후계 압박을 받는 것을 마리엔느의 입을 통해 전해 들으면서, 왜 나한텐 그런 일이 있다는 것을 말해 주지 않는지 내심 서운해했으니까.

"……얼마 전에 먼 방계의 피가 섞인 애새끼를 하나 찾았다. 곧 데려다 양자로 들일 예정이야."

그때, 불현듯 칼리스토가 뜬금없는 화두를 꺼냈다.

"양자…… 요? 무슨……."

"이제 열다섯 살 정도라 하더군. 3년간 죽어라 굴리면 성인이 됐을 때쯤 쓸 만해져 있지 않겠어."

"……."

"그놈에게 황위를 주고 나면 그때부턴 같이 있을 수 있겠지."

덤덤하게 그 말을 내뱉던 그가 문득 내게 어색한 미소를 지었다. 마치 그날을 고대하고 있기라도 하듯 바보같이 히죽이는 그 모습에 기분이 이상해졌다.

'……그렇게까지 한다고?'

어떻게 얻은 황윈데. 나 때문에 그런 계획까지 짠 그가 안쓰럽기도 하고, 한편으로는 이유 없이 화가 났다. 나는 아랫입술을 잘근잘근 깨물다가 불쑥 내뱉었다.

"차라리 저한테 그만두라 말하면 되잖아요."

"……뭐?"

"이제 그만두고 돌아오면 안 되냐고, 5년이면 충분하지 않냐고. 그렇게 말해 볼 수도 있는 거잖아요. 왜 혼자 그걸 정해요?"

칼리스토는 내 물음에 입을 다물었다. 그러다가 다시 입술을 달싹이며 말하기를.

"……내가 감히 어떻게 그럴 수 있겠어. 나를 구한답시고, 모든 걸 포기한 그대한테."

나는 그의 말에 찬물이라도 맞은 듯 좀 멍해졌다. 놀란 눈으로 그를 바라보고만 있자, 그가 애써 이를 드러내고 씩 웃었다.

"아직 부족하다며? 하고 싶지 않을 때까지, 마음껏 해. 나머진 내가 다 알아서 할 테니까."

"……."

"하루라도 빨리 양위하고 붙어 있으면, 날파리 같은 새끼들이 얼씬거릴 일도 없겠지."

"……그딴 소리 하지 마세요. 전 생판 모르는 남한테 우리 애 자리 넘겨줄 생각 없으니까."

"……뭐?"

멀거니 혼을 빼놓고 있다 정신을 차렸을 땐, 이미 손쓸 틈 없이 내뱉은 후였다.

'이렇게 말하려던 게 아니었는데…….'

나는 정말로, 지성인답게 대화를 통해 그의 불안을 종식시킨 후에 조심스럽게 임신을 한 것 같다는 얘기를 꺼내려 했다.

하지만 흥분한 입과 손이 먼저 움직여서 그에게 삿대질을 하며 쏟아 내기 시작했다.

"어떻게 얻은 황윈데, 누구 좋은 꼴 보라고 남한테 양위를 해요?"

"……고, 공녀."

"난 다 가질 거야. 고고학 교수 자리도, 당신도, 우리 아기가 누릴 돈, 권력, 모두!"

"잠깐, 진정해."

내가 거의 그의 눈을 찌를 듯이 손가락질을 하자, 칼리스토가 흠칫 뒷걸음질 쳤다. 말을 하다 보니 그러데이션처럼 화가 치밀어 올랐다.

'아니, 무결한 황제가 꿈이란 놈이 왜 허구한 날 관둔다는 소릴 해? 내가 관두래도 악착같이 붙어 있어야지!'

난 한 번도 그가 그러길 원하지 않았다. 황제가 아닌 칼리스토는 상상도 한 적 없었다.

심지어 여기 있는 유적지를 찾기 전에도 그만 수도로 돌아갈 계획까지 하고 있었다. 마리엔느를 통해 역대 황후들이 읽었다던 필독서까지 구해서 틈틈이 보는 중이었는데, 무슨 날벼락 같은 소리란 말인가.

"그러니까 양위하겠다는 둥 그만 개소리 하지 말고 하던 정무나 열심히 봐요. 알겠어요? 난 우리 애가 남한테 굽신대는 꼴 죽어도 못 보니까!"

"대체…… 그게 무슨 소리야?"

으름장을 놓는 듯한 내 말에 칼리스토가 당황한 얼굴로 말했다.

"결혼도 안 했는데 갑자기 애 이야기는 왜…… 잠깐."

"……."

"달그림자 꽃, 그거."

그토록 내 주변을 통제하던 그라면, 당연히 몰트반에 대한 조사도 미리 끝마쳤을 게 뻔했다. 이제야 뭔가 단편적으로 내뱉던 내 말을 끼워 맞췄는지, 그가 멈칫 나를 응시했다.

"……그거, 몰트반에서 민간요법으로 쓰이는 거잖아. 떫어서 못 먹는 열매를 임신한 여자들은 잘 먹는다고……."

"참고로 저 안 뱉고 잘 먹었어요."

내 대꾸에 칼리스토가 입을 떡 벌렸다. 그렇게 우스꽝스러운 그의 표정을 본 적이 없었다. 참지 않고 웃음을 터뜨리자, 멍하니 나를 바라보던 그가 더듬거리며 물었다.

"어…… 언제?"

"피임 안 한 날이 하루밖에 더 있어요?"

"술 잔뜩 처먹고 나 덮친 날 말하는…… 우읍!"

'닥쳐!'

나는 서둘러 손을 뻗어 수치스러운 기억을 불러일으키는 놈의 입을 마구 틀어막았다. 그리고 이를 악물고 그의 말을 정정했다.

"폐하의 탄신일이죠. 앞으로 상스러운 언행은 삼가도록 해요. 아기가 들을 수도 있으니까."

내 말에 입이 틀어막힌 그의 표정이 다시금 멍하니 풀렸다. 더는 헛소리를 지껄이지 않을 것 같아서, 나는 그만 틀어막았던 손을 뗐다.

그러나 멀어지는 손을 칼리스토가 다시금 붙들었다. 그리고 혼몽한 눈으로 내 아랫배를 훑었다.

"애가…… 애가 생겼다고?"

여전히 좀처럼 믿기지 않는 듯한 눈치였다.

"오늘 나온 것도 이클리스 그 망할…… 아니, 걔 만나려던 게 아니라 진 몰래 임신 확인해 보려고 그랬던 거예요."

"……그래서 실드를 배에다가 몇 겹이나 쳐 놓은 거군."

그가 마침내 이해한 듯 탄식처럼 중얼거렸다.

"금방 확인만 하고 돌아가려던 건데……."

대체 어쩌다가 이 지경까지 왔는지 알 수가 없었다. 나는 묵묵히 고개를 끄덕이며 찔끔 나오는 눈물을 참았다.

흘끔 시선을 들자, 여전히 장승처럼 딱딱하게 굳어 서 있는 칼리스토가 보였다. 그제야 그도 너무 갑작스러운 소식일 거란 생각에, 눈치가 보였다.

"……혹시 싫으세요?"

"뭐? 싫긴 누가?!"

“떨어져 있던 기간만큼 신혼 보상받고 싶다고 했잖아요.”

“그건, 그런 소리가 아니라……! 제기……!”

무의식중에 욕설을 내뱉으려던 그가 문득 말을 멈추고 손을 들어 직접 입을 틀어막았다. 아무래도 애가 듣는다는 말이 걸린 것 같았다.

‘이놈이 그런 걸 신경 쓰는 날이 오다니…….’

새삼스러운 눈으로 그를 바라보는 사이, 그는 손으로 입을 가린 채로 어쩔 줄 모르다 이내 고개를 푹 숙였다. 찬란한 금빛 머리칼 사이로 보이는 귀 끝이 온통 새빨갰다.

“……폐하, 울어요?”

나는 슬쩍 그의 얼굴 옆으로 고개를 기울이며 물었다. 그가 팩 하고 고개를 반대쪽으로 돌리며 대꾸했다.

“……그런 거 아니야.”

그러나 목소리 끝이 떨리는 게 느껴졌다. 그의 이런 모습에 오히려 당황스러운 건 나였다.

“이렇게 울 정도로 좋아할 줄은 몰랐는데…….”

“그런 거 아니래도. 스읍, 황제를 놀리면 쓰나.”

“그럼 얼굴은 왜 자꾸 가려요?”

자꾸만 고개를 돌리는 그를 따라 요리조리 얼굴을 들이밀며 꼬치꼬치 캐묻자, 그가 마침내 졌다는 듯 입을 틀어막았던 손을 내렸다. 그리고 나를 흘끔 바라보며 답지 않게 작은 목소리로 답했다.

“……널 닮은 여자애면 얼마나 예쁠지 상상하니까, 설레서.”

새빨갛게 상기된 채 그렇게 말하는 남자의 모습이 퍽 낯설었다. 그 순간, 견딜 수 없는 감정들이 가슴속을 뻐근하게 채웠다. 그간의 고민이 무색하리만치 단숨에 결정이 설 만큼.

"칼리스토."

나는 나지막이 그를 불렀다. 그가 나를 돌아보았다. 5년이 지났음에도 여전히 사랑스러운 것을 바라보는 듯한 그 눈빛에, 쑥스러우면서도 속절없이 떨렸다.

"……저 5년 내내 마물 때려잡고 공부만 해서, 솔직히 황후 같은 거 잘할 자신 없어요."

"그딴 거 잘할 필요 없어."

말이 끝나기 무섭게 칼리스토가 칼같이 대꾸했다.

"그대는 그냥 하고 싶은 거 하면서 살면 돼. 계속 공부하고 싶으면 해. 국고를 탕진해 보고 싶다고도 하지 않았나? 꼴 보기 싫은 놈들 몰살하고 싶으면 그렇게 하고."

"폐하의 희망 사항은 됐고요."

나는 은근슬쩍 또 제가 하고 싶은 일들을 들이미는 놈을 단호하게 쳐 내며 말을 이었다.

"실수는 당연할 테고, 어느 날은 다 내팽개치고 한량처럼 쏘다닐 수도 있어요. 가끔 짜증도 낼 거 같아요."

어쩔 수 없었다. 페넬로페 행세를 하느라 일부러 막 나가곤 했었는데, 살다 보니 천성이었다.

하지만 그렇게 살면 뭐 어떤가. 이젠 뭘 하든 나를 지지해 줄, 사랑해 줄 사람이 있으니까.

"그래도 괜찮다면……."

"……."

"저랑 결혼해 주세요."

나는 약지에 끼워진 반지를 빼내어 칼리스토의 새끼손가락에 끼웠다.

동상처럼 굳은 채 그런 제 손을 우두커니 바라보던 칼리스토가, 얼마 후 목이 꽉 죄인 사람처럼 힘겹게 중얼거렸다.

"……한 3년 정도는 더 있어야 할 줄 알았는데."

"……."

"제기—."

욕설을 내뱉으려던 그가 다시 한번 황급히 제 입을 틀어막았다. 발그레해진 귀 끝. 나는 또 한 번 해맑은 웃음을 터뜨렸다.

조금 뒤, 진정한 그는 손을 내리자마자 허겁지겁 나를 품에 끌어안았다. 맨살이라 좀 부담스럽고 딱딱하긴 했지만.

"……사랑해, 페넬로페 에카르트."

나는 그 안온한 품 안에서 마침내 미래와 행복을 모두 거머쥐었다.

—본편 외전 完—

특별 외전

특별 외전

수도로 돌아온 이후엔 눈코 뜰 새 없이 바쁜 나날의 연속이었다. 배가 불러 오기 전 황제의 국혼이란 거사를 치러야 했기 때문이다. 어떻게 된 게 매일같이 마물을 때려잡을 때보다 더 정신이 없었다.

"뭐가 나아?"

"뭐가요?"

"그대의 부케로 쓸 것 말이야."

'또 시작이네…….'

아침 댓바람부터 왜 꽃다발을 든 시종들을 줄줄이 끌고 침실로 들어왔나 했더니. 황제 폐하께선 오늘도 어김없이 결혼식 준비 삼매경이었다.

비몽사몽간에 눈을 간신히 뜬 채 꽃말 설명을 듣고 있자니, 그냥 대충 고르라는 말이 목 끝까지 차올랐다. 그러나 얼마 전에 성질대로 실행에 옮겼다가 난리가 났던 것을 떠올리며 애써 참았다.

"이게 좋을 것 같네요."

나는 칼리스토의 뒤편에 있는 시녀를 가리켰다. 그녀가 들고 있는 것은 새빨간 색으로 개량된 부바르디아였다. 동글동글한 꽃잎이 솜사탕처럼 뭉쳐 있는 게 꽤 귀여웠다.

"뜻도 괜찮고, 색도……."

순간적으로 터져 나오는 하품을 간신히 참으며, 나는 칼리스토에게 고개를 돌렸다.

"폐하와 잘 어울리는데요."

"그렇지? 역시 황후가 뭘 좀 볼 줄 아는군."

내 선택에 긴장으로 조금 굳어져 있던 그의 얼굴이 봄날 눈 녹듯 사르르 풀렸다.

'이럴 거면 다른 꽃들은 왜 가져왔어?'

나는 희희낙락하는 그의 모습에 조금 어처구니가 없어졌다. 아예 대놓고 그 꽃 앞에 서 있는 게, 누가 봐도 이걸 고르라는 압박이었다.

칼리스토의 눈 색과 똑 닮은, 부케로 쓰일 꽃을 바라보며 나는 천천히 방금 들은 꽃말을 되새겼다. 부바르디아의 꽃말은 '나는 당신의 포로'였다.

'하여튼…….'

결혼까지 하는 마당에 이런 사소한 것조차 보란 듯이 드러내려 애쓰는 그가 유치하기 그지없었다. 그러나 동시에 귀엽다는 생각이 드는 것을 보니 나도 이제 별수 없이 똑같은 수준이 되어 버렸다.

'그토록 피하고자 했건만. 어쩌다가 이놈과…….'

속으로 조금 한탄하고 있을 적이었다.

"눈에 졸음이 가득하군."

문득 눈가에 따듯한 손길이 닿았다.

"내가 깨운 건가?"

칼리스토가 조금 미안한 얼굴로 나를 응시했다. 임신하면서 부쩍 아침잠이 늘어난 차였다.

나는 '알면 작작 해라' 하는 심정을 담아 불만스럽게 그를 마주 보았다. 내 뚱한 표정에 그가 작게 웃음을 터뜨렸다.

"하지만 별수 없어. 그대가 좀 참아. 일생에 단 한 번뿐인 결혼식이지 않아."

그가 아이를 어르듯 다정한 목소리로 나를 달랬다.

그저 '가족'이란 이름으로 묶이는 것만으로도 만족하는 나와는 달리, 칼리스토는 정무까지 제쳐 두고 결혼식 준비에 매진할 만큼 열성이었다.

혼전 임신에다가, 5년이나 황제를 바람 맞혔으니. 나는 나를 못마땅해하는 귀족들의 눈에 거슬리지 않게, 최대한 소규모로 진행하고 싶었다.

하지만 막상 칼리스토에게 그리 말하려 하니 차마 입 밖으로 나오지 않았다. 결혼식을 준비하는 내도록 그의 얼굴이, 너무나도 설레고 행복해 보여서.

'이렇게 좋아할 줄 알았더라면, 차라리 약혼 말고 결혼을 하고 갈걸 그랬나…….'

황후가 궁을 내팽개치고 몇 년 내내 밖으로 싸돌아다니는 것은 현실적으로 불가능한 일이었다. 그럼에도 너무 그를 애태운 것 같아 괜스레 후회가 들었다.

안쓰러운 마음에 애꿎은 황금빛 머리칼을 물끄러미 바라볼 때였다.

"쓸데없는 생각 그만하고, 더 자."

칼리스토가 엄지로 금이 간 내 미간을 부드럽게 문지르며 종용했다. 부질없는 생각을 할 때마다 매번 기민하게 알아채는 그가 신기했다.

애정이 가득한 새빨간 눈빛에, 나는 그제야 그를 따라 어색하게 웃었다.

"폐하 배웅하고요."

"됐어, 일어나지 마."

일어날 듯 이불을 젖히자 그가 사색을 하고 나를 눕혔다.

"홑몸도 아닌데 항시 조심해야지. 그대는 황족을 품은 몸이야."

이클리스를 만난 그날 밤, 그 난리를 겪고도 멀쩡했는데. 칼리스토는 수도로 돌아온 후 나를 불면 날아갈 깃털처럼 대했다.

"언제는 약혼자가 일을 나가든 말든 배웅도 안 하는 성격 모진 인간이라면서요."

목 끝까지 이불을 덮어 주는 모습에 나는 좀 어이가 없어서 대꾸했다. 5년간 장거리 연애를 하면서 수도 없이 들었던 말이다.

임신을 하기 전까지 동 틀 녘이 되어서야 간신히 잠든 원인은 모두 본인이 제공했으면서. 같이 밤을 지새웠음에도 본인만 멀끔한 얼굴로 그딴 소리를 지껄일 때마다 한 대 쥐어박고 싶은 마음이 굴뚝같았다.

그러나 칼리스토는 내 불만스러운 표정을 가뿐히 무시한 채 불현듯 고개를 숙였다. 그리고 내 아랫배 쪽 이불 위에 귀를 가져다 대며 작게 속삭였다.

"……이제 좀 움직이나?"

"아직 두 달밖에 안 됐어요."

"언제 움직이지?"

"다섯 달은 지나야겠지요."

이것 또한 결혼 준비와 마찬가지로 매일같이 하는 행동이었다. 나는 눈 밑에 어른거리는 탐스러운 황금 머리칼을 바라보며 심드렁하게 답했다.

여전히 판판한 내 배 위에 기댄 채 잠시 심호흡을 하던 그가, 이윽고 이불을 더듬으며 되물었다.

"……이 안에 정말 애가 들었다고?"

"궁의가 잘못 진단한 게 아니라면 그렇겠죠."

"사람이 왜 그렇게 차가워? 그대는 감정이란 게 없나?"

"아까 조회 가기 전에도 똑같은 소리 했잖아요. 어제 자기 전에도, 그제도, 그끄저께도."

감명받는 것도 하루 이틀이지. 매일같이 믿을 수 없는 표정으로 확인하는 그와 예견된 일과처럼 티격태격거리고 있을 때였다.

"저…… 송구하옵니다만 폐하."

문득 누군가 우리 사이에 끼어들었다. 사색이 된 세드릭이었다.

"회의 시간이 늦어지고 있습니다. 그만 가셔야 할 듯합니다만."

"감히 어느 안전이라고 끼어들어. 죽고……."

"입, 입! 아기 들어요. 예쁜 말 고운 말만 쓰세요."

이를 부득 갈며 역정을 내려는 칼리스토의 입을 얼른 틀어막으며, 나는 몰래 세드릭에게 미안한 눈짓을 보냈다.

"……."

아기를 들먹이자 곧바로 꿀 먹은 벙어리가 된 칼리스토를 보며 세드릭은 눈에 띄게 고소하다는 표정을 지었다.

방자한 신하의 작태를 모른 척해 주며, 나는 그의 한쪽 손바닥에 '쪽' 입을 맞췄다. 그리고 그대로 팔을 뻗어 배 위에 흐드러져 있는 황금빛 머리칼을 부드럽게 쓸어내리며 말했다.

"조심히 다녀오세요. 기다릴게요."

그가 원하는 대로, 꼼짝 않고 누워서 할 수 있는 배웅이었다.

"다녀오지."

내 쪽으로 고개를 든 칼리스토가 꿀이 떨어지는 듯한 눈으로 나를 바라보며 햇살처럼 환히 웃었다.

역대 황후들은 결혼 전, 마지막으로 친정에 가서 옷가지나 물건을 챙기는 관례가 있었다. 나는 같이 가겠다고 난리를 치는 칼리스토를 간신히 진정시키고 근 5년 만에 공작가로 향했다.

"……공작님."

"페넬로페."

5년 만에 보는 공작은 부쩍 늙어 있었다. 언제나 완벽하게 빗어 넘겼던 검은 머리칼 사이로 희끗희끗 센 머리가 보였다.

"오랜만에 뵈어요."

"어, 어서 앉거라. 밥은 먹고 온 게냐? 유리 화원에 오찬상을 준비해 두라 일렀는데."

"그냥 가볍게 차 한잔만 마시고 갈……."

잠깐 인사 차원에서 들른 것이란 말을 좋게 돌려 했지만, 공작이 눈에 띄게 실망한 표정을 지었다.

"……점심 아직 안 먹었어요. 먹고 갈게요."

"쯧, 그놈의 황궁은 어찌 돌아가기에 열심히 일하는 사람 밥도 안 챙겨? 집사! 바로 화원으로 갈 테니 준비하게!"

내 말에 공작이 불만스럽게 꿍얼거리며 집사를 불렀다. 하지만 불퉁한 음성과는 달리 들뜬 얼굴이었다.

"모시겠습니다, 공작님, 아가씨."

마찬가지로 무척 오랜만에 보는 집사가 나와 공작을 안내했다. 나는 조금 어색한 기분으로 그 뒤를 따랐다.

저택 밖 유리 화원으로 가는 내내 시선이 끊이질 않았다. 5년 만에 돌아온 공녀의 귀환에 저택이 들썩이는 것이 느껴졌다.

유리 화원은 여전히 변함없이 향긋하고 푸릇한 꽃과 초목들이 가득했다.

"들자꾸나."

오찬상은 제법 융숭했다. 보랏빛의 제비꽃이 가득 핀 화원 한가운데 마련된 테이블. 그 주변으로 허리께까지 오는 초목이 테이블을 감쌌다.

가지 위로 잔뜩 흐드러진 살굿빛의 화려한 꽃송이들 때문에, 꼭 꽃 울타리에 둘러싸여 있는 기분이 들었다. 눈에 익은 꽃이었다.

'그런데, 원래 저렇게 꽃이 많이 피는 종이었던가?'

긴가민가해서 가만히 그것을 눈에 담을 때였다.

"개량을 좀 했다."

문득 앞쪽에서 공작이 뜬금없이 툭 내뱉었다.

“가지에 더 많은 꽃이 필 수 있도록 말이다.”

나는 화목 울타리에서 눈을 떼고 의아하다는 얼굴로 그를 바라봤다. 그러자 공작이 부연 설명을 덧붙였다.

“하지만 한 가지에 너무 많은 꽃들이 피면 무거워져서 가지는 물론 줄기도 부러지기 일쑤니, 높이를 좀 제한해야 했지.”

“……그렇군요.”

새 취미 생활이 생겼구나 여기며 나는 묵묵히 고개를 끄덕였다. 그리고 대수롭지 않게 스푼을 들어 김이 모락모락 나는 수프를 한 숟가락 떠먹으려던 차였다.

“이따금 부러진 가지 한두 개를 네 근무지로 보냈었는데…… 본 적 있느냐?”

문득 공작이 물었다. 나는 멈칫 고개를 들어 그를 돌아보았다.

“무슨…….”

‘꽃을 보냈다고?’

재빨리 머릿속을 뒤져 봤지만, 도무지 관련 기억을 찾을 수 없었다. 일 때문에 수도에 머무는 동안, 한 번도 공작가에서 사람을 보낸 적이 없었는데…….

“……아.”

그때였다. 불현듯 사무실 한편의 모습이 뇌리를 스치고 지나갔다. 가끔 꽃이 달린 웬 길쭉한 가지가 화병에 꽂혀 있는 것을 오다가다 본 듯했다.

매번 바빠서 자세히 들여다볼 시간도 없었다. 그저 조수나 아랫사람들이 탐사 때문에 자주 자리를 비우는 주인 대신 삭막한 사무실을 대충 꾸며 놓은 것이라고만 생각했는데…….

“심부름 보낸 아이가 이르기를, 네가 무척 바빠 보여 직접 전달하지는 못했다고 하더구나.”

한발 늦게 무언가를 떠올려 낸 내 반응에 공작이 멋쩍게 웃으며 변명처럼 읊조렸다.

“왜…….”

막을 새도 없이 의문이 튀어 나갔다.

“왜요?”

도저히 용서할 수 없어서, 그래서 출가를 하겠다고 했다. 내가 누구와 결혼을 하든, 더는 내게 신경 쓰지 말라고 그렇게 말하고 떠났었는데.

그런데 왜 그 5년간 내게 꽃을 보낸단 말인가. 서로 뭐 좋을 게 있다고.

꽃을 보낸 의중을 물은 건데, 내 말을 곡해하여 들은 건지 공작에게선 엉뚱한 답이 돌아왔다.

“꽃을 꺾어 보낼까 했다만…….”

“…….”

“페넬로페, 네가 가지에 피어 있는 것을 볼 때가 좋다고 하지 않았니.”

공작의 말이 끝나는 것과 동시에 까맣게 잊고 있었던 오래전의 기억이 어제 일처럼 생생하게 되살아났다.

— 마음에 들면 꺾어서 화병을 만들어 두라 이르랴?

— 아뇨, 괜찮아요. 가지에 피어 있는 것을 볼 때가 가장 아름다

운 법이잖아요.

그제야 꽃 이름이 생각났다.

'……디 엘런윅 로즈.'

아무런 의미 없이 예쁘다고 내뱉었던 말을 기억하고, 성인식을 온통 살굿빛 장미로 채웠던 공작.

나는 놀란 눈으로 그를 바라보다가, 더듬더듬 되물었다.

"그걸…… 아직도 기억하고 계세요?"

"기억에 남은 게 이 꽃뿐이더구나."

"……."

"아비씩이나 돼서 네가 뭘 좋아하는지도 잘 알지를 못해서……."

공작저에 도착했을 때부터 '공작님'이라 부르며 선을 그었음에도 불구하고. 그는 본인을 '아비'라 칭하며 씁쓸함이 번져 가는 얼굴로 중얼거렸다.

'저 그 꽃 안 좋아해요.'

그런 그의 앞에서 차마 그런 말을 할 수 없었다. 멍하니 공작을 마주 보며 입을 빼끔거리던 나는, 간신히 답했다.

"……공작님이 보내신 건 줄 몰랐어요. 죄송해요."

"누가 보낸 게 뭐 그리 중요하겠느냐. 네가 보고 눈이 즐거웠으면 된 게지."

금방 씁쓸한 낯을 지우고 그는 빙긋 미소 지었다.

"음식 다 식겠구나. 어서 들거라."

공작의 가벼운 종용과 함께 잠시 멈췄던 식사가 재개됐다. 그를 따라 음식을 먹는 척을 하면서도, 나는 왜인지 공작을 자꾸만 흘끔

거리게 됐다. 주름이 많아진 그의 얼굴이 갑자기 너무 낯설게 느껴졌다.

기분이 이상했다. 그는 언제나 변함없이 당차고 고결한 대귀족의 모습으로 에카르트를 지킬 것이라 생각했는데…….

'예전의 공작이 어땠더라?'

이전의 그의 모습을 떠올리는 동안, 기억은 꼬리를 물고 그와 마지막으로 들었던 화원에서의 오찬까지 뻗어 나갔다.

— 그렇지만…… 네가 원한다면, 공작저를 떠날 수 있게 조치해 주마.

세뇌를 당한 와중에도 공작은 그렇게 얘기했었다. 그땐 그렇게라도 레일라를 피해 도망가면 다시는 내 발로 이곳에 돌아오지 않으리라 생각했다.

그건 5년 전, 마지막 인사를 하러 왔을 때도 마찬가지였다.

— 제게도 공작가 사람들을 원망하지 않을 시간과 용서할 기회가 필요해요, 아버지.

— 용서할 수가 없어요.

끝끝내 용서하지 못할 거라 생각했다. 용서하기에는 페넬로페가, 그리고 내가 받은 상처가 너무 컸다. 하지만 5년이 지난 지금 와서는…….

'아직도 이곳 사람들이 보기 싫은 건가?'

사실 잘 모르겠다. 머리가 희끗희끗 센 채로 여전히 나를 5년 전과 똑같이 대하는 공작을 바라보니, 아주 오랜만에 가슴이 울렁거렸다.

“입맛이 없는 게냐? 그만 물리고 후식을 들라 할까?”

깨작댈 뿐 밥을 제대로 먹지 않는 것을 눈치챈 걸까. 공작이 문득 내게 물었다. 잠시 망설였지만, 나는 사양 않고 고개를 주억거렸다. 입덧 때문도 아닌데, 왠지 더 먹고 싶은 생각이 들지 않았다.

금방 음식이 치워지고, 테이블 위에 홍차와 다과, 메론 셔벗이 올라왔다. 입맛이 없던 좀 전과는 달리 푸릇한 연두색을 보자 곧바로 침이 고였다.

나는 냉큼 메론 셔벗을 끌어다 퍼먹기 시작했다. 얼마 지나지 않아 드러난 크리스털 그릇 바닥이 숟가락과 맞닿아 ‘딸그락’거리는 소리를 내기 시작할 때쯤.

“크흠. 수도에는…….”

적막을 참지 못했는지, 공작이 헛기침을 하며 말문을 열었다.

“이제 완전히 돌아온 게냐.”

나는 그제야 퍼뜩 정신을 차렸다. 고개를 들자 공작이 묘하게 흐뭇한 표정으로 나를 응시하고 있었다.

“더 달라 할까?”

“아, 아니요!”

미쳤다, 여기가 어디라고. 또 메론 셔벗에 눈이 돌아가 버렸다. 민망함에 얼굴이 뜨끈해져서 나는 얼른 공작의 질문에 대꾸했다.

“네. 완전히 돌아오게 됐어요.”

그러자 불현듯 공작의 얼굴이 흐려졌다.

"돌아오자마자 겨, 결혼이라니……."

"……."

"그렇게 급히 해치울 필요가 있느냐?"

우려스러운 음성에 나는 조금 생소한 눈으로 공작을 돌아보았다. 그러고 보니 5년 전 출가 선언부터 결혼까지, 공작에겐 모두 통보나 다름없었다.

나는 출가 이후로 에카르트 사람들에게 내 얘기를 할 생각이 별로 없었다. 때문에 에카르트에 전해지는 내 소식은 칼리스토가 대전에서 공표하는 것들뿐이었다.

마지막으로 물건을 가지고 오겠다고 핑계 삼아 공작가에 찾아온 건, 순전히 예의 표시였다. 그간 에카르트의 전폭적인 지지와 비호 덕분에 황제의 약혼녀란 막중한 지위에도 불구하고 5년간 마음껏 싸돌아다닐 수 있었다.

황제의 독단만으로 그리했다면 귀족들의 반발이 지금보다 더 컸을 터. 그랬기에 감사 인사 차원에서 찾아온 것이었는데…….

'그럼 결국 조금도 연을 끊은 적이 없는 거잖아.'

용서 못 하겠다고 박차고 나가 놓고, 실은 5년 내내 에카르트의 비호 아래 있었다. 비록 그것이 내가 원한 게 아니라 할지라도.

나는 부지불식간 찾아온 깨달음에 뒤통수라도 맞은 듯 큰 충격에 빠졌다.

"왜 하필이면 그 망나니 같은…… 아, 아니, 폐하와 결혼을 하겠다는 게야. 응?"

그러는 사이 공작은 나를 설득하기에 이르렀다. 꾸역꾸역 오찬을 하자고 붙잡은 이유가 이것이었던 거다.

"지금까지처럼 계속 살면 되지 않느냐. 하고 싶은 공부 하면서, 탐사도 하고, 연구도 하고……."

"……."

"세상천지 다 돌아다니다 보면 훨씬 더 괜찮은 남편감이 나타날지도 모르는데. 왜 그리 성급하게 그 미친, 아니 인간 말종, 아니…… 구렁이같이 속 시커먼 놈……."

여전히 나에 대한 걱정이 한가득 담긴 푸른 눈. 그것은 더는 내게 무관심하고, 나를 배척하던 타인의 눈빛이 아니었다.

"아버지."

"응?

'공작님'과 판이하게 다른 호칭으로 부르자, 곧장 대답하는 공작의 얼굴이 봄에 눈 녹듯 환해졌다. 정말 친딸이라도 바라보는 애정 어린 눈빛, 표정.

"저…… 임신했어요."

그래서, 차마 이것까지 타인들과 똑같이 전해 듣게 할 수 없었다.

가문의 일원에게 생긴 일을 남들과 똑같이, 어쩌면 남보다 더 늦게 알았을 때의 그 비참함.

그것을 꼭 똑같이 느끼게 해 줄 필요가 있을까. 그게 과연 복수인 걸까.

"……뭐, 뭐라?"

그러나 그런 사색에 잠겨 있느라, 나는 미처 보지 못했다. 공작의 얼굴이 점점 하얘지다 못해 시퍼렇게 변색되는 것을.

"지, 지금…… 뭐라고 했……."

입을 떡 벌린 채 붕어처럼 뻐끔거리던 공작이 숨 막히는 소리를 내었다.

"이…… 임신이라 했느냐?"

"네, 어쩌다 보니……."

"이, 이, 임신?"

"……."

"임신! 이, 임신이라니, 임신……!"

공작은 눈알이 그대로 굴러 나올 만큼 눈을 크게 치켜뜬 채 연신 같은 말을 반복했다. 나는 민망해져서 더 눈을 맞추지 못하고 고개를 숙였다. 그리고 곧 그가 크게 낼 역정에 대비하여 마음을 단단히 먹었다.

그때였다. 끼이익—!

"집사!"

한동안 아무 말도 하지 않던 공작이, 의자를 밀며 거칠게 일어났다. 그리고 다급히 집사를 찾는 게 아닌가.

"펜넬, 펜넬!"

주인의 노성에 집사가 헐레벌떡 식당 안으로 뛰어 들어왔다.

"부, 부르셨습니까, 공작님!"

공작은 부름을 받은 집사에게 곧장 소리쳤다.

"칼을 가져와라! 기사들을 몽땅 소집하고!"

"무슨……."

뜬금없는 명령에 집사의 얼굴이 멍해졌다. 나 또한 마찬가지로 영문을 알 수 없어 놀란 눈으로 공작을 바라볼 때였다. 공작이 핏줄이 불끈 솟은 목으로 커다랗게 외쳤다.

"당장 군사들을 이끌고 황궁으로 가야겠다. 가서 그놈의 목을 쳐야겠다! 감히, 감히 내 딸을……! 어억!"

고래고래 역정을 내던 공작이 갑작스럽게 목뒤를 잡고 옆으로 쓰러졌다.

"공작님!"

"아버지!"

집사와 나는 동시에 비명 지르듯 그를 불렀다. 다행히 비틀거리던 공작은 바닥에 쓰러지지 않고 집사의 부축을 받으며 다시 의자에 앉혀졌다.

"임신, 임신이라니. 이, 임신이라니. 임신……."

넋 나간 사람처럼 하염없이 '임신'을 중얼거리며 끙끙 앓는 그를 보니 새삼 그가 얼마나 충격을 받았는지 알 수 있었다.

공작의 반응은 곱게 키운 자식이 속도위반을 했다는 것을 알게 된 여타 부모들의 반응과 별다를 게 없었다. 저지를 땐 별생각 없었는데, 새파랗게 질린 공작의 안색을 보니 저절로 기분이 숙연해졌다.

"……아버지, 괜찮으세요?"

나는 어렵사리 그의 팔을 살짝 흔들며 걱정스레 물었다. 그러자 곧 죽을 사람처럼 거멓게 죽은 얼굴로 시름시름 앓던 공작이 역으로 내 손을 와락 붙들었다.

"페넬로페, 아가. 그놈이 그런 게지?"

"네? 뭐를……."

"네가 결혼하기 싫다니까 그 자식이, 그 처죽일 놈이 너한테…… 너를……!"

"……."

"내 금쪽같은 새끼한테 그런 상스러운 짓을……!"

그때였다. 말을 잇지 못하던 공작은 결국 눈시울을 붉히며 엉엉 울기 시작하는 게 아닌가.

"아, 아버지."

나는 그야말로 입을 떡 벌렸다. 물론 공작이 알면 화를 낼 거라 생각했지만, 이렇게 울 거라곤 전혀 예상치 못했기 때문이다.

"……죄송해요."

그 상스러운 짓…… 술 취해서 내가 먼저 한 거라곤 차마 말할 수 없었다. 공작에게 미안함과 동시에, '처죽일 놈'이 되어 버린 칼리스토에게 죄책감이 들었다.

"그놈을 황위에 앉히는 게 아니었는데, 어흐윽……. 집사, 집사…… 군사를……."

공작은 우느라 좀처럼 정신을 차리지 못하고 계속 말도 안 되는 소리를 했다. 그 순간이었다. 공작을 부축하던 집사가 문득 결연한 얼굴로 나를 돌아보았다.

"걱정 마십시오, 아가씨. 소공작님과 작은 도련님께서 외부 훈련에서 돌아오실 때까지 공작님을 대신하여 군사 지휘는 제가 맡겠습니다."

"뭐? 그게 대체 무슨 소리……."

"에카르트 저택은 비상시 요새로 쓰일 수 있도록 설계되어 있습니다. 식량도 충분하니 방어 체제로 가면 한 달도 거뜬합니다. 그렇게 버티다 도련님들께서 귀환하시면 바로 황궁으로 진격하도록……."

"그만! 아니야! 그런 거 아니야!"

진지한 집사의 음성에 나는 마구 고개를 뒤흔들며 우왕좌왕하다 외쳤다.

"잘생겨서 제가 먼저 덮쳤다고요!"

"……."

공작과 집사, 그리고 주변에서 시중을 들던 하인들 모두 얼이 빠진 얼굴로 나를 돌아보았다.

누군가 화원에 얼음을 쏟아부은 듯 싸늘한 정적이 찾아왔다. 얼굴이 터질 듯이 달아오르는 게 느껴졌다.

결국, 아이를 데리고 자주 찾아오겠단 말로 공작을 달래고 나서야 나는 공작가의 역모를 간신히 막고 황궁으로 돌아올 수 있었다.

나만 빼고 상처만 남은 임신 고백은 그렇게 끝이 났다.

두 달 후, 황제와 황후의 국혼은 풍요로운 늦가을에 이뤄졌다. 역대 가장 성대한 결혼식이었다고 사람들이 입을 모아 칭송했다.

그리고 다시 푸릇푸릇한 새싹들이 자라는 초봄.

내게 천사 같은, 아니 드래곤 같은 아기가 찾아왔다.

유디트 레굴루스.

올해로 세 살이 된 여자아이는 바라볼 때마다 혼이 나갈 만큼 어여뻤다. 내 속으로 품고 낳았다는 게 믿기지 않을 만큼.

황족의 상징인 눈부신 금발에 새빨간 눈동자. 황제를 쏙 빼닮은 외양에 공작은 분통을 터뜨리며 또 한 번 눈물을 쏟았다.

모두들 입을 모아 칼리스토가 빚어 낸 분신 같다고 떠들었지만, 내 눈엔 다르게만 보였다. 직모인 애 아빠와는 달리 귀엽게 말려 들어간 곱슬머리, 새하얗고 보드라운 뺨, 오뚝한 코와 붉은 입술.

가끔 햇살을 받을 때면 피처럼 붉은색이 아니라 미묘하게 진분홍색으로 반짝이는 눈은 꼭 내 머리 색과 같았다. 기분 탓이 아니라, 이건 칼리스토도 인정한 부분이었다.

몇 가지 낯선 요소들만 빼면 영락없는 내 새끼가 틀림없었다.

'물론 이런 건 날 닮은 게 아니라, 제 아빠를 빼닮은 거겠지.'

유디트가 자주 노는 사냥터 근처 숲을 뒤지며 나는 생각했다.

아이는 순하고 착했지만, 종종 말썽을 피울 때면 그 스케일이 상상을 초월했다. 어느 날은 궁전의 기둥이나 천장을 부서뜨리기도 했고, 또 어느 날은 숲에 있는 소동물이란 소동물들을 모조리 끌고 온 적도 있었다.

'아마도 처음 사냥제를 구경 갔을 때였지…….'

사냥감을 잡아 오는 사람들의 모습이 멋있어 보였던 걸까. 사냥제의 마지막 날, 1등을 차지한 제 아비를 바라보는 빨간 눈이 유난히도 빛나더라니.

다음 날, 공주궁에서 날뛰던 토끼, 꿩, 새, 여우, 사슴을 목도했을 때를 떠올리니 눈앞이 아찔했다.

— 엄마 쭈려고……. 유디도 압빠처럼 엄마 1등 해 쭈고 시퍼서…….

혼쭐을 내려 했지만, 햇살을 받아 진분홍색으로 빛나는 올망졸망한 눈동자를 보니 차마 더 화를 낼 수도 없었다.

또 어느 날은 조회 중인 대전으로 몰래 숨어들었다가 칼리스토 옆에 놓여 있던 황제의 홀(scepter)을 휘두르며 뛰쳐나와서 난리가 난 적이 있었다.

다른 일도 아닌, 정무를 방해한 일이었기에 화를 내지 않을 수 없었다. 눈물이 쏙 빠지게 혼을 내자, 엉엉 울며 하는 말이 가관이었다.

— 삼쫀이 이제 유디가 항제래써. 항제는 찌팡이 드러야 하니까…….

— 유디는 빨리 압빠 꺾고 항제 되고 시퍼요! 그래야 압빠보다 엄마하테 더 이뿜받는다고 삼쫀이…… 삼쫀이…… 힝.

애한테 미친 소리를 해 댄 레널드 놈은 그 후로 3개월 동안 공주궁 출입을 금지당했다.

"하……."

세 살짜리 딸아이의 화려한 전적들을 생각하니 나도 모르게 깊은 한숨이 새어 나왔다. 이렇게 꽁꽁 숨어 버릴 때면 이젠 누가 아이를 해칠까 걱정되는 게 아니라, 또 무슨 사고를 칠지 몰라 불안했다.

"헉, 헉! 황후 폐하!"

그때였다.

"숲을 모조리 뒤져 봤지만, 공주님께서 이쪽엔 안 계시는 것 같습니다."

공주를 찾던 호위 기사 중 한 명이 거친 숨을 내쉬며 다가와 보고했다. 그 뒤로 유모와 시녀들이 우르르 달려오는 것이 보였다. 정오부터 시작된 숨바꼭질로 인해 모두 땀으로 절어 있었다.

이래서 자식 가진 부모는 죄인이라던가. 고생하는 사람들을 보니, 절로 미안한 마음이 들었다.

"폭포 아래로 내려가 좀 더 수색해 볼까요?"

"됐다. 숲에는 없는 것 같으니 그만 돌아가지."

"하, 하지만 폐하. 곧 날이 저물 텐데…… 공주님께 벼, 변고라도 생긴 게 아닐까요?"

숲 밖으로 빠져나가기 위해 발길을 돌리자, 유모가 과한 망상을 하며 울먹거렸다.

"황궁 내에서 누가 공주를 해칠 수 있겠어. 오히려 잘못 걸려서 묵사발이 되면 모를까."

그러나 대수롭지 않게 대꾸한 것이 무색하게, '변고'라는 말을 듣자 거짓말처럼 불안감이 샘솟기 시작했다.

'정말 무슨 일이 생긴 건 아니겠지?'

공주궁으로 돌아가는 발걸음이 점점 빨라졌다. 나는 입술을 잘근잘근 깨물며 황궁 내에서 아이를 해칠 만한 세력을 떠올려 보았다.

'하네스 백작 쪽?'

몇몇 귀족들은 공주를 후계로 내세우는 황제의 뜻에 반대했다. 유디트가 여성이라는 고리타분한 이유였다.

'아니야. 그놈들은 그럴 힘이 없어.'

그러나 나는 금세 고개를 저었다. 그들은 주둥이만 가벼이 나불거릴 뿐, 칼리스토의 말 한마디면 썰려 나갈 파리 목숨들이었다.

그럴 배짱도, 포부도, 그리고 결정적으로 황궁에 몰래 침입해 우리 아이를 해칠 만큼 강한 암살자를 고용할 재력도 없었다.

‘아니면, 반란군?’

칼리스토가 황위에 오른 지 벌써 8년. 그가 황태자 시절 정복한 나라들은 이제 대부분 제국령으로 귀속되었다. 그러나 종종 분쟁이 일어나는 지역이 있어, 반란군에 대한 마음을 완전히 놓을 시기는 아니었다.

‘하지만 결계를 뚫고 황궁 안으로 진입하기 쉽지 않을 텐데.’

황궁 전체에 걸려 있는 보안 마법은 주체를 황제로 삼았다. 칼리스토가 건재한 이상 결계가 훼손될 가능성은 극히 낮았다.

설령 결계가 뚫렸더라도 그 사실을 황궁 마법사들이나 황제가 알아차리지 못할 리 없었다. 8년 전, 이본의 탈을 뒤집어쓴 레일라가 쉽게 황궁을 점령한 것도 다 칼리스토가 부재한 틈을 타 선황제를 죽여 버렸기 때문이다.

‘설마…… 레일라가 아직도 살아남은 건 아니겠지?’

거기까지 생각이 미치자, 불현듯 가슴이 덜컥 내려앉았다. 이제 더는 세뇌 빔을 쓸 유물이 없지만, 레일라라면 분명 무슨 수를 써서라도 황궁에 잠입할 것이다.

그래서 아직 어리고 여린 우리 아이에게 쉽게 복수를 할지도……!

“화, 황후 폐하! 그, 그러다 넘어지시겠어요. 저희가 먼저 가 볼 테니 천천히 걸어오셔요, 네?”

궁의 첨탑 끄트머리가 보일 때쯤, 어느새 내 발걸음은 뛰는 것에 가까워져 있었다. 보다 못한 시녀장이 만류했지만, 들리지 않았다.

‘제기랄, 마차를 타고 나왔어야 했는데.’

더럽게도 넓은 앞뜰을 달려가는 내내, 칼리스토에게 알려 근위병들을 총동원할 생각으로 머릿속이 꽉 찼다. 그 때문에 땅바닥에 박혀 있는 돌멩이들을 미처 보지 못했다.

문득 치맛자락이 팽팽하게 당겨진다는 생각이 들었을 땐 이미 몸이 앞으로 기울어진 후였다.

"악!"

"헉! 화, 황후 폐하!"

훅, 땅이 가까워졌다.

쫓아오던 시녀들이 새된 비명을 지르며 대경실색하던 그 순간.

"황후!"

누군가 강한 힘으로 내 허리를 끌어당겼다. 정신을 차렸을 때, 나는 누군가의 딱딱한 가슴팍에 얼굴을 처박은 상태였다.

익숙한 향이 코 속을 파고들었다. 고개를 들자 노을빛에 끄트머리가 붉게 물든 황금빛 머리칼이 보였다. 칼리스토였다.

"다칠 뻔했잖아. 궁을 코앞에 두고 왜 뛰고 그래?"

걱정이 가득 담긴 눈빛에, 불현듯 눈시울이 시큰해졌다.

"폐하. 유디트가, 우리 아기가 없어졌……!"

애써 울음을 참으며, 다급히 아이의 부재를 알리던 순간이었다.

"우웅……."

문득 품에서 꼬물거리는 온기가 느껴졌다. 나는 고개를 내렸다. 그토록 찾던 아이가 칼리스토의 품에 안겨 잠들어 있었다.

우리 사이에 끼어 있는 것이 답답했는지, 아이가 작은 눈살을 한껏 찌푸린 채 뒤척였다. 그 움직임을 따라 칼리스토의 팔 틈으로 삐죽 튀어나온 앙증맞은 황금 날개가 파닥거렸다.

"하……."

막을 새도 없이 안도의 한숨이 새어 나왔다. 내게 아직도 그런

풍부한 상상력이 있다는 게 놀라울 만큼, 공주궁으로 돌아오는 내내 별별 생각을 다 했던 것 같다.

순간 다리의 힘이 풀려 휘청이자, 칼리스토가 다시 한번 허리를 꽉 끌어안으며 혀를 찼다.

"쯧. 또 제 어미 애간장 다 태워 먹었군."

"어디서…… 어디서 찾으셨어요?"

"태양궁 아래에서."

"네?!"

상상도 못 한 숨바꼭질 장소에 나는 입을 떡 벌렸다.

"대체 거길 어떻게…… 거긴 봉인 마법이 걸려 있잖아요."

태양궁의 지하에는 영면에 든 용의 사체는 물론, 마법이 걸린 온갖 보물들이 숨겨져 있었다. 그렇기에 옥새를 가진 황제 외에 그 누구도 접근할 수 없도록 강력한 봉인 마법을 걸어 뒀는데…….

"베르단디 후작이 말하길 출입 금지 마법을 해제하고 들어간 것 같더군."

칼리스토가 덤덤하게 아이의 만행을 전했다.

"그나마 그 흔적이라도 있어서 금방 찾을 수 있었어."

눈앞이 아찔해지는 기분에 나는 한 손으로 이마를 붙들었다. 엄청난 짓을 저지른 아이 때문에 속이 바짝바짝 타들어 갔다.

그러나 차마 잠든 애를 깨워 혼낼 수 없었다. 내 새끼라서 그런 게 아니라, 이렇게 잠잠할 때만큼은 정말 천사같이 어여뻐서.

"정말 누굴 닮아서 이렇게 말썽을 부리는지……."

결국 나는 화를 내는 대신 아이의 뺨을 살며시 쓰다듬으며 한숨처럼 중얼거렸다. 그러자 칼리스토가 어깨를 으쓱이며 답했다.

"난 아니야."

"저도 아니거든요?"

"글쎄. 결혼 전에 사고 치던 것들을 생각하면 별로 믿기지 않는데."

"하. 대체 누가 할 소리를……!"

우리는 매일같이 하는 일과처럼 티격태격하며 걸음을 옮겼다. 궁 안으로 들어가 아이의 방에 도달하자, 그제야 긴장으로 굳어 있던 몸이 조금씩 풀렸다.

"모두 고생 많았다."

"아닙니다, 폐하. 고생은요. 공주님께 별 탈 없어서 다행이에요."

"오늘은 다들 돌아가서 그만 쉬도록 해."

뒤늦게 아이를 찾느라 같이 고생한 사람들을 치하한 후 돌려보내는 사이, 칼리스토가 침대에 아이를 눕혔다. 그쪽으로 다가가던 나는, 문득 그의 뒷머리가 잔뜩 헝클어진 채 솟아 있는 것을 발견했다.

"유디트한테 또 머리끄덩이 잡히셨어요?"

침대 맞은편에 앉으며 묻자, 칭얼거리는 아이를 토닥이던 칼리스토가 나를 흘끔 눈짓하며 답했다.

"가기 싫다는 것을 억지로 끌고 나와서 심통이 난 것 같더군."

나는 눈살을 찌푸렸다. 전혀 안 그럴 것같이 생겨서는, 칼리스토는 아이에게 무척이나 약했다. 그래서 그런지 평소엔 순하디순한 아이지만, 종종 제 아비에게 예의 없이 굴 때가 있었다.

"그러지 말라고 혼을 내지 그러셨어요."

"어떻게 그래. 그러다 밉다고 또 얼굴 안 보여 주면 나만 손해지."

"폐하가 자꾸 그렇게 싸고도니까 애가 버릇없이 구는 거잖습니까."

"그대는 애한테 너무 엄해."

"폐하가 물러 터진 거겠죠."

나는 우리 아이의 손에 모든 권력과 드높은 명예를 쥐여 주고 싶었다. 그리고 그렇게 만들 예정이었다. 그러나 세상 무서운 줄 모르는 버릇없고 방자한 인간으로 키우고 싶지 않았다.

'일어나면 단단히 교육해야겠어.'

잠든 아이를 심각하게 바라보며 다짐하던 때였다. 칼리스토가 그런 나를 달래듯 장난스럽게 말했다.

"그래도 저번처럼 마법으로 태워 먹지 않은 게 어디야."

그의 말에 반사적으로 그때가 떠올랐다.

아이가 막 옹알이를 뗐을 때쯤이었다. 공주궁에서 칼리스토와 눈이 맞은 적이 있었다. 아이를 낳고 오랫동안 손만 잡고 잤기에, 순식간에 불이 붙었다.

짐짝처럼 둘러메다시피 나를 안고 허겁지겁 궁을 나서는 칼리스토의 모습이 낯설었는지, 아이가 갑자기 마법을 썼다. 그때를 회상하자 설핏 웃음이 터져 나왔다.

"……전 그때 폐하 머리 다 타 버리는 줄 알았어요."

"쯧, 황제의 용모가 출중하다는 게 제국 유일의 자랑거린데 대머리가 돼 버리면 쓰나."

칼리스토가 혀를 차며 덩달아 웃었다.

다행히도 나와 칼리스토의 비명에 불은 금방 꺼졌다. 대신 황궁이 발칵 뒤집혔다. 한 살짜리 아이가 마법을 구현하고 제어한다는 소리는 역대 황족은 물론, 온 대륙을 통틀어 그 전례가 없는 일이었기에.

마법뿐만이 아니었다. 아이를 가진 것을 알았을 때 꿨던 괴상한 태몽 때문일까.

유디트는 날 때부터 등에 손바닥만 한 황금색 날개가 달려 있었다. 분명 내가 품고 내 배 아파 낳은 자식이었지만, 꼭 알에서 태어나기라도 한 것처럼.

날개를 가지고 태어난 아이는 그 어떤 고문서에도 존재하지 않았다. 딱 하나, 제국을 건국한 시조를 제외하고는.

황금룡의 상징인 황금색 날개. 역대 황족 중 그 누구도 갖지 못한, 강력한 마법을 지니고 태어난 아이.

그런 아이의 모습을 본 이들은 하나같이 황금룡의 재림이라며 떠들어 댔다. 그래서 한동안 제국의 하나뿐인 공주는 용과 똑 닮은 무시무시한 외양에 입에서 불을 뿜는다는 말도 안 되는 괴소문이 돌았다.

'물론 제 몸 하나 지킬 수 있을 만큼 힘이 충분하다는 건 좋은 일이지만…….'

남들과는 다른, 특별한 요소들을 가진 채 태어난 것이 과연 아이에게 좋은 일인 건지 나쁜 일인 건지, 아직도 알 수 없었다.

유디트의 뒤척임에 짓눌려 접힌 앙증맞은 날개를 펴 주고 저리지 않도록 살살 쓰다듬어 줄 때였다. 문득 뺨에 따스한 감촉이 닿았다.

"……여전히 낯이 창백하군."

아이에게 신경을 쏟는 동안, 줄곧 나를 지켜본 걸까. 칼리스토가 어둑한 내 얼굴을 부드러이 쓸어내리며 다독였다.

"애가 그러는 게 하루 이틀도 아니고, 뭘 그리 걱정을 했어."

"그래도…… 혹시 모르잖아요."

아이가 클수록 흥미롭게 지켜보는 눈도 점점 더 많아졌다.

"누가 나쁜 마음이라도 먹고 유디트를 해치려 들면 어떡해요."

내 중얼거림에 칼리스토가 피식 헛웃음을 터뜨렸다.

"누가 그따위 짓을 하려 들겠어. 오히려 유디트가 멀쩡한 사람 묵사발을 만들면 모를까."

"그건 그렇지만……."

"너무 걱정하지 마. 베르단디 후작이 잘 가르치는 것 같더군. 이제 모르는 이 앞에서 제법 날개도 숨길 줄 알게 된 모양이던데."

내가 우려하는 게 무엇인지 잘 안다는 듯, 칼리스토가 덧붙였다. 그 말에 조금 안심이 되었다.

아이의 스승은 당연히 제국 최고의 마법사인 뷘터였다. 그러나 그마저 공주의 마법 능력이 벌써 자신을 웃돈다고 말할 정도로 아이의 힘은 초월적이었다.

"전 사실 유디트가 무슨 생각을 하는지 잘 모르겠어요."

도마뱀처럼 호기심이 왕성하고, 그만큼 영리했다. 사고를 칠 때마다 왜 그랬는지 물어보면 곧잘 답하곤 하지만, 절대 먼저 변명을 꺼낸 적은 없었다.

"나도."

내 중얼거림에 칼리스토가 콧잔등을 찡긋하며 동의했다.

초보 부부인 우리는 여전히 미숙하고 서툴렀다. 제법 익숙해질 때도 됐건만, 오늘처럼 아이가 사고를 칠 때면 한 번씩 가슴이 덜컥덜컥 내려앉는 것을 보니, 아직 갈 길이 먼 듯했다.

아이가 잠든 틈을 타 잠시 숙연한 동지애가 우리 사이를 감돌았다.

"……하루하루가 전쟁 같군."

"그래도 좀 더 지나면 의젓해지겠죠. 요즘은 말도 얼마나 잘하는

지 몰라요."

"잠들 때까지 쉴 새 없이 종알대더라니."

내 말에 칼리스토가 고개를 주억거리며 손끝으로 아이의 코를 톡 건드렸다.

"언제 다 커서 부모 속 썩이는 짓들 반성할 거야. 어?"

자면서도 혼내는 건 귀신같이 알아들은 건지 아이가 울 듯이 입을 삐죽거렸다. 그러자 핀잔을 준 게 언제였냐는 양 짓궂은 표정을 짓던 그가 허겁지겁 유디트의 가슴을 토닥이며 달랬다. 그 모습에 실소가 새어 나왔다.

"그래도 기특한 짓을 했어."

"무슨 기특한 짓이요?"

"그대가 말려서 그때 못 부순 그 빌어먹을 거울 말이야. 무슨 바람이 들었는지 그걸 아주 산산조각으로 만들어 놨더군."

"설마…… 진실의 거울이요?"

나는 눈을 동그랗게 떴다. 뷘터를 구한 후 '진실의 거울' 복원 작업도 모두 중단됐다.

지랄병, 아니 불안증이 극에 달했던 시기라 칼리스토는 곧장 부숴 없애려 들었지만 간신히 그를 만류했다. 고대 마법사들과 직접적인 연관이 있는 유물이다 보니 연구 가치가 높았기 때문이다.

하지만 복원된 이후에도 '진실의 거울'은 작동은 물론, 조금의 마력도 감지되지 않았다. 마치 그것에 붙어 있던 고대 마법사 혼령들이 모두 떠나기라도 한 것처럼.

그래도 혹여 불온 세력의 손아귀에 들어가면 안 되었기에 태양궁 지하 공간에 봉인했다. 그리고 몇 년째 까맣게 잊고 있었다. 오늘 유디트가 친 사고만 아니었다면 영영 잊어버린 채 살았을 것이다.

"다른 건 안 건드렸죠? 혹시 황룡의 사체라든지……."

"다른 건 멀쩡하더군."

그나마 다행인 소리였다.

"왜 하필 진실의 거울을……."

"얘도 아나 보지. 그게 제 어미 잡아먹을 물건이라는걸."

"잡아먹긴 뭘 또 잡아먹어요. 그게 괴물이라도 됩니까?"

"깨어나면 칭찬이라도 해 줘야겠어. 용감무쌍하게 괴물을 무찔렀다고."

돌아오는 칼리스토의 대꾸에 어이가 없었지만, 한편으론 안심이 됐다. 이렇게 농담하는 것을 보니, 이제 그는 내가 사라질지도 모른다는 불안감을 많이 내려놓은 듯했다.

"그만 일어나야겠군."

그때 칼리스토가 불쑥 자리를 털고 일어났다.

"일이 아직 덜 끝났다."

"해도 다 저물었는데…… 아직도요?"

나는 덩달아 자리에서 일어나 문 쪽으로 향하는 그의 뒤를 따르며 걱정스럽게 물었다.

"유디트 찾느라 그런 거죠?"

답은 들을 것도 없었다. 하루 이틀 일이 아니었기에.

'역시, 깨어나면 혼을 내야겠어.'

굳은 내 얼굴에서 그런 다짐을 읽었는지, 칼리스토가 콧잔등을 찌푸리며 말했다.

"너무 혼내지 마. 애 있는 아비들이 다 그런 거지."

그 철없던 황태자 놈이 이런 말을 하는 날이 다 오다니. 나는 스스로를 '아비'라 칭하는 칼리스토가 조금 낯설고 소름 끼쳐서 멍하니 바라보다 입을 뗐다.

"방금 그 말 되게……."

"되게, 뭐?"

"……느끼했어요."

"애도 자는데 더 느끼한 짓 한번 해 볼까? 응?"

황제는 문득 시뻘건 눈을 번뜩이며 전광석화처럼 휙 손을 뻗었다.

쪽, 쪽, 쪽. 아차 할 새 없이 내 허리를 끌어안은 그가 내 얼굴 위에 마구잡이로 입을 맞췄다.

"읏, 하지 마요. 애 깨면 어떡하려고요!"

나는 그의 어깨를 퍽퍽 내리치며 속삭이듯 윽박질렀다. 그러자 놈이 더욱더 세게 나를 옥죄며 읊조렸다.

"그대만 조용히 하면 당장 둘째도 가질 수 있어."

"미쳤어요? 또 머리털 태워 먹고 싶죠."

"이런. 대머린 안 되지."

협박 같은 내 말에 그가 나지막한 웃음과 함께 마침내 키스 공격을 멈췄다.

"후…… 가기 싫군."

나를 꼭 끌어안은 채 그가 내 목에 얼굴을 묻으며 중얼거렸다.

피곤에 잠긴 음성에 안쓰러운 마음이 들었다. 나는 손을 들어 그의 뒷머리를 조심스레 쓰다듬었다.

"요즘도 많이 바빠요?"

"응. 더 지체했다간, 세드릭 포터와 그 일당들이 우리 가족에게 저주를 내릴 만큼.”

“그럼 어서 가셔야겠네요. 폐하는 몰라도 우리 아이까지 저주받으면 안 되니까.”

“허. 사람이 왜 그렇게 매정해?”

끌어안긴 품에서 억지로 벗어난 후 등을 떠밀자, 그가 툴툴거리며 마지못해 문고리를 잡았다.

“금방 다녀올게. 그대도 그만 궁으로 돌아가서 쉬도록 해.”

“씻고 침대에서 기다리고 있을게요.”

배웅과 함께 마지막으로 귓가에 속삭였다. 그러자 그가 “하여간, 예뻐 죽겠다니까.” 하고 혀를 차며 허겁지겁 내 뺨을 부여잡았다.

꽤 긴 입맞춤 후, 미적거리던 칼리스토가 마침내 공주궁을 떠났다.

달칵— 문을 닫고, 다시 아이의 침대로 걸어가던 찰나였다. 불현듯 볼록 솟아 있는 이불이 꼬물거렸다. 그리고 그 안에서 작달막한 목소리가 새어 나왔다.

“……엄마.”

“유디트.”

“흐웅…….”

잠투정을 하는 건지 아이가 울먹였다.

‘완전히 깨면 안 돼……!’

어중간하게 잠들었다 깨면 밤새 펄펄 날아다니곤 했다.

나는 한달음에 달려가 아이 옆에 누웠다.

“대화 소리 때문에 깼니? 미안해. 더 자렴.”

그리고 칼리스토가 도닥이던 가슴팍을 연이어 도닥이며 얼렀다. 안심이 됐는지 아이가 울먹이는 얼굴을 펴고 작은 한숨을 내쉬었다.

잠시 그렇게 쌕쌕 숨을 고르던 아이가 이윽고 꼬물꼬물 움직여 내 품을 파고들었다.

"엄마…… 가디 마."

"응. 잘 때까지 안 갈 테니 걱정 마."

"아니야, 아니야. 가디 마. 유디 두고 가디 마……."

"알았어. 그럼 오늘은 엄마랑 같이 잘까?"

"웅."

무서운 꿈이라도 꾼 걸까. 오늘따라 어리광이 심한 듯했지만, 그마저도 사랑스러웠다.

나는 보드라운 이마에 입을 맞추며 잔머리를 쓸어 넘겨 주었다. 그러자 유디트가 작달막한 손으로 내 옷자락을 꾹 붙들고 웅얼거렸다.

"유디 두고 가면 안 대요."

말똥말똥한 붉은색 눈동자가 나를 빤히 올려다보았다.

'다시 잠들긴 글렀구나, 허허…….'

그새 잠기운이 완전히 가신 듯한 아이의 모습에 나는 해탈한 기분으로 고개를 끄덕였다.

"알았어."

"유디 엄마 조아."

내 품에 얼굴을 마구 비비는 아이는 사랑스러웠다. 그러나 아이한테 주의를 단단히 줘야겠다는 생각이 들었다.

"하지만 유디트, 너도 어디 갈 땐 엄마나 아빠한테 꼭 말하고 가야 돼."

나는 아이와 눈을 맞추며 엄한 목소리로 당부했다.

"저번에도 몰래 시녀들이랑 숨바꼭질해서 엄마한테 혼났지. 또 한 번 이렇게 말도 없이 사라지면 다음엔 마법 금지령 내릴 거야."

"……하나 써여?"

아이는 똑똑해서 금방 내 말을 알아듣고는 시무룩하게 눈치를 보았다. 마음이 약해졌다.

"……화난 게 아니라 걱정했지."

나는 결국 한숨을 쉬며 유디트를 꼭 끌어안았다.

"누가 널 데리고 갔을까 봐 얼마나 놀랐는지 아니?"

"하지만…… 하지만 띠간이 없어써요."

"……뭐? 무슨 시간?"

"우웅, 말하는 띠간……."

말할 시간이 없었다니.

'누구한테 그런 말을 다 배웠을까?'

깜찍한 변명에 화보단 웃음이 새어 나왔다. 하지만 나는 입매를 꾹 굳히고 말을 이었다.

"일이 아무리 바빠도 꼭 말해야 해. 안 그러면 엄마랑 아빠가 엉엉 울면서 유디트를 찾아다닐 테니까."

"우…… 우러써여?"

"그럼. 엄마랑 아빠가 매일 울면서 유디트 찾으러 다니면 좋겠어?"

"아니, 아니이……."

아이가 울상을 지으며 마구 도리질을 쳤다. 그러면서 '우디 마, 우디 마.' 하고 고사리 같은 손바닥으로 나를 토닥이는데, 심장에 무리가 가는 기분이었다.

"……큼. 그, 그리고 지하에 있는 유물은 왜 부쉈니?"

아직 주의를 줘야 할 말이 남았기에, 나는 헛기침을 하며 간신히 평정을 유지했다.

“그러면 안 돼. 유물은 아끼고 보살펴 줘야 하는 물건이야.”

“그치마안…….”

유디트는 내 꾸짖음에 입을 비죽거리더니 문득 내 품에 얼굴을 콕 처박았다.

“그래야 ……를 지킬 뚜 이쓰니까…….”

“응?”

뭐라 웅얼거리는지 잘 들리지 않아 되물었다. 하지만 그러기 무섭게, 아이가 다시 번쩍 고개를 쳐들고 외쳤다.

“끄건 씨끄러운 나뿐 거야!”

“유디트, 그게 무슨 소리니?”

“후웅!”

그러나 유디트는 대답 없이 다시 내 품에 얼굴을 폭삭 파묻었다. 정말이지, 내 속으로 낳았지만 종종 아이의 생각은 따라갈 수가 없었다.

한동안 날개를 파닥이며 내 머리카락 끝을 가지고 놀던 유디트는 얼마 안 가 쌕쌕 고른 숨을 내쉬며 다시 스르륵 잠들었다.

나는 내 품에 얼굴을 처박고 있는 아이를 편히 눕히고 이불을 덮어 주었다. 잠귀가 밝은 편인데 아까처럼 자다 깰 기미는 보이지 않았다.

‘피곤하긴 했나 보네…….’

지하 비밀 공간을 열심히도 활개 치고 다녔던 건지, 뒤늦게 꼬질꼬질한 행색이 눈에 들어왔다.

"에휴……."

시녀들을 부를까 하다 애가 다시 깰까 봐 관뒀다. 나는 손수 아이의 옷을 벗겼다. 단추를 풀고 막 치마를 들어 올리던 순간이었다.

툭—. 문득 무언가가 침대 위로 떨어졌다.

'마법 걸린 보물이라도 가져온 거 아니야?'

노파심에 서둘러 그것을 확인하던 나는, 천천히 눈을 크게 떴다.

"어……."

아이의 옷자락 사이에 숨겨져 있던 건 다름 아닌, '진실의 거울' 조각이었다.

— 그대가 말려서 그때 못 부순 그 빌어먹을 거울 말이야. 무슨 바람이 들었는지 그걸 아주 산산조각으로 만들어 놨더군.

칼리스토가 조금 전 했던 말이 떠올랐다. 태양궁 지하로 숨어든 말괄량이 아가씨는 '진실의 거울'을 부서뜨려 놓았다고 했다.

고대 유물이긴 하지만, 더는 작동하지 않은 지 오래여서 화가 나거나 속이 상하지는 않았다. 어차피 한번 부서져 내린 것을 뷘터 때문에 억지로 복원해 놓았던 거였으니까…….

'그런데, 이걸 왜 치맛자락에 숨겨 온 거지?'

어렸을 때부터 워낙 특이한 행동을 많이 했던 아이니, 부서진 유물을 가지고 놀 수는 있었다. 하지만 치마 안주머니에 넣어 놓고 말을 하지 않은 건 누가 봐도 숨겨 온 것 같지 않은가.

'하긴. 누가 우리 애 머릿속을 알 수 있을까.'

고개를 갸웃하던 나는 이내 짧게 웃으며 조각을 대충 침대 옆 탁

자에 올려 두었다. 그리고 주먹을 꼭 쥐고 잠이 든 아이의 손을 조심스럽게 펼쳤다.

거울 조각은 오랜 시간 동안 부식되어 허름하고 뭉툭했지만, 혹시라도 단면에 베여 상처라도 났을까 노파심이 들었기 때문이다.

다행히 여린 손바닥은 생채기 하나 없이 멀쩡했다. 나는 손수건을 물에 적셔 유디트의 얼굴과 손발을 닦아 냈다. 그리고 아이가 좋아하는 보라색의 하늘하늘한 잠옷을 입혔다.

아까 잠투정을 다 끝낸 건지, 부산스럽게 돌아다니는 동안 유디트는 뒤척임 하나 없이 조용히 잠이 들었다.

대강 수발을 끝내고 나 또한 편한 옷으로 갈아입고 옆에 눕자, 아이가 귀신처럼 꼬물꼬물 품을 파고들었다.

나는 손을 뻗어 아이의 날개 사이를 쓸어내리며 토닥였다. 온종일 아이를 찾고 다녔더니, 뒤늦게 고단함이 해일처럼 몰아치는 것 같았다.

"하루하루가 스펙터클하네……."

내 꿈의 마지막 종착지 같았던 고대 마법사들의 근거지와 마물 떼의 상관관계를 밝혀낸 후. 나는 황제와의 결혼과 동시에 일선에서 물러나 가끔 자문을 주는 정도에 이르렀다.

공작은 좀 더 버텼으면 문화부 대신 자리에 앉아 백작위를 수여받을 수 있지 않겠느냐며 아쉬워했다. 내가 볼 땐 아쉬움보단, 칼리스토와의 결혼을 뜯어말리는 것의 연장선 같아 보였다.

애석하게도, 나는 딱히 아쉽다는 생각은 들지 않았다.

'백작보다 황후가 훨씬 더 높은걸요…….'

공작이 또 울까 봐 이 말은 간신히 삼켰다.

5년간, 내가 할 수 있는 모든 걸 이룩했고, 여전히 심심할 때마다 새 유물 발굴 보고를 받았다. 역대 황후들의 일과에 비하면 나는 꽤 자유로운 편이었다. 아이가 태어난 후엔 육아에 전념할 생각이었는데…….

'어째 마물 때려잡고 다니던 시절이랑 별다를 바 없는 것 같은데.'

이 작은 몸 어디서 체력이 샘솟는 건지, 유디트는 걸음마를 뗀 후부터 쉴 새 없이 황궁 안을 탐방하고 다녔다.

한번 치는 사고마다 군사를 동원해야 할 만큼 규모가 어마어마했다. 오늘같이 비밀 장소에 숨어들고, 작동하지 않는 유물 따위를 부수는 건 정말 별거 아닌 축에 속했다.

"우웅, 엄마아……."

자면서도 오물거리는 아이는 정말이지 눈에 넣어도 안 아플 만큼 예뻤다. 나는 유디트의 뺨에 '쪽' 입을 맞추며, 가슴이 덜컥 내려앉았던 아까 전의 걱정들을 털어 냈다.

"……그래. 네가 재밌었으면 됐지, 뭐."

나나 칼리스토의 유년 시절처럼 하고 싶은 걸 못 하고 억눌린 채 살아가게 하고 싶지 않았다.

할 수 있는 한 더 넓은 세상을 보여 주고, 언젠가 아이가 이 손바닥만 한 앙증맞은 날개를 활짝 펼쳐 날아오를 때. 떨어져도 언제든지 박차 오를 수 있게 받쳐 주는 지지대가 되고 싶다.

내가 선택한 남자와 함께, 영원히.

칼리스토가 돌아오기를 기다리며 하염없이 아이를 바라보다, 나도 모르는 새 깜박 잠이 들었다. 문득, 환한 빛이 눈을 찔렀다.

'칼리스토가 돌아온 건가?'

비몽사몽간에 뻑뻑한 눈을 들어 올린 순간이었다. 나는 아이의 방 침대 위가 아닌, 낯선 곳에 우뚝 서 있었다.

"무슨…… 하."

아니, 어쩌면 그다지 낯설지 않은 곳일지도.

한 치 앞도 보이지 않는 컴컴한 어둠 속, 거대한 거울 하나가 우뚝 솟아 있었다.

'진실의 거울.'

그것이 무엇인지 알아차리자마자, 불만이 샘솟았다.

"아니, 아직도 안 갔냐고요."

이본과 작별 인사를 하고 빈터를 구출할 때, 고대 마법사의 영혼인지 뭔지도 모두 성불한 게 아니었단 말인가?

조각조각 금이 가고, 군데군데 거울 조각이 떨어져 땜빵이 나 있는 허름한 모습으로 요요히 빛을 뿜어내는 '진실의 거울'.

오랜만에 마주한 그것이 반갑다기보단 조금 섬뜩하게 느껴졌다. 우리 애가 부숴 먹은 것을 알고 득달같이 달려오기라도 한 것 같아서.

"왜, 또, 무슨 일인데. 애가 저지른 일을 나보고 어떡하라고."

나는 이제 저 거울이라면 치가 떨리는 사람이기에, 진저리를 치며 다소 불만스럽게 따져 물었다. 그때였다. 불현듯 금이 간 거울면이 일렁이더니, 무언가가 떠오르기 시작했다.

'혹시…… 환생한 이본의 모습이라도 보여 주려고?'

그런 거면 이렇게 뜬금없이 꿈에 나타난 것이 이해가 됐다. 그러나 납득하기 무섭게 또 다른 의문이 생겼다.

'그런데 무슨 환생이 그렇게 빨리 돼?'

잘은 모르지만, 학창 시절에 보았던 소설이나 영화에 따르면 몇십 년 걸리는 일이라 했는데…….

'이쪽 세계는 뭐가 다른 건가?'

고개를 갸웃거리며 영양가 없는 생각을 할 적이었다. 금이 간 것이 타격이 있긴 한 건지, 다른 때와는 달리 다소 느린 속도로 무언가를 떠올리던 거울이 마침내 어떤 장면 하나를 비췄다.

이쪽 세계에선 볼 수 없는, 현대적인 병실의 모습. 각종 의료기기에 연결된 채 침대에 덩그러니 누워 있는 메마른 여자가 보였다.

하필 거울 조각이 떨어져 구멍이 난 자리가 여자의 얼굴이 있는 부분이어서, 얼굴을 확인할 수 없었다.

그럼에도 나는 일순 숨을 멈췄다.

"……아."

그건 다름 아닌, 현실의 나였기에.

"어, 어떻게……."

나는 더듬거리며 천천히 거울 앞으로 걸어갔다. 이것이 단순한 꿈인지, 정말로 '진실의 거울'이 보여 주는 진실인지 알 수가 없었다.

얼굴이 거멓게 비어 있는 여자.

조금 더 자세히 들여다보기 위해 거울 앞에 다가선 순간.

"응?"

불현듯 무언가가 손바닥을 쿡 찔렀다. 나는 반사적으로 손을 내려다보았다. 어느새 내 손에 거울 조각 하나가 들려 있었다. 나는 그것이 무엇인지 한눈에 알아보았다.

'유디트가 가져온 조각이야.'

기가 막히게도, 어떻게 이런 우연이 다 있을 수 있단 말인가.

한동안 조각을 가만히 내려다보던 나는 이내 결심한 듯 그것을 들어 올렸다. 이미 이곳에 남기를 선택한 후이기에 미련한 짓임을 알았지만, 그래도 보고 싶었다.

왜, 어떻게 아직도 살아 있을 수 있는 건지. 이쪽 세상에 있는 동안, 나는 어떤 몰골로 살아 있었던 건지.

'거울 너머로 보는 것 정도는 괜찮겠지.'

나는 안쓰러울 만큼 텅 빈 여자의 얼굴 위에, 천천히 손에 쥐고 있던 것을 밀어 넣었다.

달칵—. 조각은 거짓말처럼 꼭 들어맞았다. 얼마 후 박힌 조각에서부터 하얗게 빛이 쏟아져 나오기 시작했다.

"읏."

눈이 부셔서 나는 작은 신음을 내뱉으며 팔로 얼굴을 가렸다.

삑, 삑, 삑. 그리고 어느 순간, 빛이 사라지고 단조로운 기계음이 귓가를 울렸다.

나는 얼굴을 가렸던 팔을 내리고 천천히 눈을 떴다. 그리고 크게 당황했다. 분명 거울 앞에 서 있었는데, 어느새 나는 거울 속에 비쳤던 장소. 병실 안에 우뚝 서 있는 상태였다.

'뭐야. 어떻게 된 거지? 거울 속으로 끌려온 건가? 아니면…… 돌아왔어?'

휘이이잉—. 어디선가 서늘한 바람이 불어와 긴 머리칼을 스치고 지나갔다. 주변을 두리번거리자, 내부 한쪽에 매우 오랜만에 보는 현대식 창문이 열려 있는 것이 보였다.

나는 더듬더듬 손을 뻗어 휘날리는 머리칼을 붙들었다. 다행인지 불행인지, 원래 몸으로 돌아온 것은 아니었다. 흰 잠옷 위로 굽이

치는 진분홍빛 머리, 그리고 원래 몸과는 확연히 다른 두 손.

나는 여전히 페넬로페의 몸뚱이에 있었다. 그리고 내 앞에는…….

각종 의료 장비와 산소 호흡기에 의지한 채, 간신히 숨만 붙어 있는 듯한 여자가 보였다. 내 현생의 몸이었다.

"……정말 살아 있었네."

나는 꼭 타인을 보듯 낯선 내 원래의 몸을 바라보며 중얼거렸다. 이미 영혼이 떠나간 지 오래라 그런지 모르겠으나, 생기가 빠져나가 거무죽죽한 모습이 꼭 시체 같았다.

삑, 삑, 삑.

그러나 일정한 간격으로 심장 박동 수를 나타내는 생명 유지 장치를 보니, 조금씩 실감이 났다.

"아직도……."

위암에 걸렸는데도 아직도 살아 있다는 게.

멍하니 내 원래 몸뚱이를 바라보던 나는, 이윽고 눈을 떼고 침대 주위로 시선을 돌렸다.

오자마자 발견했지만, 애써 모른 체했다. 침대 옆 보조 침대에는 아버지가 몸을 있는 대로 구긴 채 누워 있었고, 맞은편 소파엔 둘째 개새끼가 퍼질러 앉아 졸고 있었다. 첫째 개새끼는 오지 않은 건지 보이지 않았다.

다들 밤새 간병이라도 한 행색들이었다. 하지만 그럴 리 없었다. 나는 고개를 설레설레 저으며 헛웃음을 터뜨렸다.

레일라가 걸어 둔 세뇌를 풀 적 '진실의 거울'이 잠시 보여 줬던 내 현생의 모습에도, 나는 솔직히 믿지 못했다.

'그토록 잡아 죽이지 못해 안달을 낼 땐 언제고, 이제 와 잘못했

다고 애원을 한다고?'

마당에서 키우던 품종 모를 커다란 개가 지나가다 웃을 것이다. 그 집구석에서 내 처지는 그 개만도 못했으니까.

'아직도 여론을 신경 쓰는 건가?'

나는 인상을 찌푸리며 생각했다.

저쪽 세상에 있는 동안, 이곳의 시간이 얼마나 흐른 건진 알 수 없었다. 하지만 비싼 1인실 병상에 반쯤 죽어 있는 배다른 사생아를 모셔 놓고 한데 모여 쇼하는 이유라면 그것 하나밖에 없었다.

'불쌍한 척하는 것보다, 차라리 빨리 죽게 놔두고 장례 치르는 게 더 속 편할 텐데.'

생물학적 아버지와 둘째 개새끼, 그리고 침대 위의 내 몸뚱이까지. 냉정한 눈으로 차례차례 둘러본 나는 침대 쪽으로 저벅저벅 다가갔다.

가까이서 보니 보조 장치를 잔뜩 매단 채 힘겹게 살아 있는 내 모습이 오히려 버거워 보였다.

'……이렇게 억지로 살아 봤자 무슨 의미가 있을까.'

천천히 손을 뻗어 얼굴을 덮고 있는 산소 호흡기 위를 짚었다.

나는 그만 이쪽 세상의 내 몸뚱이도 자유롭게 해 주고 싶었다. 왜냐하면, 여기 있는 동안 너무 힘들고 괴로웠으니까.

마지막까지 저 인간들의 손아귀에 붙들려 온전히 내 멋대로 죽을 수도 없는 상태가 되어 버리다니, 이 얼마나 억울한 일인가.

산소 호흡기를 짚은 손에 절로 힘이 들어갔다. 이제 와 현생에 대한 미련 같은 건 느껴지지 않았다. 그저, 이곳에선 단 한 줌의 행복한 기억도 가지지 못한 채 억울하게 죽어야 한다는 게 조금 서글

플 뿐.

‘괜찮아. 이젠 돌아갈 가족이 있잖아.’

미련은 없었지만, 막상 내 손으로 생을 마감하려 하자 가슴 한편이 서늘해졌다.

잠시간의 심호흡. 이윽고 손에 힘을 줘 산소 호흡기를 벗겨 내려던 찰나였다.

“다, 당신 누구야!”

누군가 커다란 노성을 질렀다. 나는 흠칫 놀라 하던 행동을 멈추고 고개를 들었다. 그리고 보조 침대에서 반쯤 일어나 앉은 중년의 남성과 정면으로 눈이 마주쳤다.

“다, 당신…… 여, 여기 어떻게 들어왔어, 어? 지금 뭐 하는…….”

“…….”

“내 딸한테 지금 뭐 하는 짓이야! 당장 떨어져!”

자다 깨서 상황 파악이 덜 됐는지 더듬더듬 말을 하던 남자가, 이윽고 자리에서 벌떡 일어났다.

“아버지, 갑자기 왜…… 저, 저 여자 뭐야? 귀신이야?”

오밤중의 소란에 소파에서 졸고 있던 둘째 개새끼도 번뜩 잠에서 깨어났다.

‘뭐, 뭐야. 내 모습 보이는 거야?’

나는 지그시 아랫입술을 깨물었다. 조용히 산소 호흡기만 떼고 빠르게 돌아갈 예정이었는데, 낭패였다. 지난번 ‘진실의 거울’ 속에서 이본의 과거를 확인했을 때처럼 당연히 안 보일 줄 알았다.

‘X 됐다. 갑자기 나타난 외국인 암살자라 생각하겠지? 아니면 정신 병동에서 탈출한 미친년이라든지…….’

내가 저들의 사생아라는 걸 알 리 없으니, 이 인간들의 눈에 지금의 내가 어떻게 비칠지 상상하자 눈앞이 아찔해졌다.

너무 당황한 나머지, 산소 호흡기에서 손을 뗄 생각도 못 한 채 딱딱하게 굳어 있는 순간이었다.

달칵—. 그때 병실 문이 열리더니 보이지 않던 첫째 개새끼가 가습기 물통을 들고 들어왔다.

"아버지, 무슨……."

그는 나와 제 가족들 간의 기묘한 대치 상태에 잠시 멈칫하는 듯하더니, 이윽고 금방 상황 파악을 한 듯 얼굴을 싸늘하게 굳혔다.

"어디서 보낸 거지?"

나를 향해 묻는 목소리엔 온기 하나 담기지 않았다. 역시 첫째 놈이라면 그럴 줄 알았다. 찌르면 피 대신 전기가 흐를 것처럼 정 떨어지는 놈이었으니까.

'……총체적 난국이네.'

세 명의 날카로운 시선이 오롯하게 나한테 꽂혔다. 속으로 한숨을 쉬며 어떻게 해야 할지 머리를 굴리던 때.

"한국말은 할 줄 아나?"

저벅저벅, 병실 가운데에 있는 탁자까지 걸어 온 첫째가 태연하게 가습기 물통을 내려놓고 물었다. 그리고 곧이어 답했다.

"하긴, 모르면 가드들을 피해서 여기까지 진입할 순 없었겠지."

"……."

"그쪽에서 대가로 뭘 주겠다고 했는지 말해. 그것에 무조건 세 배, 아니 열 배로 쳐주지."

조금 의외였다. 그렇게까지 말하는 이유가 짐작이 가지 않았다.

'내 앞에 주식이라도 돌려놔서 그런 건가?'

나는 조금 시큰둥한 심정으로 되물었다.

"글쎄. 내가 뭘 원할 것 같은데?"

"돈 때문인가? 마약? 아니면 범죄 기록?"

"형. 저 계집, 혹시 여기 갇혀 있었던 거 아냐? 바로 옆에 정신병동이잖아!"

그때, 제 나름대로 무언가를 도출해 낸 건지 둘째 놈이 흥분한 음성으로 끼어들었다. 첫째가 그런 놈을 잠시 돌아보았다가 침착하게 말을 받았다.

"저런 외국인 계집이 입원해 있다는 보고는 못 받았는데. 너, 원래 국적이 어디지?"

이 상황에 국적이라니. 참으로 웃긴 질문이 아닌가. 나는 헛웃음을 터뜨리며 고개를 기울였다.

"그게 중요한가?"

진달랫빛 머리칼이 죽어 가는 내 몸뚱이 위로 살랑살랑 위태롭게 흔들렸다.

"지금 내 손에 이 계집애 목숨이 달려 있는데."

"미친년, 너 개 건들기만 해 봐. 가만 안 둘 거야!"

"저지르고 후회할 짓은 안 하는 게 좋을 텐데."

장난스러운 내 어투에 첫째와 둘째가 득달같이 반응했다. 특히 첫째 놈은 무슨 이유에선지 이까지 악물고 음산하게 뇌까렸다.

"네 뒷배가 누구든 상관없어. 모든 수단을 다 동원해서 다시는 눈뜨고 하늘 못 보게 만들어 줄 테니……."

"그만!"

그때였다. 불현듯 앞에서 커다란 외침이 터져 나왔다. 나와 오빠놈들의 시선이 휙 돌아갔다.

"……그만해라."

거기에는 불안과 무력함으로 점철된 낯선 얼굴의 중년 남자가 서 있었다.

병실에 침입한 여자와 아들놈들의 대치 관계를 만류한 내 생물학적 아버지는, 식은땀을 흘리며 힘겹게 물었다.

"원하는 게…… 원하는 게 뭐요. 원하는 게 있으니 이런 짓을 하는 게 아니요."

"……."

"태성을 넘기면 되는 거요? 아니 내가, 내가 그냥 죽으리다."

"……."

"조금의 말미만 주면 차라리 내가 죽을 테니까…… 그 후에 태성을 조각조각 찢어 먹든 나눠 갖든 알아서 하고, 대신 우리 애는 제발 건드리지 마시오. 응?"

"아버지!"

"아버지!"

아버지의 말에 첫째와 둘째가 동시에 그를 부르짖었다.

태성 기업은 아버지의 할아버지부터 이 집구석 인간들이 평생에 걸쳐 이룩한 회사였다. 그것까지 들먹일 정도로 내 몸뚱이에 가치가 있다니. 좀처럼 이해가 가지 않았다.

"……나야말로 궁금한 게 있는데."

여전히 산소 호흡기에서 손을 떼지 않은 채 입을 열자, 뭔가 건수가 생겼다고 생각했는지 남자가 허겁지겁 답했다.

"무, 무엇이오. 뭐든 물어보시오."

"이 계집애가 뭐라고 그렇게까지 하는 거지?"

"……."

"당신들은 얘 싫어했던 걸로 알고 있는데. 없어졌으면 좋겠다고 생각했잖아?"

"무, 무슨……."

너무 정곡을 찌른 걸까. 세 남자는 똑같이 멍청한 표정을 지었다. 가장 먼저 말귀를 알아듣고 반응한 건 의외로 둘째 놈이었다.

"그런 적…… 그런 적 없어! 그딴 생각 한 적 없다고!"

뭐가 그리 분한 건지 놈이 발악하듯 소리 질렀다. 귀청이 따가워서 잠시 눈살을 찌푸리던 나는, 이내 여상하게 말했다.

"그러면, 왜 그렇게 죽도록 괴롭혔는데?"

"……뭐?"

"집구석에서 있는 듯 없는 듯 지내던 애를, 왜 매일같이 불러다 못살게 굴었는데? 배곯다 못해 몰래 쥐새끼처럼 훔쳐 먹던 밥엔 왜 분탕질을 쳐 놓았어?"

"……."

내 말에 놈의 입이 거짓말처럼 다물렸다. 나는 그에 그치지 않고 나머지 남자들을 차례차례 돌아보며 물었다.

"학원 하나 다니지 않고 제 손으로 대학 합격한 애한테 왜 칭찬 한번, 용돈 한번 쥐여 주지 않았지?"

"……."

"견디다 못해 나가 산다는 애한테 왜 제대로 된 방 한 칸 내주지 않았는지."

"……."

"지긋지긋한 바퀴벌레랑 곰팡이를 견디다 못해서 아르바이트를 세 탕씩 뛰고, 돌아와서 밤새도록 공부하고. 그렇게 죽어라 사는 애한테 왜 안부 전화 한번 하지 않았던 건지."

"……."

"나는 그게 궁금해서 견딜 수가 없어."

'진실의 거울'이 이 인간들이 후회하는 모습을 보여 줬을 때, 나는 너무나도 궁금했다. 나한테 했던 그 모든 짓거리를 대체 왜 후회하고 있는 건지.

솔직히 그 집구석에서 내가 당했던 것들을 떠올리면, 레일라가 건 세뇌처럼 잘 죽었다고 내 영정에 침을 뱉는 쪽이 더 어울리지 않는가.

"……그렇게 밑바닥을 기다가 결국 거지 같은 병에 걸려 뒈져 버리도록 만드는 게, 당신들이 바라던 거 아니었어?"

둘째 개새끼는 나를 볼 때마다 '거지 같은 계집애'란 말을 입에 달고 살았다. 입 밖으로 내뱉진 않아도, 아버지와 첫째 놈이 나를 바라보는 시선 또한 별다를 바 없었다.

꼭 거짓말 같지 않은가. 정말로 거지같이 살다 죽어 버린 내 몸뚱이가. 마치 내가 아무리 살려고 발버둥 쳐도 결국 저들이 지껄이던 대로 될 수밖에 없었다는 양.

"……."

그저 궁금한 것을 물어본 것뿐인데, 병실 안은 장례라도 치르는 것처럼 순식간에 고요해졌다.

나는 답이 없는 인간들에게서 고개를 돌려 멍하니 내 원래 몸을 바라보았다. 산소 호흡기에 의해 꾸역꾸역 공기를 주입당하고 뱉어내길 반복하는 내 가여운 몸뚱이를.

"……가엾지 않아? 나 같으면 이대로 영영 깨어나고 싶지 않을 텐데."

"……."

"당신들 욕심 때문에 마지막까지 이렇게 비참하게 살아가야 한다는 걸 알면, 얼마나 죽고 싶겠어."

참담한 종말에 대한 슬픔은 잠시뿐이었다. 더는 이 인간들의 관심과 애정이 필요 없어서인지, 이 모든 게 다 한 편의 희극 같이 느껴졌다.

나는 내 몸뚱이에서 시선을 떼고 내 앞에 죄인처럼 선 세 인간을 향해 독기 어린 말을 내뱉었다.

"혹시 알아? 얘가 깨어나지 않는 게 당신들 얼굴 보는 게 끔찍해서일지."

"그, 그게……."

"어쩌면 이미 천국으로 가서 당신들은 모조리 잊고 새 가족들 만나서 행복하게 잘살고 있을지도 모르지."

"……."

"그러니까 다 죽어 가는 시체 끌어안고 후회하는 척, 걱정하는 척하지 마. 역겨우니까."

어쩌면 이건 거울이 준 기회가 아닐까. 병신처럼 한마디 반항도 못 하고 죽은 이쪽 세상의 내가 가여워서 거울이 준 기회.

할 말이 없어서인지, 아버지와 오빠 놈들의 입술이 자꾸만 열렸다 닫히길 반복했다.

'하긴, 없는 말을 지어낸 것도 아니니 대꾸할 말이 없기도 하겠지.'

저 인간들이 죄책감을 느끼길 바라는 건 아니었다. 그래도 열없이 흔들리는 눈동자와 삐끔거리는 입이 웃겨서, 그냥 천진하게 웃었다. 그 순간이었다.

"……아."

한참을 달싹이던 아버지가 마침내 무언가를 잇새로 내뱉었다. 처음엔 무슨 소린지 제대로 듣지 못했다.

"……시연아."

"……."

"너 혹시…… 시연이니?"

하지만 아버지가 내 이름을 정확히 발음한 순간, 가슴이 덜컹 내려앉았다.

"너…… 시연이 맞지? 응?"

아버지가 석연치 않은 눈으로 연달아 물었다. 나는 입을 꾹 다물었다.

'어떻게 안 거지?'

솔직히 너무 놀라서 머릿속이 하얘졌다. 지금 이 모습을 알아볼 거란 생각은 전혀 하지 못했기 때문에.

"아버지, 대체 무슨 소리 하시는 겁니까."

"왜 그래요, 아버지. 저 미친년이 무슨 시연이에요!"

오빠 놈들이 뜬금없는 소리를 하는 제 아비를 기이한 눈으로 바라보았다. 그러나 중년 남성은 고개를 마구 뒤흔들며 단호하게 소리쳤다.

"잘 봐라! 우리 시연이와 똑 닮았잖아! 귀밑에 잔머리랑 보조개,

손목 안쪽에 있는 점까지 모두!"

벼락같은 외침에 형제들의 시선이 동시에 내게로 꽂혔다. 나를 탐색하는 듯한 둘째 놈의 눈이 가느스름해지더니 얼마 안 가 천천히 커졌다.

"뭐, 뭐야…… 진짜잖아."

"이게 대체……."

첫째 놈도 혼란스럽기는 마찬가지인 듯했다. 둘째 놈이 거칠게 흔들리는 눈으로 물었다.

"너…… 진짜 차시연이냐?"

이럴 땐 어떻게 반응해야 할지 몰라서, 아무 답도 하지 못하고 어쩔 줄 모르던 순간이었다.

"시연아! 세상에, 시연아. 시연아……."

불현듯 중년 남성이 내 이름을 부르짖다 풀썩 주저앉았다.

"아버지!"

놀란 오빠 놈들이 한달음에 보조 침대로 달려와 제 아비를 부축했다. 상황은 점점 난장판이 되었다.

예상치 못한 일이 연달아 일어나고 있기 때문일까. 기분이 좀 이상했다. 불쾌한 것 같기도 하고…….

'꼭 내 손으로 끝내야만 하는 건 아니지 않을까?'

'진실의 거울'이 내게 무엇을 바라고 이런 걸 보여 주는 건지 알 수 없었다. 조금 전까지는 그게 내 손으로 이쪽 생을 완전히 끊어 내라는 뜻인 줄 알았는데…….

'정체까지 들킨 마당에 대놓고 살인을 저지를 수는 없으니까.'

어차피 이대로 두면 얼마 후 숨이 끊길 것이다. 내 몸뚱이라 그런지 본능적으로 알 수 있었다. 이미 알맹이가 떠나간 지 오래인 텅 빈 껍데기는, 이제 살아 있을 날이 얼마 남지 않았다는 것을.

'어쩌면 마지막으로 선택지를 준 걸까.'

정말로 이 몸뚱이가 죽어 버리기 전에 고대 마법사들이 마지막 배려를 해 준 걸지도 모른다. 이미 선택을 끝낸 나로서는 썩 달갑지 않은 배려였지만.

"시연아. 시연아, 너 대체…… 이게 어떻게 된 일이니, 시연아!"

낯선 눈으로 나를 경계하면서도 하염없이 나를 부르짖는 인간들을 피해 반사적으로 도망갈 구멍을 찾던 나는, 금방 환하게 빛나는 광원을 찾았다.

'저기가 통로야.'

내 몸뚱이가 누워 있는 침대 옆 세면대 위에 붙어 있는 거울이었다.

나는 망설임 없이 세 부자에게서 몸을 돌렸다. 혹여 빛이 꺼지고 저쪽 세상과의 연결이 끊길까 싶어 서둘러 그쪽으로 향하던 순간이었다.

"시연아! 잠깐, 시연아! 한마디만, 한마디만 하게 해 다오!"

내가 떠나려는 걸 눈치챘는지 생물학적 아버지가 비명처럼 나를 불렀다.

"제발 딱 한마디만, 딱 한마디만……."

수년을 같은 집에 살면서 단 한 번도 들어 본 적 없는 절박한 음성이었다. 그 때문일까. 나는 멈칫 걸음을 멈추고 반사적으로 뒤를 돌아보았다.

그 순간, 중년 남성이 보조 침대 위에서 거의 몸을 던지듯 우당탕 바닥으로 내려왔다. 경악하는 형제들의 말림도 소용없었다.

쿵—! 순식간에 내 발치까지 다가온 생물학적 아버지는, 놀랍게도 내 앞에 두 무릎을 꿇었다. 그리고.

"미안하다. 미안하다, 미안해. 아비가 죽을죄를 지었다."

"……."

"하지만 한 번도, 한 번도 널 미워한 적이 없다. 미워해서 그런 게 아니야. 서툴러서…… 널 어떻게 대해야 할지 몰라서……."

"……아, 아버지."

형제들이 당황이 역력한 눈으로 제 아비를 바라보았다. 그것은 나 또한 매한가지였다.

나는 이 사람이 내게 왜 이러는지 알 수 없었다. 왜 이제 와.

그때였다. 쿵—! 제 아비 뒤에 어정쩡하게 서 있던 둘째 놈이 갑자기 덩달아 무릎 꿇었다.

"아니야, 차시연. 내가 미친놈이었어."

"……."

"너, 너도 알잖냐. 나 그냥 가정교육 못 받은 엄마 없는 또라이 새낀 거."

나는 눈을 크게 떴다. 정말로 내가 제 이복동생이라고 믿는 건지, 둘째 놈이 일그러진 얼굴로 비굴하게 말했다.

아버지가 방관자고, 첫째 개새끼가 동조자였다면, 둘째 개새끼는 폭군이었다. 언제나 내게 직접적으로 위해를 가했던.

그랬던 놈이, 순식간에 붉어진 눈시울로 더듬더듬 지껄이는 게 너무나도 낯설게 느껴졌다.

"근데 갑자기 나타난 네가 혼자서 공부도 잘하고, 우리 가족은 별로 좋아하는 것 같지도 않고……."

"……."

"질투 나서 그랬어. 친해지고 싶은데, 어떻게 할지 몰라서. 에이, 씨발."

소매로 벅벅 눈을 닦아 낸 놈이 상스러운 욕설과 함께 말을 이었다.

"그래도 죽었으면 했던 적 없어. 그런 적 없었어. 그냥…… 그러면 네가 오기로라도 우리랑 억지로 밥 같이 먹을 줄 알아서……."

"……."

"너, 너 그런 성격이잖아. 어렸을 땐 잘 져 줬잖아……."

그랬던 적이 있었나. 나는 울음을 참는 듯한 둘째 놈의 면상을 무감하게 바라보며 생각했다.

— 오빠…… 나도 같이 있으면 안 돼?

'그랬던 적이 있었던 것 같기도 하고.'

한땐 이 집구석의 일원이 되길 간절히 원한 적도 있었으니까.

"방법이 잘못됐단 생각은 안 해 봤어?"

묻기 무섭게 답이 돌아왔다.

"수도 없이 생각했어. 그러지 말걸, 병신처럼 굴지 말고 오빠답게 굴걸."

"……."

"차라리, 차라리 내가 암에 걸렸어야 했는데, 네가 무슨 죄가 있다고."

놈은 끝내 나와 눈을 마주하지 못하고 고개를 아래로 푹 꺾었다. 무릎 위로 주먹 쥔 손등 위로 뚝뚝 떨어지는 물방울에도, 아무런 감흥이 들지 않았다. 그리고.

"……미안하다."

마지막으로 첫째 개새끼가 아버지의 오른편에서 무릎을 꿇었다.

"널 이렇게까지 내몬 건 결정적으로 내 탓이겠지. 아버지가 지시했던 거랑 달리, 지하 단칸방을 내준 건 나니까."

놈은 성격답게 둘째와 달리 덤덤히 제 죄목을 고했다. 하지만 말을 잇는 사이에도 수차례 울걱거리는 목울대가 놈이 품고 있는 죄악감의 크기를 알려 줬다.

"변명하지 않겠다. 그렇지만…… 복수를 하고 싶으면 차라리 우리한테 직접 해. 화를 내고 때리란 말이야."

"……."

"너 스스로를 해치지 마라, 시연아. 제발……."

"복수?"

그건 그만한 감정이라도 남아 있어야 가능한 일인 게 아닌가. 대체 뭐라고 떠들어 대는지 가만히 들어보던 나는, 첫째 개새끼의 말도 안 되는 착각에 기가 찼다.

"내가 왜 당신들에게 복수하기 위해서 스스로를 해친다고 생각하지?"

저벅. 나는 발길을 돌려 성큼 침대 가까이 다가갔다.

"시연아."

그런 내가 심상치 않음을 느꼈는지, 첫째 놈이 반쯤 몸을 일으켰다.

놈이 막아서기 전, 나는 지금까지의 망설임이 무색할 만큼 빠른 속도로 손을 뻗어 내 얼굴 위에 쓰인 산소 호흡기를 낚아챘다. 그리고 그들이 아차 할 틈도 없이 열린 창문 밖으로 그것을 있는 힘껏 집어 던졌다.

"아, 안 돼—!"

누군가의 절규. 그리고.

삐, 삐, 삐, 삐. 삐이이이이——.

마치 기다렸다는 듯, 내 몸뚱이는 그렇게 허무하게 숨을 거뒀다.

"시, 시연아! 시연아!"

"차시연!"

내 발치에 무릎 꿇고 있던 이들이 경악하며 헐레벌떡 침대에 달라붙었다. 그러나 생명 유지 장치의 그래프는 일직선으로 변화한 지 오래였다.

하염없이 내 이름을 불러 대던 둘째 놈이 시뻘겋게 충혈된 눈으로 나를 사납게 노려보았다.

"너 대체……! 대체 이게 무슨 짓이야!"

충동적이었지만, 텅 빈 내 얼굴 위를 보자 속이 시원해졌다. 호흡을 이어 가는 게 버거워 보이던 내 원래 몸뚱이 또한 그 어느 때보다 편안해 보였다. 나는 후련해진 기분으로 입을 열었다.

"뭔가 착각하고 있나 본데."

"차시연!"

"차시연은 당신들의 학대와 방치 속에서 이미 한참 전에 죽었어."

내 말에 세 남자의 얼굴이 동시에 왈칵 흐려졌다.

"무슨……."

"보면 몰라? 이건 그냥 숨만 쉬는 껍데기뿐이었다는 거."

나는 조금의 미동도 없는 침대 위를 흘깃 턱짓으로 가리켰다.

"사실 다 알고 있었잖아."

"……."

"살아 돌아오고 싶었다면 일찌감치 돌아왔겠지."

모를 리 없을 것이다. 아직도 살아 있는 거면 암세포 제거에 성공했다는 소린데, 뇌에 이상이 있는 것도 아니건만 애가 왜 아직도 혼수상태에서 벗어나지 못하는 것인지.

내 말이 정답에 근접했는지, 중년 남성의 얼굴에 뜨끔한 고통이 스쳐 지나갔다.

"하지만, 하지만 이렇게 네가 살아서 돌아왔는데……."

그는 침대 위에 죽어 있는 내 몸뚱이와 나를 번갈아 보며, 좀처럼 이해가 가지 않는다는 얼굴로 말했다.

"아버지는 네가 어, 어떤 모습으로도 괜찮다. 살아 있기만 하면……."

"무슨 소리예요. 내가 여길 왜 돌아와, 뭐 좋을 게 있다고."

"시연아."

"그렇게 부르지 마세요. 저는 이제 걔가 아니니까."

나는 쓰게 웃으며 그들의 말을 부정했다.

"나는 당신들한테 돌아온 게 아니라, 온전히 내 가족들에게 돌아가기 위해 마지막 남은 끈도 끊어 낸 것뿐이야."

"그게…… 그게 무슨 소리냐, 시연아. 가족이라니."

"……."

"네 가족은 여기 있잖니. 내가, 내가 네 아버진데, 여기 네 두 오빠들이 있는데……!"

희게 질린 낯빛. 아버지는 당장 졸도해도 이상하지 않을 만큼 혼비백산한 모습이었다. 그런 와중에 용케도 나를 알아본 것이 신기했다. 하지만.

"……좀 전에 말했잖아요. 헌 가족은 잊고 새 가족 만나서 행복하게 살고 있을지도 모른다고."

"……시연아."

"이쪽 몸뚱이가 아직까지 살아 있는 걸 봤어도, 이곳으로 돌아오고 싶다는 생각이 조금도 들지 않을 만큼."

나는 아득한 눈으로 침대 위에 있는 내 메마른 몸을 보다가, 마침내 고개를 돌렸다.

한때 가족이라고 생각했던, 가족이 되고 싶었던 이들은 짧은 새 일어난 엄청난 일들로 인해 반쯤 넋이 나간 듯했다. 그런 그들이 이젠 밉거나 원망스럽지 않았다.

"지긋지긋했던 과거는 다 잊고 원래부터 존재하지 않았던 것처럼, 각자 알아서 잘 살도록 해요."

"시, 시연아. 자, 잠시만."

내가 듣기에도 정 떨어지는 단호한 음성에도, 중년 남성은 울음 섞인 목소리로 계속 나를 붙들려 들었다.

"아직, 아직 할 말이 있다. 시연아! 제발, 아직 가지 말아 다오, 제발, 제발……!"

"용서해 달란 말이라면."

가슴이 울렁거렸다. 듣지 않아도 무슨 말인지 알 것 같아서. 나는 조금 울 것 같은 심정으로 그들을 차례차례 바라보았다.

"전 용서 못 해요, 아버지, 오빠."

"……시연아."

"행복해진다고 해서 불행한 기억들이 잊히는 건 또 아니더라고요."

낯선 타인처럼 모른 척했던 좀 전과는 달리 진짜 차시연처럼 씁쓸하게 읊조리자, 그들의 얼굴이 고통스럽게 흐려졌다.

예전엔 돌아가지 못하고 게임 세상에 영영 갇힐까 두려웠다면, 요즘 나는, 종종 칼리스토와 유디트를 두고 현실로 돌아가는 악몽을 꿨다.

다시 저들의 경멸 어린 시선을 받고, 곰팡이가 들끓는 단칸방에서 비참하게 살아가는.

그 본질적인 두려움은 오랜 시간이 지난 후에도 내게 껌처럼 들러붙어 잘 떨어지지 않았다. 그러므로 이쪽 세상을 완전히 끊어 낼 수 있는 이 순간은 내겐 차라리 기회였다.

그들은 세뇌처럼 내 영정에 침을 뱉거나 내 죽음을 비웃지 않았지만, 겨우 그것으로 위안 삼을 만큼 우리의 관계는 얄팍했다.

이런 것을 가족이라 할 수는 없지 않은가. 그래서 나는 그들을 용서할 수 없었다. 그게 조금 서글펐다.

"하지만 더는 미워하지 않을 테니까…… 불행하고 슬픈 기억들을 곱씹으면서 살지 않을 거니까."

"……."

"그걸로 만족하세요, 더 죄책감 갖지 말고."

용서하거나 죄책감을 덜어 주기 위해 하는 말이 아니었다. 이건 그저, 그저 작별 인사였다.

"죽고 싶을 만큼 날 절벽으로 내몬 건 당신들이지만……."

"……."

"그래도 결국 선택한 건 나니까."

"시연아."

"안녕히 계세요."

나는 그들을 향해 짧게 고개를 숙인 후 마침내 완전히 몸을 돌렸다. 그때였다.

— 엄마! 흐으, 흐어어엉!

멀찍이서 익숙한 소리가 들렸다. 나는 멈칫 그것에 귀를 기울였다.

— 엄마! 엄마아아! 흐윽, 엄마아!

'유디트!'

그 소리는 바로, 내 아이의 울음소리였다.

'얼른 돌아가야 돼!'

아이가 울고 있다는 생각이 들자, 앞뒤 가릴 것 없이 마음이 급해졌다. 나는 세면대 앞으로 허겁지겁 뛰어갔다.

"시연아! 시연아!"

뒤에서 누군가가 나를 애타게 불렀지만, 그것은 이제 나와는 무관한 호칭이었다.

여전히 희뿌연 빛을 뿜어내는 거울을 향해 손을 뻗으니 순식간에 눈앞이 하얗게 점멸했다.

"……연아! ……아!"

동시에 간절히 부르짖는 소리도 점점 멀어지고.

"……아!"

끝내 누굴 부르는지조차 알 수 없었다. 그리고 팔을 흔드는 자그마한 진동과 함께 나는 번쩍 눈을 떴다.

"히흐, 엄마아!"

언제 잠에서 깨어난 건지 눈물, 콧물 범벅이 된 아이가 나를 내려다보며 엉엉 울고 있었다.

"우리 아가, 왜 울어. 응?"

나는 깜짝 놀라 벌떡 일어났다. 그러자 아이가 필사적으로 내게 매달리며 경기하듯 소리쳤다.

“유디가, 유디가 나쁜 거울 없앴는데! 유디가 뿌셨는데!”

“유디트.”

“엄마가, 엄마가 가쮸 이따고 나쁜 말 해쪄! 유디가 마뻡 쓴 건데……! 히잉, 흐어엉!”

잔뜩 흥분한 탓인지 뭉그러진 발음의 태반이 뭔 소린지 알 수 없었다. 나는 그저 아이를 품에 얼싸안고 간신히 주워들은 단어로 유추해 달랬다.

“울지 마, 응? 엄마가 우리 예쁜 유디 두고 갈 리 없잖아.”

한참을 어른 후에야 아이가 간신히 울음을 그치고 훌쩍이며 답했다.

“무쪄어, 무쪄어!”

“뭐가 무서워?”

“엄마가 압빠랑 유디 두고 갈까 바.”

“왜 그런 소릴…….”

유디트는 능력이 뛰어난 만큼 감이 좋은 편이었다. 재수 없는 꿈의 여파 때문일까. 자지러지게 우는 아이를 보니 마음이 심란해졌다. 덩달아 울상을 지으며 안절부절못하던 찰나였다.

“쯧, 쓸데없는 소리.”

불현듯 혀를 차는 소리와 함께 누군가 공주의 방으로 성큼성큼 들어섰다. 희미한 등불에 아이와 똑 닮은 금발이 번쩍이며 부스러졌다.

“폐하.”

분명 잠들기 전에도 지긋지긋하게 보았던 것인데, 오늘따라 그게 눈물이 날 만큼 반가웠다.

나와 아이가 누워 있는 침대로 순식간에 다가온 칼리스토가 양팔을 뻗어 한꺼번에 우리를 와락 끌어안으며 음산하게 읊조렸다.

"걱정하지 마라. 설령 황후가 우릴 두고 가더라도 짐이 지옥 끝까지 쫓아가서 데리고 올 거니까."

"……애 앞에서 못 하는 소리가 없어요."

그렇게 타박하면서도, 단단한 품에 몸을 기대자 두근거리던 가슴이 단숨에 진정됐다.

"압빠, 압빠!"

다행히 완전히 울음을 그친 유디트가 내 품에서 칼리스토의 품으로 넘어가기 위해 손을 뻗었다. 그런 아이를 기꺼이 번쩍 들어 안은 그가, 뺨에 입을 맞추며 부드럽게 말했다.

"어허. 이젠 부황 폐하라 해야지."

"부하?"

고개를 귀엽게 갸웃거리던 아이가 까르륵 웃더니 갑자기 황제의 머리칼을 양손으로 덥석 쥐었다. 그리고 그것을 붕붕 뒤흔들며 해맑게 외쳤다.

"부하야! 항제 부하야!"

"……그냥 아버지라 불러라."

나는 그 모습에 참지 못하고 웃음을 터뜨렸다.

"부하, 부하!"

몇 번 그렇게 외치며 놀던 유디트는 금세 흥미를 잃었는지, 우리 두 사람 사이를 꼬물꼬물 파고들어 자리 잡고 누웠다. 오늘따라 유난히 심한 잠투정 때문에 본인도 힘이 든 듯했다.

아이는 금방 빨간 눈을 느릿느릿 끔뻑였다. 칼리스토와 함께 누워 그런 아이를 다독이던 나는 문득 생각이 나서 물었다.

"자고 일어나면…… 오랜만에 할아버지 보러 갈까?"

"웅! 하라부지 조아!"

아이가 크게 고개를 끄덕이며 옳거니 답했다.

칼리스토를 빼닮은 외양에 치를 떨긴 했지만, 공작과 레널드를 포함한 에카르트 가문 사람들은 유디트라면 사족을 못 썼다. 그 천하의 데릭 놈마저도 아이 앞에선 힘겹게 입꼬리를 들어 올리며 애써 상냥한 어투를 구사할 정도였다.

황궁보다 더 극진한 공주 대접을 해 주어서 그런지, 아이는 공작가로 가는 것을 무척 좋아했다.

"거길 왜 가? 뭐 좋을 게 있다고."

그것을 불만스러워하는 것은 칼리스토 하나뿐이었다.

내가 겪었던 일들 때문인지, 그는 여전히 공작가를 싫어하고 극도로 경계했다. 정작 이제 나는 아무렇지 않게 공작과 종종 티타임을 가지는데 말이다.

하지만 모두 나를 걱정해서 그러는 것임을 잘 알기에, 나는 아이 너머로 그의 손등을 살며시 잡으며 다독였다.

"그냥 안 본 지도 꽤 됐고…… 매번 유디트 언제 오나 연통을 보내시는걸요."

"쯧. 늙은이, 은퇴하더니 할 일이 더럽게 없나 보군. 황궁 보모로 취직이라도 하라 그러지."

"입, 입!"

찰싹. 아이 몰래 손등을 때리고 눈을 부릅뜰 때였다.

"유디는!"

잠들 듯 말 듯, 가물가물 눈을 뜨던 유디트가 불현듯 우렁차게 소리쳤다.

"부하도 하라부지 집에 같이 가쓰면 좋게써여!"

"그냥 아버지라 부르래도."

"아냐! 내 부하야, 부하!"

"잠이나 자라."

아이와 다투는 사이 칼리스토의 손등 위에 가 있던 내 손의 위치가 스르륵, 반전됐다.

이번엔 그의 손바닥이 내 손 위를 훌쩍 덮어 쥐었다. 마치 내가 겪은 불안함 따윈 모조리 도륙 내 주겠다는 양 커다랗고 단단한 손이었다.

불쾌한 환영으로 인해 차갑게 식어 있던 손에 순식간에 뜨끈한 온기가 차올랐다.

이제야 마음이 놓였다. 내 가족의 품으로 완전히 돌아온 것 같아서.

평범하고도 충만한, 어느 날의 밤이었다.

-특별 외전 完-

악역의 엔딩은 죽음뿐 외전

1판 1쇄 발행 2020년 9월 18일
1판 6쇄 발행 2024년 3월 28일

지은이 권겨을
펴낸이 최원영
편집장 예숙영
편집 박상희
편집디자인 한방울
영업 김민원 조은걸
물류 이순우 최준혁 박찬수

펴낸곳 ㈜디앤씨미디어
출판등록 2002년 5월 1일 제117-90-51792호
주소 서울시 구로구 디지털로 26길 111 JnK디지털타워 503호
대표전화 (02)333-2513 팩스 (02)333-2514
전자우편 dncbooks@dncmedia.co.kr
디앤씨북스 블로그 http://blog.naver.com/dncbooks

ISBN 979-11-264-5225-5 04810
ISBN 979-11-264-5220-0 세트